农业科学技术理论研究丛书

花生根瘤菌的多样性及应用

张小平　主编
郑林用　陈　强　副主编

科学出版社

北京

内 容 简 介

本书介绍了花生根瘤菌的多样性、系统发育、分类、高效菌株选育及应用方面的最新研究成果，重点突出了现代根瘤菌的多相分类技术体系。在高效菌种选育中，考虑了花生品种-土壤条件-菌株遗传型的匹配关系，系统地比较了各种分子标记和 DNA 指纹技术在根瘤菌竞争能力研究中应用的可行性。

本书内容新颖，研究方法先进。本书可供大专院校师生、科研单位及生产单位技术人员参考使用。

图书在版编目（CIP）数据

花生根瘤菌的多样性及应用/张小平主编 . —北京：科学出版社，2009
（农业科学技术理论研究丛书）
ISBN 978-7-03-023366-0

Ⅰ. 花…　Ⅱ. 张…　Ⅲ. 花生-根瘤菌-生物多样性　Ⅳ. S565.206

中国版本图书馆 CIP 数据核字（2008）第 176062 号

责任编辑：胡华强　甄文全　席　慧/责任校对：陈玉凤
责任印制：张克忠/封面设计：耕者设计工作室

科 学 出 版 社 出版
北京东黄城根北街 16 号
邮政编码：100717
http://www.sciencep.com

双 青 印 刷 厂 印刷
科学出版社发行　各地新华书店经销

*

2009 年 1 月第 一 版　　开本：787×1092　1/16
2009 年 1 月第一次印刷　　印张：17 3/4
印数：1—1 500　　　　　字数：400 000

定价：60.00 元
（如有印装质量问题，我社负责调换）

编委会名单

主　编：张小平

副主编：郑林用　陈　强

编写人员：（以姓氏笔画为序）

于景丽　王可美　方　扬　刘世全　李江凌　李阜棣

李琼芳　李登煜　张小平　陈　强　陈文新　陈远学

陈露遥　罗明云　周俊初　胡振宇　郑林用　徐开未

黄昌学　黄怀琼　黄明勇　彭贤超　辜运富　廖德聪

Lindström Kristina　　Terefework Zewdu

序

花生是我国重要的豆科油料作物，也是我国重要的出口创汇农产品，据统计，其年出口量占世界花生市场的 42%，年均创汇 5 亿美元以上。研究花生根瘤菌的多样性，选育优良菌株进行人工接种，对提高花生产量和品质具有重大意义。

本书作者长期致力于花生根瘤菌的基础及应用研究，先后承担了国家"973 计划"、国家自然科学基金及欧盟框架项目。应用现代分子生物学技术系统地揭示了花生根瘤菌的遗传多样性、系统发育及分类地位。针对"天府"花生系列品种，以及四川花生种植区酸性及石灰性紫色土特点，阐明了花生根瘤菌的有效性和竞争性与花生品种、土壤养分条件的最佳匹配关系，为充分发挥花生根瘤菌剂的固氮效果提供了科学依据。

作者集多年的研究成果，汇编成《花生根瘤菌的多样性及应用》一书，我欣然为该书作序，并借此机会把该书介绍给广大读者，希望在我国根瘤菌共生固氮研究和应用从低谷走向再升高的进程中起到促进作用。

陈文新[①]

2008 年 5 月于北京

---

① 陈文新：中国农业大学教授，中国科学院院士，国际著名根瘤菌分类学家。

前　言

　　根瘤菌是一类广泛分布于土壤中的革兰氏阴性细菌，与豆科植物相互识别后，形成根瘤或茎瘤，固定空气中的分子态氮形成氨，为植物提供氮素养分，从而培肥地力，提高植物产量和品质。据估计，每年收获农产品要从土壤中带走约 1.1 亿吨氮素，施用氮肥可供应约 4000 万吨，其余所需的 7000 万吨是由生物固氮补给的。因此，研究和合理利用生物固氮资源，对于促进农业的可持续发展和生态环境的永续利用具有重大意义。

　　花生是一种食、油两用的豆科经济作物，栽培的品种多，分布的范围广，为广大农民的增收起到了重要作用。由于花生品种及其分布的生态环境的多样性，必然影响其共生伙伴——根瘤菌的进化与发育。因此，发掘花生根瘤菌的多样性基因资源，选育与品种及土壤生态条件相匹配的高效菌株，能充分发挥共生体系的固氮效率。

　　19 世纪 70 年代以来，本文作者们一直从事高效花生根瘤菌基因资源的多样性及应用研究，得到了四川省科学技术厅和四川省教育厅、国家自然科学基金、“973 计划”和欧盟科技框架计划项目的资助，取得了一系列研究成果：花生根瘤菌的多样性及分类地位；花生根瘤菌共生基因的分布及共生效应；标记基因及 DNA 指纹技术在花生根瘤菌的有效性及竞争性鉴定中的应用；高效花生根瘤菌的选育及示范推广；花生品种—根瘤菌—土壤条件的最佳匹配关系。历经三代人的不懈努力，选育出一系列高效菌株，在生产上接种应用，取得了显著的增产效果。现将研究成果整理汇编成《花生根瘤菌的多样性及应用》一书，奉献给广大读者，旨在与同行交流及供研究人员参考。囿于水平和时间，难免有疏漏和不足之处，敬请读者指正。

编　者

2008 年 4 月

目　　录

第一篇　花生根瘤菌的多样性

花生根瘤菌的遗传多样性与分类

张小平[1]，李阜棣[2]，李登煜[1]，Lindström Kristina[3]

(1. 四川农业大学资源环境学院，雅安 625014；2. 华中农业大学生命科学院，武汉 430070；3. 芬兰赫尔辛基大学应用化学与微生物学系，赫尔辛基 00014)

摘 要：本研究用从四川省 4 个花生主产区和 2 个花生品种上分离的 22 株花生根瘤菌为研究对象，以 B. japonicum、B. elkanii 的代表菌株和分类地位未知的其他慢生根瘤菌株 Bradyrhizobium sp. 为参照，测定了花生根瘤菌的生长速度，采用 16S rDNA PCR-RFLP、16S rDNA 部分序列（780bp）分析、rep-PCR、AFLP、FAME 和 DNA-DNA 杂交方法，系统地研究了四川花生根瘤菌的遗传多样性和系统发育。试验结果表明：四川花生根瘤菌为慢生型 Bradyrhizobium sp.（Arachis），与分离自以色列和津巴布韦的花生根瘤菌相似。rep-PCR、AFLP 和 16S rDNA PCR-RFLP 分析揭示了四川花生根瘤菌存在高度的遗传多样性。根据 REP-PCR 和 AFLP 指纹图谱的相似性进行的聚类分析结果与菌株的分离地和寄主相关，即分离自同一地点或同一种寄主的菌株聚为一群，表明了环境条件对根瘤菌的发育和遗传分化有影响。但是，ERIC-PCR 聚类分群的结果与寄主和菌株分离地的相关性不明显。在 58% 同一相似性水平处，REP-PCR 比 ERIC-PCR 指纹图谱揭示的多样性更丰富。AFLP 在反映关系密切的菌株间微小遗传差异性时是一种非常有效的方法。16S rDNA PCR-RFLP 分析表明四川花生根瘤菌存在 A、B、C、D 4 种遗传型，绝大多数为 B 型，在所用的 8 种限制性内切核酸酶中，DdeⅠ切割的带谱最丰富，是反映慢生根瘤菌 16S rDNA 序列差异性的最有效的限制性内切核酸酶。16S rDNA PCR-RFLP、16S rDNA 部分序列测定、FAME 和 DNA-DNA 杂交分析结果一致表明，花生根瘤菌与 B. japonicum 的系统发育关系最接近。FAME 分析的结果表明，花生根瘤菌与 B. japonicum 虽然均含有脂肪酸 16：1ω5c，但前者的含量显著地高于后者，其他慢生根瘤菌不含这种脂肪酸。依据本试验结果和花生根瘤菌与慢生大豆根瘤菌属于同一互接种族的事实，作者认为花生根瘤菌的确切分类地位应定为慢生大豆根瘤菌种的一个生物型 Bradyrhizobium japonicum biovar Arachis。

关键词：花生根瘤菌，分类，16S rDNA，rep-PCR，AFLP，FAME，DNA-DNA 杂交，遗传多样性

Diversity and taxonomy of *Bradyrhizobium* strains isolated from the root nodules of peanut (*Arachis hypogaea* L.)

Abstract: Twenty-two rhizobial strains isolated from the root nodules of two Sichuan peanut cultivars (*Arachis hypogaea* L. tianfu No. 3 and a local cultivar) growing at four different sites in Sichuan province were characterized by growth rate, rep-PCR, AFLP, PCR-RFLP of 16S rDNA, partial sequencing of ribosomal genes, fatty acid-methy ester analysis (FAME) and DNA-DNA hybridization, and were compared with strains representing *Bradyrhizobium japonicum*, *Bradyrhizobium elkanii* and other unclassified *Bradyrhizobium* sp. The results indicated that all isolates from Sichuan were bradyrhizobia that could be expressed as *Bradyrhizobium* sp. (*Arachis*), and were resemble to the strains from Africa and Israel. The results of rep-PCR fingerprints, AFLP fingerprinting patterns and PCR-RFLP of 16S rDNA revealed the high diversity among the Sichuan peanut bradyrhizobia. Four 16S rDNA genotypes (A, B, C, D) were detected, and the majority were genotype B. Among the 8 restriction enzymes used, *Dde* I was the most discriminating enzyme. The dendrogram constructed using REP-PCR and AFLP fingerprints grouped the strains mainly according to their geographical and cultivar origions. However, the clusters based on the similarity of ERIC-PCR fingerprints did not correlated well with the geographical and cultivar origions as REP-PCR and AFLP. At the same similarity level of 58%, REP-PCR revealed more diversity than that of ERIC-PCR. AFLP is more useful in revealing minor differences among closely related strains. The results of 16S rDNA PCR-RFLP, the partial sequence analysis of 16S rRNA gene, FAME and DNA-DNA hybridization were in good agreement which indicated that *Bradyrhizobium* sp. (*Arachis*) were phylogenetically closely related to *B. japonicum*. Mainwhile, FAME data showed that *Bradyrhizobium* sp. (*Arachis*) and *B. japonicum* were differing with other bradyrhizobia in the presence of the fatty acid $16:1\omega5c$. However, the level of the fatty acid $16:1\omega5c$ in *Bradyrhizobium* sp. (*Arachis*) was significantly higher than that in *B. japonicum* strains. The results suggested that *Bradyrhizobium* sp. (*Arachis*) could be a biovar of *B. japonicum* biovar *Arachis*.

Key words: *Bradyrhizobium* sp. (*Arachis*), Taxonomy, 16S rDNA, rep-PCR, AFLP, FAME, DNA-DNA hybridization, Genetic diversity

花生在世界农业和人民生活中占有重要地位，为世界各国温暖地区的食、油两用豆科经济作物。它能与"豇豆族杂群"（cowpea miscellany）中的某些根瘤菌结瘤固氮。"豇豆族杂群"是按传统的"互接种族"关系为标准进行归类的一群寄主关系复杂、分类地位不清楚的根瘤菌。因此，花生根瘤菌的系统分类地位是一个有待研究的问题。我国栽培的花生品种多，约有 200 个栽培种，可归纳为普通丛生型、龙生型、珍珠豆型和多粒型 4 种遗传型[1]。分布的范围广，包括黄河流域、长江流域、东南沿海地区、云贵高原、黄土高原等温暖地带，适宜于由各种母质发育而成的质地较轻的土壤。花生品种及其分布的生态环境多样性，必然影响与之共生的根瘤菌的进化与发育，不同生态条件下的花生根瘤菌在系统发育过程中，可能向不同方向进化，造成性状及种类的多样性。Van Rossum 等[2]对 15 株分离自非洲的花生根瘤菌进行了 RAPD 分析，发现了 A、B 两种遗传型。采用多种分子标记技术和"分子钟"基因序列分析，系统地研究我国花生根瘤菌的遗传多样性和系统发育关系，目前尚无报道。

本研究用 FAME、rep-PCR、AFLP、16S rRNA PCR-RFLP、16S rDNA 部分序列分析和 DNA-DNA 杂交技术，系统地研究四川不同生态条件下的花生根瘤菌的遗传多样性，以及花生根瘤菌与其他慢生根瘤菌的系统发育关系。旨在为确定花生根瘤菌的系统分类地位提供科学依据；保藏并合理利用花生根瘤菌多样性的基因资源，为高效花生根瘤菌的选育和应用奠定基础。

1 材料与方法

1.1 供试菌株

从 4 个花生生产区分离的花生根瘤菌株和 12 株参照菌株列于表 1。采集地常年种植花生、油菜或小麦，未接种过根瘤菌剂。分离和培养花生根瘤菌的培养基为 YEM＋0.5％甘油（简称 YEMG）[3,4]。菌株的纯度用革兰氏染色法检验。用水培养法在无氮培养液中进行了回接试验。

为了确定花生根瘤菌的快生或慢生性，在 YEMG 平板上 28℃培养 7d 后测定了菌落的直径（表 1），并在 YEMG＋0.0025％溴百里酚蓝平板上测定了菌株的产酸或产碱性，蓝色为产碱，黄色为产酸（表 1）。

表 1 供试菌株
Table 1 Bacterial strains used

菌株 Strains	寄主 Host plant	分离地、来源、参考文献 Origin, source, reference	菌落直径 Colony size/mm	产碱性 Alkali production	16S rDNA 序列号 16S rDNA sequence accession number
Bradyrhizobium sp.（_Arachis_）					
Spr2-8	_A. hypogaea_ L. tianfu No. 3	洪雅	0.70	＋	AJ162569
Spr2-9	_A. hypogaea_ L. tianfu No. 3	洪雅	0.65	＋	
Spr3-1	_A. hypogaea_ L. tianfu No. 3	雅安	0.70	＋	
Spr3-2	_A. hypogaea_ L. tianfu No. 3	雅安	0.60	＋	

续表

菌株 Strains	寄主 Host plant	分离地、来源、 参考文献 Origin, source, reference	菌落直径 Colony size/mm	产碱性 Alkali production	16S rDNA 序列号 16S rDNA sequence accession number
Bradyrhizobium sp. (Arachis)					
Spr3-3	A. hypogaea L. tianfu No. 3	雅安	0.65	+	
Spr3-4	A. hypogaea L. tianfu No. 3	雅安	0.50	+	
Spr3-5	A. hypogaea L. tianfu No. 3	雅安	0.50	+	
Spr3-6	A. hypogaea L. tianfu No. 3	雅安	0.60	+	
Spr3-7	A. hypogaea L. tianfu No. 3	雅安	0.60	+	AJ132570
Spr4-1	A. hypogaea L. local	雅安	0.70	+	
Spr4-2	A. hypogaea L. local	雅安	0.80	+	
Spr4-4	A. hypogaea L. local	雅安	0.70	+	
Spr4-5	A. hypogaea L. local	雅安	0.80	+	AJ132571
Spr4-6	A. hypogaea L. local	雅安	0.70	+	
Spr4-10	A. hypogaea L. local	雅安	0.80	+	
Spr6-3	A. hypogaea L. tianfu No. 3	宜宾	0.65	+	
Spr7-1	A. hypogaea L. tianfu No. 3	南充	0.65	+	AJ132567
Spr7-5	A. hypogaea L. tianfu No. 3	南充	0.70	+	
Spr7-7	A. hypogaea L. tianfu No. 3	南充	0.70	+	
Spr7-8	A. hypogaea L. tianfu No. 3	南充	0.50	+	
Spr7-9	A. hypogaea L. tianfu No. 3	南充	0.70	+	
Spr7-10	A. hypogaea L. tianfu No. 3	南充	0.80	+	AJ132568
283A	A. hypogaea L.	以色列	0.75	+	AJ132572
297A	A. hypogaea L.	以色列	0.75	+	
MAR253	A. hypogaea L.	津巴布韦	0.60	+	U12888
MAR411	A. hypogaea L.	津巴布韦	0.65	+	U12889
MAR1445	A. hypogaea L.	津巴布韦	0.65	+	U12900
Bradyrhizobium japonicum					
ATCC10324[T] (=USDA6[T])	Glycine max	ATCC, Barrera et al. 1997			U69938
USDA110	Glycine max	Barrera et al. 1997			Z35330
USDA59	Glycine max	Young et al. 1991			M55489
USDA123	Glycine max	Van Rossum et al. 1995			U12912
Bradyrhizobium elkanii					
USDA76[T]	Glycine max	Barrera et al. 1997			U35000
Bradyrhizobium sp.					
BTAil	Aeschynomene indica	P. H. Graham			M55492
NAP2257	Lotus uliginosus	Young et al. 1991			M55486
PCR3047	Glycine max	Young et al. 1991			M55488

菌株 Strains	寄主 Host plant	分离地、来源、 参考文献 Origin，source， reference	菌落直径 Colony size/mm	产碱性 Alkali production	16S rDNA 序列号 16S rDNA sequence accession number
***Bradyrhizobium* sp.**					
LMG10689	*Acacia albida*	Dupuy *et al.* 1994			X70405
LMG9966	*Acacia mangium*	Dupuy *et al.* 1994			X70403
USDA3505	*Lupinus montanus*	Barrera *et al.* 1997			U69636
ATCC35685	*Afipia clevelandensis*				M69186
LMG8442ᵀ	*Blastobacter denitrficans*				S46917
ATCC17001	*Phodopeseudomonas palustri*				D25312

采用稀释平板计数法，选取分属于 A、B、C、D 遗传型的 5 株花生根瘤菌，在 28℃ YEMG 液体振荡培养条件下，分别在 0h、1h、5h、10h、24h、48h、72h、96h 和 120h 取样测数绘制生长曲线，计算对数期代时 G[5]。

1.2　总 DNA 提取

将供试菌株接种于 TY 液体培养基中，28℃振荡培养 5d 后，用 TE 缓冲液洗涤菌体，总 DNA 按 Ausunel 等[6]介绍的方法提取。DNA 溶液浓度用已知浓度的 DNA 在 1.0％的凝胶上同时电泳确定，收集于微量离心管中−20℃保存，用于 PCR 扩增的模板 DNA。

1.3　16S rDNA PCR-RFLP

PCR 扩增：用 fD1 和 rD1[7] 为引物（引物序列见表 2），按 Leguerre G 描述的方法[8]对全部供试菌株的 16S rDNA 进行扩增，取 5μL 扩增产物在 1.0％琼脂糖凝胶上电泳，检验扩增长度和产量。

表 2　供试引物

Table 2　The primers

引物 Primers	序列 Sequences	用途 Uses
REP 1R-1[9]	5′-IIIICGICGICATCIGGC-3′	REP-PCR
REP 2-1[9]	5′-ICGICTTATCIGGCCTAC-3′	REP-PCR
ERIC 1R [9]	5′-ATGTAAGCTCCTGGGGATTCAC-3′	ERIC-PCR
ERIC 2[9]	5′-AAGTAAGTGACTGGGGTGAGCG-3′	ERIC-PCR
*Eco*R Ⅰ 引物[10]	5′-GACTGCGTACCAATTCGC-3′	AFLP
Mse Ⅰ 引物[10]	5′-GATGAGTCCTGAGTAACG-3′	AFLP
rD1[7]	5′-CCCGGGATCCAAGCttAAGGAGGTGATCCAGCC-3′	16S rDNA PCR-RFLP

引物 Primers	序列 Sequences	用途 Uses
fD1[7]	5′-CCGAATTCGTCGACAACAGAGTTTGATCCTGGCTCAG-3′	16S rDNA PCR-RFLP
pA′ [11]	5′-AGAGTTTGATCCTGGCTCAG-3′	16S rDNA 测序
pE′ [11]	5′-CCGTCAATTCCTTTGAGTTT-3′	16S rDNA 测序

酶切、电泳和成像：各取 9μL PCR 扩增产物，分别用 8 种限制性内切核酸酶 $Hae\,\mathrm{III}$、$Cfo\,\mathrm{I}$、$Rsa\,\mathrm{I}$、$Hinf\,\mathrm{I}$、$Msp\,\mathrm{I}$、$Mbo\,\mathrm{I}$、$Dde\,\mathrm{I}$ 和 $Mse\,\mathrm{I}$（Promega）在 37℃ 下进行 1h 酶切反应。酶切产物在 200V 电压下 5% 的琼脂糖凝胶上电泳 3h，获得全部供试菌株的 16S rRNA 8 种酶切电脉图谱，在紫外光的照射下，用 P55 正负胶片成像。

1.4　16S rDNA 部分序列分析

根据 16S rDNA PCR-RFLP 分析的结果，选择了 Spr2-8、Spr3-7、Spr4-5、Spr7-1、Spr7-10 和一株分离至以色列的花生根瘤菌 283A 作为研究对象，测定了 16S rDNA 起始部分 780bp 片段的序列。

PCR 扩增：以总 DNA 为模板，采用一对引物 pA′ 和 pE′[11]（引物序列见表 2）进行 16S rDNA 扩增[12]。

序列测定：PCR 扩增产物在 1.0% 的琼脂糖凝胶上经电泳检验后，扩增产物直接用于序列测定。采用固相法在 ALF（automated laser fluorescent）DNA 序列分析仪中自动测序。为了保证测序结果的准确性，同时对双链进行了测定。所测序列为 16S rDNA 起始部分 780bp 片段。

序列分析：用 GCG 软件包（Version 8，genetic computer group，575 science drive Madison，Wisconsin，USA53711）中的 PILEUP 程序将供试菌株的 16S rDNA 序列的相应位置对齐，用 CLUSTALW 程序[13]和 UPGMA 方法建立系统发育树。

1.5　rep-PCR DNA 指纹分析

PCR 扩增：以总 DNA 为模板，用 REP 1R-1、REP 2-1、ERIC 1R 和 ERIC 2 为引物[9]，进行 REP-PCR 和 ERIC-PCR 扩增（REP-PCR 和 ERIC-PCR 合简称 rep-PCR，扩增引物序列见表 2）。REP-PCR 扩增反应液组成为：Dynazyme（$10\times$）缓冲液 2.5μL，100% DMSO 2.5μL，4dNTP（10mmol/L）1.0μL，$MgCl_2$（25mmol/L）5.6μL，BSA（20mg/mL）0.2μL，引物 REP 1R-1（30pmol）和 REP 2-1（30pmol）各 0.75μL，Dynazyme DNA 聚合酶（2U/μL）1μL，用无菌重蒸馏水补至总体积 25μL。ERIC-PCR 扩增总体积 25μL 反应液组成中，引物 ERIC 1R（30pmol）和 ERIC 2（30pmol）各 0.6μL，除引物外的其他成分与 REP-PCR 扩增反应液相同（总体积 25μL）。

REP-PCR 扩增反应程序为：首先 95℃初始变性 6min；然后 94℃变性 1min，40℃复性 90s，65℃延长 8min，重复 30 个循环；最后 65℃延伸 16min。ERIC-PCR 扩增反应程序为：首先 95℃初始变性 7min；然后 94℃变性 1min，52℃复性 90s，65℃延长 8min，重复 30 个循环；最后 65℃延伸 16min。

扩增产物电泳分离及聚类分析：PCR 扩增产物经 1.5%琼脂糖凝胶电泳分离，35V 电压下电泳 12h 后，用 EB 染色，紫外光下观察 rep-PCR 指纹图谱，用 P55 正反胶片成像，用 Gelcompar 2.2（Applied Maths BVBA，Belgium）凝胶分析软件进行 DNA 指纹图谱聚类分析，获得 UPGMA 树状图。

1.6　AFLP 分析

酶切连接：在 200ng 全量 DNA 中，加入 10×酶切连接缓冲液 2μL，*Eco*R Ⅰ（12U/μL）2μL，*Mse* Ⅰ（4U/μL）1μL，*Eco*R Ⅰ连接子（5μmol/L）0.5μL，*Mse* Ⅰ连接子（10μmol/L）1μL，T4 DNA 连接酶（4U/μL）1μL，无菌重蒸馏水补足至 20μL，再加 20μL 矿物油。置 PCR 仪中进行酶切连接反应。反应条件是 37℃恒温 2~3h，然后以每分钟 0.5℃的速度降至 15℃，再经 70℃高温处理 15min 使酶变性失活。将反应液置−20℃保存，作为 AFLP 扩增的模板 DNA[10]。

AFLP 扩增反应液的组成为：Dynazyme（10×）缓冲液 2μL，4dNTP（2mmol/L）2μL，选择性碱基 *Eco*R Ⅰ引物（5μmol/L）和选择性碱基 *Mse* Ⅰ引物（10μmol/L）各 1μL，Dynazyme DNA 聚合酶（2U/μL）1μL，经酶切连接的模板 DNA 1μL，用无菌重蒸馏水补足至总体积 20μL。

PCR 扩增程序为：94℃变性 30s，59℃复性 1min，70℃延伸 1min，30 个循环。最后 70℃延伸 3min。实验中所用方法和选择性碱基引物的设计参照 Vos 等[10]发表的文献，引物序列见表 2。

聚丙烯酰胺凝胶电泳及结果分析：PCR 扩增产物用 Vos 等[10]的方法进行聚丙烯酰胺凝胶电泳分离和银染。各菌株的 AFLP 图谱用惠普扫描仪扫描，并用 Gelcompar 软件按 UPGMA 平均连锁法进行聚类分析，获得 AFLP 树状图谱。

1.7　FAME

供试菌株（表 1）的培养、皂化、甲基化及脂肪酸的分析按照 Jarvis、Tighe[14]和 Graham 等[15]的方法进行。数据计算和分析用 Microbial Identification System 软件（Newark，Delaware，USA）。供试花生根瘤菌的脂肪酸组成与 45 株 *B. japonicum*、14 株 *B. elkanii* 和 14 株其他慢生根瘤菌（*Bradyrhizobium* sp.）[15]进行系统比较，用二元分析方法获得花生根瘤菌脂肪酸组成与参照菌株脂肪酸组成的相似性坐标聚类图。

1.8　代表菌株的 G+C（mol%）和 DNA-DNA 杂交

1.8.1　菌种

16S rDNA 遗传型分析结果表明，四川花生根瘤菌有 A、B、C、D 4 种遗传型（genotype），绝大多数为 B 型，本研究选取了 Spr2-8（A）、Spr3-7 和 Spr7-10（B）、

Spr4-5（C）、Spr7-1（D）共 5 株花生根瘤菌代表菌株，分别与模式菌株 B. *elkanii* USDA76^T 和 B. *japonicum* ATCC10324^T 进行 DNA-DNA 杂交。

1.8.2　菌体培养和收集

供试菌株在 YEMG 斜面上活化后，接种于盛有 250mL 液体培养基的三角瓶中，转速 120r/min，28℃恒温振荡培养 4d（对数生长中后期），镜检无杂菌后，转速 5000r/min，4℃离心 15min 收集菌体，用 TES 悬浮菌体，上述相同条件下离心洗涤菌体 3 次。

1.8.3　DNA 提取

洗涤后的菌体，加入 15mL 1×TES 充分打散，加 0.3mg 溶菌酶，37℃水浴保温 1h 后，加 20%SDS 1mL，60℃水浴保温 10min，加蛋白酶 K（50μg/mL 菌液），37℃水浴保温 1h，温和摇动，加 8mL 5mol/L NaClO$_4$，加等体积的 P∶C∶I［苯酚∶氯仿∶异戊醇＝25∶24∶1（V/V）］混合液，充分振荡呈乳浊液，5000r/min，40℃，离心 30min，然后取上清液，5000r/min，4℃，重复离心 2 次，至无蛋白膜出现；加入 0.3mL RNase（用 10mmol/L Tris-HCl，pH7.5，配制成 10mg/mL 的溶液，100℃加热 15min，缓慢冷却至室温，小量分装，置－20℃保存备用）；37℃水浴保温 1h；加入等体积的 C∶I 混合液［氯仿∶异戊醇＝24∶1（V/V）］，充分振荡；5000r/min，40℃，离心 30min；上清液中加入 1/10 倍体积冷 3mol/L NaAC-1mol/L EDTA-Na$_2$ 及等体积冷异丙醇，混合，DNA 沉淀；离心，倾去上清液，加 70%乙醇离心洗 2 次；95%乙醇脱水风干；溶于 0.1×SSC（0.015mol/L NaCl，0.0015mol/L 柠檬酸钠，pH7.0）中，检查纯度、浓度。

1.8.4　DNA 纯度、浓度检查

分别测定 DNA 样品在 260nm、280nm、230nm 的吸光值，如果 A_{260}∶A_{280}∶A_{230}＝1∶0.515∶0.450，则纯度符合要求。如果 A_{280} 和 A_{230} 分别与 A_{260} 的比值大于 0.515、0.450，需重复 DNA 提取步骤中的去蛋白质和 RNA 步骤，使其符合纯度要求。DNA 浓度为 A_{260} 大于 2.0（100μg/mL）。

1.8.5　DNA G＋C（mol%）测定

采用热变性法[16]测定 G＋C（mol%）含量。DNA 纯度要求为：A_{260}∶A_{280}∶A_{230}＝1∶0.515∶0.450，DNA 浓度 A_{260}＝0.2～0.5（溶于 0.1×SSC 中）。离子强度对 T_m 影响明显，全部供试菌株 DNA 样品溶解及 T_m 值测定中所需 SSC 缓冲液均需来自同一瓶 10×SSC 母液。

T_m 值的测定：将待测 DNA 样品用 0.1×SSC 稀释至 A_{260}＝0.2，用 E. *coli* K-12 菌株的 DNA 作参照以消除温度及其他实验误差。仪器由 Lambda Bio 20 紫外分光光度计（Perkin Elmer 公司）、PTP-1 控温仪、循环水浴、联想计算机组成，整个测定过程由 UV WinLab 软件包自动控制，数据经软件处理后，即可得 T_m 值。

G＋C(mol%)计算：计算公式为 G＋C(mol%)＝51.2＋2.08［$T_m(X)-T_m(R)$］，其中 $T_m(X)$ 为待测菌 T_m 值，$T_m(R)$ 为 E. *coli* K-12 T_m 值。

1.8.6　DNA-DNA 杂交

采用复性速率法[16]测定 DNA 同源性，所用 DNA 样品要求及仪器与 DNA G+C mol%测定完全相同。

DNA 样品剪切：DNA 杂交一般要求 DNA 片段的大小集中在 $2 \times 10^5 \sim 5 \times 10^5$ Da。剪切方法是将待样品的浓度用 $0.1 \times SSC$ 调整到 $A_{260} \approx 2$，采用细针头注射器反复抽吸 DNA 样品进行剪切，还可采用超声波处理法剪切。剪切是否合适，用凝胶电泳检验。

DNA 变性：取剪切好的样品 1.4mL 放入比色杯中，放入可加热的比色架中，插入温度传感器探头，使 DNA 样品在 100℃下变性 15min。

测定复性速率：DNA 样品变性结束后，立即将 PTP-1 控温器的温度设定为最适复性温度 78℃，复性反应进行 20min，计算机记录 260nm 处吸光值随时间变化的复性反应曲线，按 UV WinLab 软件程序计算曲线斜率（slope），即样品的复性速率。

DNA-DNA 同源性（$H\%$）计算：DNA-DNA 同源性按公式[16]（De Lay, 1970）计算：

$$H\% = \frac{4v_m - (v_a + v_b)}{2\sqrt{v_a \times v_b}}$$

式中：v_a 表示样品 A 的自身复性速率；v_b 表示样品 B 的自身复性速率；v_m 表示样品 A 与 B 等量混合后的复性速率。

2　结果与讨论

2.1　花生根瘤菌的生长速率

采用稀释平板法，供试 22 株四川花生根瘤菌及分离自以色列和津巴布韦的花生根瘤菌在 YEMG 琼脂平板上 28℃培养 7d 后，单个菌落直径<1.0mm，并具有产碱能力（表 1），5 株代表菌的代时在 4.23～5.50h（表 6）。按照 Hernandez 和 Focht（1984）关于快生和慢生根瘤菌的界定标准，四川花生根瘤菌应属于慢生根瘤菌属（*Bradyrhizobium*），在其确切分类地位未弄清楚之前，可表示为 *Bradyrhizobium* sp.（*Arachis*）。Van Rossum 等[2]也证明花生根瘤菌属于慢生根瘤菌属。但是，黄怀琼等[3,4]从四川天府 3 号花生品种上分离获得了 2 株快生型花生根瘤菌株 85-7 和 85-19，大量试验证明这两株菌共生固氮有效性高，接种效果显著。因此，花生根瘤菌可能像在大豆上结瘤的根瘤菌一样，既有慢生型，又有快生型。关于这个问题，值得进一步研究。

2.2　16S rDNA PCR-RFLP

用 rD1 和 fD1 为引物进行 PCR 扩增后，所有供试菌株均产生一条约 1500bp 的带，该片段 DNA 的大小与 Weisburg 等[7]报道的细菌 16S rDNA 基因片段的大小一致。

16S rDNA 扩增产物分别用 8 种限制性内切核酸酶（*Hinf* Ⅰ、*Cfo* Ⅰ、*Rsa* Ⅰ、*Hae* Ⅲ、*Msp* Ⅰ、*Mse* Ⅰ、*Mbo* Ⅰ和 *Dde* Ⅰ）切割，经电泳分离后，得到各种酶切的 16S rDNA PCR-RFLP（图 1～图 8）。比较各种酶切图谱，*Dde* Ⅰ酶切图谱所反映的遗传信息量最丰富（图 1）。因此，*Dde* Ⅰ是研究根瘤菌种内遗传多样性很有用的酶类。

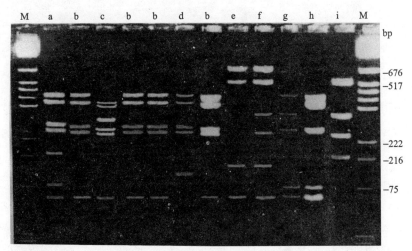

图 1 16S rDNA *Dde*Ⅰ酶切电泳图谱

a～i 表示不同的酶切带形。a：Spr2-8；b：Spr2-9，Spr3-1，Spr3-2，Spr3-3，Spr3-4，Spr3-5，Spr3-6，Spr3-7，Spr4-1，Spr4-2，Spr4-4，Spr4-5，Spr4-6，Spr4-10，Spr6-3，Spr7-1，Spr7-5，Spr7-7，Spr7-8，Spr7-9，Spr7-10，283A，297A，MAR253，MAR1445；c：ATCC10324^T；d：MAR411；e：USDA110；f：USDA4355，BTAil；g：ANU289；h：USDA76^T；i：USDA4087，USDA4088。M：分子质量标记 p^GEM DNA

Fig. 1 Restriction patterns of PCR amplified 16S rDNA digested with *Dde*Ⅰ

Lane a to i represent different patterns. a：Spr2-8；b：Spr2-9，Spr3-1，Spr3-2，Spr3-3，Spr3-4，Spr3-5，Spr3-6，Spr3-7，Spr4-1，Spr4-2，Spr4-4，Spr4-5，Spr4-6，Spr4-10，Spr6-3，Spr7-1，Spr7-5，Spr7-7，Spr7-8，Spr7-9，Spr7-10，283A，297A，MAR253，MAR1445；c：ATCC10324^T；d：MAR411；e：USDA110；f：USDA4355，BTAil；g：ANU289；h：USDA76^T；i：USDA4087，USDA4088. M：Marker p^GEM DNA

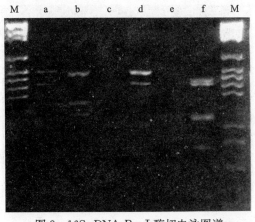

图 2 16S rDNA *Rsa*Ⅰ酶切电泳图谱

a～f 表示不同的酶切带形。a：Spr2-8，Spr2-9，Spr3-1，Spr3-2，Spr3-3，Spr3-4，Spr3-5，Spr3-6，Spr3-7，Spr4-1，Spr4-2，Spr4-4，Spr4-6，Spr4-10，Spr6-3，Spr7-9，Spr7-10，MAR253，MAR411，MAR1445，ATCC10324^T；b：Spr4-5，283A，297A；c：Spr7-1，Spr7-5，Spr7-7，Spr7-8；d：USDA110；e：ANU289；f：USDA4087，USDA4088。M：分子质量标记 p^GEM DNA

Fig. 2 Restriction patterns of PCR amplified 16S rDNA digested with *Rsa*Ⅰ

Lane a to f represent different patterns. a：Spr2-8，Spr2-9，Spr3-1，Spr3-2，Spr3-3，Spr3-4，Spr3-5，Spr3-6，Spr3-7，Spr4-1，Spr4-2，Spr4-4，Spr4-6，Spr4-10，Spr6-3，Spr7-9，Spr7-10，MAR253，MAR411，MAR1445，ATCC10324^T；b：Spr4-5，283A，297A；c：Spr7-1，Spr7-5，Spr7-7，Spr7-8；d：USDA110；e：ANU289；f：USDA4087，USDA4088. M：Marker p^GEM DNA

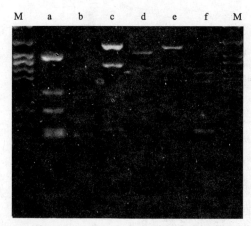

图 3　16S rDNA *Msp* I 酶切电泳图谱

a～f 表示不同的酶切带形。a：Spr2-8，Spr2-9，Spr3-1，Spr3-2，Spr3-3，Spr3-4，Spr3-5，Spr3-6，Spr3-7，Spr4-1，Spr4-2，Spr4-4，Spr4-6，Spr4-10，Spr6-3，Spr7-1，Spr7-5，Spr7-7，Spr7-8，Spr7-9，Spr7-10，MAR253，MAR411，MAR1445，ATCC10324^T；b：Spr4-5，283A，297A；c：USDA110，BTAil，USDA4355；d：ANU289；f：USDA4087，USDA4088。M：分子质量标记 p^GEM DNA

Fig. 3　Restriction patterns of PCR amplified 16S rDNA digested with *Msp* I

Lane a to f represent different patterns. a：Spr2-8，Spr2-9，Spr3-1，Spr3-2，Spr3-3，Spr3-4，Spr3-5，Spr3-6，Spr3-7，Spr4-1，Spr4-2，Spr4-4，Spr4-6，Spr4-10，Spr6-3，Spr7-1，Spr7-5，Spr7-7，Spr7-8，Spr7-9，Spr7-10，MAR253，MAR411，MAR1445，ATCC10324^T；b：Spr4-5，283A，297A；c：USDA110，BTAil，USDA4355；d：ANU289；f：USDA4087，USDA4088. M：Marker p^GEM DNA

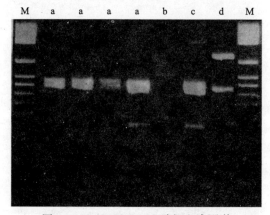

图 4　16S rDNA *Mse* I 酶切电泳图谱

a～d 表示不同的酶切带形。a：Spr2-8，Spr2-9，Spr3-1，Spr3-2，Spr3-3，Spr3-4，Spr3-5，Spr3-6，Spr3-7，Spr4-1，Spr4-2，Spr4-4，Spr4-5，Spr4-6，Spr4-10，Spr6-3，Spr7-1，Spr7-5，Spr7-7，Spr7-8，Spr7-9，Spr7-10，283A，297A，MAR253，MAR411，MAR1445，ATCC10324^T，USDA110，BTAil，USDA4355；b：ANU289；c：USDA 76^T；d：USDA4087，USDA4088。M：分子质量标记 p^GEM DNA

Fig. 4　Restriction patterns of PCR amplified 16S rDNA digested with *Mse* I

Lane a to d represent different patterns. a：Spr2-8，Spr2-9，Spr3-1，Spr3-2，Spr3-3，Spr3-4，Spr3-5，Spr3-6，Spr3-7，Spr4-1，Spr4-2，Spr4-4，Spr4-5，Spr4-6，Spr4-10，Spr6-3，Spr7-1，Spr7-5，Spr7-7，Spr7-8，Spr7-9，Spr7-10，283A，297A，MAR253，MAR411，MAR1445，ATCC10324^T，USDA110，BTAil，USDA4355；b：ANU289；c：USDA 76^T；d：USDA4087，USDA4088. M：Marker p^GEM DNA

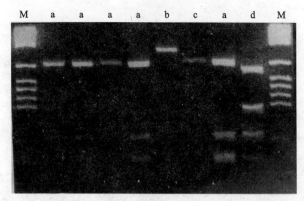

图 5　16S rDNA *Mbo* I 酶切电泳图谱

a～d 表示不同的酶切带形。a：Spr2-8，Spr2-9，Spr3-1，Spr3-2，Spr3-3，Spr3-4，Spr3-5，Spr3-6，Spr3-7，Spr4-1，Spr4-2，Spr4-4，Spr4-5，Spr4-6，Spr4-10，Spr6-3，Spr7-1，Spr7-5，Spr7-7，Spr7-8，Spr7-9，Spr7-10，MAR253，MAR411，MAR1445，283A，297A，USDA76^T，ATCC10324^T；b：USDA110，BTAiI，USDA4355；c：ANU289；d：USDA4087，USDA4088。M：分子质量标记 p^{GEM} DNA

Fig. 5　Restriction patterns of PCR amplified 16S rDNA digested with *Mbo* I

Lane a to d represent different patterns. a：Spr2-8，Spr2-9，Spr3-1，Spr3-2，Spr3-3，Spr3-4，Spr3-5，Spr3-6，Spr3-7，Spr4-1，Spr4-2，Spr4-4，Spr4-5，Spr4-6，Spr4-10，Spr6-3，Spr7-1，Spr7-5，Spr7-7，Spr7-8，Spr7-9，Spr7-10，MAR253，MAR411，MAR1445，283A，297A，USDA76^T，ATCC10324^T；b：USDA110，BTAiI，USDA4355；c：ANU289；d：USDA4087，USDA4088. M：Marker p^{GEM} DNA

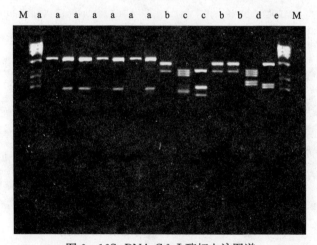

图 6　16S rDNA *Cfo* I 酶切电泳图谱

a～e 表示不同的酶切带形。a：Spr2-8，Spr2-9，Spr3-1，Spr3-2，Spr3-3，Spr3-4，Spr3-5，Spr3-6，Spr3-7，Spr4-1，Spr4-2，Spr4-4，Spr4-5，Spr4-6，Spr4-10，Spr6-3，Spr7-1，Spr7-5，Spr7-7，Spr7-8，Spr7-9，Spr7-10，MAR253，MAR411，MAR1445，283A，297A，ATCC10324^T；b：USDA110，BTAiI，USDA4355；c：USDA4087，USDA4088；d：USDA76^T；e：ANU289。M：分子质量标记 p^{GEM} DNA

Fig. 6　Restriction patterns of PCR amplified 16S rDNA digested with *Cfo* I

Lane a to e represent different patterns. a：Spr2-8，Spr2-9，Spr3-1，Spr3-2，Spr3-3，Spr3-4，Spr3-5，Spr3-6，Spr3-7，Spr4-1，Spr4-2，Spr4-4，Spr4-5，Spr4-6，Spr4-10，Spr6-3，Spr7-1，Spr7-5，Spr7-7，Spr7-8，Spr7-9，Spr7-10，MAR253，MAR411，MAR1445，283A，297A，ATCC10324^T；b：USDA110，BTAiI，USDA4355；c：USDA4087，USDA4088；d：USDA76^T；e：ANU289. M：Marker p^{GEM} DNA

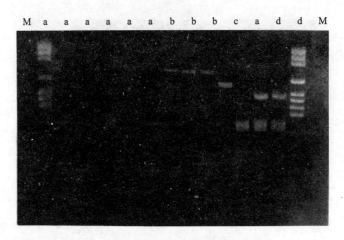

图 7　16S rDNA *Hae*Ⅲ酶切电泳图谱

a～d 表示不同的酶切带形。a：Spr2-8，Spr2-9，Spr3-1，Spr3-2，Spr3-3，Spr3-4，Spr3-5，Spr3-6，Spr3-7，Spr4-1，Spr4-2，Spr4-4，Spr4-5，Spr4-6，Spr4-10，Spr6-3，Spr7-1，Spr7-5，Spr7-7，Spr7-8，Spr7-9，Spr7-10，283A，297A，MAR253，MAR411，MAR1445，USDA76[T]，ATCC10324[T]；b：USDA110，BTAiI，USDA4355；c：ANU289；d：USDA4087，USDA4088。M：分子质量标记 p[GEM] DNA

Fig. 7　Restriction patterns of PCR amplified 16S rDNA digested with *Hae*Ⅲ

Lane a to d represent different patterns. a：Spr2-8，Spr2-9，Spr3-1，Spr3-2，Spr3-3，Spr3-4，Spr3-5，Spr3-6，Spr3-7，Spr4-1，Spr4-2，Spr4-4，Spr4-5，Spr4-6，Spr4-10，Spr6-3，Spr7-1，Spr7-5，Spr7-7，Spr7-8，Spr7-9，Spr7-10，283A，297A，MAR253，MAR411，MAR1445，USDA76[T]，ATCC10324[T]；b：USDA110，BTAiI，USDA4355；c：ANU289；d：USDA4087，USDA4088. M：Marker p[GEM] DNA

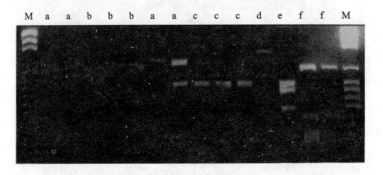

图 8　16S rDNA *Hin*f Ⅰ酶切电泳图谱

a～f 表示不同的酶切带形。a：Spr2-8，Spr2-9，Spr3-1，Spr3-2，Spr3-3，Spr3-4，Spr3-5，Spr3-6，Spr3-7，Spr4-1，Spr4-2，Spr4-4，Spr4-6，Spr4-10，Spr6-3，Spr7-1，Spr7-5，Spr7-7，Spr7-8，Spr7-9，Spr7-10，MAR253，MAR411，MAR1445，ATCC10324[T]；b：Spr4-5，283A，297A；c：USDA110，BTAiI，USDA4355；d：ANU289；e：USDA76[T]；f：USDA4087，USDA4088，M：分子质量标记 p[GEM] DNA

Fig. 8　Restriction patterns of PCR amplified 16S rDNA digested with *Hin*f Ⅰ

Lane a to f represent different patterns. a：Spr2-8，Spr2-9，Spr3-1，Spr3-2，Spr3-3，Spr3-4，Spr3-5，Spr3-6，Spr3-7，Spr4-1，Spr4-2，Spr4-4，Spr4-6，Spr4-10，Spr6-3，Spr7-1，Spr7-5，Spr7-7，Spr7-8，Spr7-9，Spr7-10，MAR253，MAR411，MAR1445，ATCC10324[T]；b：Spr4-5，283A，297A；c：USDA110，BTAiI，USDA4355；d：ANU289；e：USDA76[T]；f：USDA4087，USDA4088. M：Marker p[GEM] DNA

　　33 株供试菌株的 16S rDNA 8 种限制性内切核酸酶酶切图谱类型有 12 种不同的组合，每一种组合称为一种 16S rDNA 遗传型（表 3）。22 株四川花生根瘤菌中存在 4 种遗传型（A、B、C、D），绝大多数菌株（16/22）属于 B 型。四川花生根瘤菌与分离自以色列（283A、297A）和津巴布韦的花生根瘤菌（MAR253、MAR411、MAR1445）的酶切图谱差异较小。花生根瘤菌的酶切图谱与慢生大豆根瘤菌的代表菌株 *B. japonicum* ATCC10324^T（＝USDA6^T）的酶切图谱（F 型）相似性最高，与花生根瘤菌的 B 型比较，F 型和 B 型仅有一种酶（*Dde* I）的酶谱带形有差异，其余 7 种酶的酶谱带形完全一致，表明花生根瘤菌与慢生大豆根瘤菌在系统发育方面高度的相关性。但是，花生根瘤菌的 16S rDNA 的酶切图谱与 *B. elkanii* 代表菌株 USDA76^T（H 型）及其他慢生根瘤菌（I、J、K、L）之间的差异相当明显，每一种酶的酶切带谱均不一致。

表 3　16S rDNA PCR-RFLP 限制酶酶切图谱类型及遗传型

Table 3 16S rDNA genotypes and restriction patterns revealed by PCR-RFLP

菌株 Strains	16S rDNA PCR-RFLP 限制酶酶切图谱类型 16S rDNA restriction patterns revealed by PCR-RFLP								16S rDNA 遗传型 16S rDNA genotype
	Hinf I	*Cfo* I	*Rsa* I	*Hae* III	*Msp* I	*Mse* I	*Mbo* I	*Dde* I	
Bradyrhizobium sp. （*Arachis*）									
Spr2-8	a	a	a	a	a	a	a	a	A
Spr2-9	a	a	a	a	a	a	a	b	B
Spr3-1	a	a	a	a	a	a	a	b	B
Spr3-2	a	a	a	a	a	a	a	b	B
Spr3-3	a	a	a	a	a	a	a	b	B
Spr3-4	a	a	a	a	a	a	a	b	B
Spr3-5	a	a	a	a	a	a	a	b	B
Spr3-6	a	a	a	a	a	a	a	b	B
Spr3-7	a	a	a	a	a	a	a	b	B
Spr4-1	a	a	a	a	a	a	a	b	B
Spr4-2	a	a	a	a	a	a	a	b	B
Spr4-4	a	a	a	a	a	a	a	b	B
Spr4-5	b	a	b	a	b	a	a	b	C
Spr4-6	a	a	a	a	a	a	a	b	B
Spr4-10	a	a	a	a	a	a	a	b	B
Spr6-3	a	a	a	a	a	a	a	b	B
Spr7-1	a	a	c	a	a	a	a	b	D
Spr7-5	a	a	c	a	a	a	a	b	D
Spr7-7	a	a	c	a	a	a	a	b	D
Spr7-8	a	a	c	a	a	a	a	b	D
Spr7-9	a	a	a	a	a	a	a	b	B
Spr7-10	a	a	a	a	a	a	a	b	B
283A	b	a	b	a	b	a	a	b	C
297A	b	a	b	a	b	a	a	b	C
MAR253	a	a	a	a	a	a	a	b	B

菌株 Strains	16S rDNA PCR-RFLP 限制酶酶切图谱类型 16S rDNA restriction patterns revealed by PCR-RFLP								16S rDNA 遗传型 16S rDNA genotype
	Hinf I	*Cfo* I	*Rsa* I	*Hae* III	*Msp* I	*Mse* I	*Mbo* I	*Dde* I	
***Bradyrhizobium* sp.（*Arachis*）**									
MAR411	a	a	a	a	a	a	a	d	E
MAR1445	a	a	a	a	a	a	a	b	B
Bradyrhizobium japonicum									
ATCC10324[T]	a	a	a	a	a	a	a	c	F
USDA110	c	b	d	b	c	a	b	e	G
Bradyrhizobium elkanii									
USDA76[T]	e	d	e	a	e	c	a	h	H
***Bradyrhizobium* sp.（*Aeschynomene*）**									
BTAil	c	b		b	c	a	b	f	I
USDA4355	c	b		b	c	a	b	f	I
USDA4087	f	c	f	d	f	d	d	i	J
USDA4088	f	c	f	d	f	d	d	i	K
***Bradyrhizobium* sp.（*Parasponi*）**									
ANU289	d	e	e	c	d	b	c	g	L

注：表中 a～f 为 16S rDNA PCR 酶切图谱带形

Note：a～f indicates the 16S rDNA restriction patterns

16S rDNA PCR-RFLP 分析是目前广泛采用的一种研究根瘤菌种内遗传多样性和种间系统发育关系的简便、快速的方法。其限制酶酶切图谱类型具有种特异性，有时甚至是菌株的特异性[8,17]。反映种间的系统发育关系，关键在于用于切割的酶类。Laguerre 等[8]发现 *Cfo* I、*Hinf* I、*Msp* I 和 *Ndl* I 4 种酶的组合能准确地反映快生型根瘤菌种之间的遗传多样性和系统发育关系。但是，揭示慢生根瘤菌种间或种内菌株的遗传多样性和系统发育关系的限制性内切核酸酶，目前尚无报道。本试验所用的 8 种限制酶中，*Dde* I 酶切图谱提供的遗传信息量最丰富，能反映花生根瘤菌之间以及花生根瘤菌与其他慢生根瘤菌之间的遗传差异性，但花生根瘤菌与慢生大豆根瘤菌的遗传差异性最小，表明二者的系统发育关系相近。

2.3　16S rDNA 基因部分序列分析

根据 16S rDNA PCR-RFLP 分析结果，选择了四川花生根瘤菌 Spr2-8、Spr3-7、Spr4-5、Spr7-1、Spr7-10 和以色列根瘤菌 283A 为研究材料，测定了 16S rDNA 基因起始部分 780bp 片段的碱基序列（表 4），从 EMBL 数据库中获取了 17 个参照菌株的序列号（表 1）。

根据 16S rDNA 基因起始部分 780bp 序列的相似性，应用 CLUSTALW 软件程序和 Neighbor-joining 方法对序列进行聚类分析，得到反映花生根瘤菌与参照菌株之间进化与发育关系的系统发育树（图 9）。花生根瘤菌与慢生大豆根瘤菌 *Bradyrhizobium*

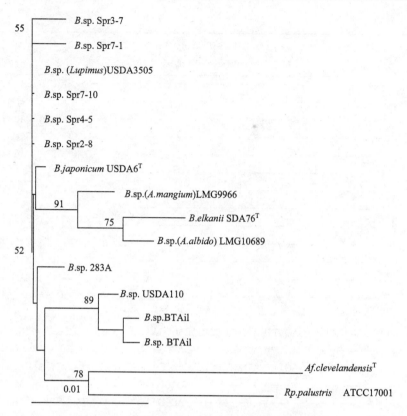

图9 16S rDNA 部分序列分析系统发育树状图

Fig. 9 An unrooted phylogenetic tree constructed using the neighbor-joining method in Clustal W and 780 bp of the 16S rDNA gene sequence of *Bradyrhizobium* strains and species and related taxa. Bootstrap values that are above 50 are indicated. The bar represents 0. 01% nucleotide substitution

japonicum 的 序 列 相 似 性 极 高。在 780bp 序 列 中 与 *B. japonicum* 代 表 菌 株 ATCC10324^T（= USDA6^T）比 较，花 生 根 瘤 菌 Spr2-8、Spr4-5、Spr7-10 与 ATCC10324^T 仅有 1 个碱基差异，Spr3-7、Spr7-1、283A 与 ATCC10324^T 仅有 2 个碱 基差异。与 *B. elkanii* 代表菌株 USDA76^T 比较，花生根瘤菌与 USDA76^T 有 9 个碱基 位置不同。花生根瘤菌与 *Bradyrhizobium* sp.（*Lupinus*）和 *B. japonicum* 的 16S rDNA基因序列（起始部分 780bp）的同源性也很高（表 4）。

表 4　花生根瘤菌代表菌株及部分参照菌株的 16S rDNA 部分序列

Table 4　Partial sequences of 16S rDNA of *Bradyrhizobium* sp.（*Arachis*）and reference strains

菌株 Strains	16S rDNA 部分序列 Partial sequences of 16S rDNA	
	1 59	
BTAil	: ————————————————AGGCTTAACACAT	: 13
MAR1445	: ————————————————AGGCTTAACACAT	: 13
MAR253	: ————————————————AGGCTTAACACAT	: 13

菌株 Strains	16S rDNA 部分序列 Partial sequences of 16S rDNA		
MAR411	: ——————————————————————————————AGGCTTAACACAT	:	13
NZP2257	: ——————————————————————————————AGGCTTAACACAT	:	13
RCR3047	: ——————————————————————————————AGGCTTAACACAT	:	13
USDA123	: ——————————————————————————————AGGCTTAACACAT	:	13
USDA59	: ——————————————————————————————AGGCTTAACACAT	:	13
283A	: ————————————————————————GGCGGCAGGCTTAACACAT	:	19
Spr2-8	: ————————————————————————GGCGGCAGGCTTAACACAT	:	19
Spr3-7	: ————————————————————————GGCGGCAGGCTTAACACAT	:	19
Spr4-5	: ————————————————————————GGCGGCAGGCTTAACACAT	:	19
Spr7-1	: ————————————————————————GGCGGCAGGCTTAACACAT	:	19
Spr7-10	: ————————————————————————GGCGGCAGGCTTAACACAT	:	19
ORS133	: ————————————————AGCGAACGCTGGCGGCAGGCTTAACACAT	:	29
LMG844	: ————————————————AGCGAACGCTGGCGGCAGGCTTAACACAT	:	29
BR3621	: ————————————————AGCGAACGCTGGCGGCAGGCTTAACACAT	:	29
USDA110	: ——CCAACTTGAGAGTTTGATCCTGGCTCAGAGCGAACGCTGGCGGCAGGCTTAACACAT	:	57
USDA6	: ————————GAGTTTGATCCTGGCTCAGAGCGAACGCTGGCGGCAGGCTTAACACAT	:	48
USDA76	: ——————AGTTTGATCCTGGCTCAGAGCGAACGCTGGCGGCAGGCTTAACACAT	:	47
FN13	: ——————————————AGAGCGACGCTGGCGGCAGGCTTAACACAT	:	30
ATCC17001	: ————————————————AGCGAACGCTGGCGGCAGGCTTAACACAT	:	29
ATCC35685	: TTCCAACTTGAGAGTTTGATCCTGGCTCAGAGCGAACGCTGGCGGCAGGCTTAACACAT	:	59
	60 118		
BTAil	: GCAAGTCGAGCGGGCGTAGCAATACGTCAGCGGCAGACGGGTGAGTAACGCGTGGGAAC	:	72
MAR1445	: GCAAGTCGAGCGGGCGTAGCAATACGTCAGCGGCAGACGGGTGAGTAACGCGTGGGAAC	:	72
MAR253	: GCAAGTCGAGCGGGCGTAGCAATACGTCAGCGGCAGACGGGTGAGTAACGCGTGGGAAC	:	72
MAR411	: GCAAGTCGAGCGGGCGTAGCAATACGTCAGCGGCAGACGGGTGAGTAACGCGTGGGAAC	:	72
NZP2257	: GCAAGTCGAGCGGGCGTAGCAATACGTCAGCGGCAGACGGGTGAGTAACGCGTGGGAAC	:	72
RCR3047	: GCAAGTCGAGCGGGCGTAGCAATACGTCAGCGGCAGACGGGTGAGTAACGCGTGGGAAC	:	72
USDA123	: GCAAGTCGAGCGGGCGTAGCAATACGTCAGCGGCAGACGGGTGAGTAACGCGTGGGAAC	:	72
USDA59	: GCAAGTCGAGCGGGCGTAGCAATACGTCAGCGGCAGACGGGTGAGTAACGCGTGGGAAC	:	72
283A	: GCAAGTCGAGCGGGCGTAGCAATACGTCAGCGGCAGACGGGTGAGTAACGCGTGGGAAC	:	78
Spr2-8	: GCAAGTCGAGCGGGCGTAGCAATACGTCAGCGGCAGACGGGTGAGTAACGCGTGGGAAC	:	78
Spr3-7	: GCAAGTCGAGCGGGCGTAGCAATACGTCAGCGGCAGACGGGTGAGTAACGCGTGGGAAC	:	78
Spr4-5	: GCAAGTCGAGCGGGCGTAGCAATACGTCAGCGGCAGACGGGTGAGTAACGCGTGGGAAC	:	78
Spr7-1	: GCAAGTCGAGCGGGCGTAGCAATACGTCAGCGGCAGACGGGTGAGTAACGCGTGGGAAC	:	78
Spr7-10	: GCAAGTCGAGCGGGCGTAGCAATACGTCAGCGGCAGACGGGTGAGTAACGCGTGGGAAC	:	78
ORS133	: GCAAGTCGAGCGGGCGTAGCAATACGTCAGCGGCAGACGGGTGAGTAACGCGTGGGAAC	:	88
LMG8443	: GCAAGTCGAGCGGGCGTAGCAATACGTCAGCGGCAGACGGGTGAGTAACGCGTGGGAAC	:	88
BR3621	: GCAAGTCGAGCGGGCATAGCAATATGTCAGCGGCAGACGGGTGAGTAACGCGTGGGAAC	:	88
USDA110	: GCAAGTCGAGCGGGCGTAGCAATACGTCAGCGGCAGACGGGTGAGTAACGCGTGGGAAC	:	116
USDA6	: GCAAGTCGAGCGGGCGTAGCAATACGTCAGCGGCAGACGGGTGAGTAACGCGTGGGAAC	:	107
USDA76	: GCAAGTCGATCGGGCATAGCAATATGTCAGCGGCAGACGGGTGAGTAACGCGTGGGAAC	:	106

菌株 Strains		16S rDNA 部分序列 Partial sequences of 16S rDNA		
FN13	:	GCAAGTCGAGCGGGCGTAGCAATACGTCAGCGGCAGACGGGTGAGTAACGCGTGGGAAC	:	89
ATCC17001	:	GCAAGTCGAACGGGCGTAGCAATACGTCAGTGGCAGACGGGTGAGTAACGCGTGGGAAC	:	88
ATCC35685	:	GCAAGTCGAACGGGCGTAGCAATACGTCAGTGGCAGACGGGTGAGTAACGCGTGGGAAC	:	118
		119　　　　　　　　　　　　　　　　　　　　　　　　　　　　177		
BTAil	:	GTACCTTTTGGTTCGGAACAACACAGGGAAACTTGTGCTAATACCGGATAAGCCCTTAC	:	131
MAR1445	:	GTACCTTTTGGTTCGGAACAACACAGGGAAACTTGTGCTAATACCGGATAAGCCCTTAC	:	131
MAR253	:	GTACCTTTTGGTTCGGAACAACACAGGGAAACTTGTGCTAATACCGGATAAGCCCTTAC	:	131
MAR411	:	GTACCTTTTGGTTCGGAACAACACAGGGAAACTTGTGCTAATACCGGATAAGCCCTTAC	:	131
NZP2257	:	ATACCTTTTGGTTCGGAACAACACAGGGAAACTTGTGCTAATACCGGATAAGCCCTTAC	:	131
RCR3047	:	GTACCTTTTGGTTCGGAACAACACAGGGAAACTTGTGCTAATACCGGATAAGCCCTTAC	:	131
USDA123	:	GTACCTTTTGGTTCGGAACAACACAGGGAAACTTGTGCTAATACCGGATAAGCCCTTAC	:	131
USDA59	:	GTACCTTTTGGTTCGGAACAACACAGGGAAACTTGTGCTAATACCGGATAAGCCCTTAC	:	131
283A	:	GTACCTTTTGGTTCGGAACAACACAGGGAAACTTGTGCTAATACCGGATAAGCCCTTAC	:	137
Spr2-8	:	GTACCTTTTGGTTCGGAACAACACAGGGAAACTTGTGCTAATACCGGATAAGCCCTTAC	:	137
Spr3-7	:	GTACCTTTTGGTTCGGAACAACACAGGGAAACTTGTGCTAATACCGGATAAGCCCTTAC	:	137
Spr4-5	:	GTACCTTTTGGTTCGGAACAACACAGGGAAACTTGTGCTAATACCGGATAAGCCCTTAC	:	137
Spr7-1	:	ATACCTTTTGGTTCGGAACAACACAGGGAAACTTGTGCTAATACCGGATAAGCCCTTAC	:	137
Spr7-10	:	GTACCTTTTGGTTCGGAACAACACAGGGAAACTTGTGCTAATACCGGATAAGCCCTTAC	:	137
ORS133	:	GTACCTTTTGGTTCGGAACAACTGAGGGAAACTTCAGCTAATACCGGATAAGCCCTAAC	:	147
LMG8443	:	GTACCTTTTGGTTCGGAACAACACAGGGAAACTTGTGCTAATACCGGATAAGCCCTTAC	:	147
BR3621	:	GTACCTTTTGGTTCGGAACAACACAGGGAAACTTGTGCTAATACCGGATAAGCCCTTAC	:	147
USDA110	:	GTACCTTTTGGTTCGGAACAACACAGGGAAACTTGTGCTAATACCGGATAAGCCCTTAC	:	175
USDA6	:	GTACCTTTTGGTTCGGAACAACACAGGGAAACTTGTGCTAATACCGGATAAGCCCTTAC	:	166
USDA76	:	GTACCTTTTGGTTCGGAACAACTGAGGGAAACTTCAGCTAATACCGGATAAGCCCTTAC	:	165
FN13	:	GTACCTTTTGGTTCGGAACAACACAGGGAAACTTGTGCTAATACCGGATAAGCCCTTAC	:	148
ATCC17001	:	GTACCTTTTGGTTCGGAACAACACAGGGAAACTTGTGCTAATACCGGATAAGCCCTTAC	:	147
ATCC35685	:	GTACCTTTTGGTTCGGAACAACACAGGGAAACTTGTGCTAATACCGGATAAGCCTTACG	:	177
		178　　　　　　　　　　　　　　　　　　　　　　　　　　　　236		
BTAil	:	GGGGAAAGATTTATCGCCGAAAGATCGGCCCGCGTCTGATTAGCTAGTTGGTAGGGTAA	:	190
MAR1445	:	GGGGAAAGATTTATCGCCGAAAGATCGGCCCGCGTCTGATTAGCTAGTTGGTGAGGTAA	:	190
MAR253	:	GGGGAAAGATTTATCGCCGAAAGATCGGCCCGCGTCTGATTAGCTAGTTGGTGAGGTAA	:	190
MAR411	:	GGGGAAAGATTTATCGCCGAAAGATCGGCCCGCGTCTGATTAGCTAGTTGGTAGGGTAA	:	190
NZP2257	:	GGGGAAAGATTTATCGCCGAAAGATTGGCCCGCGTCTGATTAGCTAGTTGGTAGGGTAA	:	190
RCR3047	:	GGGGAAAGATTTATCGCCGAAAGATCGGCCCGCGTCTGATTAGCTAGTTGGTAGGGTAA	:	190
USDA123	:	GGGGAAAGATTTATCGCCGAAAGATCGGCCCGCGTCTGATTAGCTAGTTGGTAGGGTAA	:	190
USDA59	:	GGGGAAAGATTTATCGCCGAAAGATCGGCCCGCGTCTGATTAGCTAGTTGGTAGGGTAA	:	190
283A	:	GGGGAAAGATTTATCGCCGAAAGATCGGCCCGCGTCTGATTAGCTAGTTGGTAGGGTAA	:	196
Spr2-8	:	GGGGAAAGATTTATCGCCGAAAGATCGGCCCGCGTCTGATTAGCTAGTTGGTAGGGTAA	:	196
Spr3-7	:	GGGGAAAGATTTATCGCCGAAAGATCGGCCCGCGTCTGATTAGCTAGTTGGTAGGGTAA	:	196
Spr4-5	:	GGGGAAAGATTTATCGCCGAAAGATCGGCCCGCGTCTGATTAGCTAGTTGGTAGGGTAA	:	196
Spr7-1	:	GGGGAAAGATTTATCGCCGAAAGATTGGCCCGCGTCTGATTAGCTAGTTGGTAGGGTAA	:	196

菌株 Strains	16S rDNA 部分序列 Partial sequences of 16S rDNA		
Spr7-10	: GGGGAAAGATTTATCGCCGAAAGATCGGCCCGCGTCTGATTAGCTAGTTGGTAGGGTAA	:	196
ORS133	: GGGGAAAGATTTATCGCCGAAAGATCGGCCCGCGTCTGATTAGCTAGTTGGTAGGGTAA	:	206
LMG8443	: GGGGAAAGATTTATCGCCGAAAGATCGGCCCGCGTCTGATTAGCTAGTTGGTAGGGTAA	:	206
BR3621	: GGGGAAAGATTTATCGCCGAAAGATCGGCCCGCGTCTGATTAGCTAGTTGGTAGGGTAA	:	206
USDA110	: GGGGAAAGATTTATCGCCGAAAGATCGGCCCGCGTCTGATTAGCTAGTTGGTAGGGTAA	:	234
USDA6	: GGGGAAAGATTTATCGCCGAAAGATCGGCCCGCGTCTGATTAGCTAGTTGGTAGGGTAA	:	225
USDA76	: GGGGAAAGATTTATCGCCGAAAGATCGGCCCGCGTCTGATTAGCTAGTTGGTAGGGTAA	:	224
FN13	: GGGGAAAGATTTATCGCCGAAAGATCGGCCCGCGTCTGATTAGCTAGTTGGTAGGGTAA	:	207
ATCC17001	: GGGGAAAGATTTATCGCCGAAAGATCGGCCCGCGTCTGATTAGCTAGTTGGTAGGGTAA	:	206
ATCC35685	: GGG-AAAGATTTATCGCCGAAAGATCGGCCCGCGTCTGATTAGCTAGTTGGTAGGGTAA	:	235
	237 　　　　　　　　　　　　　　　　　　　295		
BTAil	: TGGCCTACCAAGGCGACGATCAGTAGCTGGTCTGAGAGGATGATCAGCCACATTGGGAC	:	249
MAR1445	: TGGCTCACCAAGGCGACGATCAGTAGCTGGTCTGAGAGGATGATCAGCCACATTGGGAC	:	249
MAR253	: TGGCTCACCAAGGCGACGATCAGTAGCTGGTCTGAGAGGATGATCAGCCACATTGGGAC	:	249
MAR411	: TGGCCTACCAAGGCGACGATCAGTAGCTGGTCTGAGAGGATGATCAGCCACATTGGGAC	:	249
NZP2257	: TGGCCTACCAAGGCGACGATCAGTAGCTGGTCTGAGAGGATGATCAGCCACATTGGGAC	:	249
RCR3047	: CGGCCTACCAAGGCGACGATCAGTAGCTGGTCTGAGAGGATGATCAGCCACATTGGGAC	:	249
USDA123	: TGGCCTACCAAGGCGACGATCAGTAGCTGGTCTGAGAGGATGATCAGCCACATTGGGAC	:	249
USDA59	: TGGCTCACCAAGGCGACGATCAGTAGCTGGTCTGAGAGGATGATCAGCCACATTGGGAC	:	249
283A	: TGGCTCACCAAGGCGACGATCAGTAGCTGGTCTGAGAGGATGATCAGCCACATTGGGAC	:	255
Spr2-8	: TGGCTCACCAAGGCGACGATCAGTAGCTGGTCTGAGAGGATGATCAGCCACATTGGGAC	:	249
Spr3-7	: TGGCTCACCAAGGCGACGATCAGTAGCTGGTCTGAGAGGATGATCAGCCACATTGGGAC	:	249
Spr4-5	: TGGCTCACCAAGGCGACGATCAGTAGCTGGTCTGAGAGGATGATCAGCCACATTGGGAC	:	249
Spr7-1	: TGGCTCACCAAGGCGACGATCAGTAGCTGGTCTGAGAGGATGATCAGCCACATTGGGAC	:	249
Spr7-10	: TGGCTCACCAAGGCGACGATCAGTAGCTGGTCTGAGAGGATGATCAGCCACATTGGGAC	:	249
ORS133	: TGGCTCACCAAGGCGACGATCAGTAGCTGGTCTGAGAGGATGATCAGCCACATTGGGAC	:	265
LMG8443	: TGGCCTACCAAGGCGACGATCAGTAGCTGGTCTGAGAGGATGATCAGCCACATTGGGAC	:	265
BR3621	: TGGCTCACCAAGGCGACGATCAGTAGCTGGTCTGAGAGGATGATCAGCCACATTGGGAC	:	265
USDA110	: CGGCCTACCAAGGCGACGATCAGTAGCTGGTCTGAGAGGATGATCAGCCACATTGGGAC	:	293
USDA6	: TGGCTCACCAAGGCGACGATCAGTAGCTGGTCTGAGAGGATGATCAGCCACATTGGGAC	:	284
USDA76	: TGGCTCACCAAGGCGACGATCAGTAGCTGGTCTGAGAGGATGATCAGCCACATTGGGAC	:	283
FN13	: TGGCTCACCAAG-CGACGATCAGTAGCTGGTCTGAGAGGATGATCA-CCACATTGGGAC	:	264
ATCC17001	: TGGCTCACCAAGGCGACGATCAGTAGCTGGTCTGAGAGGATGATCAGCCACATTGGGAC	:	265
ATCC35685	: CGGCTCACCAAGGCGACGATCAGTAGCTGGTCTGAGAGGATGATCAGCCACATTGGGAC	:	294
	296 　　　　　　　　　　　　　　　　　　　354		
BTAil	: TGAGACACGGCCCAA ————————————————————————	:	264
MAR1445	: TGAGACACGGCCCAA ————————————————————————	:	264
MAR253	: TGAGACACGGCCCAA ————————————————————————	:	264
MAR411	: TGAGACACGGCCCAA ————————————————————————	:	264
NZP2257	: TGAGACACGGCCCAA ————————————————————————	:	264
RCR3047	: TGAGACACGGCCCAA ————————————————————————	:	264

菌株 Strains		16S rDNA 部分序列 Partial sequences of 16S rDNA		
USDA123	:	TGAGACACGGCCCAA ———————————————	:	264
USDA59	:	TGAGACACGGCCCAA ———————————————	:	264
283A	:	TGAGACACGGCCCAAACTCCTACGGGAGGCAGCAGTGGGGAATATTGGACAATGGGGGC	:	314
Spr2-8	:	TGAGACACGGCCCAAACTCCTACGGGAGGCAGCAGTGGGGAATATTGGACAATGGGGGC	:	314
Spr3-7	:	TGAGACACGGCCCAAACTCCTACGGGAGGCAGCAGTGGGGAATATTGGACAATGGGGGC	:	314
Spr4-5	:	TGAGACACGGCCCAAACTCCTACGGGAGGCAGCAGTGGGGAATATTGGACAATGGGGGC	:	314
Spr7-1	:	TGAGACACGGCCCAAACTCCTACGGGAGGCAGCAGTGGGGAATATTGGACAATGGGGGC	:	314
Spr7-10	:	TGAGACACGGCCCAAACTCCTACGGGAGGCAGCAGTGGGGAATATTGGACAATGGGGGC	:	314
ORS133	:	TGAGACACGGCCCAAACTCCTACGGGAGGCAGCAGTGGGGAATATTGGACAATGGGGGC	:	324
LMG8443	:	TGAGACACGGCCCAAACTCCTACGGGAGGCAGCAGTGGGGAATATTGGACAATGGGGGC	:	324
BR3621	:	TGAGACACGGCCCAAACTCCTACGGGAGGCAGCAGTGGGGAATATTGGACAATGGGGGC	:	324
USDA110	:	TGAGACACGGCCCAAACTCCTACGGGAGGCAGCAGTGGGGAATATTGGACAATGGGGGC	:	352
USDA6	:	TGAGACACGGCCCAAACTCCTACGGGAGGCAGCAGTGGGGAATATTGGACAATGGGGGC	:	343
USDA76	:	TGAGACACGGCCCAAACTCCTACGGGAGGCAGCAGTGGGGAATATTGGACAATGGGGGC	:	342
FN13	:	TGAGACACGGCCCAAACTCCTACGGGAGGCAGCAGTGGGGAATATTGGACAATGGGGGC	:	323
ATCC17001	:	TGAGACACGGCCCAAACTCCTACGGGAGGCAGCAGTGGGGAATATTGGACAATGGGGGC	:	324
ATCC35685	:	TGAGACACGGCCCAAACTCCTACGGGAGGCAGCAGTGGGGAATATTGGACAATGGGGGC	:	353
		355 413		
BTAil	:	———————————————————————————————————	:	
MAR1445	:	———————————————————————————————————	:	
MAR253	:	———————————————————————————————————	:	
MAR411	:	———————————————————————————————————	:	
NZP2257	:	———————————————————————————————————	:	
RCR3047	:	———————————————————————————————————	:	
USDA123	:	———————————————————————————————————	:	
USDA59	:	———————————————————————————————————	:	
283A	:	AACCCTGATCCAGCCATGCCGCGTGAGTGATGAAGGCCCTAGGGTTGTAAAGCTCTTTT	:	373
Spr2-8	:	AACCCTGATCCAGCCATGCCGCGTGAGTGATGAAGGCCCTAGGGTTGTAAAGCTCTTTT	:	373
Spr3-7	:	AACCCTGATCCAGCCATGCCGCGTGAGTGATGAAGGCCCTAGGGTTGTAAAGCTCTTTT	:	373
Spr4-5	:	AACCCTGATCCAGCCATGCCGCGTGAGTGATGAAGGCCCTAGGGTTGTAAAGCTCTTTT	:	373
Spr7-1	:	AACCCTGATCCAGCCATGCCGCGTGAGTGATGAAGGCCCTAGGGTTGTAAAGCTCTTTT	:	373
Spr7-10	:	AACCCTGATCCAGCCATGCCGCGTGAGTGATGAAGGCCCTAGGGTTGTAAAGCTCTTTT	:	373
ORS133	:	AAGCCTGATCCAGCCATGCCGCGTGAGTGATGAAGGCCCTAGGGTTGTAAAGCTCTTTT	:	383
LMG8443	:	AACCCTGATCCAGCCATGCCGCGTGAGTGATGAAGGCCCTAGGGTTGTAAAGCTCTTTT	:	383
BR3621	:	AAGCCTGATCCAGCCATGCCGCGTGAGTGATGAAGGCCCTAGGGTTGTAAAGCTGTTTT	:	383
USDA110	:	AACCCTGATCCAGCCATGCCGCGTGAGTGATGAAGGCCCTAGGGTTGTAAAGCTCTTTT	:	411
USDA6	:	AACCCTGATCCAGCCATGCCGCGTGAGTGATGAAGGCCCTAGGGTTGTAAAGCTCTTTT	:	402
USDA76	:	AAGCCTGATCCAGCCATGCCGCGTGAGTGATGAAGGCCCTAGGGTTGTAAAGCTCTTTT	:	401
FN13	:	AACCCTGATCCAGCCATGCCGCGTGAGTGATGAAGnCCCTAGGGTTGTAAAGCTCTTTT	:	381
ATCC17001	:	AACCCTGATCCAGCCATGCCGCGTGAGTGATGAAGGCCCTAGGGTTGTAAAGCTCTTTT	:	383
ATCC35685	:	AACCCTnATCCAGCCATGCCGCGTGAGTGATGAAGGCCCTAGGGTTGTAAAGCTCTTTT	:	412

续表

菌株 Strains	16S rDNA 部分序列 Partial sequences of 16S rDNA	
	414 472	
BTAil	: ———————————————————————————————— :	
MAR1445	: ———————————————————————————————— :	
MAR253	: ———————————————————————————————— :	
MAR411	: ———————————————————————————————— :	
NZP2257	: ———————————————————————————————— :	
RCR3047	: ———————————————————————————————— :	
USDA123	: ———————————————————————————————— :	
USDA59	: ———————————————————————————————— :	
283A	: GTGCGGGAAGATAATGACGGTACCGCAAGAATAAGCCCCGGCTAACTTCGTGCCAGCAG :	432
Spr2-8	: GTGCGGGAAGATAATGACGGTACCGCAAGAATAAGCCCCGGCTAACTTCGTGCCAGCAG :	432
Spr3-7	: GTGCGGGAAGATAATGACGGTACCGCAAGAATAAGCCCCGGCTAACTTCGTGCCAGCAG :	432
Spr4-5	: GTGCGGGAAGATAATGACGGTACCGCAAGAATAAGCCCCGGCTAACTTCGTGCCAGCAG :	432
Spr7-1	: GTGCGGGAAGATAATGACGGTACCGCAAGAATAAGCCCCGGCTAACTTCGTGCCAGCAG :	432
Spr7-10	: GTGCGGGAAGATAATGACGGTACCGCAAGAATAAGCCCCGGCTAACTTCGTGCCAGCAG :	432
ORS133	: GTGCGGGAAGATAATGACGGTACCGCAAGAATAAGCCCCGGCTAACTTCGTGCCAGCAG :	442
LMG8443	: GTGCGGGAAGATAATGACGGTACCGCAAGAATAAGCCCCGGCTAACTTCGTGCCAGCAG :	442
BR3621	: GTGCGGGAAGATAATGACGGTACCGCAAGAATAAGCCCCGGCTAACTTCGTGCCAGCAG :	442
USDA110	: GTGCGGGAAGATAATGACGGTACCGCAAGAATAAGCCCCGGCTAACTTCGTGCCAGCAG :	472
USDA6	: GTGCGGGAAGATAATGACGGTACCGCAAGAATAAGCCCCGGCTAACTTCGTGCCAGCAG :	461
USDA76	: GTGCGGGAAGATAATGACGGTACCGCAAGAATAAGCCCCGGCTAACTTCGTGCCAGCAG :	460
FN13	: GTGCGGGAAGATAATGACGGTACCGCAAGAATAAGCCCCGGCTAACTTCGTGCCAGCAG :	440
ATCC17001	: GTGCGGGAAGATAATGACGGTACCGCAAGAATAAGCCCCGGCTAACTTCGTGCCAGCAG :	442
ATCC35685	: GTGCGGGAAGATAATGACGGTACCGCAAGAATAAGCCCCGGCTAACTTCGTGCCAGCAG :	471
	473 531	
BTAil	: ———————————————————————————————— :	
MAR1445	: ———————————————————————————————— :	
MAR253	: ———————————————————————————————— :	
MAR411	: ———————————————————————————————— :	
NZP2257	: ———————————————————————————————— :	
RCR3047	: ———————————————————————————————— :	
USDA123	: ———————————————————————————————— :	
USDA59	: ———————————————————————————————— :	
283A	: CCGCGGTAATACGAAGGGGGCTAGCGTTGCTCGGAATCACTGGGCGTAAAGGGTGCGTA :	491
Spr2-8	: CCGCGGTAATACGAAGGGGGCTAGCGTTGCTCGGAATCACTGGGCGTAAAGGGTGCGTA :	491
Spr3-7	: CCGCGGTAATACGAAGGGGGCTAGCGTTGCTCGGAATCACTGGGCGTAAAGGGTGCGTA :	491
Spr4-5	: CCGCGGTAATACGAAGGGGGCTAGCGTTGCTCGGAATCACTGGGCGTAAAGGGTGCGTA :	491
Spr7-1	: CCGCGGTAATACGAAGGGGGCTAGCGTTGCTCGGAATCACTGGGCGTAAAGGGTGCGTA :	491
Spr7-10	: CCGCGGTAATACGAAGGGGGCTAGCGTTGCTCGGAATCACTGGGCGTAAAGGGTGCGTA :	491
ORS133	: CCGCGGTAATACGAAGGGGGCTAGCGTTGCTCGGAATCACTGGGCGTAAAGGGTGCGTA :	501
LMG8443	: CCGCGGTAATACGAAGGGGGCTAGCGTTGCTCGGAATCACTGGGCGTAAAGGGTGCGTA :	501

菌株 Strains		16S rDNA 部分序列 Partial sequences of 16S rDNA		
BR3621	:	CCGCGGTAATACGAAGGGGGCTAGCGTTGCTCGGAATCACTGGGCGTAAAGGGTGCGTA	:	501
USDA110	:	CCGCGGTAATACGAAGGGGGCTAGCGTTGCTCGGAATCACTGGGCGTAAAGGGTGCGTA	:	529
USDA6	:	CCGCGGTAATACGAAGGGGGCTAGCGTTGCTCGGAATCACTGGGCGTAAAGGGTGCGTA	:	520
USDA76	:	CCGCGGTAATACGAAGGGGGCTAGCGTTGCTCGGAATCACTGGGCGTAAAGGGTGCGTA	:	519
FN13	:	CCGCGGTAATACGAAGGGG-CTAGCGTTGCTCGGAATCACTGGGCGTAAAGGGTGCGTA	:	498
ATCC17001	:	CCGCGGTAATACGAAGGGGGCTAGCGTTGCTCGGAATCACTGGGCGTAAAGGGTGCGTA	:	501
ATCC35685	:	CCGCGGTAATACGAAGGGGGCTAGCGTTGCTCGGAATCACTGGGCGTAAAGGGTGCGTA	:	530
		532　　　　　　　　　　　　　　　　　　　　　　　　　　590		
BTAil	:	────────────────────────────────	:	
MAR1445	:	────────────────────────────────	:	
MAR253	:	────────────────────────────────	:	
MAR411	:	────────────────────────────────	:	
NZP2257	:	────────────────────────────────	:	
RCR3047	:	────────────────────────────────	:	
USDA123	:	────────────────────────────────	:	
USDA59	:	────────────────────────────────	:	
283A	:	GGCGGGTCTTTAAGTCAGGGGTGAAATCCTGGAGCTCAACTCCAGAACTGCCTTTGATA	:	550
Spr2-8	:	GGCGGGTCTTTAAGTCAGGGGTGAAATCCTGGAGCTCAACTCCAGAACTGCCTTTGATA	:	550
Spr3-7	:	GGCGGGTCTTTAAGTCAGGGGTGAAATCCTGGAGCTCAACTCCAGAACTGCCTTTGATA	:	550
Spr4-5	:	GGCGGGTCTTTAAGTCAGGGGTGAAATCCTGGAGCTCAACTCCAGAACTGCCTTTGATA	:	550
Spr7-1	:	GGCGGGTCTTTAAGTCAGGGGTGAAATCCTGGAGCTCAACTCCAGAACTGCCTTTGATA	:	550
Spr7-10	:	GGCGGGTCTTTAAGTCAGGGGTGAAATCCTGGAGCTCAACTCCAGAACTGCCTTTGATA	:	550
ORS133	:	GGCGGGTCTTTAAGTCAGGGGTGAAATCCTGGAGCTCAACTCCAGAACTGCCTTTGATA	:	560
LMG8443	:	GGCGGGTCTTTAAGTCAGGGGTGAAATCCTGGAGCTCAACTCCAGAACTGCCTTTGATA	:	560
BR3621	:	GGCGGGTCTTTAAGTCAGGGGTGAAATCCTGGAGCTCAACTCCAGAACTGCCTTTGATA	:	560
USDA110	:	GGCGGGTCTTTAAGTCAGGGGTGAAATCCTGGAGCTCAACTCCAGAACTGCCTTTGATA	:	588
USDA6	:	GGCGGGTCTTTAAGTCAGGGGTGAAATCCTGGAGCTCAACTCCAGAACTGCCTTTGATA	:	579
USDA76	:	GGCGGGTCTTTAAGTCAGGGGTGAAATCCTGGAGCTCAACTCCAGAACTGCCTTTGATA	:	578
FN13	:	GGCGGGTCTTTAAGTCAGGGGTGAAATCCTGGAGCTCAACTCCAGAACTGCCTTTGATA	:	557
ATCC17001	:	GGCGGGTCTTTAAGTCAGGGGTGAAAGCCTGGAGCTCAACTCCAGAACTGCCTTTGATA	:	560
ATCC35685	:	GGCGGGTCTTTAAGTCAGGGGTGAAAGCCTGGAGCTCAACTCCAGAACTGCCTTTGATA	:	589
		591　　　　　　　　　　　　　　　　　　　　　　　　　　649		
BTAil	:	────────────────────────────────	:	
MAR1445	:	────────────────────────────────	:	
MAR253	:	────────────────────────────────	:	
MAR411	:	────────────────────────────────	:	
NZP2257	:	────────────────────────────────	:	
RCR3047	:	────────────────────────────────	:	
USDA123	:	────────────────────────────────	:	
USDA59	:	────────────────────────────────	:	
283A	:	CTGAAGATCTTGAGTCCGGGAGAGGTGAGTGGAACTGCGAGTGTAGAGGTGAAATTCGT	:	609

菌株 Strains		16S rDNA 部分序列 Partial sequences of 16S rDNA		
Spr2-8	:	CTGAAGATCTTGAGTTCGGGAGAGGTGAGTGGAACTGCGAGTGTAGAGGTGAAATTCGT	:	609
Spr3-7	:	CTGAAGATCTTGAGTTCGGGAGAGGTGAGTGGAACTGCGAGTGTAGAGGTGAAATTCGT	:	609
Spr4-5	:	CTGAAGATCTTGAGTTCGGGAGAGGTGAGTGGAACTGCGAGTGTAGAGGTGAAATTCGT	:	609
Spr7-1	:	CTGAAGATCTTGAGTTCGGGAGAGGTGAGTGGAACTGCGAGTGTAGAGGTGAAATTCGT	:	609
Spr7-10	:	CTGAAGATCTTGAGTTCGGGAGAGGTGAGTGGAACTGCGAGTGTAGAGGTGAAATTCGT	:	609
ORS133	:	CTGAAGATCTTGAGTTCGGGAGAGGTGAGTGGAACTGCGAGTGTAGAGGTGAAATTCGT	:	619
LMG8443	:	CTGAAGATCTTGAGTTCGGGAGAGGTGAGTGGAACTGCGAGTGTAGAGGTGAAATTCGT	:	619
BR3621	:	CTGAAGATCTTGAGTTCGGGAGAGGTGAGTGGAACTGCGAGTGTAGAGGTGAAATTCGT	:	619
USDA110	:	CTGAAGATCTTGAGTTCGGGAGAGGTGAGTGGAACTGCGAGTGTAGAGGTGAAATTCGT	:	647
USDA6	:	CTGAAGATCTTGAGTTCGGGAGAGGTGAGTGGAACTGCGAGTGTAGAGGTGAAATTCGT	:	638
USDA76	:	CTGAAGATCTTGAGTTCGGGAGAGGTGAGTGGAACTGCGAGTGTAGAGGTGAAATTCGT	:	637
FN13	:	CTGAAGATCTTGAGTTCGGGAGAGGTGAGTGGAACTGCGAGTGTAGAGGTGAAATTCGT	:	616
ATCC17001	:	CTGGAAGTCTTGAGTATGGCAGAGGTGAGTGGAACTGCGAGTGTAGAGGTGAAATTCGT	:	619
ATCC35685	:	CTGAGGATCTTGAGTTCGGGAGAGGTGAGTGGAACTGCGAGTGTAGAGGTGAAATTCGT	:	648
		650　　　　　　　　　　　　　　　　　　　　　　　　　　708		
BTAil	:	——————————————————————————	:	
MAR1445	:	——————————————————————————	:	
MAR253	:	——————————————————————————	:	
MAR411	:	——————————————————————————	:	
NZP2257	:	——————————————————————————	:	
RCR3047	:	——————————————————————————	:	
USDA123	:	——————————————————————————	:	
USDA59	:	——————————————————————————	:	
283A	:	AGATATTCGCAAGAACACCAGTGGCGAAGGCGGCTCACTGGCCCGGTACTGACGCTGAG	:	668
Spr2-8	:	AGATATTCGCAAGAACACCAGTGGCGAAGGCGGCTCACTGGCCCGATACTGACGCTGAG	:	668
Spr3-7	:	AGATATTCGCAAGAACACCAGTGGCGAAGGCGGCTCACTGGCCCGATACTGACGCTGAG	:	668
Spr4-5	:	AGATATTCGCAAGAACACCAGTGGCGAAGGCGGCTCACTGGCCCGATACTGACGCTGAG	:	668
Spr7-1	:	AGATATTCGCAAGAACACCAGTGGCGAAGGCGGCTCACTGGCCCGATACTGACGCTGAG	:	668
Spr7-10	:	AGATATTCGCAAGAACACCAGTGGCGAAGGCGGCTCACTGGCCCGATACTGACGCTGAG	:	668
ORS133	:	AGATATTCGCAAGAACACCAGTGGCGAAGGCGGCTCACTGGCCCGATACTGACGCTGAG	:	678
LMG8443	:	AGATATTCGCAAGAACACCAGTGGCGAAGGCGGCTCACTGGCCCGATACTGACGCTGAG	:	678
BR3621	:	AGATATTCGCAAGAACACCAGTGGCGAAGGCGGCTCACTGGCCCGATACTGACGCTGAG	:	678
USDA110	:	AGATATTCGCAAGAACACCAGTGGCGAAGGCGGCTCACTGGCCCGATACTGACGCTGAG	:	706
USDA6	:	AGATATTCGCAAGAACACCAGTGGCGAAGGCGGCTCACTGGCCCGATACTGACGCTGAG	:	697
USDA76	:	AGATATTCGCAAGAACACCAGTGGCGAAGGCGGCTCACTGGCCCGATACTGACGCTGAG	:	696
FN13	:	AGATATTCGCAAGAACACCAGTGGCGAAGGCGGCTCACTGGCCCGATACTGACGCTGAG	:	675
ATCC17001	:	AGATATTCGCAAGAACACCAGTGGCGAAGGCGGCTCACTGGGCCATTACTGACGCTGAG	:	678
ATCC35685	:	AGATATTCGCAAGAACACCAGTGGCGAAGGCGGCTCACTGGCCCGATACTGACGCTGAG	:	707
		709　　　　　　　　　　　　　　　　　　　　　　　　　767		
BTAil	:	——————————————————————————	:	
MAR1445	:	——————————————————————————	:	

菌株 Strains		16S rDNA 部分序列 Partial sequences of 16S rDNA		
MAR253	:	———————————————————————————————	:	
MAR411	:	———————————————————————————————	:	
NZP2257	:	———————————————————————————————	:	
RCR3047	:	———————————————————————————————	:	
USDA123	:	———————————————————————————————	:	
USDA59	:	———————————————————————————————	:	
283A	:	GCACGAAAGCGTGGGGAGCAAACAGGATTAGATACCCTGGTAGTCCACGCCGTAAACGA	:	727
Spr2-8	:	GCACGAAAGCGTGGGGAGCAAACAGGATTAGATACCCTGGTAGTCCACGCCGTAAACGA	:	727
Spr3-7	:	GCACGAAAGCGTGGGGAGCAAACAGGATTAGATACCCTGGTAGTCCACGCCGTAAACGA	:	727
Spr4-5	:	GCACGAAAGCGTGGGGAGCAAACAGGATTAGATACCCTGGTAGTCCACGCCGTAAACGA	:	727
Spr7-1	:	GCACGAAAGCGTGGGGAGCAAACAGGATTAGATACCCTGGTAGTCCACGCCGTAAACGA	:	727
Spr7-10	:	GCACGAAAGCGTGGGGAGCAAACAGGATTAGATACCCTGGTAGTCCACGCCGTAAACGA	:	727
ORS133	:	GCACGAAAGCGTGGGGAGCAAACAGGATTAGATACCCTGGTAGTCCACGCCGTAAACGA	:	737
LMG8443	:	GCACGAAAGCGTGGGGAGCAAACAGGATTAGATACCCTGGTAGTCCACGCCGTAAACGA	:	737
BR3621	:	GCACGAAAGCGTGGGGAGCAAACAGGATTAGATACCCTGGTAGTCCACGCCGTAAACGA	:	737
USDA110	:	GCACGAAAGCGTGGGGAGCAAACAGGATTAGATACCCTGGTAGTCCACGCCGTAAACGA	:	765
USDA6	:	GCACGAAAGCGTGGGGAGCAAACAGGATTAGATACCCTGGTAGTCCACGCCGTAAACGA	:	756
USDA76	:	GCACGAAAGCGTGGGGAGCAAACAGGATTAGATACCCTGGTAGTCCACGCCGTAAACGA	:	755
FN13	:	GCACGAAAGCGTGGGGAGCAAACAGGATTAGATACCCTGGTAGTCCAC-CCGTAAACGA	:	733
ATCC17001	:	GCACGAAAGCGTGGGGAGCAAACAGGATTAGATACCCTGGTAGTCCACGCCGTAAACGA	:	737
ATCC35685	:	GCACGAAAGCGTGGGGAGCAAACAGGATTAGATACCCTGGTAGTCCACGCCGTAAACGA	:	766
		768 826		
BTAil	:	———————————————————————————————	:	
MAR1445	:	———————————————————————————————	:	
MAR253	:	———————————————————————————————	:	
MAR411	:	———————————————————————————————	:	
NZP2257	:	———————————————————————————————	:	
RCR3047	:	———————————————————————————————	:	
USDA123	:	———————————————————————————————	:	
USDA59	:	———————————————————————————————	:	
283A	:	TGAATGCCAGCCGTTAGTGGGTTTACTCACTAGTGGCGCAGCTAACGCTTTAA———————	:	780
Spr2-8	:	TGAATGCCAGCCGTTAGTGGGTTTACTCACTAGTGGCGCAGCTAACGCTTTAA———————	:	780
Spr3-7	:	TGAATGCCAGCCGTTAGTGGGTTTACTCACTAGTGGCGCAGCTAACGCTTTAA———————	:	780
Spr4-5	:	TGAATGCCAGCCGTTAGTGGGTTTACTCACTAGTGGCGCAGCTAACGCTTTAA———————	:	780
Spr7-1	:	TGAATGCCAGCCGTTAGTGGGTTTACTCACTAGTGGCGCAGCTAACGCTTTAG———————	:	780
Spr7-10	:	TGAATGCCAGCCGTTAGTGGGTTTACTCACTAGTGGCGCAGCTAACGCTTTAA———————	:	780
ORS133	:	TGAATGCCAGCCGTTAGTGGGTTTACTCACTAGTGGCGCAGCTAACGCTTTAAGCATTC	:	796
LMG8443	:	TGAATGCCAGCCGTTAGTGGGTTTACTCACTAGTGGCGCAGCTAACGCTTTAAGCATTC	:	796
BR3621	:	TGAATGCCAGCCGTTAGTGGGTTTACTCACTAGTGGCGCAGCTAACGCTTTAAGCATTC	:	796
USDA110	:	TGAATGCCAGCCGTTAGTGGGTTTACTCACTAGTGGCGCAGCTAACGCTTTAAGCATTC	:	824
USDA6	:	TGAATGCCAGCCGTTAGTGGGTTTACTCACTAGTGGCGCAGCTAACGCTTTAAGCATTC	:	815

菌株 Strains		16S rDNA 部分序列 Partial sequences of 16S rDNA		
USDA76	:	TGAATGCCAGCCGTTAGTGGGTTTACTCACTAGTGGCGCAGCTAACGCTTTAAGCATTC	:	814
FN13	:	TGAATGCCAGCCGTTAGTGGGTTTACTCACTAGTGGCGCAGCTAACGCTTTAAGCATTC	:	792
ATCC17001	:	TGAATGCCAGCCGTTAGTGGGTTTACTCACTAGTGGCGCAGCTAACGCTTTAAGCATTC	:	796
ATCC35685	:	TGAATGCCAGCCGTTAGTGGGTTTACTCACTAGTGGCGCAGCTAACGCTTTAAGCATTC	:	825
		827　　　　　　　　　　　　　　　　　　　　　　　　　　886		
BTAil	:	———————————————————————————————————	:	
MAR1445	:	———————————————————————————————————	:	
MAR253	:	———————————————————————————————————	:	
MAR411	:	———————————————————————————————————	:	
NZP2257	:	———————————————————————————————————	:	
RCR3047	:	———————————————————————————————————	:	
USDA123	:	———————————————————————————————————	:	
USDA59	:	———————————————————————————————————	:	
283A	:	———————————————————————————————————	:	
Spr2-8	:	———————————————————————————————————	:	
Spr3-7	:	———————————————————————————————————	:	
Spr4-5	:	———————————————————————————————————	:	
Spr7-1	:	———————————————————————————————————	:	
Spr7-10	:	———————————————————————————————————	:	
ORS133	:	CGCCTGGGGAGTACGGTCGCAAGATTAAAACTCAAAGGAATTGA———————	:	840
LMG8443	:	CGCCTGGGGAGTACGGTCGCAAGATTAAAACTCAAAGGAATTGACGGGGGCCCGCACAA	:	855
BR3621	:	CGCCTGGGGAGTACGGTCGCAAGATTAAAACTCAAAGGAATTGACGGGGGCCCGCACAAG	:	855
USDA110	:	CGCCTGGGGAGTACGGTCGCAAGATTAAAACTCAAAGGAATTGACGGGGGCCCGCACAA	:	883
USDA6	:	CGCCTGGGGAGTACGGTCGCAAGATTAAAACTCAAAGGAATTGACGGGGGCCCGCACAA	:	874
USDA76	:	CGCCTGGGGAGTACGGTCGCAAGATTAAAACTCAAAGGAATTGACGGGGGDDDGCACAA	:	873
FN13	:	CGCCTGGGGAGTACGGTCGCAAGATTAAAACTCAAAGGAATTGACGGGGGCCCGCACAA	:	851
ATCC17001	:	CGCCTGGGGAGTACGGTCGCAAGATTAAAACTCAAAGGAATTGACGGGGGCCCGCACAA	:	855
ATCC35685	:	CGCCTGGGGAGTACGGTCGCAAGATTAAAACTCAAAGGAATTGACGGGGGCCCGCACAAG	:	884
		887　　　　　　　　　　　　　　　　　　　　　　　　　　946		
BTAi1	:	———————————————————————————————————	:	
MAR1445	:	———————————————————————————————————	:	
MAR253	:	———————————————————————————————————	:	
MAR411	:	———————————————————————————————————	:	
NZP2257	:	———————————————————————————————————	:	
RCR3047	:	———————————————————————————————————	:	
USDA123	:	———————————————————————————————————	:	
USDA59	:	———————————————————————————————————	:	
283A	:	———————————————————————————————————	:	
Spr2-8	:	———————————————————————————————————	:	
Spr3-7	:	———————————————————————————————————	:	
Spr4-5	:	———————————————————————————————————	:	

菌株 Strains	16S rDNA 部分序列 Partial sequences of 16S rDNA		
Spr7-1	: ——————————————————————————————	:	
Spr7-10	: ——————————————————————————————	:	
ORS133	: ——————————————————————————————	:	
LMG8443	: GCGGTGGAGCATGTGGTTTAATTCGACGCAACGCGCAGAACCTTA—————	:	900
BR3621	: CGGTGGAGCATGTGGTTTAATTCGACGCAACGCGCAGAACCTTAC————	:	900
USDA110	: GCGGTGGAGCATGTGGT—————————————————	:	900
USDA6	: GCGGTGGAGCATGTGGTTTAATTCGA——————————	:	900
USDA76	: GCGGTGGAGCATGTGGTTTAATTCGAC—————————	:	900
FN13	: GCGGTGGAGCATGTGGTTAATTCGACGCAACGCGCAGAACCTTACCAGC—	:	900
ATCC17001	: GCGGTGGAGCATGTGGTTTAATTCGACGCAACGCGCAGAACCTTA————	:	900
ATCC35685	: CGGTGGAGCATGTGGT—————————————————	:	900

16S rRNA 基因在细菌基因组中具有相当的保守性,被称为"分子钟"基因,其序列分析是研究根瘤菌系统发育和分类的重要依据之一。从本试验分析的 780bp 序列来看,慢生花生根瘤菌与慢生大豆根瘤菌 B. japonicum 的 16S rDNA 序列相似性高,16S rDNA PCR-RFLP 分析结果也是如此。因此,可以断言,花生根瘤菌与慢生大豆根瘤菌在系统发育和进化方向上是一致的。本试验同时表明,慢生根瘤菌与其他细菌(硝酸杆菌 Nitrobater sp.、Afipia、芽生杆菌 Blastobater denitrificans、沼泽红假单胞菌 Rhodopseudomonas palustris)的 16S rDNA 序列相似性也较高(图 9),表明它们的系统发育关系较近。该结果与前人的研究一致[2,12,18]。有人认为应将这几种菌的种属关系进行调整,提出将 Bradyrhizobium sp.、Nitrobater sp.、Afipia、Blastobacter denitrficans 和 Rhodopseudomanas palustri 合并成一个属。支持这个观点的证据有:①这几种菌属于同一系统发育分支[2,12,19];②沼泽红假单胞菌与田皂角慢生根瘤菌 Bradyrhizobium sp.(Aeschynomence)都能进行光合作用,产生细菌叶绿素 a[20];③沼泽红假单胞菌和慢生根瘤菌都能进行由固氮酶催化的固氮作用;④在厌氧条件下,沼泽红假单胞菌、硝酸杆菌和慢生根瘤菌都能进行硝酸还原作用[21~23];⑤沼泽红假单胞菌和芽生杆菌都具有芽殖的繁殖方式[24,25];⑥在红假单胞菌属中,只有沼泽红假单胞菌能利用苯类化合物 benzoate 作为碳源,而所有的慢生根瘤菌均能利用这种碳源[2]。既然慢生根瘤菌与上述几种菌属于同一系统发育分支,在表型特征上比较相似,将它们合并为一个属是恰当的,但在种的划分上,仍需做进一步深入研究。

2.4　rep-PCR DNA 指纹图谱

rep-PCR 和 ERIC-PCR 扩增产物电泳后出现多条带谱,其大小为 0.3~0.7kb(图 10 和图 11)。根据指纹图谱的相似性,采用平均连锁法聚类分析,获得 REP 和 ERIC-PCR 指纹图谱相似性树状图(图 12 和图 13)。

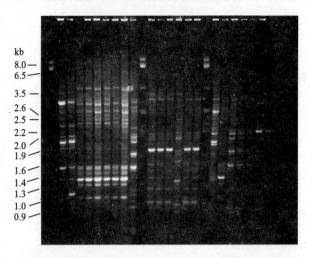

图 10　花生根瘤菌基因组 DNA 的 REP-PCR 指纹图谱

图中从左到右依次为：λ DNA（用 *Ava* Ⅱ 切割后作分子质量标记），Spr2-8，Spr2-9，Spr3-1，Spr3-2，Spr3-3，
Spr3-4，Spr3-5，Spr3-6，Spr3-7，λDNA，Spr4-1，Spr4-2，Spr4-4，Spr4-5，Spr4-6，Spr4-10，λDNA，Spr6-3，
Spr7-1，Spr7-5，Spr7-7，Spr7-8，Spr7-9，Spr7-10，λ DNA

Fig. 10　REP-PCR fingerprint patterns of genomic DNA of *Bradyrhizobium* sp.（*Arachis*）

The order of the strains is from left to right：λDNA（molecular weight marker digested with *Ava* Ⅱ），Spr2-8，
Spr2-9，Spr3-1，Spr3-2，Spr3-3，Spr3-4，Spr3-5，Spr3-6，Spr3-7，λDNA，Spr4-1，Spr4-2，Spr4-4，Spr4-5，
Spr4-6，Spr4-10，λDNA，Spr6-3，Spr7-1，Spr7-5，Spr7-7，Spr7-8，Spr7-9，Spr7-10，λDNA

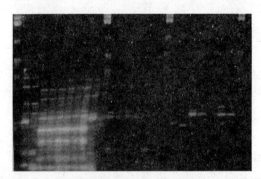

图 11　花生根瘤菌基因组 DNA 的 ERIC-PCR 指纹图谱

图中从左到右的顺序与图 10 相同

Fig. 11　ERIC-PCR fingerprint patterns of genomic DNA of *Bradyrhizobium* sp.（*Arachis*）

The order of the strains from the left to right is the same as Fig. 10

　　ERIC-PCR：由树状图（图 12）可以看出，供试的 22 株四川花生根瘤菌在相似性 20%处聚为一类，低的相似性表明花生根瘤菌基因组存在高度的异质性。在 58%的相似性水平上，除 Spr4-5 和 Spr6-3 外，可将供试菌株划分为 5 群（图 12）。群 1 菌株分离自洪雅县的天府 3 号品种，群 2 菌株来源于雅安的地方花生品种，群 3、群 4 包含分离自川北南充的天府 3 号品种；群 5 菌株虽然也分离自雅安，但寄主是天府 3 号，而不是地方品种。由此可见，REP-PCR 指纹图谱相似性聚类分析结果与菌株的分离地和寄主品种有相关性，证明了花生根瘤菌在发育过程中与寄主和环境的协同效应。

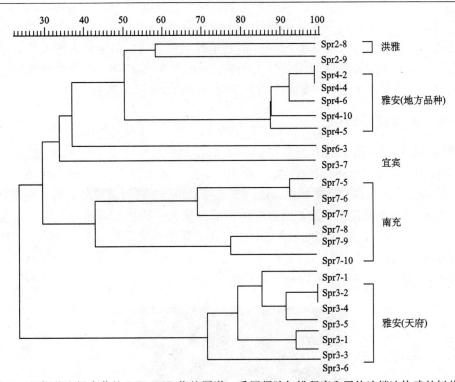

图 12 根据花生根瘤菌的 REP-PCR 指纹图谱，采用凝胶扫描程序和平均连锁法构建的树状图

Fig. 12 UPGMA dendrogram constructed based on the REP-PCR patterns of *Bradyrhizobium* sp.

(*Arachis*) by using Gel-compar program

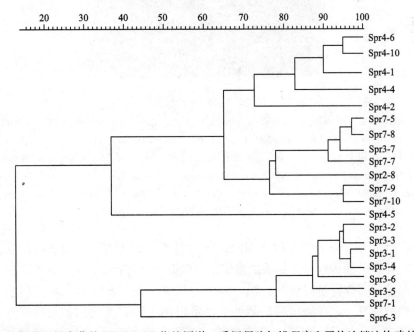

图 13 根据花生根瘤菌的 ERIC-PCR 指纹图谱，采用凝胶扫描程序和平均连锁法构建的树状图

Fig. 13 UPGMA dendrogram constructed based on the ERIC-PCR patterns of *Bradyrhizobium* sp.

(*Arachis*) by using Gel-compar program

　　REIC-PCR：如图 13 所示，为便于与 rep-PCR 的结果比较，仍将分群的标准定在 58％的相似性水平处，Spr4-5 和 Spr6-3 仍然单株成群，其余菌株分为两大群，分群的结果与菌株的分离地和寄主的相关性不明显。rep-PCR 和 ERIC-PCR 对菌株的分群结果不相同，可能是由于这两种重复序列在基因组中的分布不一致造成的。

2.5　AFLP 指纹图谱

　　供试花生根瘤菌的 AFLP 指纹图谱及相似性聚类分析结果见图 14 和图 15。由图 14、图 15 可见，在 75％的相似性水平处聚为 5 群，除 Spr4-7 和 Spr6-3 而外，其余菌株的分群与寄主和菌株分离地相关，进一步证明了环境条件对菌株的发育和遗传分化有影响。在 65％的相似性水平处，所有花生根瘤菌聚为一群，表明四川花生根瘤菌基因组 DNA 的同源性高。尽管如此，AFLP 指纹图谱仍然反映了四川花生根瘤菌菌株间存在的微小遗传差异性，说明 AFLP 指纹图谱在反映 DNA 同源性较高，系统发育关系密切的菌株之间的遗传多样性方面是非常有效的。

图 14　AFLP 指纹图谱

从左到右菌株的顺序是 pGEM，Spr2-8，Spr2-9，Spr3-1，Spr3-2，Spr3-3，Spr3-4，Spr3-5，Spr3-6，Spr3-7，Spr4-1，Spr4-2，Spr4-4，Spr4-5，Spr4-6，Spr4-10，Spr6-3，Spr7-1，Spr7-5，Spr7-7，Spr7-8，Spr7-9，Spr7-10，pGEM

Fig. 14　AFLP fingerprint patterns of genomic DNA of *Bradyrhizobium* sp. (*Arachis*)

the order of the strains is from left to right：pGEM (molecular weight marker)，Spr2-8，Spr2-9，Spr3-1，Spr3-2，Spr3-3，Spr3-4，Spr3-5，Spr3-6，Spr3-7，Spr4-1，Spr4-2，Spr4-4，Spr4-5，Spr4-6，Spr4-10，Spr6-3，Spr7-1，Spr7-5，Spr7-7，Spr7-8，Spr7-9，Spr7-10，pGEM

　　与 rep-PCR 和 16S rDNA PCR-RFLP 指纹技术比较，AFLP 图谱能反映菌株整个基因组之间存在的遗传差异，提供的遗传信息量要丰富得多。因此，AFLP 技术是目前研究根瘤菌遗传多样性最有效的方法。同时，作者认为，既然 AFLP 图谱能反映整个基因组全序列的变化，在细菌种的划分上，可以用 AFLP 图谱的相似性作为现代多相分类的标准之一。与 DNA-DNA 杂交比较，该方法较为简单、直观、定量准确、重复性好。但 AFLP 相似性水平为多少作为种划分的标准，这是值得研究的问题。

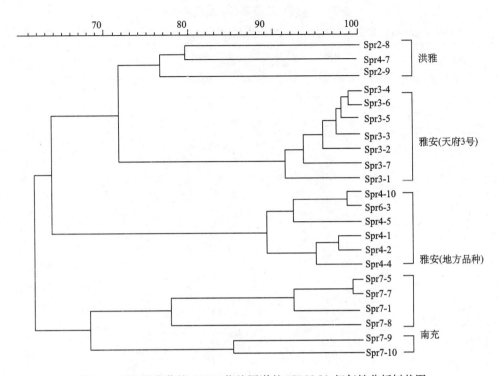

图 15　花生根瘤菌的 AFLP 指纹图谱的 UPGMA 相似性分析树状图

Fig. 15　UPGMA dendrogram constructed based on the similarity of AFLP fingerprint
patterns of peanut bradyrhizobia

2.6　脂肪酸组成（FAME）

　　22 株供试花生根瘤菌的脂肪酸组成与其他慢生根瘤菌 *B. japonicum*、*B. elkanii* type Ⅰ、*B. elkanii* type Ⅱ 和 *Bradyrhizobium* sp. 比较，采用二元聚类分析法（two-dimensional principal component plot）获得坐标聚类图（图 16）。由图 16 可以看出，所有菌株聚为三群，*B. elkcrnii* type Ⅰ 和 *B. elkanii* type Ⅱ 各自聚为一群，花生根瘤菌与慢生大豆根瘤菌 *B. japonicum* 聚为一群，该结果与 16S rDNA 780bp 序列分析的结果一致，进一步表明花生根瘤菌与慢生大豆根瘤菌在系统进化与发育上的相似性。但是，在脂肪酸 16：1ω5c 的含量上，花生根瘤菌与慢生大豆根瘤菌存在显著差异，花生根瘤菌含脂肪酸 16：1ω5c 比慢生大豆根瘤菌要高得多（表 5），其他慢生根瘤菌不含这种脂肪酸。

　　许多研究表明，脂肪酸分析（FAME）与细菌的系统分类结果有很好的一致性。Jarris 和 Tighe[14]研究了分属于 6 个根瘤菌种的 123 株菌的脂肪酸组成，聚类分析的结果与菌株的分类地位完全吻合。Ladha 和 So[26]得出了 FAME 与 16S rDNA 序列分析结果一致的结论。本试验的 FAME 结果也与 16S rDNA 部分序列分析结果相吻合，同时证明了花生根瘤菌与慢生大豆根瘤菌系统发育关系密切，在分类上可能属于同一个种。

表5　4种慢生根瘤菌脂肪酸组成的差异

Table 5　Differences in fatty acid composition among four groups of *Bradyrhizobium*

脂肪酸 Fatty acid	花生根瘤菌 *Bradyrhizobium* sp. (*Arachis*)	慢生大豆根瘤菌 *B. japonicum*	慢生埃坎根瘤菌类型Ⅰ *B. elkanii* typeⅠ	慢生埃坎根瘤菌类型Ⅱ *B. elkanii* typeⅡ
12：0 3OH	ND	ND	ND	ND
14：0	ND	ND	ND	ND
15：0	ND	ND	ND	ND
16：0	11.14 (1.79)	11.97 (1.70)	10.49 (2.35)	10.36 (0.60)
16：1 ω5c	3.99 (1.69)	1.06 (0.99)	ND	ND
17：1 ω8c	ND	0.48 (0.52)	ND	ND
17：1 ω6c	ND	0.15 (0.29)	ND	ND
17：0 cyclo	ND	ND	0.95 (0.48)	0.50 (0.53)
17：0	ND	0.19 (0.31)	ND	ND
18：1 ω5c	ND	ND	ND	ND
18：0	0.47 (0.50)	0.62 (0.41)	0.37 (0.29)	0.15 (0.26)
19：0 cyclo ω5c	0.19 (0.38)	1.16 (1.26)	19.99 (3.47)	8.82 (2.01)
碳链长度未知脂肪酸 unknown ECL 18.080	ND	1.91 (3.16)	ND	ND
脂肪酸总量 Summed feature 7	83.64 (2.04)	81.22 (4.66)	79.62 (2.55)	67.05 (5.04)

ND：总量小于0.15%；括号内表示标准差；由18：1ω7c/ω9T/ω12T，18：1ω9c/ω12T/ω7c，18：1ω12T/ω9T/ω7c组成脂肪酸总量；ECL：相同碳链长度

ND：Values less than 0.15% of total. Values in parenthesis indicate standard deviation. Summed feature 7 is composed of 18：1ω7c/ω9T/ω12T，18：1ω9c/ω12T/ω7c，18：1ω12T/ω9T/ω7c. ECL：Equivalent carbon length

但是，在脂肪酸16：1ω5c的含量上，*B. elkanii* 为零，花生根瘤菌细胞中这种脂肪酸的含量显著地高于慢生大豆根瘤菌，说明二者在表型特征上仍有差异。因此，作者依据本项研究结果提出是否可以将花生根瘤菌归为慢生大豆根瘤菌种的一个生物型 *B. japonicum* biovar (*Arachis*) 进一步进行 DNA-DNA 杂交分析，对花生根瘤菌的确切分类地位的确定是非常必要的。

2.7　DNA G+C mol%及 DNA 同源性分析

在 16S rDNA 遗传型分析的基础上，选取了分属于 A、B、C、D 4个遗传型的5个花生根瘤菌株，分别测定了 G+C(mol%)，并分别与慢生根瘤菌模式菌株 *B. japonicum* ATCC10324[T] 和 *B. elkanii* USDA76[T] 进行了 DNA-DNA 杂交分析，测定结果列于表6。

一般的，慢生根瘤菌的 G+C (mol%) 在 61%～65%[27]，由表6可知，供试花生根瘤菌的 G+C (mol%) 为 62.6%～63.7%，在慢生根瘤菌的范围内，进一步证明了花生根瘤菌属于慢生型。在慢生根瘤菌中花生根瘤菌的确切分类地位应如何定？本研究通过 16S rDNA 和脂肪酸组成分析，发现花生根瘤菌与慢生大豆根瘤菌的系统发育关系最近，与 *B. elkanii* 也存在一定的相似性。进一步用 DNA-DNA 杂交分析证明，花生根

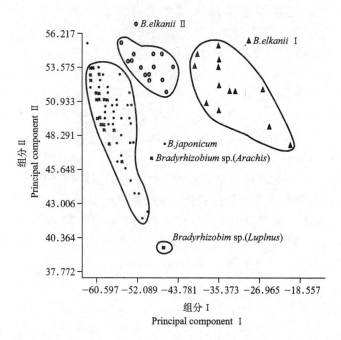

图 16 22 株花生根瘤菌及其 73 株慢生根瘤菌代表菌株脂肪酸组成的二元聚类分析坐标图

图中混合群包括花生根瘤菌和慢生大豆根瘤菌

Fig. 16 Two-dimensional plot of principal component analysis for 22 strains of *Bradyrhizobium* sp.
(*Arachis*) and 73 reference strains of *Bradyrhizobium* generated from fatty acid data
the mixed group indicates *B. japonicum* and *Bradyrhizobium* sp. (*Arachis*)

瘤菌与 *B. elkanii* 模式菌 USDA76[T] 的 DNA 同源性为 35.6%～59.5%，表明它们不属于同一个种。与慢生大豆根瘤菌的模式菌株 ATCC10324[T] 杂交，DNA 的同源性为 70.7%～81.2%，按照现代根瘤菌系统分类标准，花生根瘤菌与慢生大豆根瘤菌应属于同一个种。

表 6 花生根瘤菌 G+C (mol%) 及与模式菌株之间的 DNA 同源性

Table 6 G+C (mol%) of *Bradyrhizobium* sp. (*Arachis*) and DNA homology with the
type strains of *B. japonicum* and *B. elkanii*

菌株 Strains	代时 Generation time/(t/h)	16S rDNA 遗传型 16S rDNA genotype	G+C (mol%)	DNA 同源性 DNA homology/%	
				与 ATCC10324[T] 杂交 Hybridization with ATCC10324[T]	与 USDA76[T] 杂交 Hybridization with USDA76[T]
Spr2-8	5.21	A	63.2	79.0	56.2
Spr3-7	5.50	B	63.7	73.3	35.6
Spr4-5	4.23	C	63.6	81.0	41.9
Spr7-1	4.83	D	62.6	81.2	59.5
Spr7-10	4.93	B	62.9	70.7	37.8

许多研究证明，慢生根瘤菌属和慢生大豆根瘤菌种内存在高度的遗传多样性[2,15,28~30]。Hollis 等[28]采用 DNA-DNA 杂交技术，对当时唯一的慢生大豆根瘤菌种 *B. japonicum* 进行了分析，发现了慢生大豆根瘤菌种内存在三种 DNA 同源性组合，定为 DNA homology Groups Ⅰ、Ⅱ、Ⅲ。后来的研究证明，DNA homology Group Ⅰ 为 *B. japonicum*[31,32]，Group Ⅱ 为 *B. elkanii*[33]，Group Ⅲ 为 *B. liaoningense*[34]。最近，Willems 等[35]根据 16S rRNA 序列测定和 DNA-DNA 杂交分析，提出 *B. liaoningense* 在系统发育上与 *B. japonicum* 非常相似。同时还发现 *B. japonicum* 与 *Afipia*、*Agromonas*、*Blastobacter*、*Nitrobacter* 和 *Rhodopseudomonas* 的系统发育关系很近，而与 *B. elkanii* 的关系较远，进一步证明了慢生根瘤菌属内存在极大的多样性，慢生根瘤菌的分类系统需要调整。本项研究的脂肪酸分析表明了慢生根瘤菌存在差异，在脂肪酸 16：1ω5c 的含量上，只有慢生大豆根瘤菌和花生根瘤菌有，但花生根瘤菌含这种脂肪酸的量显著地高于慢生大豆根瘤菌。依据本项研究结果，作者认为应将花生根瘤菌定为慢生大豆根瘤菌种的一个生物型 *B. japonicum* (*Arachis*)，以示慢生大豆根瘤菌种内存在的差异。

3 结论

本试验以 22 株四川花生根瘤菌及代表菌株为材料，测定了生长速度，采用 16S rDNA PCR-RFLP、16S rDNA 部分序列分析，AFLP、rep-PCR、FAME 和 DNA-DNA 杂交分析技术，对四川花生根瘤菌的遗传多样性和系统发育进行了系统研究，经结果分析，得出如下结论：

（1）花生根瘤菌在 YEMG 平板上培养 7d 后，菌落直径<1.0mm，具有产碱能力，代时为 4.23~5.50h，DNA G+C（mol%）为 62.6%~63.7%。按照快生和慢生根瘤菌的界定标准，本试验所分离的四川花生根瘤菌属于慢性型 *Bradyrhizobium* sp.（*Arachis*）。分离自津巴布韦和以色列的花生根瘤菌与四川花生根瘤菌相似。

（2）16S rDNA PCR-RFLP 分析将供试花生根瘤菌分为 A、B、C、D 4 种遗传型，绝大多数菌株为 B 型；与供试参照菌株比较，花生根瘤菌与慢生大豆根瘤菌 *B. japonicum* 的酶切带谱最相似，表明二者的系统发育关系相近。在所试的 8 种限制性内切核酸酶中，*Dde* Ⅰ酶切的 16S rDNA 带谱最丰富，是研究花生根瘤菌 16S rDNA 序列差异最有效的限制性内切核酸酶。

（3）rep-PCR 指纹图谱在 58% 水平处将供试花生根瘤菌分为 5 群，聚类分群的结果与菌株分离的地理来源和寄主品种有相关性，即分离自同一地点或同一品种上的菌株聚为一群；ERIC-PCR 指纹图谱在 58% 相似性水平处，将供试菌株分成两大群，其余 2 株菌单株成群，聚类分群结果与菌株的分离地和寄主品种的相关性不明显。rep-PCR 和 ERIC 对供试菌株的分群结果不一致，可能是由于这两种重复序列在基因组中的分布不一致造成的。16S rDNA PCR-RFLP、rep-PCR 和 ERIC-PCR 的分析结果充分表明了四川花生根瘤菌存在的极大遗传多样性。

（4）AFLP 所反映的遗传多样性不明显，但在研究关系密切菌株间微小的遗传差异时是非常有效的。在 AFLP 指纹图谱的 75% 相似性水平处，供试花生根瘤菌分为 5 群，分群的结果与菌株的分离地和寄主品种有相关性。该结果与 rep-PCR 指纹图谱分析同时证明了环境条件对根瘤菌的发育和遗传分化有影响。

（5）对 16S rDNA 部分序列（780bp）分析结果表明，供试花生根瘤菌与慢生大豆根瘤菌模式菌株 ATCC10324^T（＝USDA6^T）仅有 1～2 个碱基差异，而与 *B. elkanii* 模式菌株 USDA76^T 有 9 个碱基位置不同；花生根瘤菌 DNA 与 ATCC10324^T 和 USDA76^T DNA 杂交的同源性分别为 70.7%～81.2% 和 35.6%～59.5%；细胞脂肪酸组成的二元聚类分析将花生根瘤菌与慢生大豆根瘤菌聚为一群。上述结果证明：花生根瘤菌与慢生大豆根瘤菌 *B. japonicum* 的系统发育关系最近，在分类上应属于同一个种。但是，脂肪酸组成分析又表明了花生根瘤菌与慢生大豆根瘤菌之间存在差异，二者虽然均同时含有 16：1ω5c 这种脂肪酸，但前者的含量显著地高于后者。因此，应将花生根瘤菌定为慢生大豆根瘤菌种的一个生物型 *B. japonicum*（*Arachis*）。

参 考 文 献

[1] 封海胜. 花生育种与栽培. 北京：中国农业出版社，1993

[2] Van Rossum D, Schurmans F P, Gillis M, *et al*. Genetic and phenetic analysis of *Bradyrhizobium* strains modulating peanut (*Arachis hypogaea* L.) roots. Appl Environ Microbiol, 1995, 61：1599～1609

[3] 黄怀琼，陈智红. 快生型花生根瘤菌 85-7、85-19 的生物学特性的研究. 四川农业大学学报，1988，6 (4)：287～290

[4] 黄怀琼，罗文湘，何福仁. 应用根瘤菌接种"天府三号"花生的效果. 四川农业大学学报，1987，5 (3)：191～195

[5] 李阜棣，胡正嘉. 微生物学（第五版）. 北京：中国农业出版社. 2000

[6] Ausual F M, Brent R, Kingston R E. Current protocols in molecular biology. New York：John Wiley and Sons, 1994, Unit 2.4.1

[7] Weisburg W G, Barns S M, Pelletier D A, *et al*. 16S rDNA amplification for phylogenetic study. J Bacteriol, 1991, 173：697～703

[8] Laguerre G, Allard M R, Revoy F, *et al*. Rapid identification of *rhizobia* by restriction fragment length polymorphism analysis of PCR amplified 16S rRNA genes. Appl Environ Microbiol, 1994, 60：56～63

[9] Versalovic J, Keouth T, Lupski J R. Distribution of repetitive DNA sequence in eubacteria and application to fingerprinting bacterial genomes. Nucleic Acids Res, 1991, 19：6823～6833

[10] Vos P, Hagers R, Beeker M, *et al*. AFLP: a new technique for DNA fingerprinting. Nucleic Acids Res, 1995, 23：4407～4414

[11] Ridell J, Siitonen A, Paulin L, *et al*. Characterization of *Hafnia alvei* by biochemical tests, random amplified polymorphic DNA PCR and partial sequencing of 16S rRNA gene. J Clin Microbiol, 1995, 33：2372～2376

[12] Young J P W, Downer H L, Eardly B D. Phylogeny of the phototrophic *Rhizobium* strains Btail by polymerase chain reaction based sequencing of a 16S rRNA gene segment. J Bacteriology, 1991, 173：2271～2277

[13] Thompson 3 D, Higgins D G, Gibson T J. CLUSTAL W: Improving the sensitivity of progressive multiple sequence alignment through sequence weighting, position specific gap penalties and weight matrix choice. Nucleic Acids Res, 1994, 22：4673～4680

[14] Jarvis B D W, Tighe S W. Rapid identification of *Rhizobium* species based on cellular acid analysis. Plant and Soil, 1994, 161：31～34

[15] Graham P H, Sadowsky M J, Tighe S W, *et al*. Differences among strains of *Bradyrhizobium* in fatty acid methyl-ester analysis. Can J Microbiol, 1995, 41：1038～1042

[16] De Lay J. Reexamination of the association between melting point, buoyant density, and chemical base composi-

tion of deoxyribonucleic acid. J Bacteriol, 1970, 101: 737～754

[17] Vandamme P, Pot B, Gillis M, et al. Polyphasic taxonomy, a consensus approach to bacterial systematics. Microbiol Rev, 1996, 60: 407～438

[18] Yanagi M, Yamasato K. Phylogeny analysis of the family Rhizobiaeae andrelated bacteria by sequencing of 16S rRNA gene using PCR and DNA sequence. FEMS Microbial Lett, 1993, 107: 115～120

[19] Zhang X P, Nick G, Kaijalainen S, et al. Phylogeny and Diversity of Bradyrhizobium strains isolated from the root nodules of peanut (Arachis hypogaea) in Sichuan, China. System. Appl Microbiol, 1992, 22: 378～386

[20] Wong F Y, Stackebrandt K, Ladha E, et al. Phylogenetic analysis of Bradyrhizobium japonicum and photosynthetic stem nodulating bacteria from Aeschynomene species grown in separate geographical regions. Appl Environ Microbiol, 1994, 60: 940～946

[21] Klemme J H, Chyla I, Preuss M. Dissimilatory nitrate reduction by strains of the facultative phototrophic bacterium Rh. palustris. FEMS Microbiol Lett, 1980, 9: 137～140

[22] Bock E, Koops H P. The genus Nitrobacter and related genera. In the prokaryotes: a handbook on the biology of bacteria: ecophysiology, isolation, identification, applications. In: Balows A, et al. Springer verlag. New York: U. S. A. 1992. 2302～2309

[23] Neal J L, Allen G C, Morse R D, et al. Anaerobic nitrate dependent chemolithotrophic growth by Rhizobium japonicum. Can J Microbiol, 1983, 29: 316～320

[24] Hirsch P. The genus Blastobacter. In the prokaryotes: a handbook on the biology of bacteria: ecophysiolvgy, isolation, identification, applications. In: Balows A, et al. Springe Verlag. New York: U. S. A. 1992. 2171～2175

[25] Imhoff J F, Truper H G. The genus Rhodospiillum and related genera. In: The prokaryotes: a handbook on the biology of bacteria: ecophysiology, isolation, Identification, Applications. Eds. Balows A, et al. Springer Verlag. New York, U. S. A. 1992

[26] Ladha J K, So R B. Numerical taxonomy of photosynthetic rhizobia nodulating Aeshynomene species. Int J Syst Bacteriol, 1994, 44: 62～73

[27] 林稚兰, 黄秀梨. 现代微生物学与实验技术. 北京: 科学出版社. 2000

[28] Hollis A B, Kloos W E, Elkan G E. DNA-DNA hybridization studies of Rhizobium japonicum and related Rhizobiaceae. J Gen Microbiol, 1981, 123: 215～222

[29] Barrera L L, Trujillo M E, Goodfellow M J, et al. Biodiversity of bradyrhizobia nodulating Lupinus spp. Int J Syst Bacterial, 1997, 47: 1086～1091

[30] Zhang X X, Guo X W, Terfework Z, et al. Genetic diverssity among rhizobial isolates from field-grown Astragalus Sinicus of Southern China. System. Appl Microbiol, 1999, 22: 312～320

[31] Jordan D C. Transfer of Rhizobium japonicum Buchanan 1980 to Bradyrhizobium japonicum gen. nov. , a genus of slow-growing, root nodule bacteria from leguminous plants. Int J Syst Bacteriol, 1982, 32: 136～139

[32] Jordan D C. Family III Rhizobiaceae, In: Krieg N R, Holt J G. Bergey's Manual of Systematic Bacteriology, volume 1 . Williams and Wilkins, Baltimore, MD. USA. 1984. 234～244

[33] Kuykendall L D, B Saxena, Devine T E, Udell S E. Genetic diversity in Bradyrhizobium japonicum Jordan 1982 and a proposal for Bradyrhizobium elkanii sp. nov. Can J Microbiol, 1992, 38: 501～505

[34] Xu L, Ge C, Gui Z, Li J, et al. Bradyrhizobium liaoningenses sp. nov. , isolated from the root nodules of soybeans. Int J Syst Bacteriol, 1995, 45: 706～711

[35] Willems A, Coopman R, Gillis M. Phylogenetic and DNA-DNA hybridization analyses of Bradyrhizobium species. Int J Syst Evol Bacteriol, 2001, 51: 111～117

用 AFLP 技术研究花生品种——花生根瘤菌的遗传匹配关系

陈强[1]　张小平[1]　李登煜[1]　Terefework Zewdu[2]　Lindström Kristina[2]

(1. 四川农业大学资源环境学院，雅安　625014；

2. 赫尔辛基大学应用化学与微生物学系，赫尔辛基　00014)

摘　要： 对 133 株慢生花生根瘤菌和 13 个代表菌株，32 株来源于中国不同花生产地的花生品种进行了 AFLP 指纹图谱及相似性聚类分析。结果表明，慢生花生根瘤菌群体内存在很高的遗传多样性，在 73% 相似性水平处，将供试花生根瘤菌划分为 27 个 AFLP 遗传群；其中，以群 7 最大，由 44 个菌株组成，在 82% 相似水平处，被分成了 7 个亚群。所有供试花生品种的遗传相似性为 35%，在 45% 的相似性水平处分为 3 个群，表明我国的花生品种存在遗传多态性。AFLP 指纹图谱分析技术能很好地反映出花生品种之间存在的遗传差异。选取 6 个花生品种和 18 株慢生型花生根瘤菌进行了共生结瘤试验，结果表明，不同遗传群的花生品种和根瘤菌之间的共生效应不同，同一遗传群的花生品种和根瘤菌之间共生效应也存在差异。花生品种 87-77（遗传型 A）和中花 2 号（遗传型 B）能够同 17 个菌株结瘤；鲁花、两米和另一个地方品种（遗传型 C），则分别可以和 16 个、14 个和 13 个花生根瘤菌结瘤；而企石 1 号（遗传型 D）只能与其中的 6 个根瘤菌形成根瘤。进而对花生根瘤菌与花生品种的共生效应（瘤数和地上部分干重）和遗传特性进行了 PCA 分析。

关键词： 花生，AFLP，慢生型根瘤菌，匹配关系，遗传型

The compatibility of peanut cultivars and peanut bradyrhizobia evaluated by AFLP technique

Abstract: A total of 146 peanut bradyrhizobia (including 13 reference strains representing *B. japonicum* and *B. elkanii*), and 32 peanut cultivars (*Arachis hypogaea*) from different sites of China was analyzed by AFLP technique. The results showed that the genetic diversity of peanut bradyrhizobia were very high, all the strains were divided into 27 AFLP genotypes at the boundary of 73% similarity. Group 7 formed by 44 bradyrhizobia was the largest one and could be divided into 7 subgroups at the level of 82% similarity. At the same time, the results showed that all the peanut cultivars collected at 35% similarity, and 3 groups were further divided at the level of 45% similarity. Hence, the genetic diversity was existed among the studied peanut cultivars. The cross nodulation test showed that, between 6 peanut cultivars and 18 bradyrhizobial strains, the effectiveness and compatibility was different among the different peanut genotypes and bradyrhizobial genotypes. Peanut cultivar 87-77 (AFLP genotype A) and Zhonghua No. 2 (AFLP genotype B) could form nodules with 17 bradyrhizobial strains; peanut cultivars Luhua, Liangmi and another local peanut cultivar (all belonged to AFLP genotype C) could form nodules with 16, 14, and 13 bradyrhizobial strains, respectively. However, Qishi No. 1 (AFLP genotype D) could only form nodules with 6 bradyrhizobial strains. Furthermore, the compatibility between the genotypes and cross nodulation of peanut cultivars and bradyrhizobia was analyzed by PCA method.

Key words：Peanut (*Arachis hypogaea*), AFLP, *Bradyrhizobium* sp., Compatibility, Genotype

1　前言

氮素是植物生长最重要的营养元素之一，土壤中氮素的来源主要包括施用化学氮肥和土壤微生物的生物固氮作用。由于化学氮肥的高能耗和长期使用所带来的经济与环境压力，农业生产中化肥的施用始终是全球关注的热点[1]；相反，生物固氮（biological nitrogen fixation，BNF）过程中，固氮微生物将大气中的 N_2 转化为 NH_3 的过程却是高效和环境友好的。据估计，全球每年生物固氮量达 $1.75×10^8$ t，为世界工业氮肥产量的 4.37 倍[2]。目前已知的固氮生物存在于原核生物细菌域内 100 多个属中，根据它们与高等植物之间的关系，将其分为自生固氮、共生固氮、联合固氮及内生固氮。其中，研究得最为广泛、固氮能力最强、固氮效率最高的当属豆科植物与根瘤菌所形成的共生体系，该体系年固氮量约占生物固氮总量的 65%。据测定，一年生豆科植物，如大豆、菜豆等的年固氮量为 $50\sim100$kg N_2/hm²，多年生豆科植物，如三叶草、苜蓿等的年固氮量可达 $100\sim500$kg N_2/hm²。因此，豆科植物与根瘤菌共生体系具有固氮能力强、固氮量大、抗逆能力强（抗干旱、耐贫瘠）等优点，能有效提高土壤肥力，减少化肥的施用[3]。

慢生花生根瘤菌 *Bradyrhizobium* sp. (*Arachis*) 能与花生植株共生形成花生根瘤，固定空气中游离的 N_2 为 NH_3，供植物生长所需。花生具有的共生固氮潜力很大，与其他热带豆科植物相比，花生根瘤菌共生体系能够固定更多的氮素[4]，可提供花生生育期中所需氮素的 1/2 左右，从而获得更高的产量。大面积的栽培时，花生的平均产量可达到 2900kg/hm²[5]。

花生根瘤菌是 G^-，无芽孢，具鞭毛、能运动，好气，小杆状，大小为 $(1.5\sim0.9)\mu m × (1.2\sim3.0)\mu m$，在 YMA 培养基上产生大量荚膜，菌落或菌苔光滑并呈黏液状，在 $28\sim30℃$ 条件下培养 $5\sim7$d，其菌落直径 <2mm，因而花生根瘤菌属于慢生型根瘤菌，有些菌株在培养后期呈球杆状。花生根瘤菌细胞内常含有许多折光且不易染色的 β-羟基丁酸（PHB）颗粒状贮藏物质，染色时细胞呈不均匀的环节状。在共生过程中，形成根瘤后的花生根瘤菌形态逐渐发生变化，形成球形的类菌体。

成熟的根瘤均具有下列内部结构：根瘤皮层、分生组织、含菌组织和维管束系统，包括定形根瘤（determinate nodule）和无定形根瘤（indeterminate nodule）两种类型。定形根瘤多为球状，由不能持续发育的半球状分生组织发育而成，而无定形根瘤呈圆柱状，能够持续伸长，由持续生长的分生组织末端发育而成[6]。

形成根瘤的过程中，根瘤菌侵入方式有两种：一种从根毛侵入，形成侵入线后根瘤沿侵入线延伸（简称根毛入侵/侵入线延伸模式）；另一种从根系伤口侵入，并在细胞间延伸（简称伤口入侵/胞间延伸模式）[7]。绝大多数温带地区的豆科植物，如三叶草属（*Trifolium*）、豇豆属（*Vicia*）和草木樨属（*Medicago*）植物等以侵入线形式结瘤，其过程分为根瘤菌的感染和侵入、根瘤的发生、根瘤的发育与成熟 3 个阶段。

大多数热带和亚热带豆科植物，如大豆属（*Glycine*）、菜豆属（*Phaseolus*）、豇豆属、百脉根属（*Lotus*）和葛藤属（*Pueraria*）植物，少数热带和亚热带豆科植物，如花生属（*Arachis*）、田菁属（*Sesbania*）和铅笔花属（*Stylosanthes*）等豆科植物形成定形根瘤。根瘤形成时，根瘤菌从根系伤口入侵，在细胞间延伸，进而形成根瘤，即以伤口入侵/胞间延伸模式形成根瘤，其过程分为四个阶段：根瘤菌从根系侧根腋部伤口侵入、在细胞间延伸、根瘤组织分化和根瘤成熟。花生根瘤为定形根瘤，呈椭圆形，根瘤较小（1～5mm），无皮孔[8]。

结瘤过程中共生体间的分子交流是通过植物与根瘤菌之间的信号分子作用相互实现的。豆科植物合成的信号分子有类黄酮[9]和糖蛋白[10]；由根瘤菌合成的信号分子包括脂几丁质寡聚糖（LCO）[11]、多聚糖和寡聚糖（脂多糖）[12]等。除了上述结瘤信号外，花生根瘤中还含有独特油质体和聚集体[13]。

花生是我国重要的经济作物和油料作物，栽培面积占油料作物总面积的 25%[14]，在全国大部分省、市（区）均有种植。田间实验表明，接种高效花生根瘤菌剂后，能够有效地提高根瘤菌与花生植株共生体的共生固氮效率，减少化学氮肥的使用量，提高花生产量。但研究表明，不同花生品种对同一种根瘤菌有不同的选择性，不同花生根瘤菌菌株对同一花生品种的适应性也存在差异，说明花生品种以及花生根瘤菌间的遗传多样性导致了这些差异。我国在优良花生根瘤菌的选育、菌株的遗传多样性研究、菌剂生产及田间应用等方面开展了许多工作[15~18]，但至今未见不同遗传型的花生根瘤菌和不同遗传型花生品种之间共生结瘤关系的研究报道，因此有必要研究不同花生根瘤菌株、不同花生品种的遗传多样性，进一步探索花生根瘤菌与花生品种间共生匹配关系，为高效花生根瘤菌菌株的选育和应用提供科学依据。

目前，用于植物遗传多样性研究的方法主要有 RAPD、RFLP 及扩增性片段长度多态性[19]（amplified fragment length polymorphism，AFLP）指纹图谱分析。He 等[20]的研究证明，AFLP 能很好地揭示花生（*A. hypogaea* L.）各亚种间存在的遗传多态性。本研究以分离自我国不同地方的花生根瘤菌和花生品种为材料，用 AFLP 技术为分子标记手段，在研究其遗传特性的基础上，进而对这些花生根瘤菌与花生品种间的共生效应进行了研究，以揭示不同花生菌株与花生品种间的遗传匹配关系。

2　材料与方法

2.1　材料

2.1.1　供试菌株

　　从山东、四川、广东等省采集花生根瘤，装入含无水氯化钙的小瓶中干燥，带回实验室。将根瘤采用表面消毒、YMA 平板分离划线，28℃培养 5～7d，挑选典型菌落，镜检、划线纯化 1 或 2 次，回接结瘤试验及共生有效性试验，获得供试菌株（表 1），将供试菌株保藏于 4℃。

表 1　供试花生根瘤菌

Table 1　Rhizobial strains used

菌株代号 Strain code	菌株来源 Source or regions	宿主植物 Host plant	AFLP 遗传型 AFLP genotypes
Spr1-2	Sichuan, Meishan	Tianfu No. 3	6
Spr2-8	Sichuan, Hongya	Tianfu No. 3	6
Spr2-9	Sichuan, Hongya	Tianfu No. 3	6
Spr3-1	Sichuan, Ya-an	Tianfu No. 3	7a
Spr3-2	Sichuan, Ya-an	Tianfu No. 3	7a
Spr3-4	Sichuan, Ya-an	Tianfu No. 3	7d
Spr4-1	Sichuan, Ya-an	Local	7i
Spr4-5	Sichuan, Ya-an	Local	7a
Spr5-2	Sichuan, Jiajiang	Local	7a
Spr6-3	Sichuan, Yibin	Tianfu No. 3	7a
Spr7-1	Sichuan, Nanchong	Tianfu No. 3	7c
Spr7-7	Sichuan, Nanchong	Tianfu No. 3	3
Spr7-8	Sichuan, Nanchong	Tianfu No. 3	3
Spr7-9	Sichuan, Nanchong	Tianfu No. 3	3
Spr8-1	Sichuan, Pingchang	Local	2
Spr8-3	Sichuan, Pingchang	Local	7h
Spr10-2	Sichuan, Wangcang	Local	11
Spr11-2	Sichuan, Meishan	Tianfu No. 3	2
Spr12-2	Sichuan, Hongya	Tianfu No. 3	2
Spr15-2	Sichuan, Jintang	Local	3
Spr16-2	Sichuan, Panzhihua	Tianfu	8
Spr16-3	Sichuan, Panzhihua	Tianfu	3
Spr16-5	Sichuan, Panzhihua	Tianfu	3
Spr16-8	Sichuan, Panzhihua	Tianfu	3
Spr17-1	Sichuan, Panzhihua	Red peanut	3
Spr17-2	Sichuan, Panzhihua	Red peanut	16
Spr17-3	Sichuan, Panzhihua	Red peanut	22
Spr18-3	Sichuan, Panzhihua	Liangmi	20

菌株代号 Strain code	菌株来源 Source or regions	宿主植物 Host plant	AFLP 遗传型 AFLP genotypes
Spr18-4	Sichuan, Panzhihua	Liangmi	18
Spr18-6	Sichuan, Panzhihua	Liangmi	20
Spr19-1	Sichuan, Panzhihua	Sanmi	23
Spr19-2	Sichuan, Panzhihua	Sanmi	12
Spr19-4	Sichuan, Panzhihua	Sanmi	7j
Spr20-1	Yunnan, Yuanmou	Heiyeguo	1
Spr20-2	Yunnan, Yuanmou	Heiyeguo	19
Spr20-3	Yunnan, Yuanmou	Heiyeguo	1
Spr20-6	Yunnan, Yuanmou	Heiyeguo	17
Spr21-1	Yunnan, Yuanmou	Heiyeguo	17
Spr21-5	Yunnan, Yuanmou	Heiyeguo	17
Spr22-1	Sichuan, Miyi	Local	20
Spr22-2	Sichuan, Miyi	Local	8
Spr22-6	Sichuan, Miyi	Local	7e
Spr22-7	Sichuan, Miyi	Local	8
Spr22-8	Sichuan, Miyi	Local	8
Spr23-1	Sichuan, Miyi	Local	7e
Spr23-2	Sichuan, Miyi	Local	7d
Spr23-4	Sichuan, Miyi	Local	7e
Spr24-1	Sichuan, Miyi	Local	7a
Spr24-3	Sichuan, Miyi	Local	8
Spr24-4	Sichuan, Miyi	Local	8
Spr24-5	Sichuan, Miyi	Local	7a
Spr25-1	Yunnan, Huanping	Yinggoubi	7a
Spr25-2	Sichuan, Miyi	Local	7d
Spr25-3	Sichuan, Miyi	Local	7d
Spr26-1	Sichuan, Xichang	Local (Baitianzao)	7d
Spr27-1	Sichuan, Xichang	Local (Baitianzao)	7a
Spr27-2	Sichuan, Xichang	Local (Baitianzao)	7a
Spr27-3	Sichuan, Xichang	Local (Baitianzao)	7a
Spr27-4	Sichuan, Xichang	Local (Baitianzao)	7a
Spr27-5	Sichuan, Xichang	Local (Baitianzao)	7a
Spr27-6	Sichuan, Xichang	Local (Baitianzao)	7a
Spr28-1	Sichuan, Panzhihua	Local	7a
Spr28-2	Sichuan, Xichang	Local (Baitianzao)	7a
2502	Hubei, Shaoyang	Local	7k
2509	Hubei, Shaoyang	87-77	7k
2539	Hubei, Wuchang	ZhongHua No. 49	7h
2550	Hubei, Wuchang	ZhongHua No. 49	8
2560	Shanxi, Linyi	ZhongHua No. 49	7g
2570	Shanxi, Taiyuan	Luhua No. 9	7g

续表

菌株代号 Strain code	菌株来源 Source or regions	宿主植物 Host plant	AFLP 遗传型 AFLP genotypes
2576	Shanxi, Taiyuan	Luhua No. 9	7h
2584	Shanxi, Fenyang	Haihua No. 29	7g
2642	Jilin, Songyuan	Jinhua1	7c
2644	Jilin, Songyuan	Luhua1	7c
2652	Guangdong, Guangzhou	Yueyou No. 79	7a
2655	Guangdong, Guangzhou	Yueyou No. 79	7a
2654	Guangdong, Guangzhou	Yueyou No. 169	7a
2656	Guangdong, Guangzhou	Yueyou No. 169	4
2659	Guangdong, Dongguan	Yueyou No. 59	7a
2660	Guangdong, Dongguan	Yueyou No. 59	4
2661	Guangdong, Dongguan	Yueyou No. 169	5
2662	Guangdong, Dongguan	Yueyou No. 169	5
2663	Guangdong, Dongguan	Yueyou No. 169	4
2664	Guangdong, Dongguan	Yueyou No. 59	5
2666	Guangdong, Dongguan	Yueyou No. 59	5
2667	Guangdong, Dongguan	Yueyou No. 59	5
2669	Guangdong, Dongguan	Yueyou No. 59	5
2672	Guangdong, Dongguan	Qishi1	5
2676	Guangdong, Dongguan	Qishi1	5
2679	Guangdong, Dongguan	Qishi2	4
2682	Guangdong, Dongguan	Qishi2	4
2684	Jiangxi, Shangrao	Yueyou No. 5	7g
2686	Jiangxi, Shangrao	Local	7a
2687	Jiangxi, Nanchang	Yueyou No. 5	7a
2688	Jiangxi, Nanchang	Yueyou No. 5	7a
2689	Jiangxi, Nanchang	Yueyou No. 5	7a
2692	Jiangxi, Nanchang	Local	7b
2693	Jiangxi, Nanchang	Local	7b
2695	Jiangxi, Nanchang	Local	7b
2697	Hebei, Lunong	Jiyou No. 2	7h
2699	Hunan, Changsha	95-5029	10
2700	Hunan, Changsha	95-5029	10
2703	Hunan, Changsha	Xianghua No. 4	10
2710	Hunan, Changsha	Xianghua No. 4	7a
2716	Shandong, Tai-an	Haihua No. 1	7h
2717	Shandong, Tai-an	Haihua No. 1	7h
2719	Shandong, Tai-an	Haihua No. 1	7h
2721	Shandong, Tai-an	Haihua No. 1	7a
2724	Shandong, Tai-an	Dabaisha	1
2728	Shandong, Tai-an	Xiaobaisha	7l
2730	Shandong, Tai-an	Xiaobaisha	8

菌株代号 Strain code	菌株来源 Source or regions	宿主植物 Host plant	AFLP 遗传型 AFLP genotypes
2735	Shandong，Tai-an	Xiaobaisha	1
2737	Beijing，Pinggu	Jiyou No. 2	7g
2739	Beijing，Pinggu	Jiyou No. 2	8
2742	Shanxi，Nanzhen	Haihua No. 1	7e
2746	Shanxi，Nanzhen	Haihua No. 1	7c
2751	Shandong，Yuncheng	Haihua No. 1	7k
2752	Shandong，Yuncheng	Haihua No. 1	7k
2753	Shandong，Jimo	8130	7g
2757	Shandong，Jimo	Luhua No. 109	7h
2764	Shandong，Jimo	8130	7h
2769	Shandong，Jimo	8130	7g
2773	Hebei，Wanxiang	Jiyou No. 3	7h
2774	Hebei，Wanxiang	Jiyou No. 3	7g
147-3	CAAS	*Arachis hypogaea*	7c
009	CAAS	*Arachis hypogaea*	6
2260	CAAS	*Glycine* sp.	9
2281	CAAS	*Glycine* sp.	9
2282	CAAS	*Glycine* sp.	9
DE454	CAAS	*Glycine* sp.	9
283A	Israel	*Arachis hypogaea* L.	7i
297A	Israel	*Arachis hypogaea* L.	7i
MAR253	Zimbabwe	*Arachis hypogaea* L.	25
MAR411	Zimbabwe	*Arachis hypogaea* L.	26
MAR1445	Australia	*Arachis hypogaea* L.	7j
LMG14306	Zimbabwe	*Arachis hypogaea* L.	24
LMG14309	Zimbabwe	*Arachis hypogaea* L.	24
LMG6138	M. Gillis	*Glycine max*	13
ATCC10324	ATCC	*Glycine* sp.	13
USDA110	USDA	*Glycine* sp.	10
USDA76	M. Gillis	*Glycine* sp.	21
LMG6123	M. Gillis	*Glycine* sp.	27
LMG6135	M. Gillis	*Glycine* sp.	24
USDA4087	USDA	*Glycine* sp.	15
USDA8321	USDA	*Glycine* sp.	7f
B15	Liaoning	*Glycine* sp.	14

2.1.2　供试花生品种

　　本研究从我国山东、湖北、四川等地采集了 32 个栽培花生品种（表 2），采用 AFLP 技术分析了其遗传特性。

表 2　供试植株

Table 2　Peanut cultivars used

编号 Code	供试花生品种 Peanut cultivars	采样地 Isolation sites	聚类结果 Clusters
1	天府 3# （Tianfu No. 3）	四川省仪陇（Yilong Sichuan）	I
2	中花 2# （Zhonghua No. 2）	四川省宜宾（Yinbin Sichuan）	II b
3	鲁花 3# （Luhua No. 3 ）	四川省宜宾（Yinbin Sichuan）	III
4	海花 1# （Haihua No. 1 ）	山东省（Shandong）	II b
5	87-77	湖北省（Hubei）	II a
6	小四粒红（Xiaosilihong）	吉林省（Jilin）	I
7	地方品种（Local）	四川省南充（Nanchong Sichuan）	II a
8	天府 7# （Tianfu No. 7）	四川省南充（Nanchong Sichuan）	I
9	天府 8# （Tianfu No. 8）	四川省南充（Nanchong Sichuan）	II b
10	天府 9# （Tianfu No. 9）	四川省南充（Nanchong Sichuan）	I
11	天府 10# （Tianfu No. 10）	四川省南充（Nanchong Sichuan）	II b
12	天府花生（Tianfu）	四川省南充（Nanchong Sichuan）	I
13	地方品种（黑叶果）（ Local Heiyeguo）	云南元谋（Yuanmou Yunnan）	II a
14	地方品种（Local）	四川省米易（Miyi Sichuan）	II b
15	地方品种（Local）	四川省米易（Miyi Sichuan）	II b
16	地方品种（鹰钩鼻）（Local Yinggoubi）	云南华坪（Huaping Yunnan）	II b
17	地方品种（百天早）（Local Baitianzao）	四川省西昌（Xichang Sichuan）	II b
18	地方品种（百天早）（Local Baitianzao）	四川省西昌（Xichang Sichuan）	II b
19	地方品种（红花生）（Local Red peanut）	四川省攀枝花（Panzhihua Sichuan）	I
20	地方品种（两米）（Local Liangmi）	四川省攀枝花（Panzhihua Sichuan）	II b
21	地方品种（三米）（Local Sanmi）	四川省攀枝花（Panzhihua Sichuan）	II b
22	地方品种（三米）（Local Sanmi）	四川省攀枝花（Panzhihua Sichuan）	III
23	地方品种（两米）（Local Liangmi）	四川省攀枝花（Panzhihua Sichuan）	II b
24	晋花 1# （Jinhua No. 1）	陕西省（Shanxi）	II b
25	中花 2# （Zhonghua No. 2）	湖北省（Hubei）	II a
26	企石 2# （Qishi No. 2）	广东省（Guangdong）	III
27	企石 1# （Qishi No. 1）	广东省（Guangdong）	II b
28	鲁花（Luhua ）	山东省（Shangdong）	II b
29	海花（Haihua）	山东省（Shangdong）	III
30	吕花 1# （Nuhua No. 1）	山西省（Shanxi）	II b
31	赣花 3# （Ganhua No. 3）	江西省（Jiangxi）	II b
32	晋花 2# （Jinhua No. 2）	陕西省（Shanxi）	III

2.2　方法

2.2.1　DNA 提取

2.2.1.1　供试根瘤菌 DNA 提取

　　将供试的根瘤菌纯菌株分别接种到 3mL 的 TY 液体培养基中，28℃、150r/min 振荡培养 5d，取 1.5mL 菌液于 Eppendorf 管中，13 000r/min 离心 4min，倾去上清，用 1×TE 缓冲液洗涤菌体 2 次，加入 500μL GUTC 缓冲液，同上述方法提取纯根瘤菌株的 DNA。

2.2.1.2　花生植株 DNA 提取

将供试的花生种子用 95％乙醇浸泡 6min，10％ H_2O_2 表面灭菌 10min，用无菌蒸馏水洗涤 3～5 次，在无菌培养皿发芽后播种于沙培瓶中，加入 Jensen 培养液，光照培养箱中培养 15d，取植株地上部分提取 DNA，方法见参考文献[21]。

以已知浓度的 λDNA 为标准，取待测 DNA 样品各 1μL，用 1％的琼脂糖凝胶电泳，确定样品 DNA 的浓度。全部 DNA 样品贮藏于−20℃。

2.2.2　花生根瘤菌和花生植株的遗传多样性分析

2.2.2.1　花生根瘤菌遗传多样性分析

1) AFLP

(1) 酶切连接。在 200ng 全量 DNA 中，加入 10× 酶切连接缓冲液 2μL，*Eco*R I (12U/μL) 2μL，*Mse* I （4U/μL）1μL，*Eco*R I 连接子（5mol/L）0.5μL，*Mse* I 连接子（10μmol/L）1μL，T4 DNA 连接酶（4U/μL）1μL，用重蒸馏水补充至总体积 20μL，再加入 20μL 矿物油。置 PCR 仪中进行酶切连接反应。反应条件是 37℃恒温 2～3h，然后以每分钟 0.5℃的速度降至 15℃，再经 70℃高温处理 15min 使酶变性失活。将反应液置−20℃保存，作为扩增的模板。

(2) PCR 扩增。AFLP 的 PCR 扩增反应液组成为：Dynazyme（10×）缓冲液 2μL，dNTP（2×）2μL，具有 2 个选择性碱基的 *Eco*R I 引物（5μmol/L）和 *Mse* I 引物（10μmol/L）各 1μL，Dynazyme 聚合酶（2U/μL）1μL，经酶切连接的模板 DNA 1μL，用重蒸馏水补充至总体积 20μL，再加矿物油 20μL，置 PCR 仪中扩增。实验中选择性碱基引物的设计参照 Vos[19]文献，其序列分别为：*Eco*R I引物 5′-GAC TGC GTA-CCA ATT CGC -3′（选择性碱基为 GC），*Mse* I 引物 5′-GAT GAG TCC TGA GTA-ACG -3′（选择性碱基为 CG）。PCR 扩增反应的程序为：94℃变性 30s，59℃退火 1min，72℃延伸 1min，重复 30 个循环，最后 72℃延伸 3min。

2) ARDRA 分析

根据 AFLP 结果，选择了部分代表菌株进一步对其进行了 ARDRA 分析，ARDRA 分析包括 16S rDNA、GSⅡ两种保守基因和结瘤基因 NodA，其引物序列见表 3。

表 3　ARDRA 分析使用的引物

Table 3　The primers used in ARDRA analysis

引物 Primers	序列 Sequences	参考文献 References
P1	5′- AGAGTTTGATCCTGGCTCAGAACGAACGCT-3′	Hurek *et al.*[22]
P6	5′- TACGGCTACCTTGTTACGACTTCACCCC-3′	
GSⅡ2	5′-AACGCAGATCAAGGAATTCG-3′	Turner and Young [23]
GSⅡ4	5′-ATGCCCGAGCCGTTCCAGTC-3′	
NodA-1	5′-TGCRGTGGAARNTRNNCTGGGAAA-3′	Haukka *et al.*[24]
NodA-2	5′-GGNCCGTCRTCRAAWGTCARGTA-3′	

分别按照参考文献的反应体系和扩增程序，获得部分代表菌株 16S rDNA、GSⅡ、NodA 扩增片段，各取 8～10μL 扩增产物，分别应用适量浓度的限制性内切核酸酶缓

液和 1μL 限制性内切核酸酶 *Alu* Ⅰ、*Hae* Ⅲ、*Hinf* Ⅰ和 *Msp* Ⅰ，充分混匀后，置于 37℃条件下酶切过夜，酶切产物以 100bp DNA Marker 作分子质量标准，在含 EB 的 3％琼脂糖凝胶上电泳 4h 后，用凝胶自动成像系统拍照。

　　3）花生根瘤菌代表菌株 GSⅡ和 NodA 基因序列测定及系统发育分析

　　分别选取了 2728、2656、2652、Spr7-1 和 Spr1-2 扩增 GSⅡ片段，选取 2656、2728、Spr3-4、2652、Spr10-2 和 Spr1-2 扩增出 NodA 片段，送至上海生工测定序列。

2.2.2.2　花生植株 AFLP 分析

　　1）酶切连接

　　酶切连接液组成：酶切连接缓冲液（10×）2.0μL，*Eco*R Ⅰ（2U）2.0μL，*Mse* Ⅰ（4U）1.0μL，*Eco*R Ⅰ连接子（5μmol/L）0.5μL，*Mse* Ⅰ连接子（10μmol/L）1.0μL，T4 DNA 连接酶（4U）1.0μL，植株 DNA 300ng，用超纯水补充至总体积 20.0μL，37℃保温过夜，0.8％琼脂糖凝胶检测酶切结果，反应液置－20℃保存。

　　2）PCR 扩增

　　由于植物的基因片段较大，通常 PCR 分为预扩增和第二次扩增。

　　（1）预扩增：预扩增采用一个选择性碱基的引物，反应液组成：Dynazyme（10×）缓冲液 2.0μL，dNTP（2μmol/L）2.0μL，具一个选择性碱基的 *Eco*R Ⅰ引物（0.1μmol/L）和 *Mse* Ⅰ引物（5μmol/L）各 1.0μL，经酶切连接的模板 DNA 1.0μL，Dynazyme 聚合酶（2U）1.0μL，用超纯水补充至总体积 20.0μL，置 PTC-200 型 PCR 仪中扩增。选择性碱基引物设计参考 Vos[19] 的文献，其序列为：*Eco*R Ⅰ引物 5′-GAC-TGC GTA CCA ATT CG-3′（选择性碱基为 G），*Mse* Ⅰ引物 5′-GAT GAG TCC TGA-GTA AG-3′（选择性碱基为 G）。扩增程序为：70℃预热 3min，95℃变性 30s，59.5℃退火 30s，72℃延长 1min，循环 30 次，最后 72℃延伸 3min，扩增产物于－20℃保存，作为第二次扩增的模板 DNA。

　　（2）第二次扩增：以预扩增产物为模板，使用具有 3 个选择性碱基的引物，引物序列为：*Eco*R Ⅰ引物 5′- GAC TGC GTA CCA ATT CGA G-3′（选择性碱基为 GAG），*Mse* Ⅰ引物 5′- GAT GAG TCC TGA GTA ACT G-3′（选择性碱基为 CTG）。反应液组成：Dynazyme（10×）缓冲液 2.0μL，dNTP（2μmol/L）2.0μL，具有 3 个选择性碱基的 *Eco*R Ⅰ引物（0.1μmol/L）和 *Mse* Ⅰ引物（5μmol/L）分别 2.0μL 和 1.2μL，预扩增模板 DNA 1.0μL，Dynazyme 聚合酶（2U）1.0μL，用超纯水补充至总体积 20.0μL，置 PTC-200 型 PCR 仪中扩增，扩增程序同文献[19]。

2.2.2.3　变性聚丙烯酰胺凝胶电泳及银染

　　取扩增的产物 4μL 与等体积的变性载样缓冲液混匀，95℃变性 3min 立即冰水冷却，取 2.5μL 样品用 4％变性聚丙烯酰胺凝胶电泳，恒定功率 25W，持续电泳 2.5h。取下胶板固定、银染[19]，于 60℃烘干胶板。

2.2.2.4　电泳结果处理

　　将 AFLP 图谱和 ARDRA 图谱用 HP 扫描仪扫描，以 TIFF 文件格式保存，用 Gelcompar 分析软件 UPGMA（平均连锁法）聚类分析，得出树状图谱。GSⅡ和 NodA 序列用 MEGA3 进行系统发育树构建。

2.2.3 共生结瘤试验

供试的花生种子表面灭菌、发芽、播种后，分别接种 5mL 用 YMB 培养 5d、处于对数生长期的供试慢生型花生根瘤菌，每个处理重复 3 次，用含 0.003% $Ca(NO_3)_2$ 的营养液灌溉花生植株，光照培养 30d，测定花生植株的根瘤数量、地上部分干重。

2.2.4 数据处理

共生结瘤试验的根瘤数量、地上部分干重数据用 Microsoft Excel 2000 软件分析。Turkey 分析采用 SAS 6.12（SAS Institute Inc.，Cary，NC，USA）软件，共生匹配关系主成分分析（PCA）采用 MATLAB（5.3）（Math Works Inc. Natick，USA）软件完成。

3 结果分析

3.1 花生根瘤菌遗传多样性

3.1.1 AFLP 分析

3.1.1.1 AFLP 指纹图谱

部分供试花生根瘤菌的 AFLP 谱如图 1 所示。由图 1 可以看出，花生根瘤菌的 AFLP

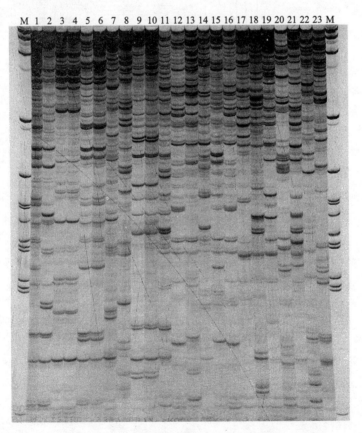

图 1　部分花生根瘤菌 AFLP 指纹图谱

Fig. 1　The AFLP fingerprints of partial peanut bradyrhizobial strains

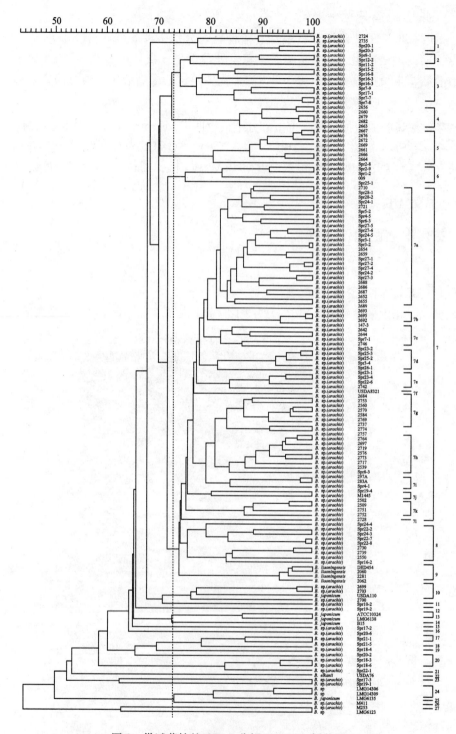

图 2　供试菌株的 AFLP 分析 UPGMA 树状图

Fig. 2　The dendrogram constructed by UPGMA method based on the AFLP

analysis of the tested strains

具有很高的多态性,绝大多数菌株有着各自的带谱类型,这充分反映了花生根瘤菌群体内存在的遗传多样性。同时由图1可见,第 3、4 号,第 5、6 号和第 10、11 号菌株的指纹图谱几乎完全一致,表明这几个菌株的遗传特性高度相似,应该为同一个菌株,这为进一步应用 AFLP 技术作为分子标记手段奠定了基础。

3.1.1.2 AFLP 聚类分析

为了更直观地反映花生根瘤菌群体内存在的遗传多样性,对花生根瘤菌 AFLP 指纹图谱进行了 UPGMA 聚类分析(图 2)。结果表明:所有供试菌株在 43% 相似水平处聚在一起,在 73% 相似性水平处,可以将供试花生根瘤菌划分为 27 个 AFLP 遗传群,其中,以群 7 最大,由 44 个菌株组成,在 82% 相似水平处,被分成了 7 个亚群。这种遗传上的巨大差异,导致了花生根瘤菌分类地位的复杂性。

3.1.2 ARDRA 分析

对 34 株慢生花生根瘤菌代表菌株的 16S rDNA、GSⅡ两种保守基因和结瘤基因 NodA 进行了 PCR-RFLP 分析,其聚类图见图 3~图 5。

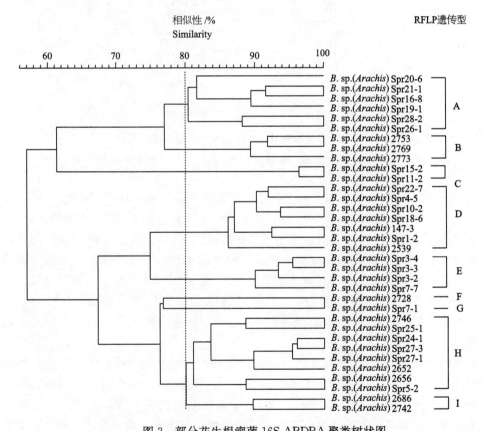

图 3 部分花生根瘤菌 16S ARDRA 聚类树状图

Fig. 3 The dendrogram of the peanut bradyrhizobia based on the similarity of 16S ARDRA

16S ARDRA 分析表明,供试菌株的 16S rDNA 片段大小在 1.5kb 左右,对 4 种限制性内切核酸酶酶切片段进行 UPGMA 分析,得到了 16S ARDRA 聚类树状图(图 3),

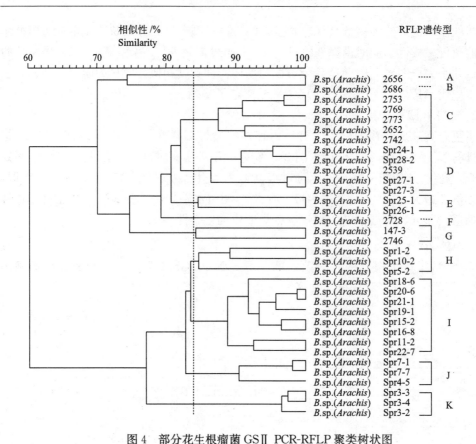

图 4　部分花生根瘤菌 GSⅡ PCR-RFLP 聚类树状图

Fig. 4　The GSⅡ PCR-RFLP dendrogram of the tested peanut bradyrhizobial strains

从图 3 结果可见，在 80% 相似水平，全部 34 个菌株可以分成 8 个 RFLP 遗传群，其中，Spr7-1 和 2728 单独成群，表明这些菌株在系统发育上仍然存在明显的差异。

细菌细胞中，谷氨酰胺合成酶主要有 GSⅠ和 GSⅡ两种形式，这两种基因高度保守。在根瘤菌中，除 *Azorhizobium caulindans* 只含有 GSⅠ[23]基因外，其余的根瘤菌均含这两种酶[24]。在根瘤菌研究中，人们常选用 GSⅡ基因作为研究根瘤菌系统发育和进化的"分子钟"基因。本实验对 34 个供试菌株的 GSⅡ PCR-RFLP 分析后，除 2656、2686 和 2728 单独成群外，其余菌株分成了 11 个遗传群（图 4），也表现出了较大的多样性。

在目前根瘤菌的分类系统中，16S rDNA 或其他的保守基因分析并没有完全反映根瘤菌的共生特性，尤其是宿主的范围[25]。因此，人们逐渐将 *NodA* 基因引入根瘤菌分类研究中，以反映供试菌株的宿主特性，但由于共生基因的横向转移现象，因而基于 Nod 的系统发育树和基于 16S rRNA 基因的系统发育树可能不一致，前者在一定程度上与宿主范围有关[26]。本研究中，34 个供试菌株的 *NodA* PCR-RFLP 分析结果将供试菌株分成了 14 个遗传群（图 5）。在本研究中，大多数慢生型花生根瘤菌的 *NodA* 片段扩增效果较差，仅部分菌株能够扩增出约 700bp 的 *NodA* 片段，这表明慢生型花生根瘤菌共生结瘤基因存在着较大差异。

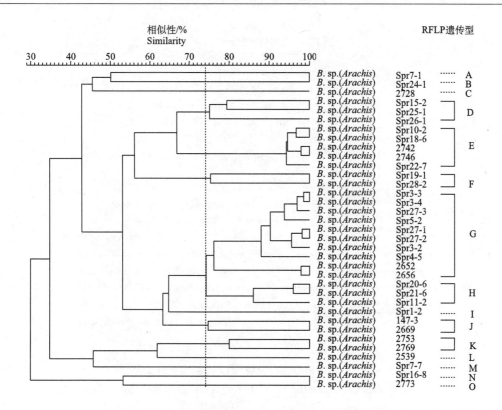

图 5　部分花生根瘤菌 *NodA* PCR-RFLP 聚类树状图

Fig. 5　The *NodA* PCR-RFLP dendrogram of the tested peanut bradyrhizobial strains

3.1.3　基于 GSⅡ和 *NodA* 序列的花生根瘤菌系统发育

在 ARDRA 分析的基础上，分别选取了 2652、2656、2728、Spr1-2、Spr3-4 和 Spr10-2 等代表菌株测定了 GSⅡ和 *NodA* 基因序列。此外，Spr7-1 未能扩增出 *NodA* 基因，只测定了该菌株的 GSⅡ序列。采用 MEGA4 软件构建了这些菌株的 GSⅡ和 *NodA* 基因系统发育树（图 6 和图 7）。

图 6 可见，供试花生根瘤菌 GSⅡ基因在系统发育上仍然位于慢生型根瘤菌分支，其中，Spr1-2 与 *Bradyrhizobium elkanii* ICMP 13638 极为相近，Spr3-4 与 *B. liaoningensis* ICMP 13639 位于同一 GSⅡ系统发育亚分支，2652 和 2656 介于 *B. liaoningensis* ICMP 13639 和 *B. yuanmingense* CCBAU 33230 之间，其余菌株则与 *B. japonicum* USDA 6 在同一个亚分支。因而，慢生型花生根瘤菌尽管分类上主要与 *Bradyrhizobium japonicum* 相同，少数菌株与 *B. elkanii* 相近，但在 GSⅡ基因系统发育上，却表现出了明显的多样性特征。

在由共生基因（*NodA*）序列构建的系统发育树状图中，尽管供试菌株同样位于第一个分支，即慢生根瘤菌分支，但也表现出了多样性特征，Spr1-2 与 *B. elkanii* USDA 76 处于同一亚分支，Spr10-2 与 *B. japonicum* USDA6 和 *B. japonicum* USDA110 位于同一亚分支，其余菌株的 NodA 系统发育与 *B. yuanmingense* CCBAU 10071 接近。

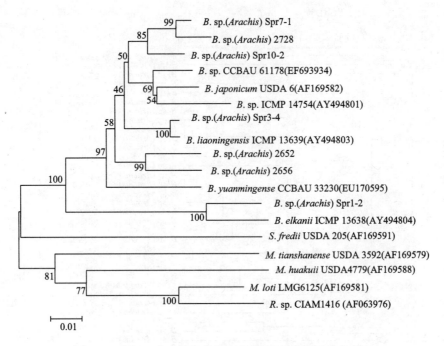

图 6 花生根瘤菌代表菌株 GS II 基因系统发育

Fig. 6 The GS II gene phylogenetic tree of the representing peanut bradyrhizobial strains

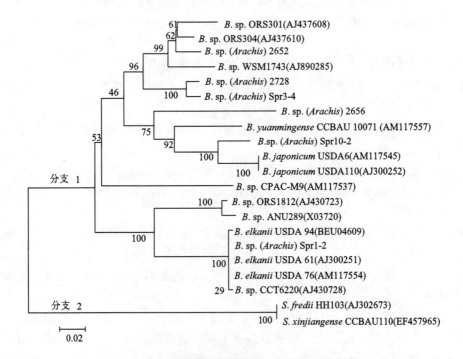

图 7 花生根瘤菌代表菌株 NodA 基因系统发育

Fig. 7 The NodA gene phylogenetic tree of the representing peanut bradyrhizobial strains

3.2 不同花生品种遗传多样性

3.2.1 AFLP 指纹图谱

图 8 是我国主要花生栽培品种及部分地方品种的 AFLP 指纹图谱,从图中可以看出,供试花生品种具有明显的遗传多态性,每一品种均有其独特的遗传图谱;同时大多数品种有一条共同的带谱(图中箭头处),由于无国外花生品种作参考,故不能确定这些遗传带谱是否为我国栽培花生所特有的。

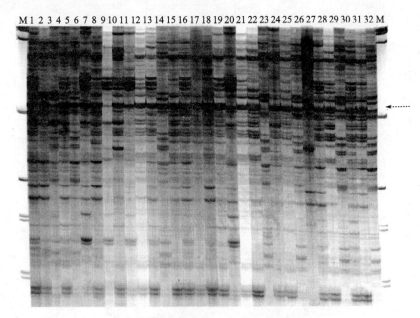

图 8 供试花生品种的 AFLP 指纹图谱

图中,M: p^{GEM} 分子质量标记。1~32 为供试植株编号,品种名称见表 2

Fig. 8 The AFLP fingerprints of the tested peanut cultivars

M: Molecular marker p^{GEM}. 1~32 indicate the tested plants as cited in table 2

3.2.2 聚类分析

用 HP 扫描仪对图谱扫描,Gelcompar 软件进行平均连锁(UPGMA)聚类分析,得到供试植株的 AFLP 聚类图。结果显示:所有供试花生品种的遗传相似性仅 35%,在 45% 相似性处,分为 3 个群;在 72% 相似性处,第 Ⅱ 群分为 Ⅱa 和 Ⅱb 两个亚群,说明我国主要的花生品种的多样性较为明显,即使同一地方的花生品种,这种差异仍然存在(图 9)。

AFLP 分析很好地反映了不同花生品种的遗传差异。从实验结果看,四川省南充市农科所选育的天府花生品系 No. 3、No. 7、No. 8、No. 9 和 No. 10,品种间的 AFLP 指纹图谱间存在差异,聚类时也分别属于 2 个不同的群;来源于广东的花生品种,如企石 1 号和企石 2 号之间,以及来源于陕西省的晋花 1 号和晋花 2 号之间,也存在着明显的遗传差异。

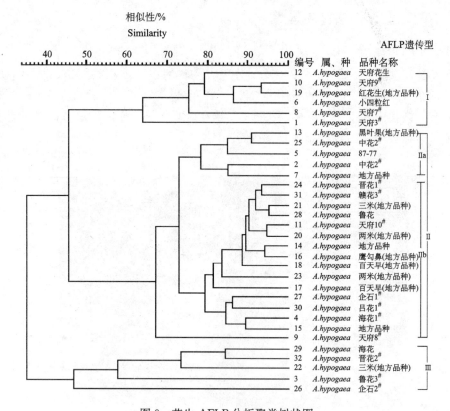

图 9　花生 AFLP 分析聚类树状图

Fig. 9　UPGMA dendrogram based on AFLP patterns（peanut cultivars）

　　No. 13～No. 23 这 11 个供试花生为地方品种，采自云南省元谋、华坪，四川省攀枝花、米易、西昌等地，这些地方属于我国金沙江流域干热河谷区，有着独特的气候条件：全年分为干、湿两季，温度高、干燥度大[27]。由图 2 可见，这些品种除 No. 22 外，在遗传聚类分析时大多归于 IIb 亚群，亚群内植株间的遗传相似性为 80%，这既反映了植物对环境的适应，也表明环境对植物的深刻影响。研究表明，许多植物受到高出正常生长温度 5～10℃的热激后，植物通过细胞内某一关键分子，或内环境，或膜的某些变化感受热激，使细胞正常的蛋白质基因转录受阻，同时激活热激蛋白质基因，合成热激蛋白，使植物具有耐热性[28]。从金沙江河谷收集的地方品种，在当地的种植历史长，长期受干热气候条件的胁迫，逐渐形成了适应金沙江河谷干热环境的遗传特性，因此在聚类分析时，这些植株按地域聚在了一起。

3.3　共生匹配结果

3.3.1　供试菌株和花生品种的 AFLP 结果

　　图 10 是供试花生植株的 AFLP 分析结果。在 92% 的相似性水平，6 个花生品种可分为 A、B、C 和 D 共 4 个 AFLP 遗传群，其中 87-77 和中花 2 号来自湖北省，企石 1

号采自广东省，它们单独成群；而来自四川省的两个地方品种与来自山东的鲁花聚在一起。图 11 是供试的 18 株花生根瘤菌的 AFLP 分析树状图，在 80％相似水平处，供试菌株可划分为 7 个 AFLP 遗传群，其中，群 1 最大，由 7 个菌株构成，包括分离自四川的 6 个菌株和 147-3 组成，绝大多数根瘤菌的遗传聚类并不完全表现出地域性，说明我国不同地方的慢生型花生根瘤菌之间存在着多样性特征。花生品种和花生根瘤菌之间的多样性特征为两者共生效应多样性的产生奠定了遗传基础。

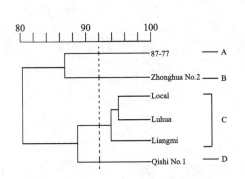

图 10　供试花生品种 AFLP 聚类树状图
Fig. 10　UPGMA dendrogram generated from AFLP fingerprints of the 6 peanut cultivars

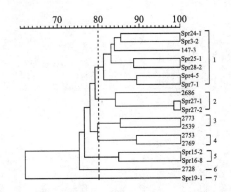

图 11　供试慢生型花生根瘤菌 AFLP 聚类树状图
Fig. 11　UPGMA dendrogram obtained by AFLP fingerprints of the 18 peanut bradyrhizobia

3.3.2　共生结瘤效应

共生结瘤试验结果表明，不同遗传群的花生品种和根瘤菌之间结瘤能力和共生效应的差异（图 12）明显存在。其中，花生品种 87-77、中花 2 号（分别属于 AFLP 遗传群 A 和 B）能够与供试的 18 个花生根瘤菌中的 17 个菌株结瘤；而属于 AFLP 遗传群 C 的鲁花、两米和另一个地方品种，则分别能够同 16 个、14 个和 13 个花生根瘤菌结瘤，这 5 个花生品种对供试的花生根瘤菌表现出了较强的适应性。而企石 1 号是供试的 6 个花生品种中特异性最强的一个品种，只能与其中的 6 个根瘤菌形成根瘤，仅仅占供试根瘤菌的 1/3。实验说明，供试的花生品种中，大多数和花生根瘤菌间存在着明显的遗传多样性，导致花生品种和花生根瘤菌之间的共生效应也表现出多样性特点。

在 18 株供试的慢生型花生根瘤菌中，Spr3-2、Spr4-5、2728 和 147-3 这 4 个菌株能够同绝大多数供试的花生品种（包括企石 1 号花生品种）表现出良好的共生结瘤特性，除 2728 属于 AFLP 遗传群 6 外，Spr3-2、Spr4-5 和 147-3 都属于 AFLP 遗传群 1，这些菌株与供试植株结瘤的数量也较多，说明这 4 个菌株与绝大多数供试花生植株有较好的亲和性。然而，分离自广东的 2539 菌株在所有的供试菌株中的特异性最强，只与 1 个花生品种即鲁花的结瘤效果最好，与其他 5 个花生品种的结瘤效果则较差。

在共生效应方面，不同的花生根瘤菌与不同的花生品种形成的共生体之间也存在差异。菌株 2769 和 Spr15-2 同花生品种，如企石 1 号花生形成的根瘤数量虽然较少，但植株的地上部分干重较高，说明根瘤有效性较高，其固氮能力强；而有些菌株如 Spr25-1，尽管结瘤数多（与中花 2 号花生品种），其地上部分干重却较低，表明根瘤的

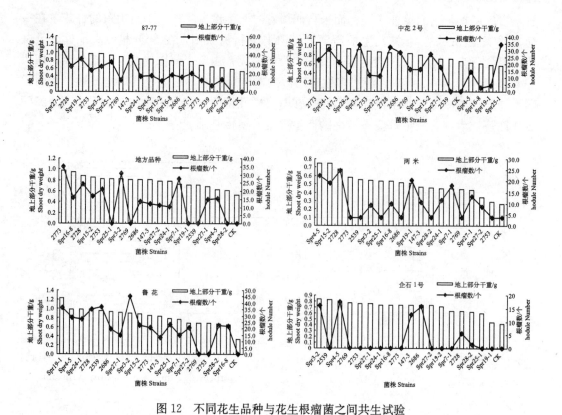

图 12　不同花生品种与花生根瘤菌之间共生试验

Fig. 12　The symbiosis experiment of the different peanut cultivars and bradyrhizobial strains

有效性较差。在供试的 18 个菌株中，Spr3-2、Spr4-5、2728 和 147-3 这 4 个菌株，与不同花生品种形成根瘤的数量不论是中等还是数量较大，这些花生植株的地上部分干重总是较高的，说明这 4 个菌株的共生有效性好，同时由于它们能够与之结瘤的宿主品种范围较宽，因而可用于田间试验进一步检验其共生效应和竞争结瘤能力，选育出竞争能力强、共生效应好的优良菌株。147-3 是生产中已经推广应用的优良菌株，本试验的结果进一步证明了该菌株对多数供试花生品种有适应能力强、共生有效性高的优点。

3.3.3　共生匹配分析

上述共生试验在一定程度上反映了花生根瘤菌与花生品种间的匹配关系，为此，我们采用 PCA 方法分析了二者间的关系。图 13 显示了花生根瘤菌与花生品种间结瘤情况的 PCA 分析，位于图中右侧的菌株，其共生效应较好，如菌株 Spr3-2 和 2728。

在 PCA 分析中，菌株越靠近某一花生品种，则表明其共生匹配性越好，本研究中，147-3 与花生品种 87-77 具有特别好的匹配关系，因此该菌株在图 13 中最靠近花生品种 87-77，而 Spr19-1 和 Spr4-5 则与鲁花品种的共生关系较好。图中左侧的菌株的结瘤能力较差，或表现出了较强的共生特异性，如 2539 只与鲁花的结瘤效果较好。2773 位于图中的原点附近，该菌株与绝大多数菌株均表现出了较好的结瘤能力，表明该菌株具有较广的宿主范围。从结果看，根瘤菌遗传型 1c 代表了宿主范围较窄的菌株类型，而遗

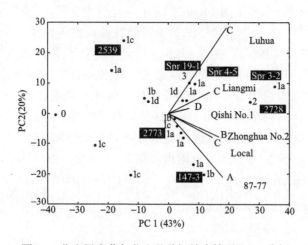

图 13　花生根瘤菌与花生品种间结瘤情况 PCA 分析

Fig. 13　The PCA analysis of nodulation between the peanut bradyrhizobial
strains and the peanut cultivars

传型 1a，2 和 3 代表了宿主范围较广的菌株，且具有较好的共生效果。PCA 分析 1 和 2
只能观察到 63％的信息，因而尚有部分信息隐藏。

　　地上部分干重的 PCA 分析结果见图 14（1 和 2 相）和图 15（1 和 3 相），其分析结
果与图 13 存在差异，进一步证实了在共生结瘤实验中，花生的结瘤数量并不完全与花
生植株地上部分干重成正比。在图 15 中，花生品种遗传型 A 和 B 相互之间，以及和遗
传型 C 和 D 之间均明显不同，后面二者间遗传特性更为相似些。正由于这些差异，在
PCA 分析中，接近图 14 和图 15 原点的菌株与所有供试花生品种间均有较好的共生匹
配关系，如 Spr3-2；而共生特异性强的菌株分别位于 PCA 分析中植株遗传型方向线附

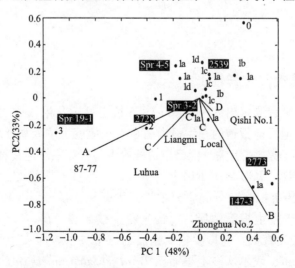

图 14　花生-根瘤菌结瘤植株地上部分干重 PCA 分析（1，2 相）

Fig. 14　The PCA analysis of peanuts nodulation and plant shoot dry weight（PC1，PC2）

近，如菌株 Spr19-1 和 2728 在图 14 和图 15 中，与品种 87-77（遗传型 A）最靠近，因此与这两个花生品种均表现出了很好的共生匹配特性，由于距离中花 2 号（遗传型 B）较远，共生效应则较差；同时，菌株 2728 还与遗传型 C 和 D 的花生品种间有较好的匹配关系。147-3 和 2773 与遗传型 B 的花生品种匹配关系良好，但与遗传型 A 的花生品种匹配性较差，2773 与遗传型 C 和 D 的花生品种的匹配关系比 147-3 好，因而在 PCA分析中，2773 更靠近这两个遗传型的花生品种。与遗传型 A 和 B 花生品种共生时，地上部分干重较少的菌株，位于图 15 的下面部分，如 Spr4-5 和 2539。与全部供试花生品种匹配性差的菌株在图 15 中位于原点附近，在图 14 中介于原点和空白对照之间，因而与匹配关系好的菌株分开。

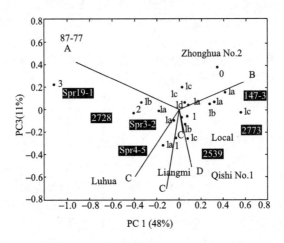

图 15　花生-根瘤菌共生植株地上部分干重 PCA 分析（1，3 相）

Fig. 15　The PCA analysis of plant shoot dry weight among different peanut
cultivars and bradyrhizobial（PC1，PC3）

4　讨论

4.1　花生根瘤菌遗传多样性

尽管黄怀琼等先后选育出 85-7 和 85-19 等快生型的花生根瘤菌，并在四川省部分地区推广应用[29]，但目前报道的花生根瘤菌在生长速度上主要属于慢生型[15, 30, 31]，这可能与花生根瘤的形成方式有关。但已报道的慢生型根瘤菌在遗传特性，包括全基因组的 AFLP、16S rDNA、IGS PCR-RFLP[32]等方面均存在着明显的遗传多样性。在花生根瘤菌的分类上，传统根瘤菌分类研究中被归为豇豆族杂群。在现代根瘤菌分类系统中，花生根瘤菌属于慢生根瘤菌属，以慢生花生根瘤菌[4] *Bradyrhizobium* sp.（*Arachis*）命名；在系统发育上，与慢生根瘤菌属的三个种群，即大豆慢生根瘤菌 *Bradyrhizobium japanicum*、埃尔坎慢生根瘤菌 *Bradyrhizobium elkanii* 和辽宁超慢生根瘤菌 *Bradyrhizobium liaoningens* 处于同一个分支[30, 31]。花生根瘤菌不仅在遗传上具有多样性，而且在表型上也是如此，我们对部分菌株的 120 多个表型性状进行了测定和聚类分析，发现各菌株在碳源和氮源利用、抗药性、耐盐性、生长的最适温度和酸碱度等方面均存在很大差异。

4.2　花生品种的遗传多样性

我国栽培的花生品种，在分类上分属密枝亚种的普通型变种、疏枝型亚种的珍珠豆型变种和多粒型变种，密枝亚种的龙生型花生变种（即龙花生），由于其不利于栽培的性状，在生产中逐渐被淘汰[33]，但龙生型花生品种在生理、生化及抗旱[34]、抗病等方面均具有特异性状，是我国栽培花生品种中最古老的品种类群，在花生品种研究中占据特殊地位，国外对龙生型种质的采集还很少，据估计中国的龙花生可能已经繁衍成了一个次级变异中心[33]；随着花生遗传育种技术的不断更新和完善，多系品种、远杂品系、多倍体植株等具有高产、抗病等优良特性的杂交花生品种广泛应用于生产中[14]，从而使我国的栽培花生呈现出明显的遗传多样性。Maeda 也曾报道，我国山东省栽培花生的生长和繁殖特性与普通型变种和珍珠豆型变种的特性均有相似之处，极有可能是这两种花生的杂交后代[35]。

Lu[36]和 Stalker[37]对不同花生品种同工酶和种子蛋白质的分析结果均表明，供试花生品种间的差异很微小。Kohert[38]、Halwark[39]等分别用 RFLP、RAPD 指纹图谱技术研究了不同花生品种的遗传特性，供试植株间未见差异，但叶冰莹[40]用 RAPD 对我国的 12 个栽培花生品种遗传特性的研究表明，不同品种间的遗传差异是明显的。国际植物遗传资源委员会（IBPGR）1987 年统计，当时全世界保存在长、中和短期库中的花生栽培种样本总数为 52 432 份[41]（不包括中国内地的 4150 份和台湾的 352 份）；国际上将花生栽培种分为 2 个亚种，每个亚种各自包括 2 个植物学变种[42]。Stalker[37]的研究亦表明，不同花生品种在形态、生理、农业性状方面均存在差异，如植株特性、种子颜色、抗逆性等。显然，花生品种间存在着遗传多样性，由于研究手段的限制，遗传多样性未能反映出来。RFLP 技术获得的信息量小、RAPD 虽然操作简便迅速，但其不足之处是不同实验室之间结果的重现性和稳定性相对较差。与 RAPD 和 RFLP 不同，AFLP 指纹分析采用 Eco I 及 Mse I 双酶切供试样品的全量 DNA，其酶切片段能被较好地扩增，聚丙烯酰胺凝胶电泳时能达到最佳分离效果，从而获得丰富的遗传信息；由酶切位点碱基序列而设计的连接子及具选择性碱基的引物避免了扩增过程中产生的碱基错配现象，保证了 AFLP 结果的高稳定性和重现性以及获得足够数量的遗传带谱。

He 等[20]用 AFLP 及由 RAPD 改进的 DAF 指纹图谱法对分属于花生 2 个亚种的 6 个花生品种进行了研究，两种方法均能全面地反映出花生品种间的遗传差异，尤其以 AFLP 技术能准确地反映出品种间的微小差异。翁跃进[26]对引种自 ICRISAT 的 9 个抗旱花生品种进行了 AFLP 指纹图谱分析，建立了引进品种精确的遗传图谱，获得了良好的效果。我们的研究结果也表明，AFLP 既能很好地反映杂交育种引起的遗传差异，也能准确地反映出环境对品种遗传特性的巨大影响。

4.3　花生根瘤菌与花生品种间的共生匹配关系

本研究用 AFLP 技术分析了菌株和花生品种的遗传多样性，考察了花生结瘤数量和地上部分干重以及花生菌株和花生品种间的匹配关系。由于共生匹配关系极为复杂，优良的根瘤菌包括菌株在土壤环境中的存活情况、生长特性、在豆科植物根际竞争能力以及菌株和豆科植物间的信号交流。Terefework[43] 等的研究表明，AFLP 能够很好地反映根瘤菌遗传差异，但却无法揭示菌株间的系统发育关系或共生特性。本研究的结果亦表明，AFLP 技术能够揭示根瘤菌和植株间细微的遗传差异。但由于根瘤菌与豆科植物的结瘤过程受其自身的多达数十个已知与结瘤相关的基因和植物基因组中功能尚未清楚的大量基因的控制，因而结瘤过程变得极为复杂。例如，苜蓿中华根瘤菌 *Sinorhizobium* sp. NGR234 和苜蓿中华根瘤菌 *Sinorhizobium fredii* USDA257 在遗传特性上极为相似[44]，在其 3.08kb 的 *NodABC* 共同结瘤基因中，仅有 19bp 的差异[45]，然而NGR 234 产生的结瘤因子比 USDA 257 复杂得多，导致了 NGR 234 的宿主范围很广，能够与 100 多个种的豆科植物共生结瘤，而 USDA 257 能够共生的宿主数量只有 NGR 234 宿主数量的 58%，共生质粒全序列分析结果进一步表明，NGR234 共生基因间存在基因的横向转移[46]。根瘤的形成过程中，根瘤菌基因组参与结瘤相关的基因包括共同结瘤基因（common nod gene），宿主专一性基因（host specificity gene）和结瘤调节基因（genes with regulatory function）。其中，共同结瘤基因（*NodABC*）在根瘤菌中负责结瘤因子核心分子的生物合成，已知 *NodA* 编码酰基转移酶，负责将脂肪酸侧链转移到结瘤因子的核心寡聚糖骨架上，决定着被转移脂肪酸侧链的类型，从而决定着结瘤因子的结构和宿主范围[47, 48]，因此，在结瘤过程中，*NodA* 基因起着重要的作用，我们的结果中，来自不同地方的慢生花生根瘤菌 *NodA* 序列存在着明显的差异，因而其共生匹配特性也有不同。本研究中，遗传分析结合共生效应的 PCA 分析在一定程度上反映了花生根瘤菌菌株与花生植株间的遗传匹配关系，但由于共生关系极其复杂，共生现象受多种因素影响，如何利用分子生物学手段充分揭示这一奇妙的关系，尚需继续开展工作。

参 考 文 献

[1] Zhang F, Smith D L. Interorganismal signaling in subtropical environments: The legume rhizobia symbiosis. Adv Agron, 2002, 76: 125~157

[2] 林稚兰，黄秀梨. 现代微生物学与实验技术. 北京：科学出版社. 2000

[3] 陈文新. 豆科植物-根瘤菌固氮体系在西部大开发中的作用. 草地学报，2004，12 (1): 1~2

[4] van Rossuma D. The groundnut-*Bradyrhizobium* symbiosis. Symbiotic, physiological and molecular characterisation. Ph. D. thesis, Vrije Universiteit, Amsterdam, The Netherlands. 1994

[5] McDonald D. The ICRISAT groundnut program. *In*: McDonald D. Proceedings of the regional Groundnut Workshop for Southern Africa. Intern. Crops Res. Inst. For the Semi-Arid Tropics, Patancheru, India. 1985

[6] Allen O N, Allen E K. The leguminosae: a source book of characteristics, uses, and nodulation. University of Wisconsin Press, Madison, WI. 1981

[7] Nap J P, Bisseling T. Developmental biology of a plant-prokaryote symbiosis: the legume root nodule. Science, 1990, 250: 948~954

[8] Sprent J I. Which steps are essential for the formation of functional legume nodules? New Phytol, 1989, 111: 129~153

[9] Spaink H P. The molecular basis of the host specificity of the *Rhizobium* bacteria. Antonie Van Leeuwenhoek, 1994, 65: 81~98

[10] Kijne J W. The *Rhizobium* infection process. *In*: Stacey G S, Evans H J, Burris R H. Biological Nitrogen Fixation Routledge, Chapman and Hall, New York, USA. 1992. 347~398

[11] Spaink H P. The molecular basis of infection and nodulation by rhizobia: the ins and outs of sympathogenesis. Annu Rev Phytopathol, 1995, 33: 345~368

[12] Breedveld M W, Miller K J. Cyclic L-glucans of members of the family Rhizobiaceae. Microbiol Rev, 1994, 58: 145~161

[13] Jayaram S, Bal A K. Oleosomes (lipid bodies) in nitrogen-fixing peanut nodules. Plant Cell Environ, 1991, 14: 195~203

[14] 孙大容. 花生育种学. 北京：中国农业出版社. 1998

[15] 张小平, 陈强, 李登煜等. The taxonomic position of peanut rhizobia. Acta Micribiol Sinica（微生物学报）, 1996, 36 (3): 227~233

[16] Zhang X P, Li D Y, Lindstrom K. Growth Characteristics and Fatty acid analysis of *Bradyrhizobium* strains isolated from the root nodules of peanut (*arachis*), 应用与环境生物学报, 1997, 3 (1): 44~48

[17] 张小平, 李登煜, NICK G 等. Study on the Genetic Diversity of peanut Bradyrhizobial strains. 应用与环境生物学报, 1998, 4 (1): 70~73

[18] 陈强, 张小平, 李登煜等. Numerical Taxonomy and DNA homology of *Bradyrhizobium* sp. (*Arachis*). 西南农业学报, 1998, 11 (4): 1~7

[19] Vos P R, Hogers M, Reijans T, *et al*. AFLP: a new technique for DNA fingerprinting. Neu Acid Res, 1997, 23: 4407~4414

[20] He G H, Prakash C S. Identification of polymorhic DNA markers in cultivated peanut (*Arachis hypogaea* L.) Euphytica, 1997, 97: 1433~1449

[21] Ausubel F M, Brent R, Kingston R E, *et al*. Current Protocols in Molecular Biology. New York: Wiley, 1987

[22] Hurek T, Wagner B, Reinhold-Hurek B. Identification of N_2-Fixing Plant- and Fungus-Associated *Azoarcus* Species by PCR-Based Genomic Fingerprints. Appl Environ Microbiol, 1997, 63 (11): 4331~4339

[23] Turner S L, Young J P W. The glutamine synthetases of rhizobia: phylogenetics and evolutionary implications. Mol Biol and Evol, 2000, 17: 309~319

[24] Haukka K, Lindstrom K, Young J P. Three phylogenetic groups of nodA and nifH genes in *Sinorhizobium* and *Mesorhizobium* isolates from leguminous trees growing in Africa and Latin America. Appl Environ Microbiol, 1998, 64 (2): 419~426

[25] Laguerre G, Mavingui P, Allard M R, *et al*. Typing of rhizobia by PCR DNA fingerprinting and PCR-restriction fragment length polymorphism analysis of chromosomal and symbiotic gene regions: application to *Rhizobium leguminosarum* and its different biovars. Appl Environ Microbiol, 1996, 62 (6): 2029~2036

[26] Haukka K, Lindstrom K, Young J P. Three phylogenetic groups of nodA and nifH genes in *Sinorhizobium* and *Mesorhizobium* isolates from leguminous trees growing in Africa and Latin America. Appl Environ Microbiol, 1998, 64 (2): 419~426

[27] 张谊光, 陈纪卫, 徐渝. 我国西南干旱河谷农业气候资源的分类与合理利用. 资源科学, 1989, 3: 1~6

[28] 张福锁. 环境胁迫与植物营养. 北京：北京农业大学出版社. 1993

[29] 黄怀琼, 何福仁, 陈智红. 快生型花生根瘤菌株 85-7、85-19 的生物学特性的研究. 四川农业大学学报, 1990, 8 (3): 188~193

[30] 杨江科, 谢福莉, 周俊初. 花生根瘤菌群体遗传多样性和系统发育研究. 遗传学报, 2002, 29: 1118~1125

[31] 刘杰, 汪玲玲, 汪恩涛等. 河北地区花生根瘤菌的系统发育多样性研究. 中国农业科学, 2006, 39: 344~352

[32] 李俊, 曹凤明, 李力等. 慢生根瘤菌 16S-23S rDNA IGS 的 RFLP 分析. 微生物学通报, 1999, 26 (3): 184~188

[33] 姜慧芳, 段乃雄, 廖伯寿等. 中国的龙花生-II. 龙花生在 *Arachis hypogaea* L. 中的地位. 中国油料, 1995, 7: 74~77

[34] 姜慧芳, 任小平, 段乃雄等. 几个龙生型花生的耐旱形态性状研究. 中国油料作物学报, 2001, 23 (1): 12~16

[35] Maeda K. Characteristics and its position in the classification of varieties of the commercial Chinese groundnut (*Arachis hypogaea* L.) Shantung Province strain. Research Reports of the Kochi University, 1972, 21: 25~34

[36] Lu J, Pickersgill B. Isozyme variation and species relationships in peanut and its wild relatives (*Arachis* L. Leguminosae). Theor Appl Genet, 1993, 85: 550~560

[37] Stalker H T, Phillips T D, Murphy J P, *et al*. Variation of isozyme patterns among *Arachis* species. Theor Appl Genet, 1994, 87: 746~755

[38] Kochert G, Halward T, Branch W D, *et al*. RFLP Variability in peanut (*Arachis hypogaea* L.) cultivars and wild species. Theor Appl Genet, 1991, 81: 565~570

[39] Halward T, Stalker T, Larue E, *et al*. Use of single-primer DNA amplifications in genetic studies of peanut (*Arachis hypogaea* L.). Plant Molecular Biology, 1992, 18: 315~325

[40] 叶冰莹, 陈由强, 朱锦懋等. 应用 RAPD 技术分析花生品种遗传变异. 中国油料作物学报, 1999, 21 (3): 15~18

[41] 蔡骥业. 花生属种质的采集与分类、保存和更新、评估及利用. 花生科技, 1993, 2: 17~19

[42] 栾文琪. 国外花生栽培种的分类方法. 世界农业, 1990, 9: 25~26

[43] Terefework Z, Kaijalainen S, Lindström K. AFLP fingerprinting as a tool to study the genetic diversity of *Rhizobium galegae* isolated from *Galega orientalis* and *G. officinalis*. J Biotechnol, 2001, 91 (2): 169~180

[44] Perret X, Viprey V, Freiberg C, *et al*. Structure and evolution of NGRRS-1, a complex, repeated element in the genome of *Rhizobium* sp. NGR234. J Bacteriol, 1997, 179: 7488~7496

[45] Relić B, Staehelin C, Fellay R, *et al*. Do Nod-factor levels play a role in host-specificity? *In*: Proc. Eur. Nitrog. Fix. Conf., 1st G. B. Kiss and G. Endre, eds, Officina Press, Szeged, Hungary. 1994

[46] Freiberg C, Fellay R, Bairoch A, *et al*. Molecular basis of symbiosis between *Rhizobium* and legumes. Nature, 1997, 387: 394~401

[47] Debellé F, Plazanet C, Roche P, *et al*. The NodA proteins of *Rhizobium meliloti* and *Rhizobium tropici* specify the N-acylation of Nod factor by different fatty acids. Mol Microbiol, 1996, 22: 303~314

[48] Ritsema T, Wifes A H M, Lugtenberg B J J, *et al*. *Rhizobium* nodulation protein NodA is a host-specific determinant of the transfer of fatty in Nod factor biosynthesis. Mol Gen Genet, 1996, 251: 44~51

天府花生品种内生细菌的分离及种群多样性

方扬，张小平，陈露遥，黄怀琼

（四川农业大学资源环境学院，四川雅安　625014）

摘　要：通过对四川省重点推广的 4 个花生品种——天府 11 号、天府 12 号、天府 13 号和岳易各生育期、各部位内生细菌种群动态的系统研究，分离出内生细菌 170 株，其中放线菌 15 株。鉴定结果表明，天府系列花生内生细菌共 16 个属，其中芽孢杆菌属 11 个种，为花生内生细菌的优势种群。对链霉菌属放线菌进行了抗菌性检测，其中 13 株对枯草芽孢杆菌有拮抗作用，淡紫灰类群菌株 11-02 和 13-10 的抑菌效果最为显著。

关键词：天府花生，内生细菌，种群多样性

Population diversity of the endophytic bacteria in Tian-fu peanut cultivars

Abstract：TianFu No. 1，TianFu No. 2，TianFu No. 3 and YueYi peanut，the four major peanut cultivars in Sichuan province，were collected for the analysis of population diversity and distribution within the different stages and different plant organs of endophytic bacteria. One hundred and seventy endophytic bacterial strains were isolated，including fifteen actinobacterial strains. As a result of taxonomic identification，all the endophytic bacterial strains were grouped into sixteen genera of bacteria. *Bacillus* was the most dominant genera in peanut endophytic bacteria，and eleven species within *Bacillus* genera were identified. According to the results of antimicrobial test，except two strains，the other thirteen actinobacterial isolates which belong to *Streptomyces* genera could antagonize *B. subtilis* in different levels，especially *Lavendulae* strains 11-02 and 13-10，which had the best antagonistic effect.

Key words：TianFu peanut，Endophytic bacteria，Population diversity

1　前言

1.1　内生细菌定义及研究概况

首先需要明确什么是内生菌（endophyte）。内生菌包括内生真菌和内生细菌。目

前，对于植物内生菌的定义还存在很多争论和分歧，但较为普遍的实用性概念是：指那些在其生活史的某一阶段或全部阶段生活于健康植物组织器官内部的真菌或细菌，被感染的宿主植物（至少是暂时）不表现出外在病症，且可通过组织学方法或从严格表面消毒的植物组织中分离或从植物组织内直接扩增出微生物 DNA 的方法来证明其内生性[1]。关于内生细菌的概念，也有许多不同的定义。现在受到较为广泛认同的是 James 与 Olivars 的内生细菌定义，即植物内部定殖的所有细菌，包括致病菌和潜在致病菌都属于内生细菌[2]。而在实际操作中一般以经过表面消毒后能否分离到来区分细菌是内生还是表生。从目前的研究情况看，绝大多数的研究者都把从健康植物体内分离的所有细菌以及从发病植物体内分离的除病原细菌之外的所有细菌看作是植物内生细菌。

在内生细菌的研究上，早在 19 世纪 70 年代 Pasteur 等就已开始无病状植物组织内的细菌研究[3]。早期报道主要把内生细菌当作一种污染和潜在病原菌看待，而近年来的大量研究却表明内生细菌可以促进作物生长，减轻植物土传病害症状。因此，相应的现在人们认为无菌苗的抗逆性较弱，部分原因是由于内生微生物的缺乏。如今关于植物内生细菌的研究主要集中在内生细菌的有益生物学作用上，其不仅具有十分广阔的理论研究价值，而且还具有十分广泛的实际应用价值。

1.2 植物内生细菌的生物多样性、分布及定殖规律

自 20 世纪 40 年代以来，关于植物组织内生细菌的报道越来越多，植物种子、胚胎、块茎、块根、茎、叶及果内都有分离到内生细菌。内生细菌存在于单子叶和双子叶植物中，从木本植物（如橡树）到草本植物（如甜菜）都已分离到。其多样性不仅在于宿主植物器官与种类的多样性，还在于细菌本身分类地位的多样化，即一种植物可同时定殖多种不同种类的内生细菌。

在植物组织内部微生态系统中，不同的微生物种群之间相互作用并建立一种平衡体系[4]。植物组织中常见且数量大的一些微生物种群被认为是优势种，此外还有许多被认为是稀有种类的微生物种群，它们在植物体内的数量少，因而不容易分离到。目前，在各种农作物（包括小麦、水稻、玉米、棉花、马铃薯、番茄、甜菜、黄瓜）及烟草、花生、辣椒、果树等经济作物体内已发现超过 129 种（隶属于 83 个属）内生细菌。其中研究得比较系统的有棉花、甜玉米、马铃薯、辣椒、柑橘和柠檬等。这些细菌大多数为土壤微生物，最常见的优势种群有假单胞菌属（*Pseudomonas*）、芽孢杆菌属（*Bacillus*）、肠杆菌属（*Enterobacter*）、土壤杆菌属（*Agrobacterium*）等[5]。同时也发现了一些内生细菌新的分类单位，如金杆菌属（*Aureobacterium* sp.）的一个种，栖稻黄色单胞菌（*Flavimonas oryzihabitans*）、黄色氢噬胞菌（*Hydrogenophaga flava*）、蛾微杆菌（*Microbaterium imperiale*）和人苍白杆菌（*Ochrobactrum arthropi*）等[6]，不仅丰富了细菌资源，而且推动了内生细菌生物多样性研究。

纵观国内外的内生细菌研究报道，可看出不同寄主植物品种中内生细菌种群不同，随着植株的生长发育，内生细菌的种群也在发生变化。马冠华等[7]的研究表明，烟草根、茎、叶中的内生细菌菌量变化趋势与甜玉米和棉花相同：根最多，茎次之，叶最少；而与水稻和棉花根最多，叶次之，茎最少的规律不同。罗明等[8]的研究表明，棉花

中内生细菌种群密度的分布特点是种子最多，其次为根，再次为茎，叶片、花蕾、叶柄中最少。这一结果与文献报道的黄瓜、豆科植物等许多植物内生菌的数量分布为根内最多，其次是茎和叶片，花、果实、种子中较少的分布规律不同。同时也能看出，即使是同一种植物，不同品种之间，内生细菌的种类、数量和分布都肯定有一定甚至较大差异。总体上，内生细菌的种群密度在根组织内最高，大约 10^5 cfu/g FW（菌落形成单位/克鲜重），茎内的内生细菌密度平均约为 10^4 cfu/g FW，叶组织内的密度平均约为 10^3 cfu/g FW，生殖器官（如花、果实、种子）中的种群密度最低[10]。内生细菌数量可根据不同的植物组织部位达到一个最优的种群密度，而这种密度与接入的初始菌量无关。

内生细菌是通过寄主植物的自然开口（排水孔、气孔、皮孔）、伤口（土壤颗粒的擦伤、病害损伤及其他机械损伤）、侧根突出处的表皮裂隙和根毛等侵入植物的。同时研究也证明，只有种子中存在的内生细菌才可以在整个生育期中保存下去，其定殖于种子内，从种子的萌发至开花结实，一代传一代，周而复始，与植物的共生关系是永久的。也有学者称其为常住菌群（resident flora），而其他菌群只在寄主整个生育期中的某一时期或某几个时期间断出现，为暂居菌群（transient flora）[7]。除了来源于种子外，大部分内生细菌的定殖起源于种子发芽期。幼苗期植物能产生一些能被各种微生物识别的信息分子，如类黄酮类物质等。尽管宿主相关性微生物、腐生细菌和寄生细菌等都能识别这些信息分子，但只有与宿主“亲合性”最强的微生物能占据根际位置，并阻止其他特异性较差的定殖者的进入。需要指出的是，不同内生细菌进入植物体内后仍然存在种间竞争，直到重新创建一个相对稳定的平衡体系。这样一来，植物体就可以看作是一个由自身的活体组织和定殖在体内的内生细菌共同构成的生态体系，在植物生活史的整个过程中维持动态的平衡。

1.3　植物内生细菌与寄主植物之间的关系

对此不同学者有不同的见解。一种观点认为，植物内生细菌与正常生长状态的植物之间是和谐共处、互惠互利的共生关系。持这一观点的学者的研究重心在于这种和谐关系，以期将其应用于农业生产。而另一种观点认为，内生细菌与寄主植物之间是一种特殊的寄生关系，这种寄生关系一般不引起植物的相关病症，而当植物衰老或受到外界环境的胁迫时又会变成病原菌而引起植物病害，即植物内生细菌仍是一种潜在的致病菌，它和寄主植物之间是一种处于动态平衡的拮抗关系。

有植物病理学家做过这样的试验[9]，首先从无病症或非寄主的健康植物上分离内生细菌，之后进行敏感性实验。通过制造人工伤口使植物处于感受态，接种分离物，并在模式植物如烟草上进行同样的实验。当第一例病症出现时，立即从受害的组织中重新分离导入的细菌，估计其致病性；或用寄主起源的菌种接种（$10^6 \sim 10^8$ cfu/株）寄主，并使寄主生长在非生物的胁迫条件下，使其自身防御机能处于最弱状态，有助于病症的产生。植物病理学方面的研究仍认为植物内生细菌是一种潜在的病原菌，它对于无病症寄主和感病寄主而言仍存在一定威胁。但同时，支持“互惠互利共生关系”这一观点的学者认为所谓“潜在的植物致病菌”的说法，只是在植物处于极端不正常的状态下才会出现，因而对通常处于健康生长的植物来说，不具有普遍意义。目前，这一种观点已为大多数人接受。

1.4　植物内生菌的生物学作用及在农业上的应用

内生细菌长期生活在植物体内的特殊环境中并与寄主协同进化。一方面植物体为其提供生长必需的能量和营养；另一方面，内生细菌又可通过自身的代谢产物或借助于信号转导作用对植物体产生影响。近年来，一些研究结果表明，植物内生细菌能够作为外源基因的载体，能够产生抗菌素、某些酶类等次生代谢产物，诱导植物产生系统抗性(induced systemic resistance, ISR)，促进植物生长，并与病原菌竞争生态位，同时也能作为联合固氮菌剂等。

1.4.1　植物内生细菌的生物固氮作用

最近的研究发现，很多植物内生细菌可以从空气中吸收氮，并将其固定为化合态氮，这为人们研究非豆科作物共生固氮又提供了一条新的途径。

大量研究表明，植物固氮内生细菌是指那些定殖在植物内部与寄主植物联合共生固氮的固氮菌[10]。它们侵入寄主根的皮层组织或维管内，但并不形成共生组织，它们与寄主细胞处于一种"松散"的共生状态，称为"联合共生固氮作用"(associative symbiotic nitrogen fixation)[11]，是介于根际自生固氮和结瘤固氮的过渡类型。由于内生固氮菌与植物的关系及固氮生境的特点使它们成为继联合固氮之后的另一个固氮作用类型。

1.4.2　植物内生细菌的生物防治作用

内生细菌能增强寄主植物抗逆境、抗病虫害能力的特性是引起研究者重视并使之成为新的研究热点的一个重要方面。

目前，关于内生细菌增强寄主植物抗逆性作用机制的研究结论多为推论性的或间接的，主要有以下几个方面：内生细菌通过影响寄主植物的物质代谢并产生生理活性物质(如抗生素或几丁质酶)来改变植株的生理特性；诱导寄主植物产生 ISR；与病原菌竞争生态位和营养物质；一定数量的内生细菌及其诱导植物产生的酚类、醌类物质在细胞间隙的积累往往构成病原菌进入植物体内或在植物体内运转的机械、化学屏障。

1.4.3　植物内生细菌对植物的促生作用

正如植物根际促生细菌一样，植物内生细菌也可以产生植物促生物质，直接促进植物生长，在增加植株株高、干重、提高根茎重量以及增强植株生长势等方面均有明显的促进作用。内生细菌促进植物生长的机制包括：①可以通过生物固氮[12]或产生植物激素[13]直接促进植物生长；②诱导寄主植物产生植物激素[14]，改善植物对矿物质的利用率[15]，改变寄主植物对霜冻等有害环境条件[16]及其对有害病原生物的敏感性等间接促进植物生长。

1.5　植物内生细菌研究中存在的问题与展望

目前，内生细菌研究的基本步骤为：植物组织的表面消毒，加无菌水研磨，取上清液稀释后在营养培养基上涂布培养，随后挑取单菌落培养纯化。在内生细菌的研究过程中，存在一些问题：表面消毒过轻或过重，都会造成对植物内生细菌调查准确性的影响。前者会扩大植物内生细菌的生物多样性和数量，而后者会导致许多内生细菌的丢失。另外，即使我们用不同的营养培养基来培养，也不能保证所有生活在植物组织内的细菌全被分离出来，可能有的细菌不能在人工培养基上生长，或者有的厌氧型细菌也不能在我们所用的一般分离条件下生长。同时，也可能有一些生长极为缓慢的内生细菌被忽略。近年来，也有人试用其他的方法，如分离用真空或压力提取、组织离心等，检测用染色、电镜、核酸杂交等，但也各有其缺点。因此需要寻找一个切实可行的内生细菌标记和检测系统或方法。植物内生细菌生境的特殊性决定了其既有理论研究的广度和深度，又有多方面的应用潜力，是一个潜力巨大、尚待开发的微生物资源。

近十年来，虽然内生细菌的研究得到广泛重视，并在内生细菌的进入途径、入侵机理、生态学和资源开发方面开展了一系列工作，但是对很多问题还不是很清楚，缺乏全面系统的研究。而且绝大多数植物的内生细菌还没有被研究，迄今研究过的植物也不过几十种，而目前自然界中存在的植物种类约 25 万种，还有大量的工作需要进一步深入探讨。以下几个方面是今后内生细菌研究中的重要领域：①内生细菌的快速检测和鉴定；②内生细菌在植物病虫害生物防治中的作用研究；③内生细菌与宿主之间的生态学关系及在植物体内生命活动的分子调控机制；④内生细菌中重要生物活性物质和酶的筛选；⑤内生细菌对宿主和组织的专一性机制、分布等；⑥内生细菌在植物活力和环境污染检测方面的研究；⑦对更多植物进行内生细菌的生物多样性研究。

1.6 本研究的目的和意义

首先，内生细菌概念的提出打破了"健康植物组织内是无菌的"这一直以来人们的传统观念；同时，研究表明内生细菌能够作为外源基因的载体，具有生物防治剂的功能，并且可以产生植物促生物质或作为联合固氮菌剂等，因此在环境污染日趋严重、生物多样性受到严峻威胁、众多科学家致力于发展生态农业的今天，植物内生细菌的研究更显得具有特殊重要的意义。

花生是我国最重要的油料作物之一，作为一种重要的豆科经济作物，花生在我国的种植面积已突破 460 万 hm^2，总产量超过 1500 万 t。纵观国内外研究情况，在内生菌的研究领域，各国学者对马铃薯、水稻、棉花、玉米和柠檬等的研究比较系统和全面，而对花生内生菌进行系统研究的却不多。只有宋子红等[17]对山东省主要花生产区推广品种鲁花 11 号、花 17 以及传统农家种进行了植株内主要微生物类群分析[18]。

天府系列花生，作为名扬中外、出口外销的四川特产，是四川省南充市农科所选育并自 20 世纪 80 年代开始在四川省主要花生产区重点推广的花生品种。目前，在省内重点推广的天府花生品种是天府 11 号、12 号、13 号。本次课题选择这 3 个天府系列品种进行内生细菌的分离及种群多样性分析，在于四川省是花生的重要产区，种植面积稳定在 300 万亩（1 亩＝666.6m^2）左右，而作为四川省推广品种的天府系列花生的内生细菌研究却还是空白。同时，在过去 20 年中，四川农业大学对天府 3 号、7 号、8 号、9 号、10 号等品种进行了根瘤菌分离，成功筛选出一系列与天府系列花生配套的优良根瘤菌菌株，在农业生产上取得了重要的经济价值。因此，本次课题继续分离天府系列花生新的优良品种中的内生细菌，为具有抑菌促生、抗病抗逆作用的内生细菌的筛选和复合多功能菌剂的研制工作奠定基础。

2　材料与方法

2.1　材料

2.1.1　花生品种

天府 11 号、天府 12 号、天府 13 号，由南充市农科所选育，是我省近年来重点推广的天府花生品种。岳易，乐山市花生主产区的主栽品种，作为对照。

2.1.2　土样

盆栽土样取自四川省乐山市九峰镇花生主产区常年花生种植土，系酸性紫色土，质地砂壤。

2.1.3　培养基

牛肉膏蛋白胨培养基，高氏一号培养基。

2.2　方法

2.2.1　盆栽

将新鲜土壤充分混匀，分装于体积 1.5L 的塑料花盆中。每盆播种同一花生品种种子 4 粒，每个品种各栽种 3 盆。于光照室培养，生长温度日间 22℃，夜间 16℃，光照时间 13.5h/d。播种后 40d 取各花生品种进行苗期内生细菌分离，90d 进行盛花期内生细菌分离，130d 进行收获期内生细菌分离。

2.2.2　分离

（1）从种子中分离：每个品种各取种子 10g，经过 95％乙醇 5min，0.1％ HgCl$_2$ 5min，无菌水清洗 5 次的表面消毒（经验证灭菌彻底）后，转入无菌研钵中研磨至匀浆，加入 100mL 无菌水中，作为 10^{-1}，并梯度稀释至 10^{-4}。每个稀释梯度分别取 0.5mL 混菌于牛肉膏蛋白胨、高氏一号两种分离培养基中，28℃培养 2～5d，挑单菌落纯化。

（2）从植株中分离：首先，通过设置 0.1％ HgCl$_2$ 消毒时间梯度，确定植株表面达到充分且不过度消毒所需的时间。经试验，消毒彻底的时间一般为 15～18min。接着，将处于一定生育期的各品种花生植株分别称取根、茎、叶各 5g，经过表面消毒后，研磨至匀浆，加入 50mL 无菌水中，作为 10^{-1}，并梯度稀释至 10^{-4}。每个稀释梯度分别取 0.5mL 混菌于牛肉膏蛋白胨、高氏一号两种分离培养基中，进行内生细菌的分离。每个处理重复 3 次。

2.2.3　计数，单菌落纯化，保存

通过平板计数法测定内生细菌的种群动态；挑取各平板上形态特征不同的单菌落，进行划线纯化，得到纯培养后转入斜面保存备用。

2.2.4 内生细菌的鉴定

参照《伯杰氏细菌鉴定手册》(第8版)、东秀珠和蔡妙英编著的《常见细菌系统鉴定手册》(2001)、张纪忠编著的《微生物分类学》(1999) 的方法,对目标菌进行形态特征、培养生理特征鉴定。无芽孢菌鉴定到属,芽孢菌属鉴定到种。

2.2.5 内生细菌种群多样性指数的计算

根据 Shannon 多样性指数公式[19]进行计算。

2.2.6 内生放线菌的抑菌性检测

采用抗菌谱测试的方法对内生的放线菌进行枯草芽孢杆菌 (革兰氏阳性细菌)、大肠杆菌 (革兰氏阴性细菌) 的抗菌性测试,以 2000μg/mL 链霉素和 4000μg/mL 青霉素滤纸片为对照。

3 结果与分析

3.1 土样主要理化性质

该土 pH5.36,有机质 14.7g/kg,全氮 0.7g/kg,碱解氮 58.8mg/kg,速效磷 5.1mg/kg,速效钾 56.7mg/kg,有效钼 0.09mg/kg,为质地砂性的酸性紫色土。该酸性紫色土 pH 较低,有机质含量中等,有效钼含量较低,小于土壤缺钼的临界值 0.15mg/kg,种植花生易缺钼。依据土壤肥力分级标准,该土壤全量养分及速效养分可以满足花生生长发育的需要。

3.2 分离纯化结果

3.2.1 花生植株内生细菌数量变化及分布规律

不同品种种子的内生细菌含量各异,其中以岳易 5.8×10^3 cfu/g FW 为最高。不同生育期、不同部位内生细菌含量也有差异,其规律性为:苗期,4 个品种内生细菌数量分布皆为茎>根>叶;盛花期和收获期,为根>茎>叶(表1)。由此看出,种植初期,植株的茎中内生细菌含量最丰富;随着植株的生长,根中内生细菌的数目越来越占绝对的优势,而茎和叶中的数目所占比例相对下降。从数量上看,天府 12 号和 13 号在苗期达到峰值,分别为 1.9×10^4 cfu/g FW 和 6.0×10^4 cfu/g FW;天府 11 号在盛花期达到峰值 1.7×10^5 cfu/g FW;岳易在收获期达到峰值 1.8×10^4 cfu/g FW。

表1 不同花生品种各生育期内生细菌数量变化(单位:cfu/g FW)

Table 1 Population dynamics at different growing stages of peanut (Unit: cfu/g FW)

花生品种 Cultivar	种子 Seed	苗期 Seedling stage			花期 Flowering stage			收获期 Harvest stage		
		根 Root	茎 Stem	叶 Leaf	根 Root	茎 Stem	叶 Leaf	根 Root	茎 Stem	叶 Leaf
天府 11 号	1.5×10^2	4.2×10^3	4.8×10^3	1.8×10^3	1.7×10^5	3.2×10^3	8.8×10^2	9.6×10^4	2.6×10^3	4.0×10^2
天府 12 号	4.0×10^3	5.2×10^3	1.9×10^4	4.4×10^2	1.0×10^4	2.1×10^3	1.4×10^2	1.6×10^4	7.0×10^3	1.2×10^2
天府 13 号	6.1×10^2	1.8×10^4	6.0×10^4	1.0×10^4	2.0×10^4	4.0×10^3	1.0×10^2	1.4×10^4	8.0×10^3	1.0×10^3
岳易	5.8×10^3	1.0×10^4	7.8×10^3	8.0×10^2	1.1×10^4	3.6×10^3	8.6×10^2	1.6×10^4	2.0×10^3	1.0×10^2

3.2.2　内生细菌的分离纯化

在分离过程中，挑取菌落特征不同的单菌落进行反复划线纯化，最终分离出不同品种各生育期、各部位内生细菌 170 株（表 2）。

表 2　不同品种各生育期筛选出的内生细菌数目

Table 2　The quantities of endophytic bacteria screened out from different growing stages

花生品种 Cultivar	种子 Seed	苗期 Seedling stage	花期 Flowering stage	收获期 Harvest stage	总计 Total	芽孢菌 Bacillus	芽孢菌所占百分比 Percent of Bacilus /%
天府 11 号	4	16	11	8	39	21	53.8
天府 12 号	12	12	9	12	45	25	55.6
天府 13 号	6	14	9	8	37	22	59.5
岳易	4	16	7	7	34	14	41.2
总计	26	58	36	35	155	82	52.9
芽孢菌	9	23	30	20	82	—	—
芽孢菌所占百分比/%	34.6	39.7	83.3	57.1	52.9		

此表不包括 15 株放线菌菌株

The 15 actinomycetes were not included in the table

从表 2 可以看出，4 个品种苗期的植株组织中筛选出的内生细菌种类最多，花期、收获期次之，种子略少。结合表 1 可见，苗期是内生细菌种类和数量增长最为迅猛的阶段，系土壤和环境中的细菌通过各种方式进入植物体内进而发生定殖最旺盛的阶段。同时，芽孢杆菌在各生育期的数量最大，尤其是花期。

3.3　内生细菌的鉴定及种群差异

将分离的 155 株内生细菌（不包括放线菌）进行形态学观察和生理生化试验，鉴定出其分别属于 15 个属，其中芽孢杆菌属 11 个种（表 3）。

在芽孢杆菌属中，巨大芽孢杆菌的数量最大，分布最广，是所有属种中最有优势的菌；且在各品种的种子中都有分离出，说明是各品种的常住菌群。枯草芽孢杆菌也是较优势的菌，各品种中都分离出，但只是天府 12 号花生的常住菌群。短小芽孢杆菌、地衣芽孢杆菌、蜡质芽孢杆菌、坚强芽孢杆菌、凝结芽孢杆菌、球形芽孢杆菌、蕈状芽孢杆菌、嗜热脂肪芽孢杆菌、缓病芽孢杆菌在各品种植株中的数目依次减少，特别是后 6 个种，往往只出现在某个品种的某一生育期中，数目也极少，是稀有的种群。

非芽孢杆菌中，微球菌属是最有优势的种群，是每个品种的常住菌群。欧文氏菌属也是较优势的种群，对各品种的侵染力很强，能够进入每个品种的植株中，说明其对植物组织的侵染具有广谱性，这也与其自身在土壤中有较高的数量密不可分。不动细菌属、节杆菌属、棒状杆菌属、产碱菌属、分枝杆菌属、芽孢八叠球菌属、肠杆菌属、黄杆菌属、库特氏菌属、假单胞菌属、黄单胞菌属、变形菌属在各品种植株中的数目依次减少，它们对花生植株的侵染不具有广谱性。

表 3　花生不同生育期内生细菌的主要种类

Table 3　Genus and species of endophytic bacteria at different growing stages

内生细菌种群 Endophytic bacteria	天府 11 号 TianFu No.11				天府 12 号 TianFu No.12				天府 13 号 TianFu No.13				岳易 Yueyi				总计 Total
	种子 Seed	苗期 Seedling stage	花期 Flowering stage	收获期 Harvest stage	种子 Seed	苗期 Seedling stage	花期 Flowering stage	收获期 Harvest stage	种子 Seed	苗期 Seedling stage	花期 Flowering stage	收获期 Harvest stage	种子 Seed	苗期 Seedling stage	花期 Flowering stage	收获期 Harvest stage	
芽孢杆菌属 *Bacillus* spp.	1	—	4	2	1	1	6	5	2	1	4	2	1	4	2	1	37
巨大芽孢杆菌 *B. megaterium*	—	1	1	2	1	1	—	2	—	1	2	2	—	—	2	—	15
枯草芽孢杆菌 *B. subtilis*	—	4	4	1	—	3	—	—	—	1	1	—	—	—	2	—	8
短小芽孢杆菌 *B. pumilus*	—	—	—	1	2	—	—	—	—	—	—	—	—	—	2	1	6
地衣芽孢杆菌 *B. licheniformis*	—	3	—	—	2	—	—	—	—	1	—	—	—	—	—	—	4
蜡质芽孢杆菌 *B. cereus*	2	2	—	—	—	1	—	—	1	1	—	—	—	—	—	—	3
坚强芽孢杆菌 *B. firmus*	—	—	—	1	—	—	1	—	1	—	1	—	—	—	—	—	3
凝结芽孢杆菌 *B. coagulans*	—	—	—	—	1	1	—	—	—	—	—	—	—	—	—	—	2
球形芽孢杆菌 *B. sphaericus*	—	—	—	—	—	1	1	1	—	—	—	1	—	—	—	1	2
草状芽孢杆菌 *B. mycoides*	—	—	—	—	—	—	—	1	—	—	—	—	—	—	—	—	1
嗜热脂肪芽孢 *B stearothermophilus*	—	—	—	—	—	—	—	—	—	1	—	—	—	—	—	—	1
缓病芽孢杆菌 *B. lentimorbus*	—	1	1	—	—	—	—	—	—	—	—	—	—	—	—	—	1
微球菌属 *Micrococcus* spp.	3	1	1	1	4	2	1	3	3	5	—	1	2	1	1	2	29
欧文氏菌属 *Erwinia* spp.	—	3	1	1	—	1	—	2	—	3	—	—	—	1	1	—	13
不动细菌属 *Acinetobacter* spp.	—	—	—	—	2	1	—	—	—	—	—	—	—	2	—	3	8
节杆菌属 *Arthrobacter* spp.	—	4	—	—	—	—	—	—	—	1	—	—	—	1	—	—	7
棒状杆菌属 *Corynebacterium* spp.	—	1	—	—	1	1	—	—	—	—	1	—	—	1	—	—	4
产碱菌属 *Alcaligenes* spp.	—	—	—	—	—	—	—	—	—	—	1	—	—	—	1	—	2
分枝杆菌属 *Mycobacterium* spp.	—	—	—	—	—	—	—	—	—	1	—	—	—	1	—	—	2
芽孢八叠球菌属 *Sporosarcina* spp.	—	—	—	1	—	—	—	—	—	—	—	—	—	1	—	—	2
肠杆菌属 *Enterobacter* spp.	—	—	—	—	—	—	—	—	—	—	—	—	—	1	—	—	1
黄杆菌属 *Flavobacterium* spp.	—	—	—	—	—	1	—	—	—	—	—	—	—	1	—	—	1
库特氏菌属 *Kurthia* spp.	—	1	—	—	—	—	—	—	—	—	—	—	—	1	—	—	1
假单胞菌属 *Pseudomonas* spp.	—	—	1	—	—	—	—	—	—	—	—	—	—	—	—	—	1
黄单胞菌属 *Xantomonas* spp.	—	—	—	—	—	—	—	—	—	—	—	—	—	1	—	—	1
变形菌属 *Proteus* spp.	—	—	—	—	—	—	—	—	—	—	—	—	1	—	—	—	1
总计 Total	4	16	11	8	12	12	9	12	6	14	9	8	4	16	7	7	155

表格中"—"表示未分离出

"—"indicates the microbe was not isolated

3.4　内生细菌种群多样性指数

各品种内生细菌数量只反映了总量上的差异，无法表现其在种群组成上的变化，所以，要反映各品种内的生物活性还要结合内生细菌种群多样性的研究。生物多样性指数是描述生物类型数和均匀度的一个度量指标，它在一定程度上可反映生物群落中物种的丰富程度及其各类型间的分布比例[20]。根据 Shannon 多样性指数公式计算了不同花生品种内生细菌多样性指数（表4）。

表4　各品种内生细菌数量与种群多样性指数

Table 4　The quantities of endophytic bacteria and population diversity index

内生细菌种群 Endophytic bacteria	花生品种 Cultivar				
	天府 11 号 TianFu No. 11	天府 12 号 TianFu No. 12	天府 13 号 TianFu No. 13	岳易 YueYi	全部花生品种 All cultivars
芽孢杆菌属 *Bacillus*	21	25	22	14	61
微球菌属 *Micrococcus*	5	10	9	5	29
欧文氏菌属 *Erwinia*	5	2	5	1	13
不动细菌属 *Acinetobacter*	0	3	0	5	8
节杆菌属 *Arthrobacter*	4	1	0	2	7
棒状杆菌属 *Corynebacterium*	1	1	1	1	4
产碱菌属 *Alcaligenes*	0	1	0	1	2
分枝杆菌属 *Mycobacterium*	0	1	0	1	2
芽孢八叠球菌属 *Sporosarcina*	1	0	0	1	2
肠杆菌属 *Enterobacter*	0	0	0	1	1
黄杆菌属 *Flavobacterium*	0	1	0	0	1
库特氏菌属 *Kurthia*	1	0	0	0	1
假单胞菌属 *Pseudomonas*	1	0	0	0	1
黄单胞菌属 *Xantomonas*	0	0	0	1	1
变形菌属 *Proteus*	0	0	0	1	1
合计 Total	39	45	37	34	155
各样性指数 Divesity index.	1.24	1.19	0.90	1.56	1.48

岳易中分离的内生细菌数量最少 34 个，但其种群多样性指数 1.56 远高于其他几个品种；天府 12 号的内生细菌数量最多 45 个，但多样性指数 1.19 属于较低；天府 13 号内生细菌数量 37 个，多样性指数 0.90 为最低。4 个花生品种内生细菌总数与种群多样性指数并不成正比，说明内生细菌数量高的品种其种群多样性指数不一定也高，这是由不同花生品种对土壤中各种细菌亲和力的个体差异引起的。

3.5　放线菌多样性研究

3.5.1　内生放线菌种群多样性

从不同品种花生植株中分离出各生育期、各部位内生放线菌 15 株。根据形态学观察判定，这 15 株放线菌属于链霉菌属的 6 个类群 4 个亚群（表 5）。

表 5　花生内生放线菌种属鉴定结果
Table 5　Identification of peanut endophytic actinobacteria

类群 Genus	天府 11 号 TianFu No. 11				天府 12 号 TianFu No. 12				天府 13 号 TianFu No. 13				岳易 YueYi			
	种子 Seed	根 Root	茎 Stem	叶 Leaf	种子 Seed	根 Root	茎 Stem	叶 Leaf	种子 Seed	根 Root	茎 Stem	叶 Leaf	种子 Seed	根 Root	茎 Stem	叶 Leaf
白孢类群（Albosporus）	—	—	—	1	—	1	1	—	—	—	—	1	—	—	—	—
黄色类群球孢亚群（Flavus）	—	—	—	—	—	—	—	—	1	—	—	—	—	—	—	—
粉红孢类群玫瑰红亚群（Roseosporus Roseoruber）	—	—	—	—	—	—	—	—	—	—	—	—	1	1	—	—
粉红孢类群费雷德氏亚群（Roseosporus Fradiae）	—	—	—	—	—	—	—	—	1	—	—	—	—	—	1	—
粉红孢类群玫瑰紫亚群（Roseosporus Roseoviolaceus）	—	—	1	—	—	—	—	—	—	—	—	—	—	—	—	—
淡紫灰类群（Lavendulae）	—	—	—	—	—	—	—	—	—	—	1	—	—	—	—	—
绿色类群（Viridis）	—	—	—	—	—	—	—	—	—	—	—	2	—	—	—	—
吸水类群（Hygroscopicus）	—	—	—	—	—	—	—	—	—	—	—	—	—	1	—	—

天府 13 号中分离出的菌株最多，都为不同类群或亚群；天府 12 号次之，分别属于两个类群；天府 11 号 3 株，属于不同类群；岳易最少，2 株，为同一类群的不同亚群。同时看出粉红孢类群是分离数目最多的类群；白孢类群次之；绿色类群、淡紫灰类群各为 2 株；黄色类群、吸水类群最少，各 1 株。

此外，从植株的叶片部位分离出的放线菌数目远高于其他部位；从根中分离出的菌株较少，有 3 株；茎中最少，1 株。同时，有 3 株放线菌分离自天府 13 号和岳易的种子中，说明花生种子内有放线菌存在，放线菌也能成为花生的常住菌群，与花生植株形成永久性的附生关系。

3.5.2　抑菌性检测结果

抗菌谱测试结果显示，15 株放线菌中除 11-03 和 12-07 外，各菌株对枯草芽孢杆菌都有不同程度的拮抗作用，说明这些菌株对革兰氏阳性细菌具有较好的抑制效果，但对大肠杆菌都不产生抑制（图 1 和表 6）。

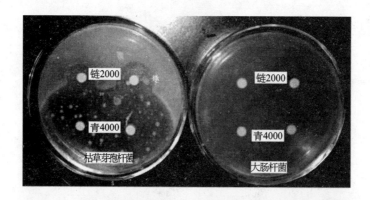

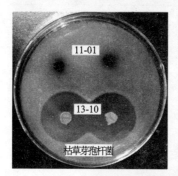

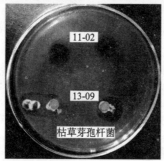

图 1　内生放线菌（部分）的拮抗作用效果

Fig. 1　The antagonism effect of some endophytic actinobacteria

表 6　各内生放线菌菌株的拮抗作用效果

Table 6　The antagonistic effect of every endophytic actinobacteria strain

菌株编号 Strains code	类群 Genus	抑菌圈大小 Diameter of see-through circle/mm	
		枯草芽孢杆菌 *B. subtilis*	大肠杆菌 *E. coli*
11-01	粉红孢类群玫瑰紫亚群	11	—
11-02	淡紫灰类群	22	—
11-03	白孢类群	—	—
12-04	绿色类群	8	—

菌株编号 Strains code	类群 Genus	抑菌圈大小 Diameter of see-through circle/mm	
		枯草芽孢杆菌 B. subtilis	大肠杆菌 E. coli
12-05	绿色类群	8	—
12-06	白孢类群	8	—
12-07	白孢类群	—	—
13-08	粉红孢类群费雷德氏亚群	10	—
13-09	黄色类群球孢亚群	10	—
13-10	淡紫灰类群	26	—
13-11	粉红孢类群玫瑰红亚群	13	—
13-12	吸水类群	10	—
13-13	白孢类群	7	—
YY-14	粉红孢类群玫瑰红亚群	11 ·	—
YY-15	粉红孢类群费雷德氏亚群	8	—
对照	2000μg/mL 链霉素	20	—
	4000μg/mL 青霉素	49	—

琼脂块自身直径为 0.6cm，"—" 表示无抑菌圈产生

The diameter agar piece was 0.6cm，"—" indicates no inhibition zone

通过表 6 看出，同一类群菌株的拮抗效果不一定相同，甚至同一类群的同一亚群，其拮抗作用都是有一定差距的。而同为淡紫灰类群的 11-02 和 13-10 对枯草芽孢杆菌的拮抗效果是最好的，远超过其他类群及亚群。

4 讨论

4.1 花生内生细菌具有明显的种群多样性

本研究通过比较四川省 4 个花生主栽品种内生细菌的种类及种群动态，发现花生内生细菌种群非常丰富，是植物内生细菌的优良种群资源库。其种群多样性有以下几个特点：①以多种芽孢杆菌（Bacillus spp.）为主的内生细菌种群，说明在众多内生细菌与宿主长期互利共生过程中，芽孢杆菌已成为最适应宿主的菌群，可能成为改善宿主抗病、抗逆能力的主要有益功能菌群。植物微菌落在正常的丰度情况下具有明显的稳定性和多样性。多样性是指植物微菌落丰度的表现。丰度是指植物菌落所含的微种群数量，数量越多，丰度越大；多样性越高，植株微菌落稳定性越大。因此，多样性与稳定性是成正比的。植物往往是通过微菌落的多样性，抑制病原菌对微生态平衡的干扰。已有研究发现水稻叶片进行灭菌杀死正常的微生物种群后，再接种胡麻叶片的病菌，叶面很快出现胡麻叶斑病的症状，叶片向病程方向发展。花生植株的内生细菌种群同样具有上述特点，如果以芽孢杆菌为主体的内生细菌种群多样性遭到破坏，势必造成病害的严重发生。②内生细菌的种群多样性是动态的，表现为随着宿主生长发育，其结构发生变化，如天府 11 号随着种子的萌发和生长植株除了原来的 2 个属（Bacillus、Micrococcus）

以外，又增加了 *Erwinia*、*Arthrobacter*、*Corynebacterium* 和 *Kurthia* 4 个属；当花生生长至花期时，又增加了 *B. pumilus*、*B. lentimorbus*，但 *Arthrobacter*、*Corynebacterium*、*Kurthia* 却在这个时期发生了消亡。从植物微生态动力学角度，说明随着植株生长，植物内部生理与外部环境发生了变化，而导致内生细菌种群结构和数量发生了某种生态演替。③由于不同花生品种中内生细菌种群的结构、数量、分布特点、变化规律均各异，可判定内生细菌种群多样性能在一定程度上反映其宿主遗传背景的多样性[21]，即某一品种内生细菌种群特异性可以间接反映其宿主的遗传特异性，反之亦然。这一点可以在今后的研究中进一步验证和讨论。

4.2　内生细菌种群多样性的变化规律

对于不同种类的寄主植物，不同部位的内生细菌在数量上有不同的分布趋势。本研究得出的结果是，苗期，天府系列 3 个品种内生细菌数量分布为茎＞根＞叶，岳易则是根＞茎＞叶；花期，4 个品种数量分布为根＞茎＞叶；收获期，4 个品种数量分布为根＞茎＞叶。可以看出，种植初期，植株的茎中内生细菌含量最丰富；随着植株的继续生长，根中内生细菌的数目越来越具有绝对的优势，而茎和叶中的数目所占的比例相对下降，特别是叶中的内生细菌数目在绝对值上一直呈下降趋势。所以总的来说，花生不同部位中以根内的内生细菌数量最多，而从茎到叶，数量显著降低[22,23]。这也与细菌的根圈定殖有关。根圈定殖（rhizosphere colonization）是指微生物在植物活根的周围、表面或内部的存活与繁殖[24]。植物根毛区或根成熟区是微生物定殖和活动最为旺盛的部位，而根圈细菌的微菌落多为粘胶包埋，大多数位于根表皮细胞表面和表皮细胞之间的缝隙中。此外，本研究还得出，各品种苗期内生细菌种类最多，花期、收获期次之，种子最少；芽孢杆菌的种类数量和所占比例在花期时达到最高。

另外，天府 11 号内生细菌数量在花期达到最高值 1.7×10^5 cfu/g FW，之后有所下降；天府 12 号和天府 13 号在苗期达到最高值，之后有所下降；岳易内生细菌数量始终处于缓慢增长状态，在收获期达到最高值 1.8×10^4 cfu/g FW。可见不同品种的基础生态位被完全占满的时期（也是所需的时间）是不尽相同的。再加上岳易种子内的内生细菌数量较之其他品种最为丰富，可以看出，同样是花生这种植物，亲缘关系较近、遗传背景更为相似的天府系列品种，在内生细菌的数量、分布及变化规律上都要较为一致些，而与岳易有较大差别。因此，即使是同一种植物，不同品种之间，内生细菌的种类、数量和分布都肯定有一定甚至较大差异。

内生细菌数量可根据不同的植物组织部位达到一个最优的种群密度，而这种密度与接入的初始菌量无关。这一点在本研究中也得到了验证：4 个花生品种不论在种子和其他生育期中差异如何之大，到收获期时各部位的内生细菌密度都能基本达到一致，根、茎中都能达到同一数量级，叶中除了天府 13 号密度略高外，其余 3 个品种也都稳定在同一数量级上。

通过对各品种内生细菌种群多样性指数的分析，发现天府系列花生品种种群多样性指数都较高，说明其内生细菌具有较高的生物多样性；同时对照岳易中分离的内生细菌数量最少，但多样性指数 1.56，远高于天府系列品种，说明岳易与土壤中各种细菌之间具有更高的亲和性，但同时各种群数量都较少，很难成为优势菌。另一方面，各品种苗期的内生细菌数目都为最高，苗期的种群多样性指数也都是处于最高或次高位置，同样说明了苗期是植物生长代谢和细菌定殖最活跃的阶段。

4.3 内生放线菌的研究情况

在植物内生放线菌中，最为人们所熟知是弗兰克氏菌（*Frankia*），它们至少能与14个科300多种非豆科植物共生。近些年来，从植物中发现了大量的其他内生放线菌。Taechowisan 等[25]从12个科31种植物的叶中分离到97株放线菌，从茎分离到21株，从根分离到212株。在这330株放线菌中，链霉菌占90％以上，其余是 *Microbispora*、*Nocardia*、*Micromonospora* 和未鉴定的菌株。从云南230多种植物中分离到320株放线菌，其中90％以上也是链霉菌[26]。Coombs 等[27]从小麦根部分离到58株放线菌，其中链霉菌51株，4株 *Micromonospora*，1株 *Nocarioides*，1株 *Streptosporangium*；从卫茅科、茄科等分离到 *Nocardiopsis*、*Actinomadura*、*Rhodococcus*、*Luteococcus* 和 *Microlunartus* 等。

植物内生放线菌还是提高植物抗病抗逆能力等有益生物作用的天然资源和药物筛选的新资源。Igarashi 从牡丹花植物中分离到产生马勃吡喃酮（fistupyrone）抗真菌物质的链霉素。Uvidelio 等从生长在澳大利亚 Northern Territory 的药用植物肯尼迪黑质蛇纹树（*Kennedia nigriscans*）中分离的内生链霉菌（*Streptomyces* NRLL 3052）菌株产生一种具有抗人和植物病原真菌、细菌及寄生虫的广谱抗生素 Munumbicins A、B、C 和 D。Pullen 等将生长在巴西和南非天然生境中的3种卫茅科树木分离株鉴定为西唐链霉菌（*Streptomyces setonii*）和桑氏链霉菌（*Streptomyces sampsonii*），后者产生抗生素氯吡咯（chloropyrrole）和过氯蒽环（chlorinaed anthracyclinone）。氯吡咯表现出抗多重性耐药细菌和分枝杆菌的高活性。Stamford 等从玉米叶分离到产生高产葡萄糖淀粉酶的内生链孢囊链霉素。这种酶为胞外酶，最高活性在 pH4.5，70℃。

但是，较之于其他内生细菌，对内生放线菌的研究在广度和深度上还有相当的差距。同时，内生放线菌又是具有抑菌促生、抗病抗逆作用的内生菌的重要来源，因此还有大量分离鉴定及优良菌株的筛选工作有待去做，目前的研究还远远不够。尤其是国内，在内生放线菌领域的研究涉及得更少。同时，国内花生内生菌的研究仅有宋子红等[17]对山东省主要花生产区推广品种鲁花11号、花17以及传统农家种进行了植株内主要微生物类群分析，分离到以芽孢杆菌、黄单胞菌和欧文氏菌为优势种群的细菌7个属和以丛梗孢菌、链格孢菌为主的真菌7个属，未分离到放线菌。因此，本研究从4个花生品种的种子及各生育期植株中分离出15株链霉菌属内生放线菌，是非常有意义的。这将为今后具有生物防治作用的内生放线菌的筛选奠定基础。

从各花生品种中分离出的15株放线菌中有13株对枯草芽孢杆菌有不同程度的拮抗作用，尤以链霉菌淡紫灰类群的两个菌株抑菌效果最佳；但所有菌株对大肠杆菌都没有产生拮抗，说明这些放线菌菌株不能抑制革兰氏阴性细菌。另一方面，由于培养基的局限性，此次分离到的15株内生放线菌皆为链霉菌属类群，此外有2株蓝色类群未能成功纯化；也曾分离到1株诺卡氏菌，但由于培养基问题未能纯化出。由此可推断出豆科植物花生中应有更多的链霉菌属放线菌和稀有放线菌有待分离和发现，需要采用和讨论更多的特殊处理和特殊培养基。因此，在花生内生放线菌方面，还具有深入研究的价值。

参 考 文 献

[1] Stone J K, Bacon C W, While J F Jr. An overview of endophytic bacteria: endophytism defined. In: Bacon C W, While J F Jr. Microbial Endophytes, New York: Marcel Dekker. 2000. 3～29

[2] James E K, Oliveres F L, Baldani J, et al. Herbaspirillum, an endophytic diazotroph colonizing vascular tissue in leaves of Sorghum bicolor L. Moench J Exp Bot, 1997, 48: 785～797

[3] Hallmann J, Quadt-Hallmann A, Mahaffee W F, et al. Bacterial endophytes in agricultural crops. Can J Microbiol, 1997b, 43 (10): 895～914

[4] Fisher P J, Pertini O, Scott H M L. The distribution of some fungal and bacterial endophytes in maize. New phytologist, 1992, 122 (2): 299～305

[5] Zou W X, Tan R X. Biological and chemical diversity of endophytes and their potential applications. In: Li C-S. Advances in Plant Sciences. Vol. 2. Beijing: China Higher Education Press. 1999. 183～190

[6] 杨海莲，孙晓璐，宋未. 植物内生细菌的研究. 微生物学通报，1998，25（4）：224～227

[7] 马冠华，肖崇刚. 烟草内生细菌种群动态研究. 微生物学杂志，2004，24（4）：7～11

[8] 罗明，卢云，张祥林. 棉花内生细菌的分离及生防益菌的筛选. 新疆农业科学，2004，41（5）：277～282

[9] Jeger M J. Biotic interations in plant-pathogen associations. CABI, 2001, 87～119

[10] Baldani J I, Olivares F L, Hemerly, et al. Nitrogen-fixing endophytes: recent advances in the tropics. In: Elemerich C, Kordorosi A, Newton W E. Biological Nitrogen Fixation for the 21 st century. Netherlands: Kluwer Academic Publishers. 1997. 203～206

[11] Döberieiner J, Day J M. Proceedings of the 1th international symposium on Nitrogen-fixation. Vol. II. 1974, 518

[12] Adhikari T B, Joseph C M, Guoping Yang, et al. Evaluation of bacteria isolated from rice for plant growth promotion and biological control of seedling disease of rice. Can J Microbiol, 2001, 47: 916～924

[13] Jacobson C B, Pasternak J J, Glick B R. Partial purification and characterization of 1- amino- cyclopropane-1-carboxylate deamunase from the plant growth promoting rhizobacterium Pseudomonas putida GR12-2. Can J Microbiol, 1994, 40: 1019～1025

[14] Lazarovits G, Nowak J. Rhizobacteria for improvement of plant growth and establishment. Hortscience, 1997, 32: 188～192

[15] Murty M G, Ladha J K. Influence of Azospirillum inoculation on the mineral uptake and growth of rice under hytroponic conditions. Plant Soil, 1988, 108: 281～285

[16] Xu H, Griffith M, Patten C L, et al. Isolation of an antifreeze protein with ice nucleation activity from the plant geowth promoting rhizobacterum Pseudomonas putida GR12-2. Can J Microbiol, 1998, 44: 64～73

[17] 宋子红，丁立孝，马伯军等. 花生内生菌的种群及动态分析. 植物保护学报，1999，26（4）：309～314

[18] 丁立孝，李文泽，宋子红等. 双抗标记花生内生菌的诱变与筛选. 莱阳农学院学报，1997，14（4）：235～239

[19] Mclnory J A, Kleopper J W. Survey of indigenous bacterial endophytes from cotton and sweet corn. Plant and Soil, 1995, 173: 337～342

[20] Zhang J, Liu W G, Hu G. The relationship between quantity index of soil microorganisms and soil fertility of different land use system. Soil and Environment Sciences, 2002, 11 (2): 140～143

[21] 高增贵. 玉米内生细菌种群多样性与纹枯病生防机理的研究. 沈阳农业大学学位论文，2003

[22] Quadt-Hallmann A, Kloepper J W. Immunological detection and localization of the cotton endophytes Enterobacter asburiae JM22 in different plant species. Can J Microbiol, 1996, 42 (11): 1144～1154

[23] Lampel J S, Canter G L, Dimock M B, et al. Integrative cloning, expression, and stability of the cryIA (c)

gene from *Bacillus thuringiensis* subsp. *kurstaki* in a recombinant strain of *Clavibacter xyli* subsp. *cynodontis*. Appl Environ Microbiol，1994，60（2）：501～508

［24］李阜棣. 土壤微生物学. 北京：中国农业出版社. 1996

［25］Taeechowisan T，Peberdy J F，Lumyyoung S. Isolation of endophytic actinomycetes from selected plants and their antifungal activity. World J Microbiol Biotech，2003，19：381～385

［26］姜怡，杨颖，陈华红等. 植物内生菌资源. 微生物学通报，2005，32（6）：146～147

四川慢生型花生根瘤菌的多样性

李琼芳[1]，张小平[2]，李登煜[2]，陈强[2]，Lindström Kristina[3]

(1. 西南科技大学生命科学与工程学院，绵阳　621010；2. 四川农业大学资源与环境学院，雅安　625014；3. 芬兰赫尔辛基大学应用化学与微生物学系，赫尔辛基　00014)

摘　要：用 BTB 反应、天然抗药性（IAR）、随机引物扩增（RAPD）和 16S-23S rDNA 基因间隔区扩增片段限制性片段长度多态性（16S-23S rDNA PCR-RFLP）等方法对采集自四川省 4 个不同地点的 22 株慢生型花生根瘤菌的表型多样性和遗传多样性进行研究。22 株慢生型花生根瘤菌中，有 4 株产酸，其余产碱。供试菌株对 8 种抗生素的抗药性测定表明，22 个菌株中存在 7 个抗药性类群。来自同一采集地的菌株天然抗药性存在着差异。IAR 的结果证明了四川花生根瘤菌表型性状的多样性。4 个随机引物的扩增图谱有明显的多态性。聚类分析结果表明菌株内部存在不同水平的遗传多样性。全部菌株在 58% 的相似性水平上被分为 6 群，采集地相同的菌株聚为一类，表明环境对根瘤菌的系统发育和遗传分化有影响。用 PHR 和 P23SR01 这一对引物对供试菌株 16S-23S rDNA 基因间隔区进行了扩增，得到 2.0kb 和 2.1kb 两种大小不同的片段。用 3 种限制酶酶切后的图谱分为 6 种类型。根据各菌株带形相似性进行的聚类分析结果表明，供试菌株的 16S-23S rDNA PCR-RFLP 相似性很高，说明 16S-23S rDNA 基因保守，在进化过程中受环境的影响比其他基因组序列相对要小。

关键词：慢生花生根瘤菌，遗传多样性，IAR，RAPD，PCR-RFLP

Diversity of peanut *Bradyrhizobial* strains isolated from Sichuan, China

Abstract：Twenty-two *Bradyrhizobial* peanut strains isolated from the root nodules of peanut growing at four different sites in Sichuan province, southwest China, were characterized by BTB reaction, intrinsic antibiotic resistance (IAR), random amplified polymorphic DNAs (RAPDs) and 16S-23S rDNA PCR-RFLP to investigate the genomic diversity. In BTB reaction four strains produced acid, while others had alkaline products. The results of IAR revealed high phenotypic diversity among the strains. Seven groups were formed. The strains isolated from the same site appeared different reaction to the antibiotics. All of them were resistant to Neo, Str, Ery, Km, Ap and Spe, and most of them were sensitive to Nal. RAPDs experiments were conducted by using 4 primers including primers 5, 14, 16 and 17. All tested strains were distinct according to amplified results which could be used to identify strains isolated from different sites. The results of UPGMA clustering of strains based on RAPDs patterns divided the strains into six groups. A pair of PHR and P23SR01 primers was used to amplify the 16S-23S rDNA genes of the strains tested. All the strains produced a band of 2.0kb except three (spr4-1, spr4-2, spr4-4) which were 2.1kb. The amplified products were digested with three 4-base-cutting restriction endonucleases. Six genotypes were identified.

Key words：*Bradyrhizobium*s sp. (*Arachis*), Genomic diversity, IAR, RAPDs, PCR-RFLP

　　根瘤菌多样性关系着人类所面临的资源、环境与人口等问题的产生和解决，成了当今生物固氮研究领域的一个热点，它的研究又体现了多学科的交叉、渗透和综合，是当今生物科学大发展的一种表现。对根瘤菌多样性开展的研究有利于人类保存根瘤菌的遗传多样性，保存其基本的生态过程和保证其物种、生态系统的永续利用，使我们合理管理好宝贵的根瘤菌资源。

　　根瘤菌群体在自然界中表现出来的遗传多样性，在其繁衍、进化过程中具有极其重要的意义。当根瘤菌群体中某些个体发生了变化，通过自然选择使变异得以累积、加强和扩散，就会逐渐改变群体的遗传组成，最后可能会导致新种的形成。因此，根瘤菌由于变异而导致的遗传多样性对根瘤菌的演化、系统发育有积极作用。只有开展根瘤菌多样性的研究，才能探讨新种的形成过程，了解群体的遗传结构和变化规律。

　　花生根瘤菌多为慢生型。在花生根瘤菌多样性研究方面主要集中在菌种选育、共生有效性、生态条件等方面。Rossnm 等以 15 株慢生型花生根瘤菌为材料，发现花生根瘤菌存在 A、B 两种遗传型[1]。张小平等对四川花生根瘤菌进行了 16S rRNA 序列、16S rRNA PCR、RFLP、REP-PCR 和 AFLP 分析，结果表明花生根瘤菌的遗传多样性普遍存在，并提出慢生花生根瘤菌在分类地位上应属于已知的 *B. japonicum* 和 *B. elkanii* 两个种[2~4]。本研究以 22 株慢生型花生根瘤菌为供试菌株，对其进行天然抗药性（IAR）、RAPD、16S-23S rDNA 基因间隔区 PCR-RFLP 分析，以分析比较其遗传多样性，了解不同地域慢生型花生根瘤菌的遗传结构和分布规律，丰富和保存根瘤菌的基因资源。

1　材料与方法

1.1　样品采集、分离纯化、回接

　　从四川省不同地理区域采集花生的根瘤，取红色的根瘤放入装有无水氯化钙的小瓶中干燥，带回实验室。将根瘤用无菌水充分浸泡后，95％乙醇浸泡 3min，再用 0.1％的 $HgCl_2$ 表面消毒 3~5min，随即用无菌水洗涤 5~7 次，然后用无菌镊子压破根瘤，用接种环挑取根瘤悬液在 YMA 平板培养基划线，28℃培养，慢生菌 5～7d 观察，挑取单个菌落，在 2mL 无菌水的试管（含玻璃珠）中，用漩涡振荡器充分混匀。在 YMA 平板上划线纯化，28℃培养至单菌落出现。根据菌落形态，挑选表面光滑、突起、产生多糖的单菌落，镜检无杂菌后再划线纯化 1 或 2 次，YMA 斜面接种，28℃培养后于 4℃冰箱保存。

1.2　供试菌株

共 22 株慢生型花生根瘤菌。采集自四川省洪雅、雅安、宜宾、南充 4 个地区。表1 为采样地的地理及气象资料。表 2 为供试菌株及其采集地。

表 1　菌株分离地的地理及气象资料

Table 1　Geographical and meteorological data of the isolation sites

分离地 Isolation site	土类 Soil type	地形 Topography	年均温 Mean annual temperature /℃	年均降雨量 Mean annual rainfull /mm
四川洪雅	紫色石骨子土	山坡	17.2	1398.5
四川雅安	冲积土	河边	16.0	1805.4
四川宜宾	油沙土	山坡	18.7	976.0
四川南充	红沙土	山坡	17.6	1054.5

表 2　供试菌株

Table 2　Bacteria strains used

菌株 Strains	寄主植物 Host plant	分离地 Isolation site
Spr2-8	A. hypogeae L. tianfu No. 3	四川，洪雅 Hongya, Sichuan
Spr2-9	A. hypogeae L. tianfu No. 3	四川，洪雅 Hongya, Sichuan
Spr3-1	A. hypogeae L. tianfu No. 3	四川，雅安 Ya-an, Sichuan
Spr3-2	A. hypogeae L. tianfu No. 3	四川，雅安 Ya-an, Sichuan
Spr3-3	A. hypogeae L. tianfu No. 3	四川，雅安 Ya-an, Sichuan
Spr3-4	A. hypogeae L. tianfu No. 3	四川，雅安 Ya-an, Sichuan
Spr3-5	A. hypogeae L. tianfu No. 3	四川，雅安 Ya-an, Sichuan
Spr3-6	A. hypogeae L. tianfu No. 3	四川，雅安 Ya-an, Sichuan
Spr3-7	A. hypogeae L. tianfu No. 3	四川，雅安 Ya-an, Sichuan
Spr4-1	Local	四川，雅安 Ya-an, Sichuan
Spr4-2	Local	四川，雅安 Ya-an, Sichuan
Spr4-4	Local	四川，雅安 Ya-an, Sichuan
Spr4-5	Local	四川，雅安 Ya-an, Sichuan
Spr4-6	Local	四川，雅安 Ya-an, Sichuan
Spr4-10	Local	四川，雅安 Ya-an, Sichuan
Spr6-3	A. hypogeae L. tianfu No. 3	四川，宜宾 Yibin, Sichuan
Spr7-1	A. hypogeae L. tianfu No. 3	四川，南充 Nanchong, Sichuan

菌株 Strains	寄主植物 Host plant	分离地 Isolation site
Spr7-5	*A. hypogeae* L. tianfu No. 3	四川，南充 Nanchong，Sichuan
Spr7-7	*A. hypogeae* L. tianfu No. 3	四川，南充 Nanchong，Sichuan
Spr7-8	*A. hypogeae* L. tianfu No. 3	四川，南充 Nanchong，Sichuan
Spr7-9	*A. hypogeae* L. tianfu No. 3	四川，南充 Nanchong，Sichuan
Spr7-10	*A. hypogeae* L. tianfu No. 3	四川，南充 Nanchong，Sichuan

1.3 培养基

1.3.1 YMA 培养基

甘露醇 10g；酵母粉 0.4g；K_2HPO_4 0.5g；$MgSO_4 \cdot 7H_2O$ 0.2g；NaCl 0.1g；$CaCl_2 \cdot 6H_2O$ 0.1g；Rh 微量元素液* 4mL；dH_2O 1000mL。

1.3.2 TY 培养基

胰蛋白胨 10g；酵母粉 3g；$CaCl_2 \cdot 6H_2O$ 1.3g；dH_2O 1000mL；pH 6.8～7.0。

1.3.3 PA 培养基

蛋白胨 4g；$MgSO_4 \cdot 7H_2O$ 0.5g；dH_2O 1000mL；pH 6.8～7.0。

以上培养基，均 121℃灭菌 30min。固体培养基则补充 1.5%～1.8%的琼脂。

1.4 培养条件

根瘤菌一般培养用 YMA 或 TY，28℃培养。提取总 DNA 用 PA 培养基。

1.5 供试慢生型花生根瘤菌菌株的有效性测定

将天府 3 号种子用 0.1%的 $HgCl_2$ 或 10%H_2O_2 表面灭菌，25℃发芽，待幼苗根系长至 2～3cm 时，将幼苗浸泡到供试根瘤菌培养液中 5min，播种到灭菌备用的沙培瓶，25℃光照培养 4～6 周，其间补充无氮营养液，每个菌株设 4 次重复。4～6 周后观察并记录结瘤数、植株株高、鲜重及烘干重。

1.6 BTB 反应

将已纯化好的菌株接于加有 BTB 的 YMA 培养基（无 $CaCO_3$，pH 7.0）上，并以快生型大豆根瘤菌标准菌株 USDA205 和慢生型大豆根瘤菌 USDA6 作对照，于 28℃培养，菌落周围的培养基颜色变黄即为产酸，呈蓝色或绿色者为产碱。

1.7 天然抗药性（IAR）的测定

按文献[5]所记载方法进行。

---

* Rh 微量元素液：H_3BO_3 5g，$NaMoO_4$ 5g，dH_2O 1000mL。

1.8　随机引物扩增 DNA 片段的多态性分析（RAPD）

模板制备：供试菌 DNA 提取按文献[6]进行，扩增前 50 倍稀释，4℃保存备用。

反应体系的配制：每个反应体系的总体积为 25μL，其中各组分的加入量为：10×缓冲液 2.5μL，15mmol/L MgCl$_2$ 2.5μL，2mmol/L dNTP 2.5μL，引物 1μL，Taq 酶 0.4μL，超纯 H$_2$O 15.1μL，模板 1μL。

PCR 扩增程序：首先 93℃初始变性 3min；然后 93℃变性 1min，50℃复性 2min，72℃延长 1min，重复 35 个循环；最后 72℃延伸 8min；4℃保存。

PCR 扩增产物的检测：制备 1% 琼脂糖凝胶点样 7μL 于 1×TAE 中电泳（5V/cm），EB 染色后，UV 下观察并照相。

1.9　16S-23S rDNA 基因间隔区 PCR-RFLP

PCR 反应：选用来源于 *E. coli* 基因组的 16S rDNA 和 23S rDNA 保守序列的一对引物 PHR（5′-TGGGGCTGGATCACCTCCTT-3′）和 P23SR01（5′-GGCTGCT-TCTAAGCCAAG-3′）。反应条件如下：50μL 反应体积中含 10×缓冲液，2mmol/L dNTP，Taq 酶，引物各 1μL，模板 1μL。扩增程序：93℃，1min，48℃，1min，72℃，1min，35 个循环。扩增产物用 1%琼脂糖检测。

扩增产物的限制性内切核酸酶酶切图谱分析取 8μL PCR 反应液加入 1μL 限制酶，相应反应温度下作用 2～4h，3%的琼脂糖凝胶，5V/cm 电泳 1～2h，EB 染色后在 UV 下检查拍照。

1.10　聚类分析

利用平均连锁法（UPGMA）对随机扩增产物和 16S-23S rDNA PCR-RFLP 的电泳图谱在 58%的相似性基础上分别进行聚类分析。

2　结果与讨论

2.1　供试菌株的有效性

测定了菌株在花生植株上形成的根瘤数、植株高度、植株鲜重及干重。所得数据如表 3。

表 3　供试菌株的有效性试验（花生品种：天府 3 号）

Table 3　Inoculation test of the peanut bradyrhizobial strains（peanut：TianFu No. 3）

菌株 Strains	瘤数 Nodules /（个/plant）	植株高度 Plant height /cm	植株鲜重 Fresh plant weight /（g/plant）	植株干重 Dry plant weight /（g/plant）
Spr2-8	229	15.3	15.9	4.0
Spr2-9	253	15.5	11.7	3.4
Spr3-1	242	18.1	11.7	3.7

续表

菌株 Strains	瘤数 Nodules /（个/plant）	植株高度 Plant height /cm	植株鲜重 Fresh plant weight /（g/plant）	植株干重 Dry plant weight /（g/plant）
Spr3-2	206	17.1	10.2	3.0
Spr3-3	343	12.8	13.1	3.6
Spr3-4	228	12.6	9.8	3.3
Spr3-5	180	13.5	9.9	3.3
Spr3-6	255	13.1	13.6	3.9
Spr3-7	222	14.2	14.3	3.8
Spr4-1	176	11.4	9.6	3.2
Spr4-2	269	14.7	7.8	2.9
Spr4-4	191	13.1	7.2	2.6
Spr4-5	186	15.8	15.2	3.8
Spr4-6	240	10.2	12.9	3.3
Spr4-10	191	12.9	9.4	2.9
Spr6-3	188	12.2	8.5	2.6
Spr7-1	82	14.1	7.4	2.3
Spr7-5	164	14.9	12.8	3.1
Spr7-7	135	11.9	8.7	2.5
Spr7-8	242	15.1	14.7	4.1
Spr7-9	167	14.5	15.6	4.0
Spr7-10	170	15.6	14.6	4.1
对照	0	12.7	9.8	2.8

从表 3 结果可见，所有供试菌株在寄主植物上均能结瘤，并使植株的株高、鲜重和干重较对照均有明显增加。

2.2　BTB 反应结果

在 22 株慢生型花生根瘤菌中，有 3 株菌（Spr4-1、Spr4-2、Spr4-4）BTB 反应产酸，其余菌株均产碱。在以往研究中，大多认为慢生型根瘤菌产碱，而快生型根瘤菌产酸，并以此作为快、慢生型根瘤菌尤其是快、慢生型大豆根瘤菌区分的最初标记。在本试验中发现三株产酸的慢生型花生根瘤菌尚属首次。花生根瘤菌可能不能简单地以 BTB 产酸或产碱来判断是快生还是慢生。

2.3　天然抗药性（IAR）

供试菌天然抗药性的测定结果反映了菌株对抗生素敏感性的差异（表 4）。

从表 4 的结果看，所有供试菌株均对 Neo、Str（5.0μg）、Ery、Km、Ap、Spe（1.0）具有抗性，甚至在 Neo 达到 10μg 和 Km 达到 15μg 的浓度下仍全部具有抗性，表明所有供试慢生花生根瘤菌对这些抗生素的抵抗能力极高，这与 Beynon 和 Bohlool（1985）[7] 所提出的看法一致。除少数菌株（Spr4-1、Spr4-2、Spr4-4、Spr7-7）外，均不抗 Nal。当把 Str 浓度提高到 10μg/mL 时，绝大多数菌株对其失去抗性。只有 Spr3-7、Spr4-1、Spr4-5 保持抗性。并且可以看出，不同菌株对不同抗生素或同一菌株对同一抗生素的不同浓度也表现出抗性差异。这与曹燕珍等（1986）的研究结果一致[8]。根据试验结果可将该 22 株慢生型花生根瘤菌分为 7 个 IAR 型，其中优势型占全部菌株的 50%，其余 10 个菌株分属 6 个 IAR 型，表现出极大的变异性。同时还发现来自于同一分离地或同一寄主植物的菌株表现为不同的 IAR 型，属于同一 IAR 型的菌株其分离地和寄主植物也各不相同，没有出现以地域或寄主植物分群的现象。

表4　供试菌株的天然抗药性
Table 4　Intrinsic antibiotic resistance（IAR）of strains

菌株 Strains	抗生素 Antibiotics/（μg/L）												IAR 型
	Neo(5.0)	Neo(10)	Nal(150)	Tc(1.0)	Str(5.0)	St(10)	Ery(150)	Km(5.0)	Km(15)	Ap(60)	Spe(1.0)	Spe(5)	
Spr2-8	+	+	−	+	+	−	+	+	+	+	+	−	I
Spr2-9	+	+	−	+	+	−	+	+	+	+	+	−	I
Spr3-1	+	+	−	+	+	−	+	+	+	+	+	+	II
Spr3-2	+	+	−	+	+	−	+	+	+	+	+	+	II
Spr3-3	+	+	−	+	+	−	+	+	+	+	+	+	III
Spr3-4	+	+	−	+	+	−	+	+	+	+	+	+	II
Spr3-5	+	+	−	+	+	−	+	+	+	+	+	+	III
Spr3-6	+	+	−	+	+	−	+	+	+	+	+	+	II
Spr3-7	+	+	−	+	+	+	+	+	+	+	+	+	IV
Spr4-1	+	+	+	−	+	+	+	+	+	+	+	+	V
Spr4-2	+	+	+	+	+	−	+	+	+	+	+	+	VI
Spr4-4	+	+	+	+	+	−	+	+	+	+	+	+	VI
Spr4-5	+	+	+	+	+	+	+	+	+	+	+	+	IV
Spr4-6	+	+	−	+	+	−	+	+	+	+	+	+	II
Spr4-10	+	+	−	+	+	−	+	+	+	+	+	+	II
Spr6-3	+	+	−	+	+	−	+	+	+	+	+	+	II
Spr7-1	+	+	−	+	+	−	+	+	+	+	+	+	II
Spr7-5	+	+	−	+	+	−	+	+	+	+	+	+	II
Spr7-7	+	+	+	+	+	−	+	+	+	+	+	+	VII
Spr7-8	+	+	−	+	+	−	+	+	+	+	+	+	II
Spr7-9	+	+	−	+	+	−	+	+	+	+	+	+	II
Spr7-10	+	+	−	+	+	−	+	+	+	+	+	+	II

2.4　随机扩增多态 DNA 分析

本实验所选用的 5 号、14 号、16 号和 17 号引物的碱基序列排列如下：

5 号引物：TCGGA GTGGC；14 号引物：TCCCGACCTC；

16 号引物：CCTGGCGA GC；17 号引物：GTTA GCGGCG

所有供试菌株总 DNA 经 4 种随机引物扩增后的电泳照片见图 1。

从图 1 可以看出，4 个引物对 22 个菌株 DNA 的 PCR 扩增产物电泳图谱具有明显的多态性，各菌株扩增带的数目、大小都不一样。

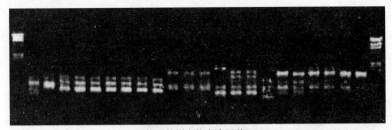

A 引物P5扩增产物电泳图谱
A The amplified products of primer P5

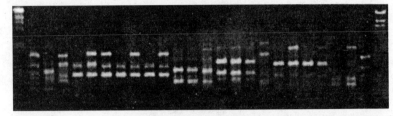

B 引物P14扩增产物电泳图谱
B The amplified products of primer P14

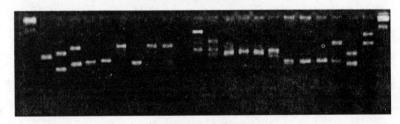

C 引物P16扩增产物电泳图谱
C The amplified products of primer P16

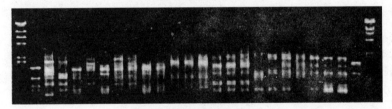

D 引物P17扩增产物电泳图谱
D The amplified products of primer P17

图1 供试菌株随机引物扩增产物电泳图谱

点样顺序从左到依次为 PCR Marker，Spr2-8，Spr2-9，Spr3-1，Spr3-2，Spr3-3，Spr3-4，Spr3-5，Spr3-6，Spr3-7，Spr4-1，Spr4-2，Spr4-4，Spr4-5，Spr4-6，Spr4-10，Spr6-3，Spr7-1，Spr7-5，Spr7-7，Spr7-8，Spr7-9

Fig. 1　PCR amplified products of RAPD

The order from left to right：PCR Marker，Spr2-8，Spr2-9，Spr3-1，Spr3-2，Spr3-3，Spr3-4，Spr3-5，Spr3-6，Spr3-7，Spr4-1，Spr4-2，Spr4-4，Spr4-5，Spr4-6，Spr4-10，Spr6-3，Spr 7-1，Spr7-5，Spr7-7，Spr7-8，Spr7-9

　　在引物 P5 的扩增图谱中，除 Spr2-8、Spr2-9 和 Spr6-3 外，其余菌株都有一条大小相同的谱带，说明在菌株间存在某种保守性较强的序列。来自同一分离地（如雅安和南充）的菌株有 1 或 2 条相同的扩增条带，表明菌株间存在一定的地域性。22 个菌株的随机引物扩增产物的电泳图谱用平均连锁法（UPGMA）进行聚类后绘出了聚类树状图（图2）。

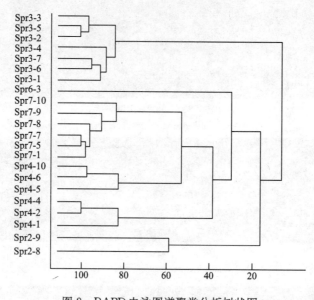

图 2　RAPD 电泳图谱聚类分析树状图

Fig. 2　PGMA dendrogram based on the similarity of RAPD patterns

　　由图 2 可以看出，供试菌株的相似性从 10% 到 100%，呈现出不同水平的遗传多样性，全部菌株在 58% 的水平被分为 6 群。群 I 的 7 株为来自雅安的 Spr3-1、Spr3-2、Spr3-3、Spr3-4、Spr3-5、Spr3-6 和 Spr3-7。这 7 株菌的最低同源值为 80%，菌株间相似性较高。群 II 只有一株菌，为来自宜宾的 Spr6-3。从电泳图谱也可看出它的带谱具有菌株特异性。群 III 包括 6 株菌：Spr7-1、Spr7-5、Spr7-7、Spr7-8、Spr7-9 和 Spr7-10，全部来自南充。群 IV 和群 V 的 6 株菌都来自雅安，群 IV 为 Spr4-5、Spr4-6 和 Spr4-10；群 V 为 Spr4-1、Spr4-2 和 Spr4-4。群 VI 是来自洪雅的 Spr2-8 和 Spr2-9，但两株菌之间的相似性都只有 58%，表现出较大的差异。表明来自同一采集地的菌株间的同源性较高，而来自不同地区的菌株却表现了较大的变异。

2.5　16S-23S rDNA 基因间隔区扩增片段限制性内切核酸酶片段长度多态性（RFLP）

　　用来源于 E.coli 基因组的 16S rDNA 和 23S rDNA 保守序列的一对引物 PHR 和 P23SR 01，以 22 个供试菌株的总 DNA 为模板进行扩增。扩增产物电泳图谱如图 3。

　　由图 3 可以发现，除了有 3 个菌（Spr4-1、Spr4-2 和 Spr4-4）的扩增片段为 2.1kb，其余菌株的扩增片段均为 2.0kb。覃筱婷（1998）用 PHR 和 P23SR01 这对引物对 30 株来源于我国不同地区的快生型大豆根瘤菌进行了 16S-23S rDNA 基因间隔区的扩增，新疆来源的一株菌株扩增出一条 1.5kb 的带，而其他地区来源的菌株扩增产物为 1.8kb[9]。郭宪武（1998）用同一对引物对 208 个紫云英根瘤菌进行了 16S-23S rDNA 基因间隔区扩增，则获得了不同大小的扩增产物，除个别菌株外，绝大多数菌株为 1.8～

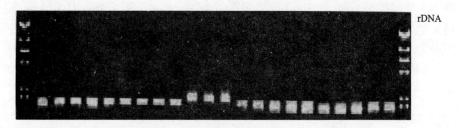

图 3 供试菌株 16S-23S 基因间隔区扩增片段电泳图谱

点样顺序从左到右依次为 PCR Marker，Spr2-8，Spr2-9，Spr3-1，Spr3-2，Spr3-3，Spr3-4，Spr3-5，Spr3-6，Spr3-7，Spr4-1，Spr4-2，Spr4-4，Spr4-5，Spr4-6，Spr4-10，Spr6-3，Spr7-1，Spr7-5，Spr7-7，Spr7-8，Spr7-9

Fig. 3 PCR amplified 16S-23S rDNA intergenic spacer region（ISR）

The order from left to right：Spr2-8，Spr2-9，Spr3-1，Spr3-2，Spr3-3，Spr3-4，Spr3-5，Spr3-6，Spr3-7，Spr4-1，Spr4-2，Spr4-4，Spr4-5，Spr4-6，Spr4-10，Spr6-3，Spr7-1，Spr7-5，Spr7-7，Spr7-8，Spr7-9

2.0kb[10]，说明花生根瘤菌 16S-23S rDNA 基因间隔区的大小与其他根瘤菌接近。

供试 22 个菌株的扩增 DNA 片段，经识别 4 个碱基的 3 种限制酶（Taq I、Msp I 和 $Hinf$ I）酶切后产物的电泳图谱如图 4。

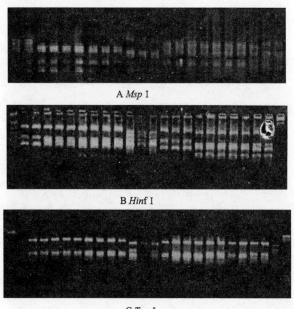

A Msp I

B $Hinf$ I

C Taq I

图 4 供试菌株 16S-23S 基因间隔区扩增片段酶切图谱

点样顺序从左到右依次为：PCR Marker，Spr2-8，Spr2-9，Spr3-1，Spr3-2，Spr3-3，Spr3-4，Spr3-5，Spr3-6，Spr3-7，Spr4-1，Spr4-2，Spr4-4，Spr4-5，Spr4-6，Spr4-10，Spr6-3，Spr7-1，Spr7-5，Spr7-7，Spr7-8，Spr7-9

Fig. 4 Restriction patterns of 16S-23S rDNA intergenic spacer regions（ISR）digested with 3 endonucleases

The order of sampling from left to right：PCR Marker，Spr2-8，Spr2-9，Spr3-1，Spr3-2，Spr3-3，Spr3-4，Spr3-5，Spr3-6，Spr3-7，Spr4-1，Spr4-2，Spr4-4，Spr4-5，Spr4-6，Spr4-10，Spr6-3，Spr7-1，Spr7-5，Spr7-7，Spr7-8，Spr7-9

由图 4 可以看出，Msp I 有 5 种酶切图谱类型，Taq I 有 2 种，$Hinf$ I 有 6 种，这些酶切类型分别以 a、b、c、d、e 标记，同一酶切类型标记一相同的字母。将各菌株的酶切图谱类型分布示于表 5。

表 5　供试菌株 16S-23S 基因间隔区扩增片段酶切图谱类型分析

Table 5　Analysis of the 16S-23S PCR-RFLP

菌株 Strains	Msp I	$Hinf$ I	Taq I	酶切类型 Restriction patterns
Spr2-8	a	a	a	I
Spr2-9	a	a	a	I
Spr3-1	b	b	a	II
Spr3-2	b	b	a	II
Spr3-3	b	b	a	II
Spr3-4	b	b	a	II
Spr3-5	b	b	a	II
Spr3-6	b	b	a	II
Spr3-7	b	b	a	II
Spr4-1	c	c	b	III
Spr4-2	c	c	b	III
Spr4-4	c	c	b	III
Spr4-5	d	d	a	IV
Spr4-6	d	d	a	IV
Spr4-10	d	d	a	IV
Spr6-3	d	e	a	V
Spr7-1	d	e	a	V
Spr7-5	d	e	a	V
Spr7-7	d	e	a	V
Spr7-8	e	e	a	V
Spr7-9	e	f	a	VI
Spr7-10		f	a	VI

从表 5 可见，限制酶图谱相同的菌株大都来源于同一分离地，表现出地域相关性。但 PCR-RFLP 图谱类型较少，原因可能是 rRNA 基因进化缓慢，较为保守，而且长度有限，包含信息量少，也与选择的限制酶种类及数量有关。供试菌株 16S-23S rDNA PCR-RFLP 电泳图谱用平均连锁法（UPGMA）进行聚类后绘出了树状图（图 5）。由图 5 可见，供试菌株在 80% 的水平上首先被分为 A、B 两个亚群，B 亚群包括 3 株菌（Spr4-1、Spr4-2、Spr4-3），这 3 株菌在整个 16S-23S rDNA PCR-RFLP 分析中显得很特殊，扩增片段大小与其他菌株不同，在 3 种酶作用后的酶切图谱也不与其他菌株相

同。A 亚群由来自不同地区的菌株组成。在 84％的水平上又被分为 A_1、A_2 两个小群。随着同源值的提高，A_1 和 A_2 两个小群又可被进一步细分，每一同源群所包含的菌株数也相应减小，在最高级的同源群中包含的菌株都是 3 种限制酶图谱完全相同的，而这些菌株都来源于同一地区，表明它们之间的相似性程度较高。

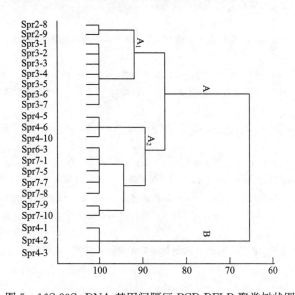

图 5　16S-23S rDNA 基因间隔区 PCR-RFLP 聚类树状图
Fig. 5　UPGMA dendrogram based on the similarity of the restriction patterns of 16S-23S rDNA PCR-RFLP

3　结论

（1）IAR、RAPD 和 16S-23S rDNA PCR-RFLP 的结果表明四川慢生花生根瘤菌存在丰富的遗传多样性。

（2）RAPD 和 16S-23S rDNA PCR-RFLP 的结果有较好的一致性。RAPD 和 16S-23S rDNA PCR-RFLP 的结果表明高同源群的菌株基本上都是按照地理分布和来源聚在一起的，说明这两种方法能在一定程度上反映菌株的地理来源，也说明环境对根瘤菌系统发育有影响。本实验所得的结果表明分离地的土壤类型、地理位置和生态环境对花生根瘤菌的遗传组成有一定程度的影响。这与其他研究者得到的结论一致[11,12]，但即使是来源相同、遗传上相似的菌株其 IAR 也有差异，说明表型和基因型并不一定完全一致。虽然菌株的不同生物学特性的差异最终是由遗传物质决定的，但各种差异的表现则是由环境与遗传物质或遗传物质的一部分共同作用的结果。

（3）RAPD 分析所得信息量大，简便、快速，不仅能直接检测根瘤菌的遗传多样性，还能在一定程度上反映出菌株的地理来源，是一种极为有效的方法，但应当使用尽可能多的引物以减少误差，保证结果的准确性。

参 考 文 献

[1] Rossum D V，Schuurmans F P，Gillis M，*et al*. Genetic and phonetic analyses of *Bradyrhizobium* strains nodulating peanut (*Arachis*) roots. Appl Environ Microbiol, 1995，61 (4)：1599~1609

[2] 张小平, 陈强, 李登煜等. 根瘤菌的遗传多样性与系统发育研究进展. 应用与环境生物学报, 1996, 36 (3)：227~233

[3] 张小平, 李登煜, Nick Giselle 等. 慢生花生根瘤菌的遗传多样性研究. 应用与环境生物学报, 1998, 4 (1)：70~73

[4] 张小平, 陈强, 李登煜. 用 AFLP 技术研究花生根瘤菌的遗传多样性. 微生物学报, 1999, (4)：34~36

[5] 彭桂香, 陈文新. 16S rDNA-RFLP 分析新疆快生大豆根瘤菌的分类地位. 微生物学通报, 1997, 16 (3)：212~219

[6] Elkan G H, Kwik I. Nitrogen energy and vitam in nutrition of *Rhizobium japonicum*. J Appl Bacterial, 1986, 32：399~404

[7] Dowdle S F, Bohlool B B. Predom inance of fast-growing *Rhizobium japonicum* in a soybean field in the People's Republic of China. Appl Environ Microbiol, 1985, 50 (5)：1171~1176

[8] Bergersen F J. The growth of *Rhizobium* in syntheticmedia. Austral. J Biol Sci, 1961, 14：349~360

[9] 覃筱婷, 周俊初, 李阜棣. 两种扩增 rDNA 片段 RFLP 图谱用于快生型大豆根瘤菌的遗传多样性研究. 农业生物技术学报, 1998, 6 (4)：398~403

[10] 郭宪武, 张学贤, 张忠明. 紫云英根瘤分离菌株质粒多样性的研究. 应用与环境生物学报, 1999, 5 (3)：305~309

[11] Harrison S P, Jones D G, Young J P W. Rhizobium Population genetics：genetic variation within and between populations from diverse locations. G Gen Microbiol, 1989, 135：1061~1069

[12] Pinero D, Martinez E, Selander R K. Genetic diversity and relationships among isolates of *Rhizobium leguminosarum* biovar phaseoli. Appl Environ Microbiol, 1988, 54：2825~2832

第二篇　花生根瘤菌的有效性、竞争性及应用

酸性紫色土上钼对花生根瘤菌共生固氮的影响

郑林用[1]，黄怀琼[2]，李登煜[2]，张小平[2]

（1. 四川省农业科学院，成都　610066；

2. 四川农业大学资源环境学院，雅安　625014）

摘　要： 钼在花生与根瘤菌的共生固氮体系中起着重要的作用。本文以菌株009和85-7为材料，研究了不同钼元素浓度和pH对两个菌株共生结瘤特性的影响。并应用间接荧光抗体技术研究两个根瘤菌的竞争结瘤性。结果表明，钼浓度<0.08μg/g时，钼对花生根瘤菌的共生固氮具有促进作用。钼浓度>0.12μg/g后，钼对共生固氮具有抑制作用。两株花生根瘤菌对pH具有不同的响应，表现为菌株009耐酸能力较85-7强。当pH<6.5时，钼浓度从0.08μg/g增至0.10μg/g，花生的根瘤数、根瘤重、植株全氮量和植株干重均增加。酸性紫色土上，花生拌钼可以促进根瘤菌的侵染结瘤。利用荧光抗体技术可以直观地检测出根瘤菌竞争结瘤能力，也能证实钼对根瘤菌侵染结瘤能力的影响，是追踪不同的根瘤菌在土壤中的竞争行为的一种简便可行的方法。

关键词： 花生根瘤菌，钼，酸性紫色土，pH，荧光抗体技术

Effect of molybdenum on symbiotic nitrogen-fixation of *Rhizobium*-peanut in acid purple soils

Abstract： Mo plays a key role in the symbiotic nitrogen-fixation of peanut rhizobia. The impact of different Mo concentration and pH on the symbiotic nitrogen-fixation of peanut rhizobia was studied with 2 peanut rhizobial strains 009 and 85-7. The competitive nodulation of the 2 strains was also studied by fluorescent antibody technique. The results showed Mo would promote the symbiotic nitrogen-fixation as Mo concentration <0.08μg/g, while inhibit the symbiotic nitrogen-fixation as Mo concentration >0.12μg/g. The 2 strains response to the pH distinctively, strain 009 had a higher tolerance of acid than strain 85-7. When pH<6.5, the nodule numbers, nodule weight, plant total nitrogen and plant dry weight of the peanut increased as Mo concentration increased from 0.08 to 0.10μg/g. In the Acid purple soil, Mo fertilizer could promote the infective nodulation of peanut *rhizobium*. Fluorescent antibody technique was a simple and useful method for detecting the competitive nodulation, the influence of Mo concentration on the effective nodulation, and make tracks for the competitive behavior of different peanut *Rhizobium* in the soil

Key words: Peanut *Rhizobium*, Mo, Acid purple soil, pH, Fluorescent antibody technique

钼是植物所必需的营养元素之一，许多人研究植物缺钼的症状[1~5]，并指出苜蓿较玉米、燕麦、莴苣等对钼更敏感，但对钼的生理功能尚不了解[4]。Evans 和 Nason 首次分离出硝酸还原酶后[6]，Nichlas 证实钼是硝酸还原酶的组分[7]，从而开辟了钼的生理功能的研究领域[8]。共生和自生固氮微生物都需要钼[9]，但直到 Bulen 和 Lecomte 证明钼是固氮酶的组分及在固氮过程中的作用后[10]，才开始了钼对豆科植物——根瘤菌共生固氮的研究[11]。

20 世纪 60 年代以前，人们主要集中研究钼对豆科作物缺钼症的矫正。以后，随着生物技术发展，便转向钼与植物生长、根瘤菌侵染结瘤、固氮酶活性关系的研究[12]。钼虽然减少了大豆根际的总细菌数，但增加了根际的根瘤菌数。大豆根瘤固氮生理研究表明，施用钼肥或接种耐酸根瘤菌，可防止酸性土壤对结瘤和固氮的抑制作用[13]。研究发现[14]，每千克大豆种子用 4g 钼酸铵处理，影响了新侧根的出现，增加了侧瘤数，接种根瘤菌则增加结瘤和固氮酶活性[15]。与此相反，有人认为钼对大豆结瘤和生长无影响[16]。Bhaneswari 等进行了大豆根瘤菌侵染机制的研究[17]，在苜蓿[18,19]、三叶草[20]、兵豆[21]、豇豆[22,23]上施钼的研究报道非常之多，它们不同程度地涉及钼在根瘤菌侵染结瘤、固氮酶活性和植株生长方面的作用机制。施钼影响根瘤菌侵染特性的原因是钼能够影响生物膜的形成，因钼可促进磷脂的合成，提高豌豆根系中肌醇磷酸脂和叶子中胆碱磷脂的含量，所以叶片中叶绿体含量因钼肥的应用而增加，缺钼则引起叶绿体严重解体，膜的稳定性受到影响。施用钼肥可以增加三叶草根瘤豆血红蛋白含量和固氮酶活性；缺钼则改变类菌体的形态，引起超微结构的变化，只有适量的钼才使根瘤数和固氮酶活性达到最大值。在花生方面，缺钼将导致生长不良、植株矮小，叶脉间失绿，叶片生长畸形，整个叶片布满斑点，甚至发生螺旋状扭曲；根瘤发育不良，根瘤小而少，固氮能力下降，其症状与缺氮症状相似[5]。目前钼肥对提高花生产量、改善花生经济性状[24~30]，适量钼促进固氮酶活性、增加植株氮含量等在国内外已有很多报道，而对酸性土壤上花生根瘤菌结瘤和固氮方面的研究却很少[25]。De 等发现在影响花生生长和产量的微量元素中，钼的平均增产值最大，并能增加根瘤数，根瘤鲜重和种子中的含氮量[25]，植株重量亦随钼浓度的加大（0.0~0.4mg/kg）而增加[31]。

土壤缺钼往往与其酸碱土有关，酸性砂土常常出现缺钼现象。土壤中多数根瘤菌对低 pH 的反应比较敏感，酸性土壤中根瘤菌在豆科植物上结瘤差，根瘤菌在根际的繁殖力弱[32,33]。然而 Helyas 和 Aaderson 的实验结果表明[30]，苜蓿、大豆、三叶草在 pH4 的溶液中生长好，证实了某些豆科植物的耐酸特性。因此，筛选耐酸根瘤菌株，使其能在酸性土壤中与豆科植物有效地共生固氮，便成为许多研究者关注的问题。关于三叶草[32,33]、百脉根[21,34]、苜蓿[20]、豌豆[35]和大豆等根瘤菌对酸性反应的报道很多。这些研究表明，酸性条件影响根毛的膨大、卷曲、侵入线的形成、根瘤菌的附着形态和根瘤菌的荚膜多糖体的含量，从而抑制结瘤。酸性条件对植株干重、含氮量的影响与酸度对结瘤、固氮酶活性的抑制有密切的关系。

四川省分布较大面积的酸性紫色土，主要由白垩系夹关组和其他地层的砂岩发育而成。这些土壤质地粗，透水性强，容易淋溶酸化，并且有机质低，有效钼缺乏，通常低于 $0.1\mu g/kg$。在乐山、内江等花生主产区，这些土壤常年种植花生。据调查，仅资中县，在酸性紫色土上种植花生达 10 万亩，花生产量低。因此，研究酸性紫色土低产原因，寻找提高作物产量的措施，具有重要的生产意义。许多研究认为[28,36]，酸性紫色土上作物出现黄苗、死苗现象是由土壤有效钼缺乏引起的。施用钼肥，尤其在花生等豆科作物上，产量可以大幅度提高。在四川大面积的中性、石灰性紫色土中接种花生根瘤菌剂能增产 10% 以上[37]，但在资中的田间试验表明，酸性紫色土上接种根瘤菌剂效果差。因此，作者研究了酸性条件下施钼与根瘤菌结瘤固氮的关系；并探讨钼对根瘤菌侵染结瘤和固氮的作用机制，以便为酸性紫色土上施用钼肥和接种根瘤菌剂增加花生产量提供理论依据。

1　钼对根瘤菌结瘤固氮的效应

1.1　钼对根瘤菌侵染结瘤的影响

以 009 菌株（从中国农业科学院油料作物研究所引进）和 85-7 菌株（四川农业大学黄怀琼教授选育）为供试菌株。009 菌株为慢生型根瘤菌（slow-growing rhizobia），代时在 6h 以上，分解糖类产碱；当酵母甘油培养液的 pH<6 时，生长繁殖差，对青霉素敏感，耐 3%NaCl。85-7 菌株为快生型根瘤菌[38]（fast-growing rhizobia），代时在 6h 以下，利用糖类产酸；酵母甘油培养液 pH4～8 时，生长繁殖较好，具青霉素抗性，耐 4.5%NaCl。

在不同钼浓度的水培液中，以 009 和 85-7 菌株分别接种于花生胚根上进行水培试验。水培试验方法[39]如下：水培液 pH 用 1mol/L NaoH 溶液和 1mol/L HCl 调节。钼浓度调节以 $100\mu g/kg$ 钼原液按计算加入，花生在自然光照下培养，光照强度为 8364 lx。

试验结果表明：钼的不同浓度对根瘤菌侵染结瘤时间（即自接种到现瘤的天数）无明显影响。从表 1 可见，根瘤数量随钼浓度的加大而增多，根瘤鲜重与水培液中钼浓度的关系为：在钼浓度 0～$0.16\mu g/L$，根瘤鲜重随钼浓度加大而增加。钼浓度为 0.16～$0.20\mu g/L$ 时，根瘤鲜重达最大值，如 009 与"金堂鸡窝子"、"南充混选"两个花生品种（研究采用的所有花生品种均由南充地区农业科学研究所提供）的瘤重最大值出现于 $0.16\mu g/L$ 处，当其侵染"天府 3 号"时，以钼浓度为 $0.20\mu g/L$ 处理的根瘤鲜重最大。85-7 侵染以上三个花生品种时，根瘤鲜重均以钼浓度为 $0.20\mu g/L$ 处为最大，超过 $0.20\mu g/L$，钼浓度增加，根瘤鲜重降低，这足以说明钼对根瘤菌的侵染结瘤有直接影响。

根瘤菌侵染首先是菌体以一定形态附着于新出现的根毛处[19]，所以根毛的出现与否和结瘤的成败很有关系。如果侧根上无根毛出现，花生根部缺乏可侵染细胞，根瘤菌便无法侵染。钼能促进根毛的发生，这些新出现的根毛和根瘤菌黏着，根瘤菌的解壁酶（wall-degrading enzyme）引起根毛细胞壁水解，根瘤菌便侵入寄主细胞。另一方面，根瘤菌从接种到进入根组织细胞需一定时间，如大豆需 20～22h。在这期间，钼对于根瘤菌存活的效应也影响到结瘤数。Pillai 研究了花生根瘤菌的生长和培养基中浓度的关系[40]，指出在一定范围钼浓度内根瘤菌的生长和钼浓度呈正相关，过量的钼（不同的菌种临界值不同）直接引起根瘤菌生长量的急剧下降，即钼亦可通过影响根瘤菌在根际的繁殖而使根瘤数量和重量发生变化。

1.2 钼对根瘤固氮酶活性、植株全氮的效应

根瘤固氮酶活性与钼浓度有密切的关系。根瘤固氮酶活性采用乙炔还原法[41]，103型气相色谱仪测定。研究表明：当钼浓度为 $0.00 \sim 0.08 \mu g/L$ 时，随钼浓度增加，固氮酶活性逐步增加。在 $0.08 \sim 0.30 \mu g/L$ 时，酶活逐渐下降。二菌株与"金堂深窝子"共生时，酶活最大值出现在 $0.08 \mu g/L$；与"南充混选"共生时，最大值出现在 $0.10 \mu g/L$；与"天府 3 号"共生时，酶活的最大值：009 菌株的为 $0.10 \mu g/L$，85-7 菌株的为 $0.08 \mu g/L$。可见，不同的花生-根瘤菌的共生体的固氮酶活性都直接与钼浓度有关，但又互有差异。

虽然常用固氮酶活性作为共生体系固氮能力的指标，但是，由于根瘤菌是与寄主植物共生结合，在整个生长期的有效性与在某一取样时刻的有效性可能是有差异的。因此，比较不同共生体系的固氮能力还必须测定植株干重和全氮量作为固氮能力指标。

表 1　水培液钼的浓度与结瘤、植株干重的关系

Table 1　The relationship among the plant dry weight, nodules and Mo concentration

菌株 Strains	花生品种 Peanut variety	测定项目 Item/ (个/plant, g/plant)	Mo 浓度 Mo concentration/($\mu g/L$)					
			0.00	0.01~0.03	0.05~0.06	0.08~0.12	0.16~0.20	0.25~0.30
009	金堂深窝子	主瘤数	13.0	19.3	19.7	30.2	33.5	50.2
		侧瘤数	22.3	53.7	94.0	66.9	107.9	109.2
		总瘤数	35.3	73.0	113.7	97.1	141.4	159.4
		植株干重	1.9	2.1	2.5	2.3	2.0	2.3
	南充混选	主瘤数	20.5	29.1	24.2	39.7	31.4	31.9
		侧瘤数	120.5	63.8	87.6	81.1	64.3	76.7
		总瘤数	141.0	92.3	111.7	120.8	95.7	113.6
		植株干重	2.5	3.9	4.4	4.6	3.7	3.7
85-7	金堂深窝子	主瘤数	25.0	26.7	25.7	33.7	29.2	41.0
		侧瘤数	75.0	63.4	61.9	111.6	129.0	134.0
		总瘤数	100.0	90.0	87.6	145.2	158.2	175.0
		植株干重	1.8	2.0	2.2	1.9	1.7	1.9
	南充混选	主瘤数	31.0	37.7	63.8	47.4	37.4	41.9
		侧瘤数	65.3	59.7	76.0	78.9	87.6	84.8
		总瘤数	96.3	97.3	139.8	126.3	125.0	126.7
		植株干重	3.5	3.4	4.2	4.4	3.7	3.9

　　我们的研究结果显示，植株全钼量与营养液中钼浓度呈极显著的线性相关。然而全氮量则有所不同：在钼浓度 $0.00 \sim 0.08 \mu g/L$，全氮量依次增加，从 $0.08 \sim 0.12 \mu g/L$，全氮量处于高峰。而钼从 $0.12 \sim 0.3 \mu g/L$，则全氮量依次递减，植株干重随钼浓度的变化趋势与全氮随钼浓度的变化相似，最大值出现在钼浓度为 $0.06 \sim 0.12 \mu g/L$（表1）。

　　对比分析表明，植株干重同根瘤固氮酶活性与植株干重和全氮量的变化趋势是相似的，而且三者的峰值几乎是同步出现的。所以说，钼直接影响共生固氮，从而使植株全氮和干重发生相应的变化。但是，钼对共生固氮的影响，实际上可以分为促进和抑制两种相反的趋势。在水培液钼浓度 $<0.08 \mu g/L$，钼浓度加大，植株全钼量与固氮酶活性、植株全氮量及干重同步增加，表现钼对共生固氮的促进作用；而在水培液钼浓度 $>0.12 \mu g/L$ 后，钼浓度加大，植株全钼量的增加则造成固氮酶活性、植株全氮量及干重的反向变化，表现钼对共生固氮的抑制作用。

2　酸度对根瘤菌结瘤固氮的作用

2.1　酸度对根瘤菌的结瘤固氮的影响

　　水培液分别选定 $0.08 \mu g/L$ 和 $0.10 \mu g/L$ 两种钼浓度，在 pH4～8 的不同酸度条件下，以 009 和 85-7 菌株对"天府3号"花生进行接种试验，结果列表2。在 pH4 的水

表2　水培液酸度与根瘤菌的结瘤和植株干重的关系

Table 2　The relationship among the plant dry weight, nodules and pH

处理 Treatment		009					85-7				
Mo /($\mu g/L$)	pH	主瘤 Main nodules	侧瘤 Nodules inside	总瘤 Total nodules	鲜瘤重 Fresh nodules weight	株干重 Plant dry weight	主瘤 Main nodules	侧瘤 Nodules inside	总瘤 Total nodules	鲜瘤重 Fresh nodules weight	株干重 Plant dry weight
0.08	4.0	/	/	/	/	/	/	/	/	/	/
	4.5	6.3	6.0	12.3	0.03	1.1	0.0	0.0	0.0	0.00	0.0
	5.5	14.0	32.7	46.7	0.34	1.5	10.0	39.0	49.0	0.45	1.0
	6.5	20.0	63.8	83.3	0.37	2.1	18.0	89.0	107.0	0.58	1.0
	7.0	15.0	100.3	115.3	0.37	2.2	17.0	43.3	60.3	0.47	1.4
	8.0	12.3	46.3	58.6	0.45	2.4	17.3	107.3	124.6	0.47	1.8
0.10	4.0	/	/	/	/	/	/	/	/	/	/
	4.5	5.7	3.3	9.0	0.03	1.1	0.0	0.0	0.0	0.00	1.0
	5.5	16.3	59.3	75.6	0.40	1.8	15.0	53.0	68.0	0.40	1.6
	6.5	14.3	39.0	53.3	0.43	2.1	17.0	57.3	74.3	0.43	1.8
	7.0	17.7	29.7	47.4	0.27	1.4	12.7	90.0	102.7	0.58	2.2
	8.0	17.0	64.0	81.0	0.45	2.3	19.3	120.3	139.6	0.52	2.3

花生品种为天府3号。"/"表示因太酸，植株未生长

The peanut variety is Tianfu No. 3. "/" indicates the plants were not grown because of high acidity

培液中，花生不能生长并全部死亡；在 pH4.5～8.0，随着 pH 递增，根瘤菌侵染结瘤时间递减。酸性条件下根瘤数少，pH 升高则根瘤数增加，侧瘤数变化尤大，根瘤鲜重亦相应增加。当 pH<6.5 时，植株干重均低，而在 pH6.5～8.0，植株干重较高。在水培液 pH6.5～8.0 时，根瘤的固氮酶活性及植株全氮量都为最高值，且二者的变化趋势相似。

根瘤菌对 pH 是敏感的，酸性环境一方面影响根毛的膨大和卷曲[42,43]；另一方面改变根瘤菌在根表的附着状态以及根瘤菌荚膜多糖体（capsular polysaccharides）的含量，荚膜多糖体含量和花生根部的凝集素（lectin）在侵染初期起着很重要的作用。在正常条件下，凝集素借氢键或范德华力同根瘤菌外表的多糖紧密结合，使根瘤菌侵染成功。但环境的 pH 过低，某些离子浓度改变，根瘤菌的糖基含量不同，均可造成结合力破坏，低 pH 直接影响根瘤菌在根际的繁殖和植物根毛的出现，减弱根瘤菌和根毛之间的黏着力。因此，水培液或土壤溶液 pH 下降，使根瘤数减少，根瘤中类菌体数减少，导致酶活性降低，植株全氮和干重发生变化。Paulinol 在豌豆上的实验也证实了这一点[35]。

两个根瘤菌菌株在"天府 3 号"上结瘤固氮互有差异（表 2），当 pH4.5 时，85-7 菌株不能侵染花生，根瘤数为零。但 009 菌株能形成少量的根瘤，其酶活性极低。在相同钼浓度时，pH≤6.5 的条件下，接种 009 菌株的主瘤数大于接种 85-7 菌株。可见在有寄主时，009 耐酸能力较 85-7 强。在相同钼浓度和 pH5.5～8 时，接种 85-7 菌株的根瘤鲜重和固氮酶活性均大于接种 009 菌株，但植株全氮（%）和干重却相反，同样证实了 009 菌株与花生共生固氮能力强。

据报道，不同的菌种对酸度的反应不同[33,44]。在有寄主时，慢生型菌株 009 的耐酸能力强，快生型菌株 85-7 对酸较敏感，其他根瘤菌的实验也一致证明慢生型根瘤菌较快生型根瘤菌更耐酸[45]。然而，这与菌株纯培养时的结果相矛盾，当液体培养基（YEG）pH4～6 时，009 菌株繁殖能力弱，而 85-7 菌株则生长繁殖较好。这就表明：根瘤菌侵染和生长繁殖所要求的环境 pH 是有差异的。因此，在实验室筛选耐酸根瘤菌，还需要经相应的寄主回接和酸性环境的检验。

2.2　不同 pH 条件下钼对根瘤菌结瘤固氮的作用

同一菌株在 pH 相同而钼浓度不同时，其结瘤和固氮有差异（表 2）。当 pH<6.5 时，钼浓度从 $0.08\mu g/L$ 增至 $0.10\mu g/L$，使根瘤数、根瘤重、植株全氮量（%）和植株干重增加。当 pH6.5～8.0 时，钼浓度的改变则无这种影响，无论 pH 高低和菌株的差异，钼浓度增加，根瘤固氮酶活性均增加，可见钼能缓解酸性条件对结瘤固氮的影响。

在酸性条件下，花生根毛的发生受到影响，但钼能促进根毛的发生。而且适量的钼可能通过某种机制加强凝集素和多糖的结合力，使根瘤菌牢固地吸附在根毛上，从而减弱酸性条件对根瘤菌结瘤和固氮的抑制。对大豆根瘤菌的研究者也曾发现过这种现象[46]。因此，有必要进一步研究钼对豆科植物缓解酸度的抑制机制。

3　紫色土上花生拌钼对根瘤菌结瘤固氮和植株生长影响

以探讨酸性紫色土上花生拌钼对根瘤菌结瘤固氮和植株生长影响为目标，采用两种酸性紫色土壤开展盆栽试验：一是微酸性紫色土（Ⅰ号土），采自乐山市中区九丰乡，由夹关组的砂岩发育而成。已连续两年用于盆栽花生试验，土壤钼值（pH＋有效钼含量 $\mu g/L$）为 9.37，钼的供给充足，土著根瘤菌较多。二是酸性紫色土（Ⅱ号土），采自资中县渔溪乡，由自流井组凉高山段的砂岩发育而成，土壤缺钼，土著根瘤菌较少。两种土壤的有关性质列表 3。

表 3　供试土壤的基本情况

Table 3　Basic characteristics of soil being tested

土壤代号 Soil code	机械组成/% Physical Composition		pH	有机质 OM/%	有效养分 Available nutrient/（mg/kg）				土著根瘤菌数 Indigene rhizobia /（cfu/g）
	<0.02mm	<0.002mm			N	P	K	Mo	
Ⅰ	20.0	14.0	1.50	6.37	172	10	54	0.30	$2.4×10^4$
Ⅱ	33.6	20.4	0.93	4.90	112	8.6	50	0.10	$3.3×10^3$

盆栽试验方法如下：试验设 7 个处理，6 次重复。①CK；②施 NPK 肥（NPK）；③Mo＋NPK；④NPK＋009 菌剂；⑤Mo＋NPK＋009 菌剂；⑥NPK＋85-7 菌剂；⑦Mo＋NPK＋85-7 菌剂。每盆（φ15cm×17cm）装风干土 2.5kg，种子拌钼量为每 0.5kg 种子拌钼 2g，拌泥炭菌剂（$3×10^8$cfu/g 以上）1g/粒种子。按尿素 3kg/亩，磷酸二氢钾 8kg/亩施肥。

3.1　花生拌钼对根瘤菌侵染结瘤的作用

在两种土壤上，花生拌钼的效果不同。由表 4 可知，拌钼的较未拌钼的相应处理的总瘤数、鲜瘤重、干瘤重都较高。说明在土壤条件下，花生拌钼促进了根瘤菌的侵染结瘤。

表 4　盆栽花生拌钼的效果

Table 4　The impact of Mo fertilizer on peanut in a pot experiment

土壤代号 Soil code	处理 Treatment	盛花期 Full-blooming stage			成熟期 Maturing stage		
		总瘤数 Total nodules /（个/plant）	鲜瘤重 Fresh nodules weight /（g/plant）	植株干重 Plant dry weight /（g/plant）	总瘤数 Total nodules /（个/plant）	干瘤重 Dry nodules weight /（g/plant）	荚果干重 Dry yield /（g/plant）
Ⅰ	CK	91.5	0.12	4.3	246	0.15	2.5
	NPK	78.0	0.08	4.2	232	0.19	3.6
	NPK＋Mo	94.5	0.19	4.5	297	0.25	3.6
	NPK＋85-7	97.0	0.15	5.3	281	0.19	3.7
	NPK＋85-7＋Mo	120.5	0.18	4.9	182	0.22	3.7

续表

土壤代号 Soil code	处理 Treatment	盛花期 Full-blooming stage			成熟期 Maturing stage		
		总瘤数 Total nodules /(个/plant)	鲜瘤重 Fresh nodules weight /(g/plant)	植株干重 Plant dry weight /(g/plant)	总瘤数 Total nodules /(个/plant)	干瘤重 Dry nodules weight /(g/plant)	荚果干重 Dry yield /(g/plant)
II	CK	23.0	0.08	2.5	48	0.04	2.5
	NPK	34.5	0.30	2.3	71	0.12	3.5
	NPK+Mo	71.0	0.50	3.0	76	0.14	4.9
	NPK+85-7	53.5	0.45	2.8	213	0.15	3.9
	NPK+85-7+Mo	126.0	0.70	3.2	223	0.22	5.1

应用间接免疫荧光抗体法检测根瘤，计算接种菌株的占瘤率（接种菌株的根瘤数占观察根瘤总数的百分率）。

研究结果表明：在两种土壤上花生拌钼都提高了接种菌株 009 和 85-7 的占瘤率。在 I 号土上，009 和 85-7 菌株的占瘤率均较低，即使拌钼时，占瘤率仍在 50% 左右，所以接种菌对土著菌的竞争结瘤力差。在 II 号土中，二菌株的占瘤率较高，尤其在施钼情况下，占瘤率超过 55%。说明在 II 号土上，009 和 85-7 菌株有较强的结瘤竞争力。在两种土壤上菌株的结瘤竞争能力的差异主要与土著根瘤菌数量有关。I 号土的土著根瘤菌较多（2.4×10^4 cfu/g 干土）。从而减弱接种菌对寄主的侵染结瘤能力；II 号土的土著菌较少（3.3×10^3 cfu/g 干土），因而使接种菌表现出较强的竞争力。其中 85-7 菌株的占瘤率在两种土壤上都较高，说明 85-7 的结瘤竞争能力较 009 强，这同于水培试验的结果。

3.2 花生拌钼和根瘤菌固氮酶活性的关系

花生盛花期和成熟期根瘤的固氮酶活性测定结果表明：在 II 号土上，拌钼处理的根瘤固氮酶活性较不拌钼的相应处理的高，而且成熟期与盛花期相比，其酶活性还略有增加。可见，在缺钼的土壤上花生拌钼提高了固氮酶活性而且延长了固氮周期。与此相反，在 I 号土上，花生拌钼则抑制固氮酶活性，而且缩短固氮周期。

钼是固氮酶必不可少的组分，所以根瘤中类菌体固氮酶的合成因钼的缺乏而受阻[47]。当环境中钼含量很低时，菌体内钼含量有限，同时根瘤菌生长繁殖以后，菌体中钼被稀释[48]，这些根瘤菌即便是进入根组织，合成了固氮酶的肽链，也因钼的缺乏而不具有催化活性[49]。因此，适量的钼对于固氮酶的合成和酶活性的表达是必需的。

但是，当钼浓度过高（如水培液中钼浓度 $> 0.10 \mu g/L$）时，根瘤菌细胞壁中磷脂含量增加，使细胞壁-膜的渗透性大大降低；同时根瘤菌吸收的钼除用于固氮酶合成外，还可能产生钼贮存蛋白[50]（Mo-storage protein），紧密地连接在细胞壁和细胞膜上，进一步降低膜的渗透性（permeability）。这些变化一方面影响根瘤菌与寄主细胞之间的物质变换，阻碍根瘤菌从侵入线中释放出来，成为无固氮酶活性的根瘤菌[51]。另一方面，即便根瘤菌从侵入线释放到寄主细胞中，进行共生固氮所形成的氨也无法正常地转运出类菌体，以致因氨的积累而阻遏固氮酶的活性[52]。即过量的钼可能通过改变类菌体壁-膜的渗透性和阻止氨的正常转运来抑制固氮酶活性。

在盆栽试验中，观察到钼对固氮周期的影响。延长根瘤固氮的时间是改进整个固氮过程的一个途径。因为在豆科植物生活的大部分时间里，植物固定的氮素与固氮时间的关系服从指数关系，因而根瘤固氮时期延长10%可能使固氮量增加1倍[53]。又因钼与叶绿体膜的稳定性有关，故施钼有助于增强后期叶片中叶绿体的光合作用，增加对根瘤能源物质的供应[54]，从而增加后期固氮酶活性。但是，根瘤衰老和固氮酶活性降低都与豆血红蛋白的变化有关[49~55]，豆血红蛋白含量降低常用作根瘤衰老的标志[56,57]，所以施用钼肥延长固氮周期可能与钼对豆血红蛋白的稳定性有关。因为一旦发生各种有关豆血红蛋白的变化，使其各组分的比率发生改变，以致它运送氧的活性减弱，固氮活性便降低。与此相反，Klueas发现豆血红蛋白在可测到固氮酶活性的变化之后才开始分解，根瘤细胞液中的铵和类菌体中的聚-β-羟基丁酸（PHB）都大约在固氮活性丧失的时候增加[53]。因此，关于钼延迟根瘤的衰老的作用尚须进一步的研究。

3.3　花生拌钼对植株全氮、植株干重和荚果干重的影响

据表5的资料，在Ⅱ号土上花生拌钼，植株全钼量增加，而全氮量（%）亦增加。在Ⅰ号土上花生拌钼，植株全钼量增加，而全氮的变化随处理的不同而有差异。在NPK＋菌剂的基础上，花生拌钼使植株全氮（%）增加甚微，甚至减少，而在NPK基础上花生拌钼则植株全氮增加。在两种土壤上，接种009菌株的花生植株全氮量较接种85-7的高。

表5　盆栽花生植株全氮（N%）和全钼（μg/kg）的关系

Table 5　The relationship between plant total nitrogen（N%）and total Mo（μg/kg）

处理 Treatment	土Ⅰ Soil Ⅰ				土Ⅱ Soil Ⅱ			
	盛花期 Full-blooming stage		成熟期 Maturing stage		盛花期 Full-blooming stage		成熟期 Maturing stage	
	N	Mo	N	Mo	N	Mo	N	Mo
CK	2.71	1.7	2.13	2.2	1.93	0.4	2.31	0.4
NPK	2.88	2.9	2.52	3.2	2.42	1.0	2.61	0.8
Mo＋NPK	3.02	22.6	2.80	22.8	2.46	11.9	2.65	14.9
NPK＋009	3.10	3.0	2.68	3.3	2.86	1.0	2.77	0.9
Mo＋NPK＋009	3.02	20.1	2.42	18.4	2.80	11.4	2.93	14.0
NPK＋85-7	2.89	2.8	2.41	3.2	2.18	1.2	2.60	1.1
Mo＋NPK＋85-7	2.95	18.9	2.33	22.9	2.63	11.9	2.63	14.0

在不缺钼的Ⅰ号土上，花生拌钼对植株干重和荚果干重均无促进作用（表4）。在缺钼的Ⅱ号土上，施钼直接促进结瘤，增加固氮酶活性和植株全氮，提高植株蛋白质含量，从而增加花生产量。故Ⅱ号土上施钼，植株干重和荚果干重均有不同程度地增加，但以在NPK＋根瘤菌剂的基础上施用钼肥，荚果干重最高。因此，在缺钼的酸性土壤中

合理利用钼肥，接种高效根瘤菌株以提高花生产量，是一项切实可行的增产技术措施。

4 钼和酸度对植株矿质元素含量的影响

4.1 钼肥与植株矿质元素的关系

不同钼浓度的水培液中植株化学组成见表 6。相关分析表明，花生植株的 P、K、Ca、Fe 含量与水培液中钼浓度无显著相关关系。但植株的 P 和 K 含量之间呈显著正相关，其他花生品种的结果与此相似。

表 6　水培液中 Mo 的不同浓度与植株磷、钾、钙和铁含量的关系

Table 6　The relationship of Mo concentrations among the plant P，K，Ca and Fe concentration

Mo 浓度 Mo concentration /(μg/kg)	植株化学成分　Plant Chemical Components							
	P/%		K/%		Ca/%		Fe/(mg/kg)	
	009	85-7	009	85-7	009	85-7	009	85-7
0.00	0.24	0.27	1.96	2.29	2.36	3.39	149	131
0.01~0.03	0.25	0.24	2.08	2.13	3.29	3.45	156	162
0.05~0.06	0.23	0.24	1.97	1.99	3.66	3.45	157	162
0.08~0.12	0.25	0.24	2.04	2.02	3.31	3.84	127	151
0.16~0.20	0.26	0.25	2.14	1.97	3.62	3.39	175	158
0.25~0.30	0.26	0.23	2.32	2.03	3.59	3.21	143	160

花生品种："南充混选"

Peanut variety：NanChong hunxuan

盆栽花生植株的 P、K、Ca、Fe 的含量见表 7。花生拌钼使植株 K 和 Ca 含量较高，对 Fe 则无影响。在 I 号土上，施钼能增加植株 P 含量，而 II 号土上，施钼对植株 P 含量却无影响。

表 7　盆栽花生植株磷、钾、钙和铁的含量

Table 7　The concentration of P，K，Ca，Fe in peanut in pot experiment

处理 Treatment	盛花期 Full-blooming stage								成熟期 Maturing stage							
	I 号土 Soil I				II 号土 Soil II				I 号土 Soil I				II 号土 Soil II			
	P /%	K /%	Ca /%	Fe /(mg /kg)	P /%	K /%	Ca /%	Fe /(mg /kg)	P /%	K /%	Ca /%	Fe /(mg /kg)	P /%	K /%	Ca /%	Fe /(mg /kg)
CK	0.15	1.15	1.46	489	0.08	0.76	1.04	558	0.09	0.89	1.24	203	0.06	0.76	1.01	219
NPK	0.24	1.73	1.72	356	0.14	1.35	1.12	506	0.15	1.52	1.40	95	0.10	1.54	1.09	172
Mo+NPK	0.24	1.81	1.59	237	0.15	1.50	1.05	533	0.12	1.50	1.41	115	0.11	1.64	1.03	187
NPK+009	0.14	1.71	1.50	290	0.13	1.23	1.00	481	0.11	1.38	1.38	89	0.10	1.46	1.06	175
Mo+NPK+009	0.19	1.83	1.67	302	0.16	1.52	1.03	434	0.16	1.39	1.56	90	0.10	1.30	1.00	209
NPK+85-7	0.13	1.52	1.49	282	0.13	1.22	1.04	437	0.13	1.52	1.49	282	0.09	1.25	1.05	282
Mo+NPK+85-7	0.18	/	1.49	283	0.11	1.26	1.09	538	0.14	1.58	1.65	101	0.07	1.40	1.27	205

以上结果表明：磷和钼的关系因条件而异。关于这个问题已经有不少的研究。一些研究表明，磷与钼之间的相互关系表现为协同作用[57,59]。主要是由于磷和钼形成了更易为植物吸收的磷钼酸阴离子[60]。磷促进钼从根部细胞释放到运输系统的过程。但是，不能忽视水培液中磷和钼同为阴离子，它们之间存在着相互拮抗的关系。当水培液中钼浓度增加时，植株对钼的吸收便增加，从而减弱对磷的吸收。由于协同作用和拮抗作用的综合效应，导致了植株磷与水培液中钼浓度或植株钼含量间相关性不显著。

但在土壤中，施入的钼以 MoO_4^{2-} 的形式将土壤吸附 H_2PO_4 代入溶液中[46]，有利于植物对 H_2PO_4 的吸收。表现为钼肥增加植物对磷的吸收。许多田间试验结果与此一致[61]。但是在酸性土壤中，吸附态的磷和钼较少，即便施用钼肥或磷肥，也因土壤对磷和钼的固定，土壤溶液中的磷和钼也不会明显提高[62,63]。因此，施钼对植物吸收磷不会有明显的促进作用，这也许是Ⅱ号土上花生拌钼未能明显增加植株全磷的原因。

4.2　水培液酸度与植株矿质元素的关系

根据表 8 的资料统计，花生植株磷与水培液 pH 呈极显著的负相关，植株钼与 pH 呈正相关，但未达到显著水平，植株钾与 pH 无相关性。可见在水培条件下，水培液 pH 对花生吸收磷、钼有相反的作用。

表 8　水培液酸度对花生植株磷、钾、钼含量的影响

Table 8　The influence of pH on the concentration of P, K, Mo in peanut plant

Mo 浓度 Mo concentration /(μg/kg)	pH	植株化学成分 Plant chemical components					
		P/%		K/%		Mo/(μg/kg)	
		009	85-7	009	85-7	009	85-7
0.08	4.5	0.78	0.83	2.38	2.12	/	9.6
	5.5	0.59	0.63	1.90	2.01	6.0	10.2
	6.5	0.51	0.50	2.29	2.19	9.7	11.8
	7.0	0.46	0.45	2.22	1.82	9.3	12.6
	8.0	0.44	0.42	2.18	2.34	9.9	12.1
0.10	4.5	0.87	0.87	2.33	2.43	10.1	/
	5.5	0.58	0.65	2.15	2.13	10.9	11.6
	6.5	0.56	0.53	2.59	1.95	10.4	12.6
	7.0	0.45	0.38	2.65	2.28	13.0	15.0
	8.0	0.42	0.40	2.11	2.35	12.2	12.0

花生品种："天府 3 号"

Peanut variety：TianFu No.3

在水培液中磷酸根离子在溶液中的形态受酸度影响。因为 H_2PO_4 和 HPO_4^{2-} 的转换决定于 pH。在 pH5 时，几乎没有 HPO_4^{2-}，随 pH 升高，H_2PO_4 含量降低，HPO_4^{2-} 却升高。虽然植物对 H_2PO_4、HPO_4^{2-} 和 PO_4^{3-} 均可吸收，但以 H_2PO_4 最易被吸收。某些植物根系吸收 H_2PO_4 的位置为吸收 HPO_4^{2-} 的 10 倍。因此，随着水培液 pH 升高，H_2PO_4 浓度降低，植物吸收的磷减少。

　　根系环境的 pH 对钼的吸收有直接影响，表现在：随水培液 pH 升高，植株中钼含量增加，在钼酸的稀溶液中，随着 pH 升高，与 H_2MoO_4 平衡的 $MoO_4^{2-}/HMoO_4^-$ 增加。在 pH4.5～8.0 的范围内，溶液中 MoO_4^{2-}、$HMoO_4^-$ 均存在。但随 pH 升高，最易为植物吸收的 MoO_4^{2-} 增加，从而可能导致植物中钼含量增加。在土壤中，pH 的改变除影响钼的形态外，更重要的是土壤 pH 升高，水溶性钼含量增加[60]。因此，许多酸性土壤中施用石灰也能改善植物的钼营养。

5　应用间接荧光抗体技术鉴定根瘤菌的结瘤竞争性

　　荧光抗体技术（fluorescent antibody technique）成功地应用于根瘤菌研究领域[51]，为根瘤中根瘤菌血清型的鉴定和根瘤菌个体生态学研究提供了灵敏的方法。直接荧光抗体法虽然特异性强，在根瘤菌研究中应用较多[64]，但荧光度不强，且一种标记抗体只能测定一种抗原，而间接荧光抗体法具有荧光度大，较前者更为简便，但因参与因素较多，易出现非特异性荧光，而且自制羊抗兔荧光抗体较繁琐，所以应用较少。

　　间接荧光抗体法的具体操作如下：选用 1kg 左右的健康白兔，免疫方案同 Schmidt[64]，但不用弗氏完全佐剂，自制兔血清为第一抗体，第二抗体即羊抗兔免疫球蛋白荧光抗体（卫生部成都生物制品研究所提供），工作稀释度为 1：4。染色后于荧光显微镜下观察。

　　本实验探索了间接荧光抗体技术在鉴定根瘤菌结瘤竞争性上的应用，总结制片处理的实践。结果如下：根瘤涂片后，用火焰固定或于克氏固定液中固定即可；第一抗体（用根瘤菌免疫兔子自制的抗根瘤菌血清，009 和 85-7 菌株之间无特异性血清学交叉反应）染色时间以 15～30min（37℃湿润条件）为宜；第二抗体（即羊抗兔荧光抗体）的染色时间很关键，在本实验条件下，以 30min（37℃湿润条件）为最佳。应用此法，通过对不同根瘤菌的占瘤率的测定，不仅直观地检测出根瘤菌竞争结瘤能力，而且直接证实钼对根瘤菌侵染结瘤能力的影响。所以，间接荧光抗体法作为追踪不同的根瘤菌在土壤中的竞争行为不失为一种简便可行的方法。

6　结语

　　适量的钼有利于根瘤菌在根际的繁殖，促进根毛的发生，从而促进根瘤菌侵染。009 和 85-7 菌株侵染结瘤的最适钼浓度范围为 0.16～0.20μg/kg。钼是固氮酶合成和酶活性表达必需的营养元素。但过量的钼则抑制固氮酶活性，溶液中 0.06～0.12μg/kg 的钼使植株含氮量和干重达到最大值，适量的钼能延长根瘤的固氮周期，但其原因尚不清楚，有待进一步研究。花生-根瘤菌的结瘤固氮与环境的 pH 有关，植株全氮量（%）和根瘤固氮酶活性在水培液 pH6.5～8.0 为最高，植株全钼与水培液中钼浓度呈极显著的正相关，但与植株磷含量无关。在土壤中，植株磷和钼含量之间的关系则因土壤条件而异。

　　钼能缓解酸性条件对花生根瘤菌结瘤和固氮的抑制作用，2006 年于景丽等的研究进一步证实了这一结论。对其作用机制的研究也许有助于花生根瘤菌侵染结瘤过程和钼的生物学功能的的了解。在缺钼的酸性紫色土中施用钼肥，接种高效根瘤菌，增加植株氮素和某些矿质养分的含量，提高花生产量。

　　慢生型花生根瘤菌株（如 009）与寄主共生过程中，耐酸能力强，固氮量高，为生产上习惯使用的菌型，但其竞争结瘤能力较差。而新选育的快生型花生根瘤菌株 85-7，生长繁殖快，可生长的 pH 范围较宽，侵染结瘤能力强，传代稳定，在生产上初步应用效果较好。因此，对快生型花生根瘤菌的开发和利用具有广阔的前景，但其共生固氮量较低，我们相信可以通过基因工程的手段培育成理想的高效菌株。

　　间接荧光抗体技术简便省工，能直接检测根瘤菌的结瘤竞争力，可广泛用于根瘤菌的研究。但如何排除非特异性荧光，有待进一步的试验解决。

参 考 文 献

［1］Hewitt E J. Experiments in mineral nutrition. Nature, 1945, 155：22～23

［2］Piper C S. Symptoms and diagnosis of minor element deficiencies in agricultural and horticultural crops. J Aust Inst Agric Sci, 1940, 6：162～164

［3］Stout P K, *et al*. The influence of pH and sulphate ions on the absorption of molybdenum from soils and solution cultures. Plant Soil, 1951, 3：51～87

［4］赵全桂，宋建霞，张洪春. 花生缺钼症状及补钼技术. 现代农业, 2003, 10：21

［5］Evans H J, Nason A. Triphospho pyridine nucleotide-nitrate reductase in Neurospora. J Biol Chem, 1953, 202：655～673

［6］Nicholas D J D, Nason A. Role of molybdenum as a constituent of nitrate reductase from soybean. Plant Physiol, 1955, 30：135～138

［7］Stile W. Trace Elements in Plant and Animals (2nd ed). Birmingham, 1951

［8］Wilson P W, Ruhland W. Encyllopaedia of Plant Physiol. Berlin：Springer-Verlag. 1958

［9］Bulen W A, Lecomte J R. Mechanism of molybdenum nitrogenase. Proc Natl Acad Sci USA, 1966, 56：979～986

［10］Kenedy C, Postgate J R. Activation of *nif* gene expression in *Azotobacter* by the *nifA* gene product of *Klebsiella*. Gen J. Microbiol, 1977, 98：551～557

［11］Reisenauer H M. Molybdenum content of *alfalfa* in relation to deficiency symptoms and response to molybdenum fertilization. Soil Sci, 1956, 81：237～242

［12］Hardy R W, Holsten R D, Jackson E K, *et al*. The acetylene-ethylene assay for N_2 fixation：Laboratory and field evaluation. Plant Physoil, 1968, 43 (8)：1185～1207

［13］Nicholas D J D, Nason A. Role of molybdenum as a constituent of nitrate reductase from soybean Leaves. Plant Physiol, 1955, 30：135～138

［14］Lee S K, Choi S'K *et al*. Research. Reports of the office of Rural Development, 1977, 19：133～138

［15］Bhupinder Singh, Verma M M. Introduction and genetic improvement of ricebean (*Vigna umbellata*) as a new pulse crop. In：Gill K S, Khehra A S, Verma M M, *et al*. Abstracts. First symposium on crop improvement. 23～27 February 1987, India, 10

［16］Rice W A, *et al*. Effects of soil acidity on rhizobia numbers, nodulation and fixation by *alfalfa* and red clover. Can J Soil Sci, 1977, 57：197～203

［17］Cooper J E. Direct isolation of *Bradyrhizobium japonicum* from soil. Soil Boil Biochem, 1993, 14：127～131

［18］何念祖等. 植物营养原理. 上海：上海科技出版社. 1987

［19］Horsnell L J. The growth of improved pastures on acid soils. Aust J Exp Agric, 1985, 25 (3)：557～561

［20］Robert N, *et al*. Survivalof *Rhizobium* sp. (*Hedysarum coronarium* L.) on peat-based inoculants and inoculated seeds. Appli Environ Microbiol, 1985, 50 (3)：717～720

[21] 蒙格尔 K. 植物营养原理. 张宜春译. 北京：农业出版社. 1982

[22] 李耕夫. 花生施钼、磷、钙等的肥效及相互配合的效果初报. 中国油料，1984，2：52～54

[23] 周可金，马成泽，李定波等. 花生 B、Cu、Mo、Zn 肥配施效应研究. 花生学报，2003，32（1）：21～25

[24] 刘世旺，王宝林，陶佳喜. 花生根瘤菌与钼、磷、氮化肥分别配施的增产效果. 湖北农业科学，1998，46（3）：383～385

[25] 刘世旺，王宝林，陶佳喜. 花生根瘤菌与钼磷氮化肥混合施用对花生的增产效果. 安徽农业科学，2007，35（11）：3320～3321，3411

[26] 杜应琼，廖新荣，何江华等. 施用硼钼对花生生长发育和产量的影响. 植物营养与肥料学报，2002，8（2）：229～233

[27] Quaggio J A, Gallo P B, Owino-Gerroh C, *et al*. Peanut response to lime and molybdenum application in low pH soils. R Bras Ci Solo, 2004, 28（4）：659～664

[28] 奥巴托 M. 共生固氮技术手册. 蒋有绎译. 北京：科学出版社. 1983

[29] Vincent J M. Nutrition of Legumes Hallsworth In E G. Butterworth, London：Proc. Univ. Nottingharn 5th Easter Sch Agric Sci. 1958

[30] Helyar K R, Anderson A J. Responses of five pasture species to phosphorus, lime, and nitrogen on an infertile acid. Aust J Agric Res, 1971, 22：707～721

[31] Wood M, Cooper J E, Holding A J, *et al*. Soil acidity factors and nodulation of *Fri folium repens*. Plant Soil, 1984, 78：367～391

[32] Kristina L, Hell M. Sensitivity of red clover rhizobia to soil acidity factors in pure culture and in symbiosis. Plant Soil, 1987, 98：353～362

[33] Thotton T C. Infectiveness and acid tolerance of *R. phaseoli*. Soil Sci Soc Am J, 1983, 47：496～501

[34] Henry S, *et al*. Survival of *Rhizobium* in acid soils. Appl Environ Microbiol, 1981, 42（16）：951～957

[35] Keyser H H, *et al*. Acid tolerance of rhizobia in culture and in symbiosis with cowpea. Soil Sci Soc Am J, 1979, 43：719～722

[36] 黄怀琼. 中国共生固氮研究五十年（1934～1987）. 见：陈华癸，樊庆笙. 1987

[37] 黄怀琼. 应用根瘤菌剂接种"天府三号"花生的效果. 四川农业大学学报，1987，5（3）：191～195

[38] 周平贞等. 豆科植物结瘤试验——水培法介绍. 中国油料作物学报，1979，2：60～62

[39] Nambiar P T C, Ravishankar H N, Dart P J. Effect of *Rhizobium* numbers on nodulation and dinitrogen fixation in groundnut. J Exp Bot, 1983, 34：484～488

[40] 伯杰森 F J. 生物固氮研究方法. 陈冠雄等译. 北京：科学出版社. 1980

[41] 张学江. 中国共生固氮研究五十年（1934～1987）. 见：陈华癸，樊庆笙. 1987

[42] Sherwood J E, *et al*. Development and trifoliin A-binding ability of the capsule of *Rhizobium tri folii*. J Bacteriol, 1984, 159：145～152

[43] Tsien H C, Schmidt E L. Polarity in the exponential-phase *Rhizobium japonicum* cell. Can J Microbiol, 1977, 23：1274～1284

[44] 陈文新. 土壤中影响根瘤菌存活的主要因素. 土壤学进展，1986，5：17～20

[45] 袁可能. 植物营养元素的土壤化学. 北京：科学出版社. 1983

[46] 中国土壤学会农化专业委员会. 土壤农业化学常规分析方法. 北京：科学出版社. 1983

[47] Pienkos P T, Brill W J. Nitrogen Fixation Recent Adv in Biol. *In*：Subbrao N S. Oxford and IBH Publishing Company. 1977

[48] Yates M G. Nitrogen Fixation Recent Adv in Biol. *In*：Subbrao N S. Oxford and IBH Publishing Company. 1980

[49] Elloit B B, Mortenson L E. Transport of molybdate by *Clostridium pasteurianum*. J Bacteriol, 1975, 124：1295～1301

[50] Pankhurst C E, Craig A S. Effect of oxygen concentration, temperature and combined nitrogen on the morphology and nitrogenase activity of *Rhizobium* sp. strain 32H1 in agar culture. J Gen Microbiol, 1978, 106：207～219

［51］Atkins C A. Nitrogen nutrition and the development and senescence of nodules in cowpea seedlings. Plant Soil, 1984, 82：273～284

［52］斯普朗特 J I. 固氮生物学. 刘永定译. 北京：农业出版社. 1980

［53］娄无忌，樊庆笙. 紫云英根瘤和其中类菌体的发育与固氮活性的关系. 南京农业大学学报，1983，1：40～45

［54］杨淑全. 红豆草根瘤固氮酶活性与豆血红蛋白含量的关系. 土壤肥料，1987，5：40～41

［55］陈华癸，樊庆笙. 微生物学. 北京：农业出版社. 1979

［56］尤崇杓，姜涌明. 生物固氮. 北京：科学出版社. 1988

［57］Greenwood E A N, Hallsworth E G. Some interactions of calcium, phosphorus copper and molybdenum on the growth and chemical composition of *Trifolium subterraneum* L. Plant Soil, 1960, 12：97～127

［58］Gupta U C, Munro D C. Influence of sulfur, molybdenum and phosphorus on chemical composition and yields of brussel sprouts and of molybdenum on sulfur contents of several plant species grown in the greenhouse. Soil Sci, 1969, 107：114～118

［59］Barshad I. Nature of soil molybdenum, growth of plants and soil pH. Soil Sci, 1951, 71：297～305

［60］邹邦基. 植物的营养. 北京：农业出版社. 1985

［61］Johens L H P. The effect of liming a neutral soil on the cycle of manganese. J Soil Sci, 1957, 8：313

［62］Barshad I. Factors affecting the molybdenum content of pasture plants. II. Effect of. soluble phosphates, available nitrogen and soluble sulfates. Soil Sci, 1951, 71：387～398

［63］Nairn R C. Fluorosecent Protein Tracing, 4 th Edition, Edinburgher. 1976

［64］王福生，陈华癸，李阜棣. 土壤中大豆根瘤菌之间竞争结瘤的研究——Ⅰ、免疫荧光抗体技术在根瘤菌个体生态学研究中的应用. 华中农学院学报，1985，3：40～49

石灰性紫色土铁对花生根瘤菌共生固氮的影响

李江凌[1]，黄怀琼[2]，张小平[2]，李登煜[2]

（1. 四川省畜牧科学研究院，成都　610066；

2. 四川农业大学资源环境学院，雅安　625014）

摘　要：本实验研究了石灰性紫色土施铁对花生根瘤菌共生固氮作用的影响。结果表明：石灰性紫色土上施 $30\mu g/g$ 铁能促进快生型花生根瘤菌株 85-7 的侵染结瘤与固氮特性和花生的生长发育，而 HN_{11} 基因工程菌株在不施铁时也与"天府 3 号"花生有良好的共生固氮作用。施铁或接种高效根瘤菌剂能提高花生产量。铁与叶绿素含量之间有密切联系，叶绿素总量和 a/b 值随铁浓度增加而增加，同时叶绿素含量与植株干重、全氮及固氮酶活性之间有显著的相关性。应用 ELISA 技术鉴定了石灰性紫色土施铁和接种花生根瘤菌剂的有效性。

关键词：铁，花生，根瘤菌，共生固氮，石灰性紫色土

Effect of iron on the symbiotic nitrogen-fixation of rhizobia-peanut in calcareous purple soil

Abstract：The pot experiment was used to study the effect of different concentrations of Fe on the nodulation and nitrogen fixation of rhizobia and peanut in Calcareous Purple Soils. Applying $30\mu g/g$ Fe in the soils accelerated the nodulation and nitrogen fixation of fast-growing rhizobia strain 85-7, the same symbiotic effectiveness was obtained only by inoculation with the genetic engineered strain HN_{11} without Fe. The application of Fe or inoculation could increase the yield of peanut. Fe was closely related with the chlorophyll. The total chlorophyll and the ratio of chlorophyll a/b increased with the concentration of Fe. There was a significant correlation between the total chlorophyll and shoot dry weight, shoot total N and nitrogenase activity. The technique of ELISA was used to identify the nodule occupancy of the strains used in the pot experiment.

Key words：Fe, Peanut, *Rhizobium*, Symbiotic nitrogen fixation, Calcareous purple soils

　　铁在植物营养中早就被认定为必需元素和第一个微量元素[1]。铁还是豆科作物根瘤中豆血红蛋白的组成和固氮酶系统的成分[2]，因此将豆科作物归为铁敏感作物[3]。有研

究认为施用铁肥，可以增加大豆根瘤中豆血红蛋白的浓度，并能提高产量，从而增强生物固氮效应。花生施用铁肥以提高产量，改善品质方面的报道较多，但针对石灰性土壤中根瘤菌固氮作用与铁之间关系的研究较少[4]。

土壤缺铁的主要原因是土壤 pH 高，碳酸盐含量高，使铁的有效性低，不利于豆科作物吸收。同时土壤中根瘤菌对 pH 敏感，一般根瘤菌适应的 pH 为 6.5～7.5，大多数根瘤菌不适应碱性条件下生存繁殖[5]。但从盐碱地分离的苜蓿根瘤菌具有较强的耐碱性。因此筛选耐碱的花生根瘤菌株，使其能在石灰性土壤上与花生有效地共生固氮，是花生根瘤菌生态学方面急待研究的问题之一[6]。

四川省石灰性紫色土面积较大，其中花生的播种面积为 4.7 万 hm²，约占全省花生播种总面积的 1/3，主要分布在内江、绵阳、南充、乐山、自贡、宜宾等花生产区，是由遂宁组和蓬莱镇组等几个地层发育的。这种土壤 pH 高（pH8.0～9.0），碳酸钙含量为 5%～12%，DTPA（pH7.3）提取铁含量为 3～5$\mu g/g$，处于缺铁的边缘水平，其他有效养分如磷、硼、锌等含量一般都不低于临界值。此种土壤上种植花生普遍存在低产的问题。众多研究表明，石灰性土壤发生花生白黄萎症或白叶症危害和低产的原因主要在于土壤有效铁缺乏[5]。已有的研究进一步指出碳酸盐土壤中的铁主要是以残余态和结晶态存在，而能被植物吸收的交换态铁含量低，这是土壤有效铁缺乏的本质所在。因此本试验在遂宁组发育的石灰性紫色土上研究铁对花生与根瘤菌共生固氮作用的影响，目的是为种植花生的石灰性紫色土上施用铁肥和接种高效根瘤菌剂以增强根瘤菌与寄生共生固氮作用，从而为提高花生产量提供理论依据和技术措施的参考。

1　材料与方法

1.1　供试材料

1.1.1　供试土壤

遂宁组紫色岩发育的石灰性紫色土（采自宜宾市象鼻镇）。

1.1.2　花生品种

"天府 3 号"（由犍为县农业局提供）。应用根系还原力作指标，选定根系还原力强的"天府 3 号"为供试花生品种。

1.1.3　花生根瘤菌株

"85-7 菌株"：快生型花生根瘤菌（fast growing rhizobia），由黄怀琼教授选育并提供。

"HN₁₁菌株"快生型基因工程菌（fast growing genetic engineering rhizobia），由华中农业大学周俊初教授提供。

1.2　试验方法

在水培法试验结果的基础上，确定 EDTA-Fe 的施用浓度分别为 10$\mu g/g$ 和 30$\mu g/g$。盆栽试验设 9 个处理，6 次重复。①CK；②10$\mu g/g$ EDTA-Fe；③30$\mu g/g$ EDTA-Fe；

④85-7 菌剂；⑤HN$_{11}$菌剂；⑥85-7 菌剂＋②；⑦HN$_{11}$菌剂＋②；⑧85-7 菌剂＋③；⑨HN$_{11}$菌剂＋③。每盆（15cm×17cm）装风干土 2.5 kg，播种花生 2 颗，拌泥炭菌 1.0 g/盆（85-7 菌剂 3.6 亿个/g 干菌剂，HN$_{11}$菌剂 2.2 亿个/g 干菌剂）。播种时间：1995 年 4 月 26 日，6 月 19 日盛花期，8 月 17 日成熟期取样调查，8 月 18 日收获，生育期 116d。

EDTA-Fe 采用喷施和土施结合的方法，分别于 7 月 3 日和 7 月 10 日（花针期）进行，每盆 50mL。

1.3 分析方法

1.3.1 酶联免疫法

应用酶联免疫法（enzyme linked immuno sorbent assay，ELISA）鉴定根瘤中的根瘤菌，选用 2~3kg 的健康白兔，自制 85-7、HN$_{11}$花生根瘤菌株的血清为第一抗体，第二抗体为羊抗兔辣根过氧化物酶标记免疫球蛋白（由成都华美生物制品公司购买），工作稀释度为 1∶2500。酶联免疫法试验步骤包括包被、封闭、第一抗体结合、第二抗体结合及底物反应等。试验结果由 DG3022 型酶联免疫检测仪（中国人民解放军第四军医大、国营华东电子管厂联合研制）检测判读。

1.3.2 土壤和植物样品分析法

土壤 pH 用水浸法——pH 计测定，有机质含量采用重铬酸钾外加热法，土壤全氮、全磷、全钾分别用 CuSO$_4$-FeSO$_4$-Se 半微量蒸馏法、Na$_2$CO$_3$ 熔融钼锑抗比色法及火焰光度计法测定，土壤速效氮、磷、钾的测定分别采用扩散吸收法、0.5mol/L 碳酸氢钠浸提钼锑抗比色法和 1mol/L 中性乙酸铵浸提火焰光度计法，土壤有效铁采用 DTPA 浸提——邻菲啉比色法测定，土壤碳酸钙含量用快速滴定法测定，植株全氮、磷、钾采用 H$_2$O$_2$-H$_2$SO$_4$ 消煮-扩散吸收法、钼锑抗比色法及火焰光度计法测定。

植株叶绿素含量按照 95％乙醇浸提，然后按 Wetsttein 法测定各种色素的含量，即在 645nm、663nm 下比色，记录光密度（OD）值，计算各种色素的浓度。

根瘤固氮活性用乙炔还原法，G102 型气相色谱仪，由四川省雅安地区药品检验所测定，乙炔定量按峰高比法计算，以 μmol C$_2$H$_4$/(g 瘤·h) 表示。

2 结果与讨论

2.1 铁对花生根瘤菌侵染结瘤的影响

由表 1 可知，在花生盛花期时，各菌株的三个处理间瘤重无明显变化，总瘤数变化不大，主瘤数/侧瘤数比值稍微增大，表明主瘤数与侧瘤数基本相当。而在成熟期时，施铁处理与未施铁处理之间有差别。85-7 菌株施铁后瘤数增加，瘤重变化不明显，HN$_{11}$施铁后瘤数和瘤重反而有所下降，主瘤数/侧瘤数比值下降，侧瘤数增加。说明在土壤缺铁条件下，施铁或使用根瘤菌肥能促进根瘤菌的侵染性和结瘤性，同时两个根瘤菌株在此土壤中成活时间长，到成熟期时仍有大量根瘤形成，这有利于为花生果实的成熟提供氮素营养[9]。

表1　铁与花生根瘤菌侵染结瘤的关系

Table 1　The relation of Fe and infection of rhizobia

处理 Treatment	盛花期 Full-blooming stage				成熟期 Maturing stage			
	瘤数 Nodules/(个/plant)			瘤重 Nodules weight /(g/plant)	瘤数 Nodules/(个/plant)			瘤重 Nodules weight /(g/plant)
	主瘤 Main nodules	侧瘤 Lateral nodules	总瘤 Total nodules		主瘤 Main nodules	侧瘤 Lateral nodules	总瘤 Total nodules	
CK	12.7	12.0	24.7	0.17	9.8	34.0	43.8	0.13
$10\mu g/g$	10.3	18.0	28.3	0.20	15.7	34.3	50.0	0.33
$30\mu g/g$	10.3	19.7	30.0	0.17	13.5	36.3	49.8	0.26
85-7	10.0	14.5	24.5	0.15	9.7	22.5	32.2	0.17
HN_{11}	5.0	17.3	22.3	0.08	14.7	32.5	47.2	0.26
$85-7+10\mu g/g$	14.0	11.7	25.7	0.13	8.8	32.3	41.1	0.13
$HN_{11}+10\mu g/g$	1.0	12.5	13.5	0.05	12.1	30.3	42.4	0.14
$85-7+30\mu g/g$	12.7	26.0	38.7	0.13	15.3	42.2	57.5	0.17
$HN_{11}+30\mu g/g$	6.7	19.6	26.3	0.13	8.2	40.8	49.0	0.11

2.2　铁对花生根瘤固氮酶活性的影响

固氮酶是共生固氮系统的关键性酶，是衡量根瘤菌与寄主共生固氮作用的指标之一。

表2的结果表明：①施铁或接种高效根瘤菌株，固氮酶活性显著增加；②85-7菌株在盛花期和成熟期时固氮酶活性较高，尤其在成熟期施铁后固氮酶活性显著增强，甚至还高于盛花期。而HN_{11}菌株在盛花期时固氮酶活性较高，到成熟期时固氮酶活性有所下降。

表2　花生各生育期固氮酶活性变化［酶活单位：$\mu mol\ C_2H_4/(g \cdot h)$］

Table 2　The change of nitrogenase activity at different growing stage

处理 Treatment	盛花期 Full-blooming stage	成熟期 Maturing stage
CK	0.868	0.082
$10\mu g/g$	3.869	0.110
$30\mu g/g$	4.224	3.130
85-7	3.629	2.144
HN_{11}	3.256	1.255
$85-7+10\mu g/g$	4.216	5.340
$HN_{11}+10\mu g/g$	1.926	1.392
$85-7+30\mu g/g$	3.245	5.090
$HN_{11}+30\mu g/g$	4.062	2.735

根据曾广勤的研究认为花生根瘤固氮酶活性高峰期在花针中期至结荚中期，呈"双驼峰形"变化[7]。本试验结果既证明在花针中期固氮酶活性有一个高峰，也发现铁可以延长固氮周期，使固氮酶在成熟期时仍有较高活性。由此可知铁是固氮酶系统中不可以缺少的成分，当环境中缺铁时固氮酶的合成受阻，同时也会影响固氮酶活性的表达。适量的铁对于固氮酶的合成和酶活性的表达都是必需的。

2.3 应用酶联免疫法（ELISA）鉴定接种根瘤菌株与土著根瘤菌株的竞争性

1978 年 Kishinevskg 首次将 ELISA 应用于根瘤菌的检测，随后 Bergerye 也用间接 ELISA 检测小扁豆根瘤菌株，国内姜荣文等用此法鉴定花生根瘤菌，血清型和大田接种回收率[8]。杨苏声等也用 ELISA 技术检测大豆根瘤菌。此技术由于灵敏度高，特异性强，快速简便，已在动植物检疫、医疗诊断及生物制品研究和微生物学等方面得到广泛应用[7]。

本试验应用 ELISA 法检测根瘤菌侵染率（接种菌株的根瘤数占观察根瘤总数的％），结果如图 1。由图 1 可见，85-7 菌株施铁后侵染率显著高于未施铁处理，施加 $30\mu g/g$ 铁后侵染率提高了 20％左右，而 HN_{11} 菌株施铁后侵染率的增加不明显。

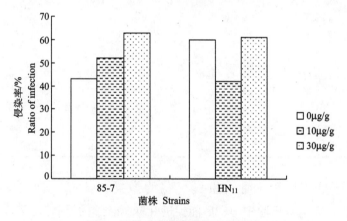

图 1　施铁对根瘤菌侵染率的影响

Fig. 1　The influence of applying different concentrations of
Fe on the ratio of infection

根据胡振宇关于快生型花生根瘤菌与灰棕紫泥土的土著性根瘤菌的竞争性研究表明，快生型花生根瘤菌的竞争力强，占瘤率高，固氮酶活性也高[10]。本试验结果再次证明快生型花生根瘤菌株 85-7 接种在石灰性紫色土上同样能表现较强的竞争能力，提高了根瘤菌的共生固氮，促进花生增产。

通过根瘤菌竞争能力的检测，可以肯定应用酶联免疫技术能较准确地测定根瘤菌的侵染率，了解接种根瘤菌与土著根瘤菌的竞争效果，评价根瘤菌剂的质量，故此法已成为根瘤菌的应用研究或土壤微生物学等研究工作中的一项重要技术。

2.4　铁对花生发育情况的影响

由于花生根瘤菌与花生寄主之间存在密切的共生关系，因此铁对花生寄主生长发育的影响也是研究铁与共生固氮关系的重要方面。

2.4.1　铁对花生植株干重及营养成分的影响

从表3可见，施铁和接种高效根瘤菌剂能显著提高氮素的固定，同时促进对花生植株干重、全磷、全钾的增加。

表 3　铁与花生植株干重及组成成分的关系

Table 3　The correlation of the different concentration of Fe and dry weight and nutrient content

铁浓度 Concentration of Fe/($\mu g/g$)	盛花期 Full-blooming stage				成熟期 Maturing stage			
	植物干重 Dry weight plant /(g/plant)	全 N Total N /%	全 P Total P /%	全 K Total K /%	植物干重 Dry weight plant /(g/plant)	全 N Total N /%	全 P Total P /%	全 K Total K /%
CK	1.70	0.24	0.55	1.67	1.93	0.16	0.28	0.13
$10\mu g/g$	2.40	0.26	0.70	2.40	4.67	0.25	0.20	1.82
$30\mu g/g$	1.90	0.28	0.66	2.43	3.48	0.27	0.22	1.87
85-7	4.30	0.30	0.54	2.97	2.30	0.26	0.24	1.68
HN_{11}	2.00	0.26	0.40	2.24	5.52	0.30	0.27	1.98
$85-7+10\mu g/g$	2.70	0.29	0.51	2.87	6.29	0.24	0.33	1.64
$HN_{11}+10\mu g/g$	1.80	0.29	0.63	2.82	2.13	0.25	0.35	1.62
$85-7+30\mu g/g$	2.30	0.25	0.53	2.50	6.92	0.28	0.36	1.80
$HN_{11}+30\mu g/g$	2.30	0.29	0.60	2.88	3.18	0.18	0.37	1.16

2.4.2　铁对花生叶绿素总量及组成变化的影响

由图2可见，在盆栽试验中施铁后能促进叶绿素含量的提高。在盛花期时接种高效

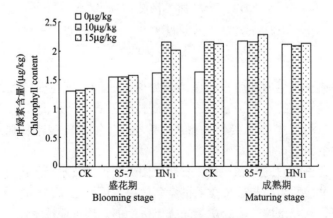

图 2　施铁对叶绿素总量的影响

Fig. 2　The influence of Fe on the total content of chlorophyll

根瘤菌株处理的叶绿素含量较未接种处理的高，到成熟期时，施铁能够促进叶绿素的形成。

根据陈雯莉等[11]的研究认为叶绿素含量可以用来间接指示大豆根瘤菌的共生固氮作用，结合本试验分析了叶绿素含量、植物全氮及干重和固氮酶活性的相关性（表4）。

表4 花生植株干重、全氮、叶绿素含量和固氮酶活性相关性分析
Table 4 The relativity of plant dry weight、total N content、the total content of chlorophyll and nitrogenase activity

	植株干重 Plant dry weight	植株全氮 Plant total N	叶绿素含量 Total content of chlorophyll
植株全氮 Plant total N	0.69**		
叶绿素含量 Total content of chlorophyll	0.65**	0.73**	
固氮酶活性 Nitrogenase activity	0.58*	0.63**	0.68**

① ** 表示 r 在1%水平上显著，* 表示 r 在5%水平上显著
② $r_{0.05}=0.468$，$r_{0.01}=0.590$，$n=18$
① ** represents significant at $\alpha=0.01$, * represents at $\alpha=0.05$
② $r_{0.05}=0.468$，$r_{0.01}=0.590$，$n=18$

由此可见叶绿素含量与植株干重及全氮、固氮酶活性之间存在显著相关，尤其植株全氮与叶绿素含量之间相关性最强，这与陈雯莉等人的大豆试验结果一致[9]。根瘤菌-豆科植物共生固氮体系共生有效性的评价，通常采用植物全氮量分析、乙炔还原测定、^{15}N 示踪法等一些直接或间接的方法。20 世纪 80 年代以来逐步建立了用叶绿素含量来指示慢生性大豆根瘤菌共生有效性的方法，并得到了叶绿素含量与植株干重、全氮量及固氮酶活性的相关性。在快生型根瘤菌共生有效性的试验中引用这一方法表征共生有效性也是可靠的。我们的试验首次在快生型花生根瘤菌的共生有效性评价中采用这一方法，结果表明这一方法同样适用。

2.4.3 施铁对花生产量的影响

花生荚果产量与共生固氮作用密切相关，是由土壤条件、根瘤菌固氮能力、植株生长状况及种植方式等多种因素共同作用的结果（表5）。

表5 铁与花生荚果产量的关系
Table 5 The relationship between amount of Fe and the yield of peanut

处理 Treatment	花生平均产量 Average yield of peanut/(g/plant)	与对照差数 Increase to CK /(g/plant)	差异显著性 Significance level
CK	3.63	0	
10μg/g	6.53	2.90	**
30μg/g	4.78	1.15	ns

处理 Treatment	花生平均产量 Average yield of peanut/(g/plant)	与对照差数 Increase to CK /(g/plant)	差异显著性 Significance level
85-7	7.42	2.95	* *
HN$_{11}$	6.58	3.79	* *
85-7＋10μg/g	5.65	2.02	*
HN$_{11}$＋10μg/g	4.83	1.20	ns
85-7＋30μg/g	6.50	2.87	* *
HN$_{11}$＋30μg/g	6.38	2.75	* *

LSD$_{0.05}$＝1.61，LSD$_{0.01}$＝2.22，n＝27；* *：α＝0.01，*：α＝0.05，ns：not significant

施铁及接种根瘤菌后对花生荚果有明显的增产作用，各处理与对照相比增产效果均达到显著或极显著的差异。因此在缺铁的石灰性土壤上合理施用铁肥，接种高效根瘤菌剂以提高花生产量是一项切实可行的增产措施。

3 结论

(1) 铁是花生-根瘤菌共生固氮系统中重要的元素，能促进根瘤菌的侵染结瘤，促进固氮酶活性，促进花生植株的生长发育及全氮、全磷含量增加，也能促进植株叶绿素总量增加及 a/b 值的变化。在缺铁的石灰性土壤上施用适量铁肥可以促进植株的生长发育、固氮及产量提高。

(2) 在石灰性紫色土上试验表明 HN$_{11}$ 基因工程菌株的适应性比 85-7 菌株强，即或不施铁也能正常进行共生固氮作用，同时侵染率较 85-7 菌株稍高，这项特性还需要应用于大田生产中检验。

(3) 应用 ELISA 技术可以较准确简便地检测接种根瘤菌剂的回收率，达到追踪接种根瘤菌的效果，这项技术可用于田间根瘤菌检测及土壤微生物的研究。

(4) 本试验证明了叶绿素总量与共生固氮体系的几个重要指标之间有显著的相关性。但能否把叶绿素总量作为间接指示快生型花生根瘤菌共生有效性的指标还需要进一步试验验证。

参 考 文 献

[1] 王延栋. 硫、镁和微量元素在作物营养平衡中作用. 国际学术讨论会论文集. 成都：成都科技大学出版社. 1993

[2] 刘铮等. 微量元素的农业化学. 北京：农业出版社. 1992

[3] 莫尔维德特 J I. 农业中的微量元素. 北京：农业出版社. 1972

[4] 周正卿，刘藏珍，卢宏杰等. 在石灰性土壤上用硫酸亚铁防治花生失绿病的初步探讨. 花生学报，1983 (2)，20～22

[5] 阿念祖等，微量元素的农业化学. 北京：农业出版社. 1991

[6] 樊庆笙，娄无忌. 根瘤菌的生态. 微生物学杂志，1986，6 (2)：48～52

[7] 曾广勤，牛福文，赵树斌. 花生接种根瘤菌共生固氮酶活性的研究. 微生物学通报，1986，13 (6)：242～244

[8] 姜荣文，张学江，Nambiar P T C. 应用酶联免疫吸附技术（ELISA）鉴定根瘤菌血清型和测定大田接种回收

率. 微生物学通报，1989，16（6）：300～325

[9] Aktas M，Egmond van F. Effect of nitrate nutrition on iron utilization by a Fe-efficient and Fe-inefficient soybean cultivar. Plant and Soil，1979，51：257～274

[10] 胡振宇，黄怀琼，刘世全. 快生型花生根瘤菌株与土著性根瘤菌竞争结瘤能力的探讨. 四川农业大学学报，1994，12（1）：42～48

[11] 陈雯莉，李阜棣，周俊初. 用叶绿素含量评价快生型大豆根瘤菌的共生有效性. 华中农业大学学报，1996，15（1）：46～51

利用水培法研究铁对快生型根瘤菌
不同菌株固氮效应的影响

李江凌[1]，黄怀琼[2]，张小平[2]，李登煜[2]

（1. 四川省畜牧科学研究院，成都　610066；
2. 四川农业大学资源环境学院，雅安　625014）

摘　要：铁是植物营养的必需元素和重要的微量元素。对于豆科植物，铁还是根瘤中血红蛋白的组分和固氮酶系统的成分，在根瘤菌侵染结瘤及固氮方面有重要作用。本文应用水培法，研究了不同浓度铁对花生与根瘤菌固氮作用的影响，最终确定根瘤菌固氮作用适合的铁含量。结果显示在 $20\sim25\mu g/g$ 铁能促进快生型花生根瘤菌株 85-7 的侵染结瘤与固氮效应，而 HN_{11} 基因工程菌株在 $10\sim15\mu g/g$ 生长良好。铁对根瘤菌的影响存在菌种间差异。

关键词：铁，花生，根瘤菌，共生固氮，水培法

Effect of Fe on the symbiotic nitrogen-fixation of
different fast-growing rhizobia strain

Abstract：Fe is the essential element and important micronutrient for plant growth. For leguminous plant，Fe is also the component of hemoglobin and nitrogenase system，plays an important role on the nodulation and nitrogen fixation. The axenic solution culture was used to study the effect of different concentration of Fe on the nodulation and nitrogen fixation of rhizobia and peanut. Applying $20\sim25\mu g/g$ Fe in the solution accelerated the nodulation and nitrogen fixation of fast-growing rhizobia strain 85-7，but the same symbiotic effectiveness was obtained with $10\sim15\mu g/g$ Fe in the solution to the genetic engineered strain HN_{11}. These results showed that different concentration would make different impact on different rhizobial strains.

Key words：Fe Peanut，*Rhizobium*，Nitrogen fixation，Axenic solution culture

　　铁在植物营养中早就被认定为必需元素和第一个微量元素。铁是豆科作物根瘤中豆血红蛋白的组成和固氮酶系统的组成成分，因此将豆科作物归为铁敏感作物。关于铁在共生氮作用中生理功能的研究是从 Mortenson 在固氮微生物的固氮酶中发现铁氧还蛋

白开始的。共生和自生固氮微生物都需要铁[1]。在绿豆、鹰嘴豆、大豆上施铁的研究报道不同程度地涉及铁在根瘤菌浸染结瘤及固氮方面的作用[2]。Chahal 发现绿豆根瘤菌在 $20\mu g/g$ 浓度的铁时提高了根瘤的数目和干重、根瘤的固氮酶活性和全氮的吸收，$30\mu g/g$ 铁时则有相反的作用[3]。有研究认为在一定铁浓度范围内紫花苜蓿的根瘤数、根瘤鲜重及固氮量随铁浓度上升而增加，浓度过高时根瘤形成受阻。白亚君等的研究指出施用铁肥，可以增加大豆根瘤中豆血红蛋白的浓度，并能提高产量，从而增强生物固氮效应[3]。

针对快生型花生根瘤菌适应的铁浓度范围无相关研究，为进一步研究铁对共生固氮的影响，我们采用水培法，研究了不同浓度铁对根瘤菌及花生的影响，为其应用提供了基础。

1 材料与方法

1.1 供试材料

1.1.1 花生品种："天府 3 号"（由犍为县农业局提供）

应用根系还原力作指标，选定根系还原力强的"天府 3 号"为供试花生品种。

1.1.2 花生根瘤菌株

"85-7 菌株"：快生型花生根瘤菌（fast growing rhizobia），由黄怀琼教授选育并提供。

"HN₁₁菌株"快生型基因工程菌（fast growing genetic engineering rhizobia），由华中农业大学周俊初教授构建并提供。

1.2 水培法

无氮营养液用 EDTA-Fe 代替柠檬酸铁，pH 用 1mol/L NaOH 和 1mol/L HCl 调节。EDTA 和 $FeSO_4$ 分别称样配成 $2000\mu g/g$ 溶液后混合即成 $2000\mu g/g$ EDTA-Fe 原液，水培液中铁浓度以此 $2000\mu g/g$ 原液按计算加入。分别设置 $0\mu g/g$、$2.5\mu g/g$、$4.5\mu g/g$、$10\mu g/g$、$15\mu g/g$、$20\mu g/g$、$25\mu g/g$、$30\mu g/g$ 8 个浓度，每个浓度 10 个重复。同时选择颗粒饱满、大小均匀的花生种子，先用 95％乙醇处理 5min，再用 0.1％升汞进行表面灭菌 5min，然后用无菌水洗涤数次。待种子吸胀后分别转入装有滤纸条的无菌试管中，种子放在试管壁与滤纸之间，胚根朝下，于 25～28℃温箱中催芽。待主根长到 4～5cm 长，须根还未出现时，选择主根发育基本一致的种子插入装有无氮营养液的水培器（500mL 广口瓶）小孔中，每瓶播种一株。花生在自然光照下培养，光照强度为 8052 lx。

1.3 样品分析

植株全氮、磷、钾采用 H_2O_2-H_2SO_4 消煮-扩散吸收法、钼锑抗比色法及火焰光度计法测定。

植株叶绿素含量按照 95％乙醇浸提，然后按 Wetsttein 法测定各种色素的含量，即在 645nm、663nm 下比色，记录光密度（OD）值，并按照公式计算各种色素的浓度。

根瘤固氮活性用乙炔还原法，G102 型气相色谱仪，由四川省雅安地区药品检验所测定，乙炔定量按峰高比法计算，以 $\mu mol\ C_2H_4/(g\ 瘤 \cdot h)$ 表示。

2　结果与讨论

2.1　铁对花生根瘤菌的侵染结瘤固氮的效应

2.1.1　铁对花生根瘤菌侵染结瘤的影响

由表 1 可知，水培液中无铁时花生不结瘤，说明铁是结瘤的必需元素之一。铁对现瘤的时间影响不大，不同铁浓度时，一般都在 28～30d 结瘤。铁对根瘤数有一定影响。85-7 菌株在 0～25$\mu g/g$，随铁浓度的增加，根瘤数显著增加，在 25$\mu g/g$ 时根瘤数最多，之后根瘤数减少。HN$_{11}$ 菌株在 0～15$\mu g/g$ 根瘤数随铁浓度加大而呈上升趋势，在 15$\mu g/g$ 时出现峰值，之后根瘤数有所下降。同时发现水培试验中以侧瘤为主。说明在苗期-初花期时铁元素影响侵染结瘤，但不同根瘤菌的适应范围有所不同。

表 1　铁浓度与花生根瘤菌侵染结瘤的关系

Table 1　The correlation of the different concentration of Fe and peanut rhizobia infection

铁浓度 Concentration of Fe/($\mu g/g$)	85-7					HN$_{11}$				
	接种-现瘤/d Inoculation- nodulation	瘤数 Nodule/(个/plant)				接种-现瘤/d Inoculation- nodulation	瘤数 Nodule/(个/plant)			
		主 Main	侧 Lateral	主/侧 Main/ Lateral	总 total		主 Main	侧 Lateral	主/侧 Main/ Lateral	总 Total
0	/	0	0	/	0	/	0	0	/	0
2.5	28.5	1.50	5.25	0.29	6.75	29	4.50	15.25	0.30	19.75
5	29	1.60	7.25	0.22	8.85	30	6.30	21.15	0.29	27.45
10	28	8.25	31.50	0.26	39.75	29	7.75	39.00	0.20	46.75
15	28.5	10.35	38.25	0.27	48.60	29.5	8.50	42.45	0.20	50.95
20	28.5	16.50	42.50	0.39	59.00	29	7.50	17.25	0.43	24.75
25	28	14.85	48.35	0.30	63.20	29.5	7.10	16.30	0.43	23.40
30	30	12.00	5.00	2.40	17.00	28	6.67	16.00	0.42	22.67

2.1.2　铁对花生根瘤鲜重的影响

根瘤鲜重是固氮重要的指标之一。本试验中研究了铁浓度对根瘤鲜重的影响。图 1 的结果显示 85-7 菌株在 0～25$\mu g/g$，随铁浓度的增加，根瘤鲜重显著增加，在 25$\mu g/g$ 时根瘤鲜重最大，之后根瘤鲜重减少。HN$_{11}$ 菌株根瘤鲜重的关系在 0～15$\mu g/g$ 根瘤鲜重随铁浓度加大而呈上升趋势，在 15$\mu g/g$ 时出现峰值，之后根瘤鲜重有所下降。

2.1.3　铁对花生根瘤固氮酶活性的影响

固氮酶是共生固氮系统的关键性酶，是衡量根瘤菌与寄主共生固氮作用的指标之一[4]。研究水培液中不同浓度铁对固氮酶活性的关系表明铁对固氮酶活性有显著影响。

从图 2 中可见，对于 85-7 和 HN_{11} 两个菌株，铁不同浓度对固氮酶活性影响的变化规律与根瘤数及瘤鲜重变化相同。

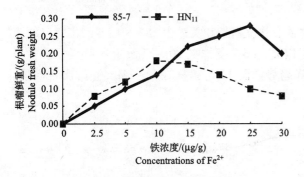

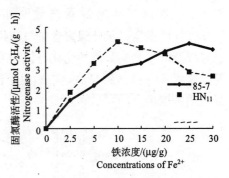

图 1　铁浓度对根瘤鲜重的影响

Fig. 1　The effect of Fe on the fresh weight of root nodule

图 2　铁浓度对固氮酶活性的影响

Fig. 2　The effect of Fe on the nitrogenase activity

2.2　铁对花生发育情况的影响

由于花生根瘤菌与花生寄主之间存在密切的共生关系，因此铁对花生寄主生长发育的影响也是研究铁与共生固氮关系的重要方面。

2.2.1　铁对花生植株干重及营养成分的影响

从表 2 可见，在铁浓度为 $0\sim20\mu g/g$ 时植株干重和全氮、全磷逐渐增加，在 $20\mu g/g$ 左右，含量达到高峰，从 $25\mu g/g$ 开始，植株干重和全氮、全磷逐步减少。而植株全钾含量，对于 85-7 菌株，随着铁浓度变化，全钾含量变化不明显，各个铁浓度间全钾含量差异不明显。而 HN_{11} 菌株，随着铁浓度的变化，全钾含量变化趋势也不明显。

表 2　不同铁浓度与花生植株干重及组成成分的关系

Table 2　The correlation of the different concentration of Fe and dry weight and nutrient content

铁浓度 Concentration of Fe /(μg/g)	85-7				HN_{11}			
	植物干重 Dry weight plant /(g/plant)	全N Total N /%	全P Total P /%	全K Total K /%	植物干重 Dry weight plant /(g/plant)	全N Total N /%	全P Total P %	全K Total K /%
0.0	1.30	1.23	0.15	0.64	2.03	1.29	0.17	0.79
2.5	1.55	1.28	0.20	0.79	2.30	1.28	0.19	0.76
5.0	1.65	1.24	0.22	0.76	2.45	1.31	0.21	0.75
10	1.78	1.21	0.22	0.73	2.60	1.38	0.23	0.65
15	1.54	1.20	0.24	0.73	2.86	1.42	0.24	0.67
20	1.52	1.34	0.25	0.72	1.97	1.27	0.20	0.73
25	1.65	1.36	0.26	0.74	1.72	1.26	0.21	0.74
30	1.20	1.54	0.19	0.68	1.60	1.29	0.22	0.88

对比分析发现不同铁浓度对花生植株干重、根瘤固氮酶活性及全氮量的影响趋势是相似的，表明铁能直接影响共生固氮作用，从而使植株全氮和干重发生相应变化。

2.2.2　铁对花生叶绿素总量及组成变化的影响

以往的研究显示叶绿素含量与植物铁素状况密切相关。由图3和图4看出，叶绿素总量以及叶绿素 a/b 值的变化与铁浓度相关。85-7 菌株在 $20 \sim 25 \mu g/g$ 时叶绿素总量以及叶绿素 a/b 值达到峰值，之后呈下降趋势，而 HN_{11} 菌株在 $5 \sim 10 \mu g/g$ 时出现峰值，以后随铁浓度下降而下降。

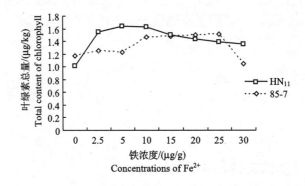

图 3　铁浓度对叶绿素组成的影响

Fig. 3　The effect of Fe on the contents of chlorophyll

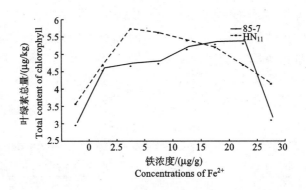

图 4　铁浓度对植株叶绿素总量的影响

Fig. 4　The effect of Fe on the total contents of chlorophyll

关于铁对叶绿素组成影响的问题目前国内外未达成共识[5,6]。白宝璋等认为缺铁会引起 a/b 值变小[7]，而符建荣等则认为叶绿素含量急剧下降同时伴随 a/b 值明显上升是缺铁症鉴定的两个指标。本试验的结果与白宝璋的结果基本一致。为弄清原理还需要进一步试验研究。

对根瘤菌共生特性和花生植株营养成分变化的分析可见铁对花生根瘤菌与花生的共生关系有显著影响，而对不同根瘤菌株影响不同。试验中 85-7 菌株在高浓度铁（$20 \sim 25 \mu g/g$）时与花生有良好的共生性，而 HN_{11} 菌株在低铁浓度（$20 \sim 25 \mu g/g$）下即能表现较好的共生固氮作用，表现了根瘤菌种间特性的差异，也说明 HN_{11} 菌株也许更能适应缺铁的环境。能否在缺铁的土壤中应用 HN_{11} 菌株还需要进一步试验证明。

3　结论

（1）铁是花生-根瘤菌共生固氮系统中重要的元素，能促进根瘤菌的侵染结瘤，促进固氮酶活性，促进花生植株的生长发育及全氮、全磷含量增加，也能促进植株叶绿素总量增加及 a/b 值的变化。

（2）不同根瘤菌菌株对铁的适应范围不同。85-7 快生型花生根瘤菌在 $20\sim25\mu g/g$ 表现较好的侵染结瘤固氮力，而基因工程菌 HN_{11} 的最适铁浓度范围为 $10\sim15\mu g/g$，表明经过基因工程改造后 HN_{11} 更能适应低铁浓度的状况，这为在缺铁土壤上应用花生根瘤菌提高花生产量提供了可能，需要进一步试验研究。

参 考 文 献

[1] 伯杰森 F J. 生物固氮研究法. 北京：科学出版社. 1987
[2] 张福锁. 环境胁迫与植物营养. 北京：北京农业大学出版社. 1983
[3] 白亚君，母树宏. 植物对铁的吸收运转及铁与叶绿素的关系. 河北农业大学学报，1994，17（S1）：121~125
[4] Mirza N A, Bohlool B B, Somasegaran P. Nondestructive chlorophyll assay for screening of strains of *Bradyrhizobium japonicum*. Soil Biol Biochem, 1990, 22: 203~207
[5] 黄锦龙. 花生失绿症诊断与铁肥施用效果试验初报. 花生学报，1993，（1）：25~27
[6] 陈春宏，张耀栋，高祖民. 不同蔬菜的铁营养差异性研究. 土壤通报，1992，23（6）：266~268
[7] 白宝璋，王本昌，白嵩等. 缺铁大豆幼苗干物质积累与光合色素含量的变化. 大豆科学，1995，14（1）：88~92

钼、硼与花生根瘤菌复配及在酸性紫色土上的接种效果

徐开未，张小平，陈远学，李登煜，陈强

（四川农业大学资源环境学院，雅安　625014）

摘　要： 针对四川花生主产区土壤缺硼、钼现状和花生对硼、钼的需肥特性，研究根瘤菌与 Mo、B 复配的可行性。供试慢生花生根瘤菌 Spr2-9、Spr4-5 耐硼、钼试验结果表明，根瘤菌耐硼能力远低于耐钼能力。"根瘤菌＋Mo＋B"复合菌肥研制试验表明：根瘤菌不宜与硼复配，宜与 Mo 复配。为此研制"高效根瘤菌＋Mo"复合菌肥，供试菌株耐钼酸钠、钼酸铵试验表明：根瘤菌耐 Mo 能力强，耐钼酸铵能力比钼酸钠强，不同菌株耐钼能力不同。在配制的"高效根瘤菌＋Mo"的复合菌肥中，用钼酸铵生产的复合菌肥比用钼酸钠的活菌数高，高活菌数持续的时间长；复合菌肥的 pH 一般随含钼量的增加而增高，随贮存时间的延长而升高，但复合钼酸铵菌肥 pH 增幅较小，复合钼酸钠菌肥 pH 增幅较大。在贮存的 180d 内，复合钼酸铵的菌肥活菌数和 pH 均符合《根瘤菌肥料》质量标准。钼酸钠对菌肥的活菌数和 pH 影响大，钼酸钠不宜作为钼肥添加到根瘤菌剂中；且"钼酸铵＋根瘤菌"的复合菌肥最好的贮存温度是 4℃，室温对菌肥质量无显著影响。盆栽试验表明：不同菌株共生固氮的有效性与钼酸铵浓度相关，供试菌株 Spr4-5 共生固氮效果最好时需钼酸铵浓度 0.2%，比 CK 增产 73.4%，比传统菌肥增产 13.7%，占瘤率为 59.7%；Spr2-9 共生固氮效果最好时需钼酸铵浓度 0.3%，比 CK 增产 49%，比传统菌肥增产 21.4%，占瘤率为 70.3%。增产效果均达极显著水平。

关键词： 花生根瘤菌肥，硼，钼，酸性紫色土

The effect of co-inoculation of peanut *Bradyrhizobium* and molybdate, boron on acid purple soil

Abstract: Aiming at molybdate and boron deficient acid purple soil from main peanut cultivated areas in Sichuan, Mo and B requirement for peanut growth, the feasibility of Co-inoculums of peanut *Bradyrhizobium* and molybdate and boron was studied. The tolerance to molybdate and boron of the tested strains Spr2-9, Spr4-5 was inspected. The result indicated that the two tested strains could tolerate higher concentration of molybdate than that of boron. According to the two tested strains tolerance of Mo, B, we developed a new type of inoculants by putting peanut bradyrhizobial strain and trace element Mo, B together. The combined inoculation with ammonium molybdate had high viable rhizobial number. The combined inoculation with boracic acid or with ammonium molybdate and boracic acid had low viable rhizobial number. The above results indicated that peanut bradyrhizobial strain didn't fit to combine with B, but fitted to combine with Mo. And then, we developed a new type of inoculant by putting peanut bradyrhizobial strain and trace element Mo together. The result indicated that the two tested strains spr4-5 and spr2-9 could stand certain level of Mo. Ammonium molybdate is more suitable in combination with rhizobia than the natrium molybdate. Different strains had different Mo tolerance. The combined inoculants with ammonium molybdate had more viable rhizobial number than that of using natrium molybdate. The pH value of the combined inoculants increased with the increase of molybdate concentration, also with incubation time prolonging. The pH value of the combined inoculants with natrium molybdate increased more significantly than that of using ammonium molybdate. Within 180 days incubation time, the pH value and viable number of the combined inoculants with ammonium molybdate reached the quality requirement of rhizobial *Fertilizer Standard*. Natrium molybdate is not suitable to be added into rhizobial inoculants, because of the low viable number and the pH value change. The pot experiment indicated that the tested strains have different symbiotic effectiveness at different concentration of ammonium molybdate. Spr4-5 was more effective when the concentration of ammonium molybdate was 0.2%. The yield increased by 49%, 21.4% compared with CK and traditional inoculants, respectively, and the rate of nodule occupancy was 59.7%. Spr2-9 was more effective when the concentration of ammonium molybdate was 0.3%. The yield increased by 49%, 21.4% compared with CK and traditional inoculants, respectively, and the rate of nodule occupancy was 70.3%. The increased yield reached significant level.

Key words: Peanut bradyrhizobial inoculant, Boron, Molybdate, Acid purple soil

要使作物增产必须施用大量氮肥。作物氮营养来源于化学氮肥和生物固氮，但生产中过多依赖于化学氮肥。化学氮肥生产成本高、利用率较低，长期大量施用会不断破坏土壤肥力和环境生态。微生物肥料至少可以替代部分化学肥料，减少化肥污染和提高农作物的产量与品质。根瘤菌肥可减少豆科作物氮肥用量。因此，结合土壤肥力水平和高效菌株的选育，研制和应用高效微生物肥料是提高作物产量与品质、降低生产成本、保护生态环境、发展有机农业和生态农业的重要举措。

四川是我国花生主产区之一，但花生产量低，1999 年平均为 2130kg/hm²[1]。接种高效花生根瘤菌剂的增产效果显著[2]。四川旱耕地主要是紫色土[3]，据调查，四川自贡、资阳、内江、乐山等花生主产区土壤主要是质地砂性的酸性紫色土。四川酸性紫色土极缺 Mo、B[3]，而 Mo 是固氮酶和硝酸还原酶的重要成分，Mo、B 对花生的共生固氮、产量和品质均有显著影响[2,4~7]。当前，根瘤菌肥料向着多功能的"菌＋菌"的复合方向发展，且还处于研究和探索阶段，而因根瘤菌是无芽孢细菌，抗逆性差，"根瘤菌＋多种微量元素"的复合菌肥鲜见报道。为此，针对四川花生主产区酸性紫色土缺钼、硼状况，研制花生根瘤菌与 Mo、B 复配的可行性，对新型复合菌肥的研制和指导该地区花生的生产具有重要意义。为研究接种根瘤菌与土著根瘤菌的竞争结瘤能力以及钼、硼对接种根瘤菌竞争结瘤的影响，对供试根瘤菌株采用 *gusA* 基因标记。

1　材料和方法

1.1　供试菌株

慢生型花生根瘤菌 Spr4-5、Spr2-9，由四川农业大学微生物系提供。大量试验证明[8~11]Spr4-5、Spr2-9 是有效性高竞争力强的菌株。为研究占瘤率，用 *gusA* 基因进行标记，因 *gusA* 标记基因适于研究根瘤菌的竞争结瘤、对根瘤菌的共生固氮有效性和竞争性无影响[11~14]。标记及检测方法见参考文献[15]。

1.2　花生品种

岳易，乐山市花生主产区的主栽品种，购于乐山，用于盆栽试验；资中地方品种，购于四川资中县，用于水培试验。

1.3　生产菌肥用载体

过 100 目筛的泥炭，全硼 0.1214%（干灰化-甲亚胺-H 酸比色法），有效硼 0.9745mg/kg（沸水浸提-甲亚胺比色法）；全钼 80.8315mg/kg（王水消解-硫氰酸钾比色法），有效钼 2.7370mg/kg（草酸-草酸铵浸提-硫氰酸钾比色法）。传统泥炭根瘤菌吸附剂配方（500g）：泥炭 488.5g，蔗糖 1g，过磷酸钙 0.5g，石灰 10g，钼酸钠（0.5%）1mL，硼酸（0.5%）1mL。

1.4　培养基

生产菌种用 YMA 培养基，耐性试验以 YMA 培养基为基础培养基。检测 *gusA* 标记菌株用含 X-Gluc（50μg/mL）的 YMA 平板。菌肥检测用培养基：检测根瘤菌用加刚果红的根瘤菌培养基，检测霉菌用马丁-孟加拉红培养基，其配方见农业行业标准《根瘤菌肥料》NY410—2000。

1.5　供试土壤

水培土著菌的土壤采自四川雅安大兴常年花生种植土。盆栽土采自四川乐山市九峰镇花生主产区常年花生种植土，酸性紫色土，质地砂性，pH5.36（电位法）、有机质 14.7g/kg（重铬酸钾外加热法）、全氮 0.7g/kg（半微量开氏定氮法）、碱解氮 58.8mg/kg（碱解扩散法）、有效钼 0.09mg/kg（草酸-草酸铵-浸提-硫氰化钾比色法）。

1.6　供试菌与土著根瘤菌的竞争结瘤试验（水培法）

为进一步证实上述两供试菌株的共生固氮高效性和竞争结瘤能力，用无氮水培法，分别将两供试菌株接种资中地方花生品种检测其共生固氮有效性，用其 *gusA* 基因标记菌株与雅安土著根瘤菌混合接种检测其竞争结瘤能力。具体操作：用无菌水浸提土壤（水土比为9∶1），将浸提液接入种有花生幼苗的无氮营养液 500mL 的细颈瓶中，同时将生长良好的含 *gusA* 基因根瘤菌株培养物用 3～4mL 无菌水制成菌悬液（含菌量约 2×10^{10} 个/mL），按 1∶1 把菌悬液接入接有土壤浸提液的瓶中，以不接种（CK），单接种 Spr4-5、Spr2-9 和土著菌为对照，在光照室培养 45d 收获，测定植株鲜重、干重和占瘤率。根瘤的 *gusA* 基因活性检测：将洗净的根系浸入含 100μg/mL 的 X-gluc 的磷酸盐缓冲溶液中，3～5d 后观察根瘤变蓝现象[15]。

1.7　硼、钼及根瘤菌复配的可行性研究

1.7.1　菌株的耐硼、钼性

　　有研究认为根瘤中根瘤菌本身含钼量约为宿主豆科作物叶片中含量的 6 倍以上[16]，可见根瘤菌耐钼能力应较强。耐性试验钼酸铵最高浓度选 0.5%。有关根瘤菌耐硼能力的研究未见报道，将硼最高浓度定为 0.1%。

　　具体操作：以 YMA 培养基（硼酸和钼酸钠的浓度均为 0.002%）为基础培养基，分别配制不同浓度的钼酸铵、硼酸 YMA 平板，划线接种，重复 3 次，28℃恒温培养至 10d 观察记载。钼酸铵终浓度（m/V）分别为 0.05%、0.1%、0.2%、0.3%、0.4%、0.5%，硼酸终浓度（m/V）分别为 0.005%、0.01%、0.025%、0.05%、0.075%、0.1%。以 YMA 培养菌苔作对照。

1.7.2　"根瘤菌＋Mo＋B"复合菌肥的生产与质量检测

1.7.2.1　复合菌剂的种类

　　研制"根瘤菌＋Mo＋B"的复合菌肥，以钼酸铵、硼酸为钼源和硼源。据供试菌株耐钼、硼试验确定钼酸铵和硼酸的浓度。钼、硼添加方法是：以传统根瘤菌吸附剂配方（含钼酸钠和硼酸均 0.001%）为基础，钼酸铵、硼酸按配方浓度量代替传统泥炭根瘤菌吸附剂配方中的钼酸钠和硼酸，其他成分和用量不变而制成复合根瘤菌吸附剂，共14 种（表 1）。分别接种两供试菌，共制备 28 个组合。通过此试验可知，根瘤菌与 B、

表 1　硼钼复合的吸附剂和菌肥代号

Table 1　Sorbent added $(NH_4)_6Mo_7O_{24}$ and H_3BO_3 and inoculants code

菌肥代号 Inoculant code		钼酸铵含量 $(NH_4)_6Mo_7O_{24}$ added/%	硼酸含量 H_3BO_3 added/%	菌肥代号 Inoculant code		钼酸铵含量 $(NH_4)_6Mo_7O_{24}$ added/%	硼酸含量 H_3BO_3 added/%
A1	B1	0.1	0.001	A8	B8	0.1	0.04
A2	B2	0.2	0.001	A9	B9	0.2	0.03
A3	B3	0.3	0.001	A10	B10	0.2	0.04
A4	B4	0.4	0.001	A11	B11	0.3	0.03
A5	B5	0.001	0.03	A12	B12	0.3	0.04
A6	B6	0.001	0.04	A13	B13	0.4	0.03
A7	B7	0.1	0.03	A14	B14	0.4	0.04

A 是 Spr4-5 代号；B 是 Spr2-9 代号；1～14 是泥炭载体中添加不同浓度钼酸钠和硼酸的吸附剂代号

A：Spr4-5 code；B：Spr2-9 code；1～14：Peat sorbent code added $(NH_4)_6Mo_7O_{24}$ and H_3BO_3

Mo 复配的可行性，可耐 B、Mo 的最高、最佳浓度以及二者较优的配方组合。为新型复合菌肥的研究提供科学理论依据。

1.7.2.2　复合菌肥的生产与质量检测

生产流程：泥炭（100 目）→按吸附剂配方添加营养物→装袋（50g/袋）→121～126℃湿热灭菌 2h，冷却待用。

将生长良好的供试菌培养物刮洗至无菌 100mL YMA 营养液三角瓶→28～30℃恒温摇床扩大培养（8～10d）→无菌注射器接种（4mL/袋）→封口→28～30℃恒温培养（5d）→质量检查。

质量检查：主要检测活菌数，按农业行业标准《根瘤菌肥料》NY410—2000 的方法进行，用稀释平皿涂布法。

1.8　"根瘤菌＋Mo"复合根瘤菌剂的研制及接种效果

1.8.1　菌株的耐钼试验

硼、钼及根瘤菌复配的可行性研究表明，供试菌株宜与钼复配，不宜与硼复配。为此，进行"根瘤菌＋Mo"复合菌肥的研制与应用。而常见的钼源有两种：钼酸铵和钼酸钠。为了选择更好的钼源，进行了供试菌株的耐钼试验。据供试菌株耐钼试验确定复合菌肥的钼盐浓度。菌株的耐钼试验具体操作和浓度的选择同上述耐钼酸铵试验。

1.8.2　"根瘤菌＋Mo"复合菌肥的研制及质量检测

"根瘤菌＋Mo"复合菌肥的钼盐的添加方法与上述硼、钼及根瘤菌复配的可行性研究同。以传统根瘤菌吸附剂配方为基础，制成两种系列的含钼吸附剂，一是钼酸钠，二是钼酸铵（表2）。共生产吸附剂 12 种。每种吸附剂装 40 袋，每袋 50g，经灭菌后冷至 28℃左右：4 袋不接种，用于 pH 检测和盆栽对照处理；18 袋接种 *gusA*4-5，18 袋接种 *gusA*2-9，在 28～30℃恒温箱中培养 7d，室温放至 15d，分别以三种方式贮藏：每种菌肥以 9 袋仍置于室温，用于定期质量检测和盆栽试验；5 袋置于 4℃冰箱，4 袋置于 —20℃冰柜，分别定期质量检测。共生产菌肥 24 种（表2）。接种菌悬液的活菌数测定采用稀释平皿涂布法。生产流程详见图 1。

表 2　菌肥种类

Table 2　Bio-fertilizer types

菌肥代号 Rhizobial code		钼酸钠加量 Na₂MO₄ added/%	菌肥代号 Rhizobial code		钼酸铵加量 (NH₄)₆Mo₇O₂₄ added/%
A1	B1	0.001	Aⅰ	Bⅰ	0.001
A2	B2	0.01	Aⅱ	Bⅱ	0.01
A3	B3	0.05	Aⅲ	Bⅲ	0.05
A4	B4	0.1	Aⅳ	Bⅳ	0.1
A5	B5	0.2	Aⅴ	Bⅴ	0.2
A6	B6	0.3	Aⅵ	Bⅵ	0.3

A 是 Spr4-5 代号；B 是 Spr2-9 代号；1～6 是泥炭载体中添加不同浓度钼酸钠的吸附剂代号；ⅰ～ⅵ是泥炭载体中添加不同浓度钼酸铵的吸附剂代号

A：Spr4-5 code；B：Spr2-9 code；1～6：peat sorbent code added Na₂MoO₃；ⅰ～ⅵ：peat sorbent added (NH₄)₆Mo₇O₂₄

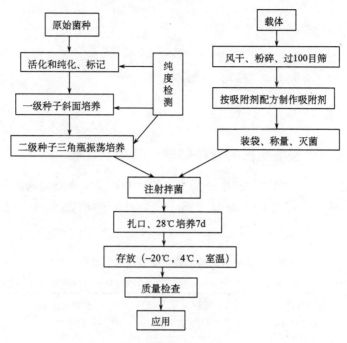

图 1　复合菌肥生产流程

Fig. 1　Bio-fertilizer producing flowchart

质量检查：主要检测活菌数、杂菌数和 pH，活菌数和杂菌数按农业行业标准《根瘤菌肥料》NY410—2000 的方法进行。

1.8.3　盆栽试验研究复合菌肥的接种效果

盆栽据农化研究法。每盆装土 6kg。选用含钼酸铵 0.1％、0.2％、0.3％的复合菌肥（贮存期 48d，活菌数均在 30 亿/g 以上，见图 2），以两菌的传统泥炭菌肥、相应未接菌吸附剂及灭菌泥炭作对照。采用拌种法，用量为 1g/盆，播种 5 粒/盆，定苗 2 株/盆。试验共设 14 个处理，分为三个处理组：直播 CK、灭菌泥炭 CK1 和未接菌吸附剂共 6 个处理为对照处理组，Spr2-9 钼酸铵菌肥为 Spr2-9 处理组，Spr4-5 钼酸铵菌肥为 Spr4-5 处理组，具体内容见表 3。每个处理 6 盆，在盛花期用三盆测定占瘤率，成熟期用三盆测荚果产量。

表 3　盆栽试验实施方案
Table 3　Design of pot experiment

处理号 Code	对照组 CK	处理号 Code	Spr2-9 处理组 Spr2-9 group	处理号 Code	Spr4-5 处理组 Spr4-5 group
1	ⅰ	7	Bⅰ	11	Aⅰ
2	ⅳ	8	Bⅳ	12	Aⅳ
3	ⅴ	9	Bⅴ	13	Aⅴ
4	ⅵ	10	Bⅵ	14	Aⅵ
5	CK				
6	CK1				

1.9　数据统计分析

利用 EXCEL2000 和 SPSS11.0 软件进行数据统计分析。差异显著性用 LSD 法，并用大小写字母标示法分别表示 1‰和 5%显著水平。

2　结果与分析

2.1　标记菌株与土著根瘤菌的竞争结瘤和有效性比较

从表 4 看出，两供试菌与该花生的共生有效性和竞争结瘤能力均显著高于该土著根瘤菌。Spr2-9 与该花生结瘤能力略高于 Spr4-5，有效性却比 Spr4-5 低，但差异均不显著。

表 4　标记菌株与土著根瘤菌的竞争结瘤[17]

Table 4　Competitive nodulation between the *gusA*-marked strain and the soil indigenous rhizobia

处理 Treatment	植株鲜重 Fresh plant weight / (g/plant)	植株干重 Dry plant weight /(g/plant)	总瘤数 Total nodules /(个/plant)	占瘤率 Ratio of blue nodules occupancy/%
Spr4-5	9.5263aA	1.2248aA	108.3aA	—
Spr2-9	8.6803abA	1.1534abA	111.3aA	—
*gus*A4-5＋土	7.7760bA	0.9883abAB	102.7aA	71.4
*gus*A2-9＋土	7.3773bA	0.9620bAB	103.0aA	77.0
土	5.7623cB	0.7160cBC	118.7aA	—
CK	4.6027cB	0.4973cC	0.0bB	—

"土"表示土著花生根瘤菌。表中所列数据均为三次重复的平均值

"土" represents the indigenous rhizobia. The data given in table 4 were the mean of three replicates

2.2　硼、钼及根瘤菌复配的可行性研究

2.2.1　供试菌株耐钼、硼性

从表 5 看出，供试菌株耐钼能力远大于耐硼能力。在钼酸铵浓度为 0.5%时供试菌株受到较强的抑制，说明钼浓度过高对根瘤菌的影响大。若配制"根瘤菌＋Mo＋B"

表 5　供试菌株生长在不同浓度硼酸、钼酸铵浓度下的生长情况[18]

Table 5　Growth of the tested strains at different concentrations of $(NH_4)_6Mo_7O_{24}$ and H_3BO_3

菌株 Strains	硼酸浓度 H_3BO_3 concentration/%						钼酸铵浓度 $(NH_4)_6Mo_7O_{24}$ concentration/%							
	0.005	0.01	0.025	0.05	0.075	0.1	0.005	0.01	0.05	0.1	0.2	0.3	0.4	0.5
Spr2-9	＋＋＋＋	＋＋＋＋	＋＋＋＋	－	－	－	＋＋＋＋	＋＋＋＋	＋＋＋＋	＋＋＋＋	＋＋＋＋	＋＋＋	＋＋	＋
Spr4-5	＋＋＋＋	＋＋＋＋	＋＋＋＋	＋	－	－	＋＋＋＋	＋＋＋＋	＋＋＋＋	＋＋＋＋	＋＋＋＋	＋＋＋	＋＋＋	＋

＋＋＋＋生长好；＋＋＋生长较好；＋＋生长一般；＋生长较差；－不生长

＋＋＋＋excellent growth；＋＋＋ good growth；＋＋ growth；＋ bad growth；－no growth

的复合菌肥，B浓度不宜超过 0.05％，钼浓度最高以 0.3％～0.4％为宜。

2.2.2 "根瘤菌＋Mo＋B"复合菌肥的质量

从"根瘤菌＋Mo＋B"的复合菌肥活菌结果看（表6），在 0.001％硼酸浓度下，只增大传统泥炭吸附剂配方中钼含量，菌肥的活菌数高，在＜0.4％的钼浓度下，活菌数随含钼量的增加而增加。这与两菌株的耐钼实验结果基本一致。因该吸附剂泥炭的有效钼和全钼量与添加的钼量比均低得多，可见，影响菌株生长的钼基本由添加的钼量决定。

表 6　硼、钼复合菌肥活菌数[18]

Table 6　Viable bacterial numbers of bio-fertiliser added $(NH_4)_6Mo_7O_{24}$ and H_3BO_3

菌肥代号 Rhizobial code	含菌量 Viable bacterial number $/(10^8 cfu/g)$	菌肥代号 Rhizobial code	含菌量 Viable bacterial number $/(10^8 cfu/g)$
A1	37.2	B1	32.5
A2	53.3	B2	34.0
A3	36.7	B3	36.3
A4	27.3	B4	25.3
A5	1.6	B5	0.1
A6	0.2	B6	5.2
A7	1.3	B7	0.1
A8	5.2	B8	5.2
A9	1.3	B9	0.7
A10	6.2	B10	0.4
A11	2.5	B11	3.9
A12	0.8	B12	0.2
A13	2.9	B13	2.9
A14	2.8	B14	1.4

A、B分别代表菌株 Spr4-5 和 Spr2-9，1～14 是泥炭吸附剂编号

A and B represent the strain Spr4-5 and Spr2-9, respectively. 1～14 are the peat sorbent codes

从表6知，不管是低钼还是高钼浓度下，硼酸含量增大至 0.03％和 0.04％，活菌数均很低，大多数低于菌肥的标准[19]（$2×10^8 cfu/g$），这与供试菌株的耐硼酸试验结果较一致。硼酸和钼酸铵复配的菌肥也多数不符合标准。载体泥炭的有效硼（0.9745mg/kg）较低，全硼量较高（0.1214％），是因泥炭有机质含量高，而有机质及其分解的中间产物能吸附固定水溶性硼[20]。综上，泥炭载体灭菌处理后对有效硼的影响不大，影响接种菌株生长的硼主要是外源添加的硼。同时说明供试菌株耐硼能力差。可见，增大吸附剂中硼酸的浓度是不科学、不经济的。根瘤菌不宜与硼复配，宜与钼酸铵复配。

2.3 "根瘤菌＋Mo"复合根瘤菌剂的研制及接种效果

2.3.1 菌株的耐钼性

从表7知,钼酸盐浓度为0.4%时两供试菌株均受到较强的抑制,说明钼浓度过高对根瘤菌的影响大。两供试菌株耐钼酸铵的能力略强于钼酸钠,而钼酸铵含钼54%,钼酸钠含钼40%,说明较高浓度的钠离子对根瘤菌有一定的抑制作用。而Spr4-5耐钼酸钠能力略强于Spr2-9,但耐钼酸铵能力略低于Spr2-9。说明Spr2-9耐钼能力强于Spr4-5。综上说明研制"根瘤菌＋Mo"的复合菌肥具有可行性,复合菌肥中钼浓度最高以0.3%较适宜,而在YMA平板中,钼浓度≤0.3%时,钼酸铵和钼酸钠对供试菌的生长基本无差异。因此,研制"根瘤菌＋Mo"的复合菌肥,也同时选用了这两种钼源。

表7 供试菌株在不同钼酸盐浓度下的生长情况[21]

Table 7　Growth of the strains at different concentrations of molybdate

菌株 Strain	钼酸盐 Molybdate	钼酸盐浓度 Molybdate concentration/%							
		0.005	0.01	0.05	0.1	0.2	0.3	0.4	0.5
Spr4-5	$(NH_4)_6Mo_7O_{24}$	++++	++++	++++	++++.	++++	+++	++	+
	Na_2MoO_3	++++	++++	++++	++++	++++	+++	+	－
Spr2-9	$(NH_4)_6Mo_7O_{24}$	++++	++++	++++	++++	++++	+++	+++	+
	Na_2MoO_3	++++	++++	++++	++++	++++	++	+	－

++++生长好;　+++生长较好;　++生长一般;　+生长较差;　－不生长

++++excellent growth;　+++ good growth;　++ growth;　+ bad growth;　－no growth

2.3.2 "根瘤菌＋Mo"复合菌肥的质量

Spr4-5复合菌肥接菌量为$0.4×10^8$ cfu/g,Spr2-9复合菌肥接菌量为$0.36×10^8$ cfu/g。室温放置贮期为15d、55d、100d、128d、155d、180d,4℃放置贮期为115d、180d,—20℃放置贮期为180d时,分别进行活菌数和杂菌数检测。室温贮存的活菌数随时间变化趋势见图2。4℃、—20℃贮存的活菌情况见图3和图4。杂菌率在180d内均低于10%。

室温贮存的菌肥,图2可知,所有菌肥普遍表现为在前15d内活菌数均大幅度增高,当菌肥含菌量达最大值后,活菌数随贮藏时间的延长,因菌剂营养物减少而使其递减;贮存至6月时,复合钼酸铵的菌肥＞$2×10^8$ cfu/g,而复合钼酸钠的菌肥,活菌数均不达标准,这与耐性试验不一致。主要是复合钼酸铵菌肥,添加了N源,增大了菌剂N素营养,相对丰富的N素营养促使活菌数高;且当贮存时间较长时,复合钼酸铵菌剂的N素锐减,使根瘤菌固氮酶活性提高,根瘤菌纯培养中固氮酶活性只有在培养基中有少量结合态氮时才表现出来[23],因而复合钼酸铵的菌肥活菌数高,高活菌数持续时间长。同时供试菌株耐NaCl能力低,对两供试菌株已进行耐NaCl试验,在0.5% NaCl YMA平板上均不生长,而载体泥炭自身含钠量较高[25,26],若添加较多钠盐营养物,导致吸附剂中Na^+含量相对过高而影响菌肥活菌数。

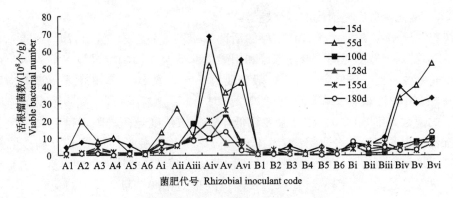

图 2 不同储存时期各菌肥活菌数[22] （室温）

Fig. 2 Changes of viable bacterial numbers with different room temperature storage days of rhizobial inoculant

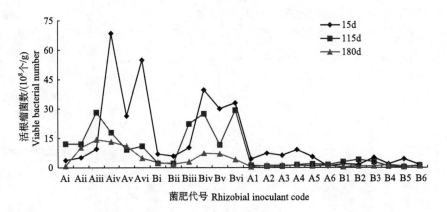

图 3 不同储存时期各菌肥活菌数[22] （4℃）

Fig. 3 Changes of viable bacterial numbers with different storage days of rhizobial inoculant （4℃）

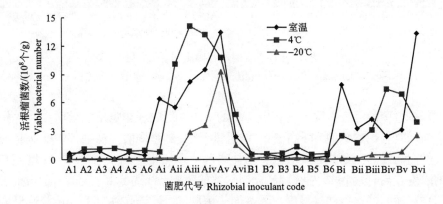

图 4 钼盐对活菌数的影响[22] （180d）

Fig. 4 Effect of different concentrations of molybdate on viable bacterial number of rhizobial inoculant at storage day of 180

2.3.2.1　菌肥活菌数随时间的变化趋势

菌肥贮至 180d 时，一般 4℃贮存的活菌数最高，室温次之，－20℃最差（图 4）。4℃贮存菌肥活菌数随时间的变化趋势和钼酸盐对活菌数影响情况与室温基本一致（图 3）。不同菌株对钼酸铵反应不同，一般表现为 Spr4-5 复合 0.2％的钼酸铵最佳，Spr2-9 复合 0.3％钼酸铵最佳。在钼酸铵≤0.2％时，相同贮存时间、温度和钼酸铵浓度，Spr4-5 的菌数高于 Spr2-9，贮存温度越低，钼酸铵浓度越高，表现得越明显。上述说明，Spr4-5 生长繁殖的最适钼盐浓度低于 Spr2-9，而固氮活性比 Spr2-9 高；适量的钼酸铵可提高慢生根瘤菌的抗低温能力，不同菌株发挥最佳的抗低温能力所需的钼酸铵量不同，抗低温最佳钼酸铵量与菌株生长繁殖的最适钼酸铵量一致。可见，Spr4-5 对低温的适应性比 Spr2-9 强。因此，"根瘤菌＋Mo"的复合菌肥制备时，最适钼盐为钼酸铵，但菌株不同，最适钼酸铵浓度也不同。

2.3.2.2　pH 变化趋势

该菌肥贮存至 20d（只检测室温贮存的菌肥，因生产 15d 后才分成三处贮存）、200d 时检测 pH。灭菌吸附剂因无菌，pH 应不随贮存时间延长而变化，因此只在 20d 时进行一次检测。pH 变化趋势见图 5。

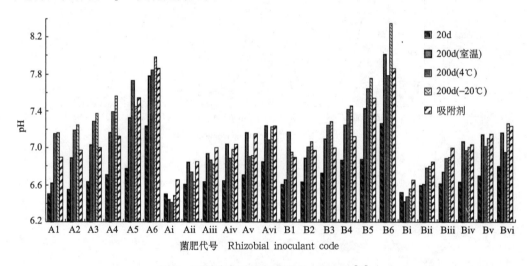

图 5　不同贮存时间各菌肥的 pH 变化[19]

Fig. 5　Change of pH with different storage days of rhizobial inoculant

（1）未接菌的复合吸附剂与相应菌肥的 pH 一般随含钼量增加而增高。等钼量未接菌吸附剂，复合钼酸钠的 pH 高于钼酸铵。因钼酸钠是弱酸强碱盐，钼酸铵是弱酸弱碱盐，吸附剂高温高压和长时间灭菌，钼盐离解使添加钼酸钠吸附剂的 pH 增幅较大，在钼酸钠浓度较高时达 pH8 左右。复合钼酸铵的菌肥 pH 为 6.2～7.2，符合标准。

（2）在相同贮存条件（温度）下，同一菌肥的 pH 随贮存时间延长普遍升高。贮存时间较短时，从图 5 可知供试菌大量增殖，活菌数高，则吸收利用钼盐增多，相对用于离解的钼盐减少，使 pH 比相应未接菌的复合吸附剂低。随贮存时间的延长，慢生花生根瘤菌产碱使菌肥 pH 普遍升高。

（3）不同贮存温度对菌肥 pH 的影响。复合钼酸钠菌肥，在−20℃贮存条件下的 pH 最高。但活菌数则表现为 4℃的稍高，室温次之，−20℃最低。而贮存 6 月时间内，钼酸钠菌肥的活菌数均低，贮存温度对加钼酸钠菌肥的活菌数影响较小，主要影响因子是 Na^+ 含量和 pH。

复合钼酸铵菌肥，任何贮存温度下，菌肥的 pH 均比相应的吸附剂低，均合格。主要是复合钼酸铵菌肥的 N 素营养相对丰富而使活菌数高，则菌肥中钼酸铵利用得多，用于离解的少，因此复合钼酸铵菌肥的 pH 比吸附剂和复合钼酸钠菌肥的 pH 低。

2.3.3 钼酸铵复合菌肥对花生生长的影响

2.3.3.1 对竞争结瘤的影响

从表 8 和图 6 看出，不同菌株的结瘤能力和竞争结瘤能力不同，两供试菌株竞争结瘤能力均比土著菌强，而 Spr2-9 结瘤能力和竞争结瘤能力比 Spr4-5 强；接菌处理总瘤数比相应对照处理组高。钼酸铵对供试菌株结瘤和竞争结瘤能力有较大的促进作用，但不同菌株对钼酸铵的反应有差异。

表 8 不同处理的花生干荚果产量和竞争结瘤[21]

Table 8　Yield and competitive nodulation of peanut dry pod with different treatments

组别 Group	处理号 Treatment code	总瘤数 Total nodules /(个/plant)	兰瘤数 Blue nodules /(个/plant)	占瘤率 Rate of blue nodules	产量 Yield /(g/plant)	比 CK 增产 Yield increased /%
Spr4-5 组	12	303.3bA	176.0	58.02	19.48abAB	59.12
	13	362.3abA	216.3	59.71	21.22aA	73.40
	14	347.7abA	206.2	59.30	17.94bcBC	46.54
	11	292.7bA	169.5	57.92	18.66bBC	52.48
Spr2-9 组	10	328.7abA	231.2	70.33	18.24bcBC	49.00
	9	387.7abA	269.7	69.56	16.76cdCD	36.94
	8	402.3aA	272.0	67.61	15.49deDE	26.54
	7	381.3abA	240.3	63.02	15.02defDE	22.75
CK 组	4	303.0bA			14.21aA	16.12
	3	296.3bA			13.61abA	11.17
	2	305.0bA			13.20abA	7.87
	6	300.3bA			12.68bA	3.60
	1	295.0bA			12.67bcA	3.49
	5	297.3bA			12.24cB	—

不同大小写字母表示差异分别达 1%和 5%显著水平

Different capital and letters mean significant at 1% and 5% levels, respectively

2.3.3.2 对花生产量的影响

钼对共生固氮有较好的促进作用。无菌对照处理组（处理 1～6），钼酸铵与总瘤数呈正相关，但差异不显著，说明该钼酸铵用量对土著根瘤菌结瘤能力影响不大，这与姚

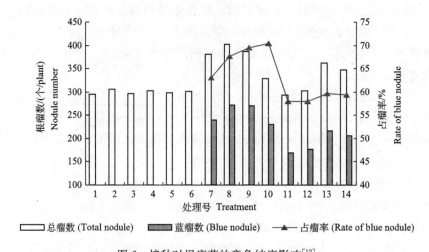

图 6　接种对根瘤菌的竞争结瘤影响[12]

Fig. 6　Effect of inoculation on competitive nodulation of rhizobium

良同等的研究较一致[24]。随处理钼浓度的增加，可极显著提高花生荚果产量。说明该土施用适量的钼酸铵能显著或极显著增产。

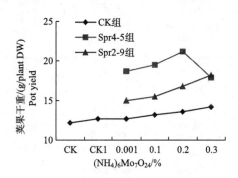

图 7　不同处理组荚果产量与钼的浓度关系[12]

Fig. 7　Relationship between pod yield in different treating groups with Mo concentration

Spr2-9 处理组，菌剂钼酸铵含量与产量呈显著正相关（$r=0.682^*$），均显著或极显著地高于等钼量未接菌对照处理（表 8 和图 7）；钼酸铵浓度≥0.2％的菌剂中，钼酸铵与菌株对增产有较好的正协同效应，钼含量越高正协同效应越显著，钼酸铵0.3％的菌剂比 CK 增产 49％，比传统菌肥增产 21.4％，比等量钼酸铵对照即处理 4 增产 13.2％。

Spr4-5 处理组，钼酸铵浓度≤0.2％的菌剂中，钼酸铵含量与产量呈极显著的正相关（$r=0.802^{**}$），均极显著高于等钼量未接菌对照处理；钼酸铵浓度为 0.2％的菌剂中钼与菌株 Spr4-5 对增产有最佳正协同效果，比 CK 增产 73.4％，比传统菌肥增产 13.7％，比等量钼酸铵对照即处理 3 增产 55.9％；而 0.3％钼酸铵菌剂的产量比传统配方菌肥还低，且显著低于含钼酸铵 0.1％和 0.2％的菌肥。

2.3.3.3　占瘤率与产量的关系

图 6 和图 7 可看出，钼酸铵对两供试菌的占瘤率和产量影响的变化趋势一致。说明在一定钼酸铵范围内，同一高效菌株的占瘤率越高，增产效果越明显。但在不同菌株间，本试验认为：并非竞争能力越强的菌株，有效性就越高。在共生有效性上Spr4-5＞Spr2-9＞土著菌，竞争结瘤能力上，Spr2-9＞Spr4-5＞土著菌。

2％钼酸铵浓度范围内，含钼量相同的 Spr4-5 菌肥处理的产量极显著高于 Spr2-9 菌肥，而在盛花期 Spr2-9 形成的根瘤数比 Spr4-5 高，可能是 Spr4-5 高效固氮效率尤其在盛花期后比 Spr2-9 显著增高，或高效固氮持续的时间比 Spr2-9 长，或在盛花期后 Spr4-5 刺激根系形成更多的有效根瘤所致，究其原因，还需进一步试验证实。

综上说明：①不同菌株共生固氮能力不同，最佳共生固氮能力的发挥需钼酸铵浓度不同。对于缺钼土壤，须用适量钼满足根瘤菌与豆科植物共生固氮的高效发挥，过高钼对共生固氮有抑制作用，因过高钼影响根瘤菌从侵入线中释放出来，成为无固氮活性的菌株，也阻碍氨的正常运转导致氨积累而阻碍固氮酶活性[25]。②耐钼能力强的菌株 Spr2-9 比耐钼能力相对弱的 Spr4-5 最佳共生固氮所需钼酸铵量大，Spr4-5 需钼酸铵为 0.2％，而 Spr2-9 需钼酸铵≥0.3％，但具体浓度还需进一步试验证实。③适量的钼酸铵对供试菌株结瘤、竞争结瘤和高效固氮能力有较大的促进作用，而不同菌株的结瘤、竞争结瘤和高效固氮能力的最佳发挥所需钼酸铵量不同，同一菌株也不尽相同。在共生固氮最佳所需的钼酸铵浓度范围内，竞争结瘤能力与共生固氮能力变化趋势一致。④"根瘤菌＋钼"的复合菌肥，钼宜选用钼酸铵，不宜选用钼酸钠。

3　结论

（1）供试菌株 Spr4-5、Spr2-9 均是高效菌株，而 Spr4-5 的共生固氮有效性显著高于 Spr2-9。两供试菌株竞争结瘤能力比土著根瘤菌强，但 Spr2-9 竞争结瘤能力比 Spr4-5 强。说明不同根瘤菌的共生固氮效果与总瘤数相关性不大，与有效根瘤数关系密切。

（2）慢生型花生根瘤菌耐硼能力远低于耐钼能力，不宜与硼复配。根瘤菌是无芽孢细菌，抗逆能力差[26]，但对某些营养元素的耐受能力较强。同一根瘤菌对不同微量元素耐受能力不同，有的差异极大，本试验供试菌对钼的耐受能力比硼高 10 倍以上。不同根瘤菌对同一微量元素的耐受性也有差异。因此，进行"根瘤菌＋微量元素"复合菌肥的研制中，微量元素不能任意复合。可通过平板耐性试验进行初步确定。同时还应注意菌剂载体中相应有效微量元素的含量。

（3）慢生型花生根瘤菌耐钼酸铵能力强于钼酸钠；复合钼酸铵的菌肥活菌数远比复合钼酸钠的高。在一定的钼浓度范围内，一般活菌数随钼酸铵量的增加而增加，但不同菌株耐钼酸铵能力不同，供试菌株 Spr2-9 耐钼酸铵的能力强于 Spr4-5。钼酸铵还可增强根瘤菌的抗低温能力。"钼酸铵＋根瘤菌"的复合菌肥最好的贮存温度是 4℃，室温对菌肥质量无显著影响。因此，"微量元素＋根瘤菌"复合菌肥的制备宜选择铵盐，同时应注意添加的营养物对 pH 的影响。

（4）不同菌株共生固氮高效性及竞争结瘤能力的发挥与钼酸铵浓度有关。钼酸铵浓度 0.2％时，Spr4-5 共生固氮效果最好，而 Spr2-9 为 0.3％，分别比 CK 增产 73.4％、49.0％，比相应传统菌肥增产 13.7％、21.4％。比单用等量钼酸铵增产 55.9％、13.2％，均达显著或极显著水平；占瘤率也达最高，分别为 59.7％、70.3％。两菌株在相应最佳钼酸铵浓度内，竞争结瘤能力和共生固氮能力呈正相关，均随钼酸铵含量的增加而增强。适量钼酸铵与高效菌株对花生增产有较好的正协同效应。

参 考 文 献

[1] 四川省农业厅. 四川省农业统计年鉴. 2000

[2] 周平贞, 胡济生. 我国花生根瘤菌技术应用与研究进展. 土壤学报, 1990, 27 (4)：353～359

[3] 四川省农牧厅、四川省土壤普查办公室. 四川土壤. 成都：四川科学技术出版社. 1997

[4] 马玉珍, 史清亮. 花生根瘤菌连续接种与钼、磷肥配合施用效果. 土壤肥料, 1992, (3)：40～42

[5] 杜应琼, 廖新荣, 黄志尧等. 硼、钼对花生氮代谢的影响. 作物学报, 2001, 27 (5)：612～616

[6] 杜应琼, 廖新荣, 黄志尧等. 施用硼钼对花生生长发育和产量的影响. 作物营养与肥料学报, 2002, 8 (2)：229～233

[7] 郑林用, 黄怀琼, 刘世全. 酸性紫色土中钼对花生——根瘤菌共生固氮的影响. 四川农业大学学报, 1990, (8), 2：129～135

[8] 罗明云. 4株高效共生花生根瘤菌的筛选. 华西师范大学学报 (自然科学版), 2003, 24 (4)：426～430

[9] Zhang X P, Nick G, Kaijalanen S. Phylogeny and diversity of *Bradyrhizobia* strains, isolated from the root nodules of peanut (*Arachis hypogaea*) in Sichuan, China. System Appl Microbiol, 1999, 22：378～386

[10] Chen Q, Zhang X P, Terefework Z, *et al*. Diversity and compatibility of peanut (*Arachis hypogaea* L.) *bradyrhizobia* and their and host plants. Plant and Soil, 2003, 255：605～617

[11] 王可美, 张小平, 陈强等. 用 *celB* 基因检测慢生花生根瘤菌竞争性的可行性. 应用与环境生物学报, 2005, 11 (4)：423～425

[12] Wilson K J. Molecular techniques for the study of rhizobial ecology in the field. Soil Biol Biochem, 1995, 27：501～504

[13] Streit W, Kosch K, Werner D. Nodulation competitiveness of *rhizobium leguminosarum* by *phaseoli* and *Rhizobium tropici* strains measured by *gus* gene fusions. Biol Fert Soils, 1992, 14：140～144

[14] Streit W, Botero L, Werner D. Competition for nodule occupancy on *Phaseolus vulgaris* by *Rhizobium etli* and *Rhizobium tropici* can be efficiently monitored in an ultisol during the early stages of growth using a constitutive GUS gene fusion. Soil Biol Biochem, 1995, 27：1075～1082

[15] Wilson K J. GUS as a maker to track microbes. Molecular Microbial Ecology Manual 6, 1, 1996, 5：1～25

[16] 张石城, 王高勇, 潘登魁等. 农用微量元素与微肥施用技术. 北京：中国农业科技出版社. 1998. 268～273

[17] 徐开未, 张小平, 陈远学等. GUS基因标记法对慢生花生根瘤菌竞争结瘤和接种效果的研究. 中国土壤与肥料, 2006, (3)：51～53

[18] 陈远学, 徐开未, 张小平等. 花生根瘤菌与钼、硼复配的初步研究. 微生物学通报, 2007, 34 (3)：516～518

[19] 中华人民共和国农业发布. 中华人民共和国农业行业标准, 根瘤菌肥料, NY, 410～2000. 北京：中国标准出版社. 2000

[20] 刘武定. 微量元素营养与微肥施用. 北京：中国农业出版社. 1995. 24

[21] 徐开未, 张小平, 陈远学等. 钼与花生根瘤菌的复配及在酸性紫色土上的接种效果研究. 植物营养与肥料学报, 2005, 11 (6)：816～821, 845

[22] 葛诚. 微生物肥料生产及其产业化. 北京：化学工业出版社. 2007. 117～127

[23] 尤崇杓, 姜永明, 宋鸿遇. 生物固氮. 北京：科学出版社. 1987. 216

[24] 姚良同, 杜秉海, 林榕姗等. 花生根瘤菌接种与微量元素肥料配施对其生物量及氮素利用的影响. 土壤肥料, 2000, 8：39～42

[25] Pankhurst C E, Craig A S. Morphology and Nitrogenase Activity of Agarcultures and root Nodules Formed by D-Cycloser-ine-resistant Mutants of *Rhizobium* sp. strain 32 HI. Journal of General Microbiology, 1979, 96：1987～1992

[26] 李阜棣, 胡正嘉. 微生物学 (第五版). 北京：中国农业出版社. 2001

"Mo＋复合花生根瘤菌"复合菌肥的田间应用效果

徐开未，张小平，黄昌学，彭贤超

（四川农业大学资源环境学院，雅安 625014）

摘　要：用慢生花生根瘤菌 Spr4-5、Spr2-9 与钼酸铵复配成复合根瘤菌肥。该复合根瘤菌肥在四川省乐山市花生主产区的田间试验结果表明：接种该复合根瘤菌肥的 94％ 用户的花生产量都有显著或极显著的增产，证明该复合菌肥的有效性高。可以针对乐山花生主产区生产该复合菌肥，该复合菌肥具有较好的应用前景。

关键词：慢生花生根瘤菌，钼，复合菌肥

The effect of field experiment of Co-inoculation of peanut bradyrhizobia and molybdate

Abstract：The new type of combined inoculants was developed by putting peanut brady-rhizobia strains Spr4-5 and Spr2-9 and ammonium molybdate together. The field experiment using the combined inoculants indicated that it had different symbiotic effectiveness，and 94％ users increased yield which reached significant level in peanut main product area of Sichuan. It showed that the combined inoculants should be produced and made widespread use in peanut main product area.

Key words：Peanut bradyrhizobia，Molybdate，Combined inoculant

四川是我国花生主产区之一，但花生产量低。接种高效花生根瘤菌剂的增产效果显著[1]。针对四川花生主产区土壤缺钼现状[2]和花生的需钼肥特性[3~6]，徐开未、张小平等[7]研制了"高效根瘤菌＋Mo"复合菌肥，该复合菌肥中宜复配的钼盐、添加的最佳钼盐浓度、复合菌肥的质量及盆栽接种效果等在文献[7]中已做了报道。从该文献知，供试高效根瘤菌与钼酸铵复配优于钼酸钠，且 Spr2-9 和 Spr4-5 复配的最佳钼酸铵浓度分别为 0.2％ 和 0.3％，增产效果比传统菌肥和 CK 均达极显著水平。为检验该复合菌肥在四川花生主产区的应用效果，四川农业大学资源环境学院微生物系于 2007 年 3 月至 8 月，利用原供试菌株 Spr4-5、Spr2-9 复配 0.3％钼酸铵生产复合菌肥，在乐山市中区水口镇（花生主产区）进行了该复合花生根瘤菌肥的大田实验，为菌肥的大生产和指导该地区花生的生产具有重要意义。

1 材料与方法

1.1 供试菌株

慢生花生根瘤菌 Spr4-5、Spr2-9，由四川农业大学微生物系提供。

1.2 花生品种

天府 5 号。

1.3 生产菌肥用载体

过 100 目筛的泥炭，pH3.35。使用前用石灰调至中性。

1.4 培养基

生产菌种用 YMA 培养基。

1.5 供试地点

乐山市中区水口镇周陆村 2 组，选了 17 户地块进行试验。这些地有二三十年的花生种植历史，隔年种植，也是蔬菜地，从未施用根瘤菌菌剂。各地块户主及面积见表 1。这 17 块地均集中分布在大渡河一级阶地，冲积沙土，地块平，每块高度一致，前茬均种植蔬菜，肥力水平较一致。测定了其中一户地块的理化性状，pH6.92、有机质 5.02%、碱解氮 38.66mg/kg、有效磷 6.67mg/kg、有效钾 83.94mg/kg。

表 1　田块编号及面积

Table 1　Site No. and area

地块编号 Site No.	户主 Household	面积 Area/亩	地块编号 Site No.	户主 Household	面积 Area/亩
1	雷向德	1.2	10	袁强保	1.2
2	毛宝洪	0.8	11	雷向兵	1.6
3	刘秀琴	1.5	12	袁志明	1.0
4	袁志彬	1.1	13	毛树明	1.2
5	雷建发	1.2	14	袁建强	1.2
6	雷建宏	0.9	15	袁友清	1.1
7	袁昌军	1.4	16	袁开兵	1.3
8	雷向义	1.1	17	袁保清	1.2
9	吕远兵	1.2	共计		20.2

1.6 复合菌肥的生产

据参考文献[7]的"高效根瘤菌＋Mo"复合菌肥盆栽结果，确定本试验复合菌肥的钼酸铵添加量为 0.3%，复合吸附剂制作好后分装入能耐高温的塑料袋中，每袋装 2.5kg，共装 6 袋。钼的添加方法、吸附剂的制作方法和灭菌方法见参考文献[7]。

将生长良好的供试菌培养物刮洗至无菌 300mL YMA 营养液三角瓶（各 10 瓶）→28~30℃恒温摇床扩大培养 7d→在无菌室将灭菌冷却待用的 5kg 吸附剂倒入用酒精灼烧灭菌的铝锑盆中，将两菌液分别倒入 500mL，戴上无菌手套充分拌匀→装袋：每个封口塑料袋装 0.5kg→28~30℃恒温培养 5d，室温放置至 15d 用于田间试验。制成了"Spr4-5＋Spr2-9＋钼酸铵"的复合菌肥。

接种菌悬液的活菌数测定采用稀释平皿涂布法。Spr4-5 菌液含菌量为 6.1×10^8 cfu/mL，Spr2-9 菌液含菌量为 5.3×10^8 cfu/mL。

1.7 田间试验

因每块试验地平整均匀，每块地按纵向均分为两半，一半全用菌剂处理，另一半是不用菌剂的对照。先播对照。菌剂用量 0.5kg/亩，采用拌种法。拌种前先将菌剂用米汤调成糊状，再与种子拌匀，待阴干后与对照相同方法播种。农民习惯施底肥，主要是油枯和复合肥，各户施肥情况不一，尤其 2# 地块毛宝洪家施肥量多。田间管理按农民的习惯进行，且处理与对照完全一致。

在收获期测定：单株果数、花生干重、百果重、百仁重。测产时每地块处理与对照分别随机抽取三个重复，每个重复为 1m²，折算出亩产，用 DPS 软件进行分析。

2 结果与分析

2.1 复合菌肥对产量的影响

不同地块的菌剂处理比不用菌剂处理 CK 的增产效果见表 2。17 块供试地中，有 11 块地（65%）的菌剂处理达到极显著水平，5 块（29%）达显著水平，只有 1 块（6%）未达显著水平。其中增产最高的是 16# 地块，增产达 26.5%。平均增产为 12.43%，达到极显著水平。可见，该复合菌株与微量元素钼的复合菌肥增产效果好。而试验地是蔬菜地，较肥沃，且施肥量也高，若在贫瘠的地块上种植的花生施用该复合菌肥的效果会更好。2# 地菌剂处理与对照间差异不显著，主要是因该农户施底肥最多，因此影响了菌肥的高效固氮能力。

表 2 不同地块接种菌与对照的产量

Table 2　The yield of inoculation and control at different site

地块编号 Site No.	处理产量 Yield of treatment		CK 产量 Yield of CK		比 CK 增产 Increase to CK		
	/(kg/m²)	/(kg/hm²)	/(kg/m²)	/(kg/hm²)	公顷增产 Increase of hectare /kg	增产比例 Increasing ratio /%	显著水平 Significance level
1	0.455	4552.4	0.390	3902.7	649.7	16.65	＊＊
2	0.450	4502.3	0.445	4452.3	49.9	1.13	ns
3	0.365	3651.9	0.330	3301.7	350.3	10.61	＊＊
4	0.360	3601.8	0.310	3101.6	500.3	16.13	＊＊
5	0.425	4252.2	0.355	3551.9	700.4	19.72	＊＊
6	0.375	3752.0	0.335	3351.8	400.2	11.94	＊＊
7	0.425	4252.2	0.400	4002.0	250.2	6.25	＊
8	0.370	3701.9	0.355	3551.9	150.0	4.23	＊
9	0.360	3601.8	0.340	3401.7	200.1	5.88	＊
10	0.430	4302.2	0.360	3601.8	700.3	19.44	＊＊
11	0.380	3801.9	0.320	3201.6	600.3	18.75	＊＊
12	0.460	4602.3	0.405	4052.1	550.2	13.58	＊＊
13	0.455	4552.4	0.420	4202.1	350.3	8.34	＊
14	0.345	3451.8	0.310	3101.6	350.3	11.29	＊＊
15	0.390	3902.0	0.355	3551.9	350.1	22.53	＊＊
16	0.430	4302.2	0.340	3401.7	900.5	26.47	＊＊
17	0.335	3351.8	0.310	3101.6	250.2	8.07	＊
平均产量	0.400	4007.9	0.355	3578.3	429.6	12.43	＊＊

＊和＊＊分别表示在 0.05 和 0.01 水平上差异显著；ns 表示差异不显著

＊Indicating that difference is significant at 0.05 level；＊＊indicating that difference is significant at 0.01 level；ns indicating that the difference is not significant

2.2 复合菌肥对花生经济性状的影响

不同地块复合菌肥对花生经济性状的影响见图 1。从图 1 可看出，复合菌肥处理与相应对照比，百果重提高最明显，其次是百仁重，单株有效果数变化不大或稍有增加。从表 2 和图 1 可知，该复合菌肥对产量的影响主要是通过提高百果重和百仁重来实现的。可见，复合菌肥使植株的有效果更大更饱满，表现出高效的固氮效率。

3　结论

本实验选址于四川省花生主产区乐山，且接种复合根瘤菌肥后花生产量及相关性状都有显著或明显的提高，证明了该复合菌肥的高效性。说明该复合菌肥有较好的应用前景，可以针对乐山花生主产区生产该复合菌肥。

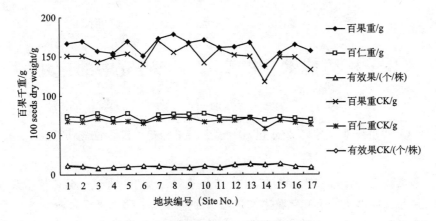

图 1　复合菌肥对花生经济性状的影响

Fig. 1　The effect of co-inoculation on the economic trait of peanut

参 考 文 献

[1] 周平贞，胡济生. 我国花生根瘤菌技术应用与研究进展. 土壤学报，1990，27（4）：353～359

[2] 四川省农牧厅，四川省土壤普查办公室. 四川土壤. 成都：四川科学技术出版社. 1997

[3] 郑林用，黄怀琼，刘世全. 酸性紫色土中钼对花生-根瘤菌共生固氮的影响. 四川农业大学学报，1990，2：129～135

[4] 马玉珍，史清亮. 花生根瘤菌连续接种与钼、磷肥配合施用效果. 土壤肥料，1992，（3）：40～42

[5] 杜应琼，廖新荣，黄志尧等. 硼、钼对花生氮代谢的影响. 作物学报，2001，27（5）：612～616

[6] 杜应琼，廖新荣，黄志尧等. 施用硼钼对花生生长发育和产量的影响. 作物营养与肥料学报，2002，8（2）：229～233

[7] 徐开未，张小平，陈远学等. 钼与花生根瘤菌的复配及在酸性紫色土上的接种效果研究. 植物营养与肥料学报，2005，11（6）：816～821，845

分子标记技术在根瘤菌生态研究中的应用

廖德聪[1]，罗明云[2]，张小平[1]，陈强[1]，李登煜[1]

(1 四川农业大学，雅安 625014；2 四川师范学院，南充 637002)

摘　要：本文就遗传标记技术的概况、理想分子标记标准、DNA 标记技术发展现状、分子生态学的发展以及分子标记技术在根瘤菌生态研究中的应用现状和前景做了简要概述。目前在根瘤菌生态的研究中有两大问题需要解决：根瘤菌基因组与共生植物基因组之间相互作用机制以及高效重组根瘤菌的环境释放与生物安全问题。这就需要新的技术和理论，而分子生物学的发展以及分子生态学的诞生正好提供了理论和技术基础。

关键词：分子标记，分子生态学，根瘤菌生态

Applications of molecular markers on rhizobial ecological study

Abstract：This paper reviewed the genetic markers, the standards of ideal molecular markers, and the progress of DNA molecular markers, the development of molecular ecology and the applications and prospect of molecular makers on rhizobial ecological study. The interactive mechanism between the genomes of rhizobia and symbiotic plants and the environmental release and biological security of recombinant rhizobia are the two important problems on the study of rhizobial ecology. This need new technology and theory to resolve the problems. And the advancement of molecular biology and the formation of molecular ecology have just provided the resolutions.

Key words：Molecular markers, Molecular ecology, Rhizobial ecology

　　根瘤菌与豆科植物的共生固氮作用在改善土壤肥力、提高农作物产量、改善生态环境方面有着重要的意义和作用。豆科植物可与根瘤菌结瘤形成共生体，在常温、常压的自然环境中将大气中的氮转化为氨，供给植物的氮素营养；豆科植物根深叶茂，其根系分泌物能溶解土壤中的铁、磷、钾、镁、硫等矿物，增加植株在土壤深处的可吸收养分；据估算，全球每年生物固氮量约为 1.78 亿 t，根瘤菌与豆科植物的共生固氮效率最高，其固氮量占生物固氮量的 65%～70%[1,2]。因此根瘤菌与豆科植物的共生固氮是实现农业可持续发展的重大研究课题之一。

近百年来，国内外学者已在根瘤菌的物种资源、固氮生物学及其农业应用等方面进行了大量的研究，并获得了一系列的研究成果。20 世纪 70 年代以来，随着分子生物学研究技术的发展，根瘤菌的研究重点已转移至遗传学和分子生物学方面。目前有关根瘤菌的研究两大重点：①根瘤菌基因组与共生植物基因组之间相互作用导致根瘤的发生、功能产生与持续、共生植物对根瘤形成调节等的分子对话机制问题。从已有的文献来看，根瘤菌参与分子对话这一过程的基因多达五十多个[3]，其中许多基因的功能还没有完全被人们所认识，更不用说这些基因在复杂的共生固氮体系中的功能和作用，还有许多共生基因有待陆续分离和鉴定。显然，要清晰阐明根瘤菌的基因组与共生植物相互作用机制需要利用能独立分离的遗传标记。②高效重组根瘤菌的环境释放[4]和生物安全问题。随着人类环境意识的增强，生物肥料的作用越来越受到各国政府和市场的重视。当代生物技术的发展，也为高效重组根瘤菌的遗传改造和构建创造了条件。但是重组根瘤菌株一旦释放到田间后，其与土著根瘤菌的竞争如何？生存状况如何？对环境有无危害？要解决这两个问题，分子生物学，特别是分子标记技术以及分子生态学的发展为我们提供了良好的技术手段和理论依据。

1 快速发展的分子标记技术

1.1 标记技术概况

一般来讲，遗传标记可用可见（visible）物理形状（重量、高度、颜色、生长率等）、营养缺陷型（auxotrophic）、抗生素敏感（antibiotic sensitivity）或抗性（resistance）、条件性（conditional）性状（如营养、温度、光照、发育等条件突变）和分子标记[5]。

分子标记（molecular marker）是指可遗传的并可检测的 DNA 序列或蛋白质，可分为免疫性（antigenic）标记、酶（enzymatic）标记和 DNA 标记（DNA-based）等[5]。免疫性标记主要是以糖链多态性为分子基础的方法，如荧光抗体法（FA）、酶联免疫法（ELISA）、血凝结法。酶标记主要有等位酶（allozyme）标记[6]、抗生素抗性酶（基因）、发光酶标记等。DNA 标记是基于 DNA 的分子标记技术，如 RFLP、AFLP、RAPD、VNTR、SSCP、SNP 等[5]，狭义的分子标记概念只是指 DNA 标记。

1.2 理想分子标记标准[7]

理想的分子标记应主要达到以下几个要求：①具有高的多态性；②表现为共显性，即利用分子标记可鉴别出杂合和纯合基因型；③能明确辨别等位基因；④遍布整个基因组；⑤除特殊位点的标记外，要求分子标记均匀分布于整个基因组；⑥选择中性（即无基因多效性）；⑦检测手段简单、快速（如实验程序易自动化）；⑧开发成本和使用成本尽量低廉；⑨在实验室内和实验空间重复性好（便于数据交换）。

1.3　新兴的 DNA 标记技术

1.3.1　限制性片段长度多态性[8]（restriction fragment length polymorphisms，RFLP）

RFLP 是发展最早的 DNA 分子标记技术，其原理是用限制性内切核酸酶特异性切割 DNA 链，由于 DNA 上某个"点"的变异造成"能切"与"不能切"两种状况可产生不同长度的片段，再由凝胶电泳来显示这一长度多态性，从多态性的信息与表型的连锁分析定位基因。

1.3.2　随机扩增多态性 DNA[5]（random amplified polymorphic DNA，RAPD）

随机选择寡核苷酸（一般为 10bp）作引物，对基因组 DNA 的 PCR 反应产生 DNA 多态性标记，通常是显性遗传标记。

1.3.3　扩增片段长度多态性[5]（amplified fragment length polymorphism，AFLP）

AFLP 把 RFLP 和 PCR 结合了起来，对基因组 DNA 进行限制酶酶切片段的选择性扩增，继承了 RFLP 和 PCR 技术的优点，稳定、灵敏。

1.3.4　可变数目串联重复[5]（variable number of tandem repeats，VNTR）

实际上是 RFLP 探针来自可变数目串联重复序列，产生的一类因相同或相近序列的拷贝数变化所引起的多态性，有三种类型：①多位点小卫星（multi-locus minisatellite DNA）序列，在基因组中多次出现；②单位点小卫星序列（single-locus minisatellite DNA）；③微卫星序列（microsatellite DNA）。这是目前在基因定位的研究中应用最多的标记系统。

1.3.5　单链构型多态分析[9]（single strand conformation polymorphism，SSCP）

SSCP 是一种简单、高效地检测 DNA 或 RNA 序列中点突变和多态性位点的技术。单个或多个碱基突变会影响单链 DNA 或 RNA 的构型，进而影响分子的电泳行为，但仍只是一种经验技术。

1.3.6　单核苷酸多态性[8]（single nucleotide polymorphism，SNP）

SNP 指由于单个核苷酸替代、插入或缺失而形成的分子多态，有时也包括多个核苷酸插入或缺失造成的点突变。其使用几乎完全依赖于 DNA 芯片技术。

1.3.7　DNA 序列分析[6]（DNA sequence）

DNA 序列分析是区分个体间遗传差异最彻底的方法，特别能提供基因组特定区域的完全遗传信息。随着 DNA 序列的快速分析技术的发展，其使用会越来越广泛。

2　分子标记技术在根瘤菌生态研究中的应用

2.1　分子生态学[4]

分子生物学的分子标记技术在生态学上应用实际上就是分子生态学。分子生物学与生态学的交叉、融合，孕育了一门新的科学——分子生态学，其诞生以 *Molecular Ecology* 创刊为标志。英国学者 Terry Burke 将分子生态学定义为"分子生态学是应用分子生物学技术研究生态学问题，它是分子生物学和生态复合而成的新的生态学分支学科"，向近敏、向连滨和林雨霖则进一步地提出分子生态学应当"研究生物活性分子在其显示与生命关联的活动中所牵连到的分子环境问题和细胞内微生态调节剂，即分子生态制剂"的论点[10]。

分子生态学的研究范畴[4]主要有四个方面：①分子生态学技术，主要是以 DNA 标记为代表的分子标记技术。②分子种群生物学，主要涉及遗传、进化、行为生态、种群保护等方面的问题。③分子环境遗传学，则以种群生态、基因流、重组生物的环境释放、自然环境中的遗传交换等为内容。④分子适应，研究遗传分化和形态分化、遗传分化和生理适应等。

分子生态学的方法在微生物研究中的应用始于 1985 年 Pace 等以核酸测序研究微生物的生态和进化，后来在微生物的生物多样性研究中较多，Woese 的古菌和生物"三域学说"[11]则是典型代表。分子生物学向根瘤菌的研究渗透，目前已广泛运用分子标记技术展开对根瘤菌生态研究，促进了根瘤菌分类、结瘤机制等的研究进展，但国内还没有从分子生态学角度系统地进行根瘤菌生态学研究的报道。

2.2　分子标记技术在根瘤菌生态研究中的应用现状

在根瘤菌生态研究采用的分子标记方法主要有免疫性标记、酶标记和 DNA 标记。

2.2.1　免疫学方法

常用来检测根瘤菌的免疫学方法有：荧光抗体法（FA）、酶联免疫反应（ELISA）、血凝结法等，但有相当的局限性，如有交叉反应时则不起作用。

2.2.2　酶标记

主要是利用具有抗生素抗性酶、发光酶（基因）作为报道基因的标记技术。

2.2.2.1　抗生素抗性酶（基因）

抗生素抗性可作为微生物生态学的选择标记，如蔺继尚等以转座子 Tn5 作弗氏中华根瘤菌的可识别生态学标记[12]，周蓓云等用带有对卡那霉素（Km）、链霉素（Sin）抗性的 Tn5 转座子定位诱变筛选出了紫云英根瘤菌 Exo⁻ 变种[13]，胡国元等用 Tn5-mob-*sacB* 转座子对华葵中生根瘤菌 HN3105 质粒进行定向标记[14]。

2.2.2.2　发光酶（基因）

有的发光酶要添加底物才能发光或产生光学效应，有的自身可发光，而这些发光酶的效应都可通过一定光学手段检测。第一类如 Wilson 用葡萄糖苷酶（*β*-glucuronidase，GUS）对根瘤菌及其他革兰氏阴性细菌做遗传和生态学研究[15]；孟颂东等应用葡萄糖苷酶（gusA）标记成功地进行了弗氏中华根瘤菌的结瘤实验研究[16]；莫才清[17]、郭先武[18]、罗明云[19]等分别应用发光酶基因（*luxAB*）检测大豆遗传改造根瘤菌、华葵根瘤菌 7653R 菌株和进行慢生根瘤菌竞争结瘤能力研究。绿色荧光蛋白（GFP）则是自身可以发光的第二类，通常作为报道基因，如 Stuurman Nico 等用 GFP 作为标记研究多个根瘤菌与不同植物的共生[20]，安千里、李久蒂等以 GFP 为荧光探针标记植物内生固氮菌，用共聚焦激光扫描显微镜观察到了该菌对玉米植株的侵染过程以及在植物体内的定殖情况[21,22]。邵继海、王创、冯娜、郑慧芬、何绍江等用 gfp 报道基因检测饭豆根瘤菌的侵染途径、定殖动态和研究土壤中 Cu^{2+} 对饭豆根瘤菌生物毒性等生态问题[23~25]。王浩、绳志雅、隋新华、陈文新等用 gfp 基因标记法研究大豆根瘤菌在大豆根部定殖结瘤情况[26]。Feng Chi[27] 和 F. M. Perrine-Walker[28] 用 gfp 基因分别研究根瘤菌标记菌株从根系向叶面迁移和水稻根系与根瘤菌的相互作用及侵入过程。

2.2.3　DNA 标记

2.2.3.1　基于 DNA 标记技术的根瘤菌分类研究

在根瘤菌分类研究上的 DNA 分子标记技术获得了广泛应用，主要有 RFLP、AFLP、RAPD 和 DNA 测序等[29]，以及它们的改进技术。例如，张小平等[30] 用 16S rDNA PCR-RFLP 以及李琼芳等[31] 用 16S-23S rDNA PCR-RFLP 分析四川花生根瘤菌具有种内的遗传多样性；Huys 等[32] 采用 AFLP 技术对 *Aeromonas* 属的菌株进行了研究，国内张小平、陈强等[33] 根据四川花生根瘤菌 AFLP 指纹图谱的相似性进行聚类分析；Willems 和 Gillis[34] 采用 16S rDNA 的全序列分析对已发表的根瘤菌种及相关菌株进行聚类分析，得到了系统发育树状图，张小平等[35] 对四川花生根瘤菌典型菌株的 16S rDNA 基因进行了部分序列分析，陈强[36] 用 AFLP、REP-PCR、23S rDNA PCR-RFLP 等方法对分离自四川的 23 株葛藤属的根瘤菌的遗传特性进行了研究。这些研究均很好地反映出了根瘤菌的种属特异性及系统发育状况，在根瘤菌研究工作中得到了广泛使用。

2.2.3.2　基于 DNA 标记技术的根瘤菌生态学研究

DNA 标记技术应用在根瘤菌生态学研究上主要有 AFLP、RAPD 和 DNA 测序技术。陈强等[37,38] 用 AFLP 技术研究慢生型花生根瘤菌竞争结瘤和根瘤菌与花生的相互作用；曾昭海等[39] 应用 RAPD 分子标记技术研究苜蓿根瘤菌的田间竞争结瘤能力；Zhiyuan Tan 等[40] 运用 16S-23S Ribosomal DNA Intergenic Spacer-Targeted PCR 研究了水稻根际根瘤菌的生态行为。

3　根瘤菌生态研究展望

目前在根瘤菌生态研究中主要是利用酶（报道基因）作为标记和运用一些成熟的 DNA 标记技术于分类上，并且多数是各方法之间配合使用。但这些研究还不系统，要更好地研究根瘤菌的生态问题，应当引入分子生态学的原理方法，也就是不仅要考虑引入新发展的如在 HGP 中取得显著成效的 VNTR、SNP 与 DNA 芯片等新技术手段，以便快速获得准确、丰富的根瘤菌与共生植物基因组相互作用的信息；也要引入种群生物学、环境遗传学、遗传分化与生理适应、遗传分化与形态分化等方面的理论、模型和计算机辅助手段，这可对用分子标记技术得到的信息做出更合理的分析处理，得到更深刻的认识。

参 考 文 献

[1] 林稚兰，黄秀梨．现代微生物学与实验技术．北京：科学出版社．2000

[2] 张小平，李阜棣．根瘤菌的遗传多样性与系统发育研究进展．应用与环境微生物学报，2002，8（3）：325～333

[3] 李阜棣，胡正嘉．微生物学．北京：中国农业出版社．2000

[4] 胡志昂，王洪新．分子生态学研究进展．生态学报，1998，18（6）：4～6

[5] 王可美，张小平，陈强等．用 *cel B* 基因检测慢生花生根瘤菌竞争性的可行性．应用与环境生物学报，2005，11（4）：423～425

[6] 张太平．分子标记及其在生态学中的应用．生态科学，2000，19（1）：51～58

[7] 黎裕，贾继增，王天宇．分子标记的种类及其发展．生物技术通报，1999，15（14）：19～22

[8] 朱玉贤，李毅．现代分子生物学．北京：高等教育出版社．2002

[9] 贺林．解码生命．北京：科学出版社．2000

[10] 向近敏，林雨霖，周峰．分子生态学．武汉：湖北科学技术出版社．2001

[11] 张晓君，冯清平，白玲．分子生态学方法在微生物多样性研究中的应用．微生物学通报，1999，20（1）：68～70

[12] 蔺继尚，崔明学，靳素英等．以转座子 Tn5 作弗氏中华根瘤菌的可识别生态学标记的研究．应用生态学报，1994，5（3）：292～298

[13] 周蓓云，黄建斌，粟文英．利用 Tn5 定位诱变筛选紫云英根瘤菌 *Exo*-变种．生物工程学报，1998，14（1）：51～57

[14] 胡国元，李伟伟，周俊初．用 Tn5-mob-*sacB* 转座子对华葵中生根瘤菌 HN3105 质粒进行定向标记或缺失．化学与生物工程，2006，23（7）：33～36

[15] Wilson K J, Sessitsch A, Corbo J C, *et al*. Beta-Glucuronidase (GUS) transposons for ecological and genetic studies of rhizobia and other gram-negative bacteria. Microbiology, 1995, 141：1691～1705

[16] 孟颂东，张忠泽．应用 GUS 基因研究弗氏中华根瘤菌的结瘤及效果．应用生态学报，1997，8（6）：595～598

[17] 莫才清，蔡艾君，李阜棣．应用发光酶基因标记检测大豆遗传改造根瘤菌在田间应用中的占瘤率．高技术通讯，1999，8（6）：48～50

[18] 郭先武，张忠明，胡福荣等．用 Tn5 标记带发光酶基因的华葵根瘤菌（*Mesorhizobium huakuii*）7653 R 质粒．华中农业大学学报，1999，18（2）：147～150

[19] 罗明云，张小平，李登煜等．用发光酶基因（*luxAB*）标记法研究慢生根瘤菌的竞争结瘤能力．生态学报，2003，23（2）：278～283

[20] Stuurman N, Pacios B C, Schlaman H R M, *et al*. Use of green fluorescent protein color variants expressed on stable broad- host-range vectors to visualize *Rhizobia* interacting with plants. Molecular plant-microbe interactions, 2000，13（11）：1163～1169

[21] 安千至，王伟，李久蒂．植物联合固氮菌分子生态学的研究方法和应用．植物生理学通讯，2001，37（1）：52～58

[22] 黄国存，朱生伟，董越梅等．绿色荧光蛋白及其在植物研究中的应用．植物学通报，1998，15（5）：24～30

[23] 邵继海，何绍江，王平等．用 *gfp* 报告基因检测土壤中 Cu^{2+} 对饭豆根瘤菌生物毒性的研究．华中农业大学学报，2004，23（3）：307～310

[24] 王创，郑慧芬，何绍江等．用 *gfp* 基因检测饭豆根瘤菌的侵染途径和定殖动态．生物学杂志，2004，21（6）：14～16

[25] 冯娜，郑慧芬，何绍江等．用 *gfp* 基因检测饭豆根瘤菌在饭豆根部的定殖动态．华中农业大学学报，2005，24（1）：49～51

[26] 王浩，绳志雅，隋新华等．用 *gfp* 基因标记法研究大豆根瘤菌在大豆根部定殖结瘤情况．微生物学杂志，2006，26（2）：1～4

[27] Chi Feng, Shen Shi-Hua, Cheng Hai-Ping, *et al*. Ascending migration of endophytic *Rhizobia*, from roots to leaves, inside rice plants and assessment of benefits to rice growth physiology. Applied and Environmental Microbiology, 2005, 71 (11): 7271~7278

[28] Perrine-Walker F M, Prayitno J, Rolfe B G, *et al*. Infection process and the interaction of rice roots with *Rhizobia*. Journal of Experimental Botany, 2007, 58 (12): 3343~3350

[29] Deans J D. The selection of fast growing trees for sustainable production in the semi-arid zone: N_2 fixation and Microbiology, soil amelioration, whole plant physiology, genetic, water and nutrients use. Tropical and subtropical agriculture, third STD programme, 1992~1995

[30] Zhang X, Nick G, Kaijalainen S, *et al*. Phylogeny and diversity of *Bradyrhizobium* strains isolated from the root nodules of peanut (*Arachis hypogaea*) in Sichuan, China. Systematic and Applied Microbiology, 1999, 22 (3):378~386

[31] 李琼芳, 张小平, 李登煜等. 四川花生根瘤菌的遗传多样性. 西南农业学报, 1999, 12 (增1)

[32] Huys G, Coopman R, Janssen P, *et al*. High-resolution genotypic analysis of the genus *Aeromonas* by AFLP fingerprinting. Intern System Bacterial, 1996, 46 (2): 572~580

[33] 张小平, 陈强, 李登煜等. 用 AFLP 技术研究花生根瘤菌的遗传多样性. 微生物学报, 1999, 39 (6): 484~488

[34] Willems A, Collins M D. Phylogenetic analysis of Rhizobia and Agrobacteria based on 16S rRNA gene sequence. Int J Syst Bacteriol, 1993, 43 (2): 305~313

[35] 张小平, 李登煜, Nick Giselle 等. 慢生花生根瘤菌的遗传多样性研究. 应用与环境生物学报, 1998, 4 (1): 70~73

[36] 陈强, 陈文新, 张小平等. 四川省葛藤属根瘤菌的遗传多样性研究. 中国农业科学, 2004, 37 (11): 1641~1646

[37] Chen Qiang, Zhang Xiaoping, Terefework Z, *et al*. Diversity and compatibility of peanut (*Arachis hypogaea* L.) *bradyrhizobia* and their host plants. Plant and Soil, 2003, 255 (2): 605~617

[38] 陈强, 张小平, 李登煜等. 用 AFLP 技术检测慢生型花生根瘤菌竞争结瘤的研究. 生态学报, 2003, 23 (10):1341~1345

[39] 曾昭海, 陈文新, 胡跃高等. 应用 RAPD 分子标记技术研究苜蓿根瘤菌的田间竞争结瘤能力. 生态学报, 2004, 24 (7): 1341~1345

[40] Tan Zhiyuan, Hurek T, Vinuesa P, *et al*. Specific detection of *Bradyrhizobium* and *Rhizobium* strains colonizing rice (*oryza sativa*) roots by 16S-23S ribosomal DNA intergenic spacer-targeted PCR. Applied and Environmental Microbiology, 2001, 67 (8): 3655~3664

用 AFLP 技术检测慢生型花生根瘤菌的竞争性

陈强[1] 张小平[1] 李登煜[1] 陈文新[2]
Lindström[3] Kristina Terefework Zewdu[3]

(1. 四川农业大学资源环境学院，雅安 625014；
2. 中国农业大学生物学院，北京 100094；
3. 赫尔辛基大学应用化学与微生物学系，赫尔辛基 00014)

摘　要：以 5 株慢生型花生根瘤菌和天府 3 号花生共生试验的根瘤为材料，将新鲜根瘤经表面灭菌、破碎后直接加入 200μL 4mol/L 异硫氰酸胍（GUTC）裂解液混匀，离心去掉根瘤残留物，再加入适量 RNA 酶，37℃温育 30min 后，加入 20μL 硅藻土吸附液，离心去掉上清，沉淀经 GUTC 裂解液二次处理，再分别用洗涤液、70％乙醇洗涤；硅藻土沉淀经真空干燥，加入 20μL 超纯水洗涤硅藻土沉淀，即可获得类菌体根瘤菌DNA。所获得的 DNA 可以用于 AFLP、16S rRNA PCR 扩增。进而用 AFLP 技术研究了慢生型花生根瘤菌 Spr2-9、Spr3-5、Spr3-7、Spr4-5 和 Spr7-1 的遗传稳定性和竞争结瘤能力。结果显示，供试条件下，传代次数对菌株的遗传性状无明显影响，28℃培养条件下，花生根瘤菌连续传 96 代，其 AFLP 指纹未发生明显变化；37℃培养，仅 Spr3-5和 Spr3-7 能够存活并很好生长，其 AFLP 指纹也未发生明显改变，然而其他菌株不能生长。将供试慢生型花生根瘤菌分别接种天府 3 号花生，光照培养 30d 后，随机各取 4个根瘤，从根瘤中提取类菌体 DNA 进行 AFLP 分析，各根瘤类菌体 DNA 的 AFLP 指纹图谱与该菌株纯培养物 AFLP 指纹相同。将 5 个菌株混合接种天府 3 号花生，不同菌株的占瘤率存在差异，Spr3-5 和 Spr3-7 的竞争结瘤能力最强，两菌株的占瘤率之和为85.4％；Spr4-5 的占瘤率为 12.2％；Spr7-1 为 2.4％；而 Spr2-9 的竞争结瘤能力最差。本试验结果说明，AFLP 技术用于根瘤菌生态和竞争结瘤能力研究，具有下列优点：简易、快速、准确；直接取豆科植物的根瘤提取 DNA，进行原位研究；在不改变菌株遗传特性，即不使用突变株的前提下，可以直接测定已知菌株的竞争结瘤能力。

关键词：豆科植物，根瘤，AFLP 指纹图谱，原位标记技术，竞争结瘤能力

A test on competition in nodulation ability of peanut *bradyrhizobia* by AFLP fingerprinting technique

Abstract：The fresh root nodule from the legume plant was surface sterilized, and crashed in an Eppendorf tube, then mixed with $200\mu L$ of GUTC buffer thoroughly, and spinned briefly, the upper phase was transferred to a new one, and RNase was added, and the mixture was incubated at 37℃ for 30 min, and $20\mu L$ of diato- maceous earth solution was added and mixed properly. The mixture was incubated at room temperature for15 min, then centrifuged, and discarded the upper phase. These sediments were treated with GUTC buffer described as above again, and followed by 3 time rinsing of new wash buffer. The sediments were washed by 70% ethanol, and dried in vacuum. $20\mu L$ of ultrapure water was used to dissolve the DNA absorbed by diatomaceous earth sediments. After centrifuge, the upper solution was transferred to another tube, and used as template DNA to do the AFLP and 16S rRNA PCR analysis. The results showed that DNA with high quality can be obtained by this method. Then the hereditary character and the nodulation competition ability, with the Tianfu No. 3 peanut cultivar, were determined by AFLP fingerprinting method with Five peanut *bradyrhizobial* strains of Spr2-9, Spr3-5, Spr3-7, Spr4-5, and Spr7-1. The results showed that, the AFLP fingerprinting for all of the experimental strains cultivated at 28℃ was the same as the untreated for 96 generations, so do the strains of Spr3-5 and Spr3-7 incubated at 37℃ in YMB medium for 96 generations, however, the strains of Spr2-9, Spr4-5, and Spr7-1 could not grow at 37℃; the nodulation competition rate was 85.4% for the two strains of Spr3-5 and Spr3-7, 12.2% for Spr4-5, 2.4% for Spr7-1, and zero percent for Spr2-9; Spr3-5 and Spr3-7 were the best strains due to the highest nodulation competition rate and well growth ability at 37℃. In general, the results suggested that AFLP fingerprinting was a good technique to differentiate the studied strains, and it is an easy, rapid and accurate method for the research on ecology and effective strains selection of *Rhizobium*.

Key words: Legume plant, Nodule, AFLP fingerprinting, Marker technique *in situ*, Competitive ability

　　根瘤菌与豆科植物形成的根瘤能将大气中游离的氮转化为 NH_3 供植物利用，农牧业生产中，豆科植物接种高效根瘤菌株，可以提高产量和品质，减少化肥施用量，有效避免环境污染。因此，根瘤菌与豆科植物的高效共生固氮体系，在农业与环境的可持续发展中具有积极的意义。筛选共生有效性高、竞争结瘤能力强的根瘤菌常常是一件费力、耗时的工作。通常，研究者从不同地区收集某种豆科植物根瘤并分离纯化出大量的根瘤菌，再从这些菌株中筛选出高效菌株供生产应用。以纯化的根瘤菌为材料，研究其形态、生理及遗传特性，这些根瘤菌为腐生状态。然而处于共生状态时，根瘤菌是以类菌体形式存在于同豆科植物形成的根瘤中，其形态及生理特性均与腐生状态的根瘤菌有差别。因此，直接研究根瘤中类菌体形式的根瘤菌的遗传特性，对于揭示根瘤菌与豆科植物、环境间共生行为及遗传信息交流具有特殊意义。

　　如何直接从根瘤中提取类菌体状态根瘤菌的 DNA，至今未见报道。吴少慧等[1]曾报道了从非豆科植物根瘤中提取痕量放线菌 DNA 的方法，可以获得符合质量要求的

DNA。Little 等[2]介绍了用硅藻土吸附法提取细菌 DNA 的方法，该法已被证实可以有效地提取细菌 DNA[3, 4]。我们对硅藻土吸附法改进后，获得了一种从豆科植物根瘤中快速、简便地提取根瘤菌 DNA 的方法。

几十年来，人们建立了多种方法用于根瘤菌生态和选种研究，传统的方法如利用根瘤菌对抗生素的不同抗性[5]，荧光抗体法（FA）、酶联免疫（ELISA）等。随着分子生物学技术的发展，人们开始利用不同的基因标记技术来研究根瘤菌的生态学，并将这些技术应用于优良根瘤菌的选育工作中，取得了良好的效果。自 1993 年以来，AFLP 技术[6]被证明能反映出各种基因组 DNA 丰富的遗传信息，结果稳定可靠，已广泛应用于原核[7]及真核基因组指纹图谱[8, 9]及基因定位研究。我们先前的研究表明，AFLP 能够反映出各供试花生根瘤菌菌株间的微小差异[10, 11]，根据这一特点，本文研究了 AFLP 技术用于花生根瘤菌生态研究和选育优良花生根瘤菌菌株的可行性，也为进一步研究花生根瘤菌生态与共生效应奠定了基础。

1 材料与方法

1.1 材料

1.1.1 供试根瘤

研究材料为花生和三叶草根瘤，供试花生品种为天府花生，三叶草为野生品种。用于结瘤试验的慢生花生根瘤菌为 Spr2-9、Spr3-5、Spr3-7、Spr4-5 和 Spr7-1（表 1），其中 Spr3-5 和 Spr3-7 分离自同一地点，遗传特性相似[12]。

表 1　供试菌株及根瘤情况

Table 1　The strains and nodules tested

编号 Code	菌株 Strains	属、种 Genus, Species	宿主植物 Host plant	瘤重 Nodule weight /g	DNA 含量 DNA content /(ng/μL)
1	Spr2-9	*Bradyrhizobium* sp.	花生	0.0130	200
2	Spr3-5	*Bradyrhizobium* sp.	花生	0.0043	180
3	Spr3-7	*Bradyrhizobium* sp.	花生	0.0021	160
4	Spr4-5	*Bradyrhizobium* sp.	花生	0.0037	160
5	Spr7-1	*Bradyrhizobium* sp.	花生	0.0032	160
6	三叶草根瘤菌	*Rhizobium* sp.	三叶草	0.0039	200

取 7 个容积为 500mL 的玻璃瓶，洗净后装入干净的石英砂，瓶口用玻璃培养皿盖住，140℃干热灭菌 2 h，冷却备用。

取 20 粒天府花生种子，表面灭菌后用无菌蒸馏水浸泡种子，在 25℃培养箱中发芽，每天用无菌蒸馏水换水一次，待胚根长出 1～2cm 后，将幼苗移栽到沙培玻璃瓶中，加入适量灭菌的 Jensen 营养液，25℃光照培养。待花生的子叶展开后，其中 5 瓶分别接种 5mL 经镜检纯度合格的供试花生根瘤菌菌液，另一瓶不接菌，作对照。光照培养 30d 后，分别采集接种根瘤菌的根瘤备用。

野生三叶草植株采自芬兰赫尔辛基大学 Viiki 实验农场，经洗涤后随即取根瘤，将根瘤表面灭菌后提取 DNA 和分离根瘤菌。

1.1.2　试剂

1.1.2.1　GUTC 缓冲液

称取 23.26g 异硫氰酸胍（GUTC）、0.087g 反式环己二胺四乙酸（*trans*-1,2-dianin-cyclohex-*N*,*N*,*N′*,*N′*-tetra acetic acid，CTDA），溶解于 20mL 浓度为 40mmol/L 的 Tris-HCl（pH8.0）缓冲溶液中。待试剂完全溶解后，用相同浓度的 Tris-HCl 缓冲液定容至 50mL 即成浓度 4mol/L 的 GUTC 缓冲液。

按下列组成成分配制 500mL 洗涤缓冲液：无水乙醇 60%，Tris-HCl（pH8.0）20mmol/L，EDTA（pH8.0）1mmol/L，NaCl 400mmol/L，用超纯水定容至 500mL，贮藏于玻璃瓶中。

1.1.2.2　硅藻土吸附缓冲液

称取 5g 硅藻土（Promega 公司出品，商品名为 Celite），用 1×TE 缓冲液洗涤硅藻土 3 次，最后按 1∶1（*m/V*）加入 1×TE 缓冲液，配成硅藻土吸附液。所有的缓冲液均室温保存备用。

1.2　方法

1.2.1　花生根瘤菌遗传稳定性测定

虽然在纯培养条件下，菌株的自发突变概率很低，但经过多次传代后，菌株的 AFLP 指纹是否稳定？不同温度条件下培养菌株后，其 AFLP 稳定性如何？这是 AFLP 技术能否用于根瘤菌生态研究和菌种选育的关键。为此我们进行了传代次数及培养温度对根瘤菌遗传特性影响实验。

1.2.1.1　传代次数对根瘤菌 AFLP 指纹的影响

我们的实验表明，分离自四川的慢生型花生根瘤菌的平均代时约为 5h。将供试菌株分别接种到 5mL 的 YMB 试管中，150r/min，28℃培养 5d。分别取 0.5mL 菌液接种到另一支 5mL 的 YMB 试管，28℃、150r/min 培养 24h，再分别取 0.5mL 菌液接种到另一支 YMB 试管。每天转接培养，一共转接 15 次，分别取第 24 代、第 48 代、第 72 代和第 96 代的根瘤菌提取 DNA，进行 AFLP 分析。

1.2.1.2　培养温度对供试菌株 AFLP 指纹的影响

分别于盛有 50mL YMB 的三角瓶中接种供试菌株，150r/min，37℃培养 5d。用与 28℃培养时相同的方法，对菌液进行转接培养及供试菌株 DNA 的提取和 AFLP 分析。

1.2.2　共生结瘤试验

砂培瓶准备：取直径 10cm，高 20cm 的广口玻璃瓶，装入洗净沥干的石英砂至瓶颈，170℃干热灭菌 2h，冷却备用。

浸种催芽：取天府 3 号花生 50 粒，0.2% HgCl₂ 表面灭菌 5min，无菌水洗涤 5 次，放置于 4 个无菌培养皿中，用无菌水催芽，每天换水一次，直到胚根长出 2cm。

接种试验：分别培养供试菌液 20mL（至浓度 1×10⁸ 个/mL），各取 10mL 移至无菌培养皿中，放入 3 株已催芽的花生浸泡 10min，再移栽到 3 个砂培瓶，每瓶各加入 5mL 供试菌液；同时分别取供试菌株培养液 5mL 于另一培养皿，充分混匀，同上法浸泡花生植株、移栽，接入混合菌液。最后向瓶内加入适量 Jensen 无氮营养液。置光照培养箱中，25℃培养。

1.2.3 DNA 提取

1.2.3.1 从根瘤中直接提取类菌体根瘤菌 DNA

取单个的根瘤，按标准方法进行表面灭菌，将根瘤放入容积为 1.5mL 的 Eppendorf 管中，加入 200μL 的 GUTC 缓冲液，用无菌玻棒将根瘤充分压破、混匀，8000r/min 离心 30s，将上清液转入另一 Eppendorf 管，加入 30ng RNA 酶，37℃温育 30min。

将硅藻土吸附缓冲液充分摇匀，每管加入 20～30μL 该吸附液，振荡均匀后室温放置 15min，13 000r/min 离心 30s，倾去上清液，再加入 200μL GUTC 缓冲液，混合均匀后室温放置 10min，同上法离心处理。用洗涤缓冲液洗涤上述硅藻土沉淀 3 次，每次 300μL，然后用 200μL 70％乙醇洗涤硅藻土沉淀 1 次，13 000r/min 离心 2min，弃去乙醇溶液，真空抽干。最后向每管中加入 20μL 超纯水，在涡旋振荡器上充分混匀，55℃保温 10min，然后 13 000r/min 离心 5min，小心将上清液转移至另一支已编号的 Eppendorf 管，该溶液即为从根瘤中提取的 DNA 样品。

1.2.3.2 根瘤菌 DNA 的提取

将供试的根瘤菌纯菌株分别接种到 3mL 的 TY 液体培养基中，28℃、150r/min 振荡培养 5d，取 1.5mL 菌液于 Eppendorf 管中，13 000r/min 离心 4min，倾去上清，用 1×TE 缓冲液洗涤菌体 2 次，加入 500μL GUTC 缓冲液，参照文献[3]方法提取纯根瘤菌株的 DNA。

以已知浓度的 λDNA 为标准，取待测 DNA 样品各 1μL，用 1％的琼脂糖凝胶电泳，确定样品 DNA 的浓度。全部 DNA 样品贮藏于−20℃。

1.2.4 PCR 扩增

为了检测所提取的根瘤 DNA 的质量，我们进行了 AFLP 和 16S rRNA 扩增试验。

1.2.4.1 AFLP 分析

AFLP 按 Vos[6]、张小平[10] 的文献介绍的方法进行，5μL 供试根瘤菌 DNA 样品经酶切连接后，用具有 2 个选择性碱基的引物扩增，PCR 产物用 5％的聚丙烯酰胺凝胶电泳分离，再银染。

1.2.4.2 16S rRNA 扩增

选用 fD1 和 rD1 为引物，反应液组成为：Dynazyme 聚合酶缓冲液（10 倍浓度）5μL，dNTP（10mmol/L）2.5μL，fD1 和 rD1 引物（20μmol/L）各 1μL，模板 DNA 50ng，Dynazyme 聚合酶（2U/μL）1μL，最后用超纯水补足反应总体积 50μL。扩增反应在 PTC—200 型 PCR 仪上进行，反应程序见文献[4]，PCR 产物用 1％的琼脂糖凝胶电泳检测。

1.2.5 根瘤菌占瘤率的测定

从混合接种试验的花生根系随机选取 41 个根瘤提取 DNA，AFLP 扩增后，用 5％

聚丙烯酰胺凝胶电泳分离得到电泳图谱，比较 AFLP 指纹图谱，按下式计算某种根瘤菌的占瘤率：$N=A \div B \times 100\%$，式中，N 为占瘤率；A 为泳道中根瘤类菌体 DNA 的 AFLP 指纹与某一出发菌株 AFLP 指纹具有相同带谱的泳道数量。由于每条泳道是从一个根瘤中提取类菌体 DNA 进行 AFLP 反应后形成的，代表了一个根瘤，因此 A 实际上代表某个菌株侵入花生根系后形成根瘤的数量。B 为根瘤类菌体的 AFLP 指纹的总泳道数，即试验中调查的总根瘤数。

2 结果与分析

2.1 结瘤实验

接种试验在光照条件下完成，经过 30d 培养，全部供试菌株均能与天府三号花生结瘤（图 1）。

图 1　慢生型根瘤菌共生结瘤实验

从左至右：Spr3-7，Spr2-9，Spr3-5，Spr4-5，Spr7-1，混合菌株

Fig. 1　The symbiotic nodulation experiment of peanut bradyrhizobia

From left to right, the order is Spr3-7, Spr2-9, Spr3-5, Spr4-5, Spr7-1 and the mixed strains

图 2 是各供试菌株的结瘤效果，由图可见，供试的 5 株根瘤菌均能与天府三号花生品种结瘤，但结瘤能力存在差异，其中，Spr2-9、Spr3-5 和 Spr3-7 的结瘤数多，Spr7-1 的结瘤数少，但根瘤体积较大，因而这些菌株均表现出了良好的共生效应（图 2）。

图 2　供试菌株的结瘤情况

Fig. 2　The nodulation of the tested strains

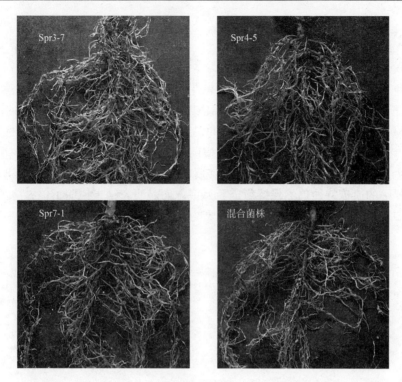

图 2 (续)

Fig. 2 (Continue)

2.2 DNA 提取

　　分别从各供试花生根系随机选取 4 个根瘤,采用 GUTC 方法从根瘤中直接提取 DNA 和从根瘤菌中提取 DNA,电泳结果显示,采用该法提取根瘤中的类菌体根瘤菌 DNA,所有样品均获得成功,获得的 DNA 浓度较高 (200ng/μL),电泳图谱前端未见 RNA 片段 (图 3),表明根瘤类菌体的 RNA 被完全酶解消除。

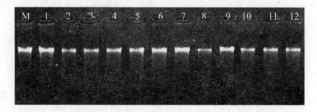

图 3　根瘤菌及根瘤 DNA

M:λDNA (200ng/μL);1～5 分别为从 Spr2-9、Spr3-5、Spr3-7、Spr4-5、Spr7-1 与天府三号花生形成的根瘤提取的 DNA;6 为从三叶草根瘤直接提取的 DNA;7～12 分别为 Spr2-9、Spr3-5、Spr3-7、Spr4-5、Spr7-1 和三叶草根瘤菌 DNA

Fig. 3　The DNA extracted from rhizobia and nodules

M:λDNA (200ng/μL);Lane 1～5 are DNAs from the peanut nodules formed by Spr2-9, Spr3-5, Spr3-7, Spr4-5 and Spr7-1, respectively;Lane 6 is the DNA from the trifolium nodule;Lane 7～12 are DNAs from Spr2-9, Spr3-5, Spr3-7, Spr4-5, Spr7-1 and trifolium rhizobia, respectively

2.3　PCR 扩增结果

2.3.1　AFLP 分析

　　从接种了慢生型花生根瘤菌的天府 3 号花生植株根系分别随机采集 4 个根瘤，提取 DNA 做 AFLP 分析，各类菌体 DNA 的 AFLP 指纹与该菌株纯培养的 AFLP 指纹一样（图 4 和图 5）。图 4 是供试根瘤菌 DNA 的 AFLP 图谱，可见 AFLP 指纹图谱很清晰，效果很好；图 5 是从供试根瘤中提取的根瘤菌类菌体 DNA 的 AFLP 图谱，其结果同图 4 高度相似，AFLP 指纹图谱很清晰，能够反映菌株间的差异，该结果亦表明供试菌株在共生过程中的遗传特性仍然保持稳定。另一方面，研究结果说明了该方法提取的根瘤菌类菌体 DNA 能够达到 AFLP 分析所需要的浓度和纯度。

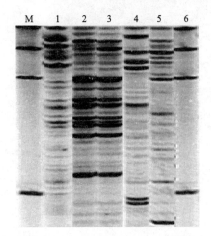 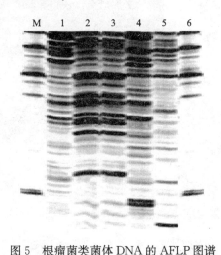

图 4　根瘤菌 DNA 的 AFLP 图谱

M：分子质量标记；1～5：Spr2-9、Spr3-5、Spr3-7、Spr4-5 和 Spr7-1；6：三叶草根瘤菌 DNA

Fig. 4　The AFLP fingerprints of rhizobial DNA

M：Marker；Lane 1～5：Spr2-9，Spr3-5，Spr3-7，Spr4-5 and Spr7-1；Lane 6：trifolium rhizobia

图 5　根瘤菌类菌体 DNA 的 AFLP 图谱

M：分子质量标记；1～5：Spr2-9、Spr3-5、Spr3-7、Spr4-5 和 Spr7-1；6：三叶草根瘤菌 DNA

Fig. 5　The AFLP fingerprints of bacteroid DNA

M：Markers. Lane 1～5：the AFLP fingerprints of the bacteroid DNA from Spr2-9，Spr3-5，Spr3-7，Spr4-5 and Spr7-1；Lane 6：trifolium nodule DNA

2.3.2　16S rRNA 的扩增结果

　　图 6 结果表明，不论是根瘤菌 DNA，还是根瘤菌类菌体 DNA，均顺利扩增出 16S rRNA 片段，PCR 产物片段大小为 1.5kb，符合细菌 16S rRNA 基因片段大小范围。

2.4　AFLP 用于研究慢生型花生根瘤菌竞争结瘤的可行性

2.4.1　不同条件下慢生型花生根瘤菌的稳定性

2.4.1.1　传代次数对花生根瘤菌 AFLP 代型的影响

　　图 7 是供试慢生型花生根瘤菌在不同培养时间的 AFLP 指纹图谱。从图中可以看出，各菌株的 AFLP 图谱基本上是一致的。试验结果表明，经过连续传接 96 代，供试

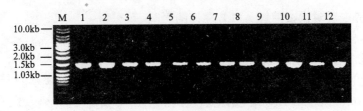

图 6　16S rRNA PCR 结果

M：分子质量标记，1～12 与图 3 相同

Fig. 6　The result of 16S rRNA PCR

M：molecular marker. 1～12 is the same as Fig. 3

菌株的遗传特性是稳定的，即在供试条件下，菌株的遗传特性未发生变化。

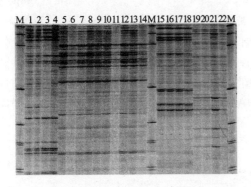

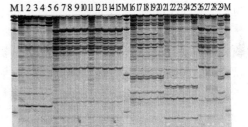

图 7　不同培养条件下供试花生根瘤菌 AFLP
指纹图谱

M：p^{GEM}标记；1～4 表示 Spr2-9 菌株培养 5d、10d、15d 和 20d 的 AFLP 图谱；5～8 表示 Spr3-5 菌株培养 5d、10d、15d 和 20d 的 AFLP 图谱；9 表示 Spr3-5 在 37℃培养 20d 时的 AFLP 图谱；10～13 表示 Spr3-5 菌株培养 5d、10d、15d 和 20d 的 AFLP 图谱；14 表示 Spr3-5 在 37℃培养 20d 时的 AFLP 图谱；15～18 表示 Spr4-5 培养 5d、10d、15d 和 20d 的 AFLP 图谱；19～22 表示 Spr7-1 培养 5d、10d、15d 和 20d 的 AFLP 图谱。除上述指出的 37℃培养温度而外，其余均在 28℃培养

Fig. 7　The AFLP fingerprints of peanut
bradyrhizobia at different incubating conditions

M：p^{GEM}；1～4：Spr2-9 (5d, 10d, 15d, 20d)；5～8：Spr3-5 (5d, 10d, 15d, 20d)，9：Spr3-5 (37℃, 20d)；10～13：Spr3-5 (5d, 10d, 15d, 20d)，14：Spr3-5 (37℃, 20d)；15～18：Spr4-5 (5d, 10d, 15d, 20d)；19～22：Spr7-1 (5d, 10d, 15d, 20d)．Strains were
incubated at 28℃ except those at 37℃

图 8　根瘤菌和类菌体 DNA 的 AFLP 指纹图谱

M：p^{GEM}标记；1：Spr2-9；2～5 表示 Spr2-9 的类菌体；6：Spr3-3；7～10 表示 Spr3-3 的类菌体；11 表示 Spr3-7；12～15 表示 Spr3-7 的类菌体；16 表示 Spr4-5；17～20 表示 Spr4-5 的类菌体；21 表示 Spr7-1；22～25 表示 Spr7-1 的类菌体；26～29 表示用以上 5 株菌混合接种结瘤中的类菌体 DNA

Fig. 8　The AFLP fingerprints of rhizobia
and bacteroid

M：p^{GEM} 1：Spr2-9；2～5：bacteroids of Spr2-9；6：Spr3-3；7～10：bacteroids of Spr3-3；11：Spr3-7，12～15：bacteroids of Spr3-7；16：Spr4-5；17～20：bacteroids of Spr4-5；21：Spr7-1；22～25：bacteroids DNA of Spr7-1；26～29：bacteroids DNA from peanut
nodules inoculated with mixture of 5 strains

2.4.1.2　培养温度对供试菌株 AFLP 图谱的影响

花生的生长季节为夏天，在四川常常遭遇到高温和伏旱天气。本实验中设计了 37℃培养对菌株 AFLP 指纹的影响。结果表明，供试的 5 个菌株中，仅 Spr3-5 和 Spr3-7 能够生长，说明这两个菌株能够耐较高的温度，而其他菌株不能在 37℃时生长。从 Spr3-5 和 Spr3-7 的 AFLP 指纹图谱看（图 8），37℃条件下转接培养 15 次共 20d 后，两个菌株的遗传特性无明显变化。结合共生有效性实验结果，初步可以认为 Spr3-5 和 Spr3-7 是一株共生效率高、能够耐较高环境温度的优良根瘤菌，但尚需探讨其竞争能力。

2.4.2　根瘤菌类菌体 DNA 的 AFLP 分析

从混合接种的花生根系随机采集的 4 个根瘤提取 DNA，获得的 AFLP 指纹图谱存在差异，其中有 3 个根瘤的 AFLP 条带与 Spr3-5、Spr3-7 相同，另 1 个根瘤的条带与 Spr4-5 相同，表明 AFLP 能够区分出混合接种试验中侵染花生根系的某一个根瘤菌。将图 2 中 AFLP 指纹信息用 Gelcompar4.1 软件分析，得到根瘤菌类菌体 DNA 指纹分析树状图（图 9），从图 9 可见，聚类分析中各菌株在 88％相似水平很好地分开，供试菌株各自成群，另外，从混合接种的根系采集的根瘤，扩增的 AFLP 指纹图谱则呈现不同，在聚类分析中，这些根瘤菌类菌体 DNA 分布于 3 个 AFLP 遗传群，表明与天府 3 号花生结瘤的至少有三个菌株。

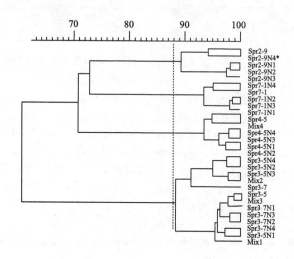

图 9　根瘤菌及类菌体 DNA 的 AFLP 分析树状图

＊为根瘤编号，mix 为混合接种试验根瘤

Fig. 9　The dendrogram of rhizobial and bacteroid DNA based on the AFLP fingerprints

＊ indicates the codes of nodules, mix means the nodules formed by mixed inoculation

2.4.3　供试菌株的占瘤率

为了研究各个供试菌株的占瘤率，从混合接种试验的 3 株花生植株根系随机采集了 41 个根瘤，提取类菌体 DNA 进行 AFLP 指纹分析，将其 PCR 产物与出发菌株的 AFLP 产物同时进行 5％变性聚丙烯酰胺凝胶电泳（图 10）。对其带形进行分析后，计

算出各菌株的占瘤率，统计结果见表 2。

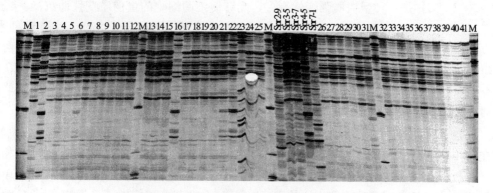

图 10　混合接种试验根瘤类菌体 DNA 的 AFLP 指纹图谱

M：p^{GEM}分子质量标记；1～41 为类菌体 DNA 的 AFLP 指纹图谱；Spr2-9、Spr3-5、Spr3-7、Spr4-5 和
Spr7-1 为纯培养物 DNA 的 AFLP 图谱

Fig. 10　The AFLP fingerprints of the bacteroid DNA in the mixed inoculation experiment

M：p^{GEM} Marker；1～41 represent the AFLP of bacteroid；Spr2-9，Spr3-5，Spr3-7，Spr4-5 and Spr7-1
are pure cultures

表 2　混合接种试验中各菌株的占瘤率统计

Table 2　The nodule occupancy rate for each strain of mixed rhizobia inoculation

菌　株 Strains	与出发菌株 AFLP 带谱相同的根瘤个数 The nodule numbers with the same AFLP pattern/个	占瘤率 Nodule occupancy rate/%
Spr2-9	0	0
Spr3-5，Spr3-7*	35	85.4
Spr4-5	5	12.2
Spr7-1	1	2.4
合计	41	100.0

* Spr3-5 和 Spr3-7 的遗传特性相同，应为同一个种的不同菌株，因而计算占瘤率时，将二者归在一起

* The nodule occupancy rate is the sum of Spr3-5 and Spr3-7, because the two strains have same genetic features and belong to the same species

　　表 2 的结果表明，供试的 5 个慢生型花生根瘤菌的竞争结瘤能力存在差异，从菌株的占瘤率看，Spr3-5 和 Spr3-7 的占瘤率之和为 85.4%，Spr4-5 的占瘤率为 12.2%，Spr7-1 为 2.4%，Spr2-9 为 0，说明在盆栽实验条件下，Spr3-5 和 Spr3-7 的竞争结瘤能力最强，其次为 Spr4-5 和 Spr7-1，而 Spr2-9 的竞争能力较差。由于 Spr3-5、Spr3-7 分离自同一个地方，其生理和遗传相似性极高，在结瘤试验中表现出了较强的竞争结瘤能力，在本试验中未把占瘤率分开，将 85.4% 作为两者共有的占瘤率。由于 Spr3-5、Spr3-7 能够在 37℃生长，可进一步在大田条件下研究其竞争结瘤能力。

3　讨论

　　根瘤菌与豆科植物根系形成根瘤后，主要以类菌体形式存在于根瘤中[8]。类菌体没有细胞壁，容易为 GUTC 缓冲液裂解，因此类菌体 DNA 更容易进入缓冲液。异硫氰酸胍（GUTC）是一种蛋白质强变性剂[7]，能够使细菌细胞的蛋白质变性而沉淀，经过洗涤缓冲液的充分洗涤，可除去绝大部分蛋白质。硅藻土的成分是 SiO_2，由于粒径小、比表面积大，具有较强的吸附力，能够吸附溶解于缓冲液中的 DNA，洗涤去除蛋白质后再用超纯水洗脱硅藻土，即可得到纯度较高的 DNA 样品。本研究中采集的根瘤，鲜重介于 $0.0021\sim0.013g$，而提取的 DNA 浓度均超过 $100ng/\mu L$，提取的 DNA 溶液总体积可以达到 $20\sim30\mu L$，能够满足供试根瘤菌绝大多数遗传学研究工作的需要。

根瘤中的类菌体处于生理活跃状态，含有大量的 RNA，在缓冲液中加入 RNA 酶，并在 37℃ 条件下温育 30min，即可去除 RNA。此结果似乎与 GUTC 的作用特点相矛盾，因为 GUTC 的作用是使蛋白质变性。可能的原因包括：由于实验过程中 RNA 酶用量较大，GUTC 缓冲液不能完全使 RNA 酶变性；RNA 酶能够部分抵抗 GUTC 缓冲液的变性能力，并能发挥酶切 RNA 的功能。实验中采用 GUTC 缓冲液处理样品两次，目的是使根瘤类菌体细胞充分破碎以获得大量的 DNA，同时第二次加入的 GUTC 缓冲液也起着使菌体蛋白质和 RNA 酶进一步失去活性的作用。采用该种方法提取 DNA，固然不可能彻底去除菌体中所有的蛋白质，但实验结果表明，用该方法获得的 DNA，其质量能够达到 AFLP、16S rRNA 扩增的要求。我们用本方法从花生植株根系随机采集了 50 多个根瘤，提取 DNA，并进行了 AFLP 特性分析，全部获得成功。而且由于植物细胞具有较厚的细胞壁，应用该方法提取豆科植物根瘤中类菌体 DNA 时，不会将植物细胞中的 DNA 提取出来，接种前的根瘤菌 DNA 的 AFLP 指纹图谱与从根瘤中提取的类菌体根瘤菌 DNA 的 AFLP 指纹图谱基本相同。

本实验除了用盆栽方式，用已知的慢生花生根瘤菌菌株与花生植株所结的根瘤为材料外，还采集了野生的三叶草根瘤，目的在于检验方法的可行性。显然，实验结果说明，无论是盆栽、还是野生的豆科植物，只要能获得新鲜根瘤，即可采用此方法从根瘤中获得较高质量的根瘤菌 DNA。因此，本方法可以用于相关根瘤菌的原位生态研究工作中。同时，本研究结果表明，在不同的培养条件下以及在根瘤内，供试菌株的 AFLP 指纹图谱是稳定的，因此 AFLP 技术可用于根瘤菌生态学的研究及优良根瘤菌的选育与应用。

目前，多用外源标记基因或报道基因，如 Diouf 等[13]、郭先武[14]、孟颂东[15] 和 Sessitsch 等[16] 用 gusA、LuxAB 或 gfp 等标记方法筛选优良的根瘤菌或检测根瘤菌的竞争结瘤能力。但基因标记法存在周期长、供试菌株数受限等缺点。本研究中，Spr3-5 和 Spr3-7 的 AFLP 图谱相同，二者的占瘤率最高，一方面说明 AFLP 在生态研究具有明显优势，即可以原位研究根瘤菌生态分布；另一方面可以筛选出在不同地域占优势的根瘤菌，从而可以简化优良菌株筛选的步骤。因此，利用 AFLP 获得的根瘤菌自身遗传信息，研究根瘤菌的生态或筛选优良菌株，具有简易、快速、准确；能够进行原位研究；不需要获得突变株等优点。

参 考 文 献

[1] 吴少慧，刘忠，张成刚等. 植物根瘤菌痕量 Frankia DNA 的提取及鉴定. 应用与环境生物学报，2001，7（1）：

76~78

[2] Little M C. Process for purification of DNA on diatomaceous earth. United states patent No. 5，Rad Laboratories. Inc Hercules，Calif，1991

[3] 高俊莲，陈文新，Terefework Z 等. 应用 AFLP 技术对斜茎黄芪根瘤菌遗传多样性分析的研究. 应用与环境生物学报，1999，5 (4)：387~395

[4] Zhang X X, Guo X W, Terefework T. *et al*. Genetic diversity among rhizobial isolates from field-grown *Astragalus sinicus* of Southern China. System Appl Microbiol, 1999, 22 (3)：312~320

[5] Fesenko A N, Provorov N A, Orlova I F, *et al*. Selection of *Rhizobium leguminosarum* bv. *Viciae* strains for inoculation of *Pisum sativum* L. cultivars：analysis of symbiotic efficiency and nodulation competitiveness. Plant and Soil, 1995, 172：189~198

[6] Vos P R, Hogers M, Reijans T, *et al*. AFLP：a new technique for DNA fingerprinting. Nucleic Acid Research, 1997, 23：4407~4414

[7] Torriani S, Clementi F, Vancanneyt M, *et al*. Differentiation of *Lactobacillus plantarum*, *L. pentosus and L. paraplantarum* species by RAPD-PCR and AFLP. Syst Appl Microbiol, 2001, 24 (4)：554~560

[8] Osten M, den Bieman M, Kuipen M T R, *et al*. Use of AFLP markers for gene mapping and QTL mapping in rat. Genomics, 1996, 37：289~294

[9] Van Eck H J, Van der Voort J R, Draaaisrtra P, *et al*. The inheritance and chromosomal localization of AFLP markers in Non-inbred potato offspring. Molecular Breeding, 1995, 1：397~410

[10] Zhang Xiao-ping, Chen Qiang, Li Deng-yu, *et al*. The use of AFLP Technique for the study of genetic diversity in Peanut *bradyrhizobia*. Acta Microbiologica Sinica, 1999, 39 (6)：483~487

[11] Zhang X P, Giselle N, Lindstrom K, *et al*. Phylogeny and diversity of *Bradyrhizobium* strains isolated from the root nodules of peanut (*Arachis hypogaea*) in Sichuan, China. Systematic Applied Microbiology, 1999, 22 (3)：378~386

[12] Terefework Z, Kaijalainen S, Lindstrom K. AFLP fingerprinting as a tool to study the genetic diversity of *Rhizobium galegae* isolated from *Galega orientalis* and *Galega officinalis*. Journal of Biotechnology, 2001, 91 (2, 3)：169~180

[13] Diouf A, Spencer M M, Gueye M, *et al*. Use of *gusA* gene marker in a competition study of the *Rhizobium* strains nodulating the common bean (*Phaseolus vulgaris*) in Senegal soils. World Journal of Microbiology and Biotechnology, 2000, 16：337~340

[14] 郭先武，张忠明，胡福荣等. 用 Tn5 标记带发光酶基因的华癸根瘤菌 7653R 质粒. 华中农业大学学报，1999，18 (2)：147~150

[15] 孟颂东，张忠泽. 应用 GUS 基因研究弗氏中华根瘤菌结瘤及效果. 应用生态学报，1997，8 (6)：595~598

[16] Sessitsch A, Wilson K J, Antoon D L, *et al*. Simultaneous detection of different *Rhizobium* strains marked with either the *Escherichia coli gusA* gene or the *Pyrococcus furiosus celB* gene. Applied Environmental Microbiology, 1996, 62 (11)：4191~4194

用发光酶基因（*LuxAB*）标记法研究慢生花生根瘤菌的竞争结瘤能力

罗明云[1]，张小平[2]，李登煜[2]，陈强[2]，周俊初[3]

(1. 四川师范学院地理系，南充　637002；2. 四川农业大学资源环境学院，
雅安　625014；3. 华中农业大学，武汉　430000)

摘　要：*LuxAB* 基因标记是一种新型基因标记技术，在很多研究领域都有着良好的应用前景。本研究对 22 株分离自四川省各地的慢生型花生根瘤菌进行水培、盆栽、田间小区试验，通过考查结瘤数、鲜瘤重、单株全氮含量、花生产量，评比出 4 株有效性高的菌株。应用三亲本杂交将 *LuxAB* 基因成功地向慢生型花生根瘤菌进行了转移，并获得了一株带 *LuxAB* 基因标记的菌株 Cspr7-1。对 Cspr7-1 进行性状、标记基因的遗传稳定性检测，结果表明，*LuxAB* 基因不仅能有效表达，而且性状稳定。在无氮水培条件下进行标记菌株与土著根瘤菌的竞争结瘤试验。结果证实，Cspr7-1 在植物根系上的占瘤率平均达到 61.3%，比土著根瘤菌的竞争结瘤能力强，而且 Cspr7-1 在主根上的侵染能力远较侧根上的强，平均高出 22.3%～39.6%。同时实验还表明，这种技术具有操作简便、分析结果可靠、处理样品多等优点。

关键词：*luxAB* 基因标记，慢生型花生根瘤菌，竞争性

The competitiveness of *Bradyrhizobium* sp. (*Arachis*) studied by using *LuxAB* marker gene technique

Abstract：The *LuxAB* marker gene is useful in microbial ecological studies. Four nitrogen fixing effective strains were selected out from 22 peanut *bradyrhizobial* strains, which were isolated from the different cultivars and locations in Sichuan, by observing nodule number, fresh nodule weight, and amount of N fixed and peanut yields in N-free solution pot, soil pot and small scale field experiments. One strain Cspr7-1 marked with *LuxAB* gene was obtained triumphantly by thri-parental mating. Detecting the characteristic and stability of Cspr7-1, the results showed that the *LuxAB* gene not only expressed in Cspr7-1, but also kept stabilized. Using the *LuxAB* marked gene to study competitive ability of Cspr7-1 with soil indigenous rhizobia in N-free solution pot, we found that the Cspr7-1 had higher nitrogen fixing efficiency and stronger competitive ability than that of the soil indigenous bradyrhizobia. Nodule occupancy of Cspr7-1 on peanut root was 61.3% on average. The competitive ability of Cspr7-1 was different between main root and lateral root. *LuxAB* marker technique is simple, reliable and very useful in assessing the competitiveness of rhizobial strains in rhizosphere.

Key words：*LuxAB* marker gene, *Bradyrhizobium* sp. (*Arachis*), Competitiveness

　　根瘤菌与豆科植物的共生固氮作用在改良土壤肥力，提高农作物产量，改善生态环境等方面有着十分重要的意义和作用，因而在生产中应用人工接种根瘤菌便成为一种常规的农业措施。随着分子生物学技术的发展，通过群体遗传学筛选或遗传重组的工程菌已在不断生产应用[1~4]。释放到田间的接种根瘤菌，必然要与土著根瘤菌在土壤营养、生活空间及宿主植物等方面进行竞争，接种根瘤菌能否提高作物产量则直接取决于竞争力的大小[5]。另外，接种工程菌对环境的影响也逐渐受到各国政府的重视。为了追踪接种根瘤菌在土壤-植物-环境这一系统中的动态，需要有一个可靠的检测手段。传统根瘤菌常使用的方法是借助于所接种根瘤菌的内源分子作标记，包括应用根瘤菌的天然抗性基因，细胞表面的抗源特征以及根瘤菌 DNA、RNA 的特征序列作为标记来同土著根瘤菌相区别。虽然近年来已出现了许多标记技术，如酶联免疫技术、荧光抗体技术、免疫电泳技术以及 DNA 指纹技术包括 RFLP 图谱和 RAPD 图谱，16S rDNA 酶切带形等[6~9]。但由于大多数方法存在背景干扰、技术难度大或需要的设备、化学试剂昂贵而难于在实际工作中应用。由此可见，常规的检测手段已无法满足实践的需要。于是，通过遗传重组将外源基因导入供试菌株，从而在检测或回收释放至土壤中的该菌株时，可以将其与同类土著细菌分开的方法（即标记基因技术）应运而生，随即在微生物分子生态学的研究领域广泛应用。*LuxAB* 基因作为一种简便、实用的基因标记技术，已在国内外很多领域中成功应用[10~13]。目前应用 *LuxAB* 基因标记技术研究快生型根瘤菌的分子生态学，已有过报道[14]，但应用 *LuxAB* 基因标记技术研究慢生型花生根瘤菌与土著根瘤菌竞争结瘤的分子生态学问题，仍未见报道。本研究的目的是应用 *LuxAB* 基因（发光酶基因）标记技术研究慢生型花生根瘤菌在土壤根际中的竞争结瘤能力，通过基因标记法来阐述发光酶基因标记在慢生型根瘤菌分子生态学研究中的可行性；通过基因标记法筛选不仅有效性高，而且竞争结瘤能力强的高效菌株用于花生的人工接种。

1 材料

1.1 培养基

　　大肠杆菌用 LB 固体或液体培养基，慢生型花生根瘤菌用 YMA 固体培养基，SM 固体培养基用于筛选转移接合子，并能淘汰大肠杆菌。

1.2 细菌、质粒

　　用于标记的供试慢生型花生根瘤菌、质粒见表1。

表 1　菌株及质粒

Table 1　Bacterial strains and plasmids tested

菌株/质粒 Strain/Plasmids	相关特征 Relevant characteristies	来源 Sources
Bradyrhizobium sp. Spr7-1	Ap^r Spe^r Neo	四川农业大学微生物系
质粒 pHN102	*luxAB* Tc^r Spe^r	华中农业大学微生物固氮室
质粒 pRK2073	Spe^r tra$^+$ mob$^-$	

1.3　供试菌株

本研究的 22 株慢生型花生根瘤菌分离自四川省各地,具体情况见表 2。

表 2　供试菌株

Table 2　Bacterial strains tested

菌株 Strains	寄主 Host plant	分离地 Isolation site
Spr7-7	天府花生三号 Tian fu No. 3 peanut	南充 Nanchong
Spr7-5	天府花生三号 Tian fu No. 3 peanut	南充 Nanchong
Spr4-4	地方品种 Local	雅安 Ya-an
Spr2-9	天府花生三号 Tian fu No. 3 peanut	洪雅 Hongya
Spr2-8	天府花生三号 Tian fu No. 3 peanut	洪雅 Hongya
Spr7-8	天府花生三号 Tian fu No. 3 peanut	南充 Nanchong
Spr7-1	天府花生三号 Tian fu No. 3 peanut	南充 Nanchong
Spr4-5	地方品种 Local	雅安 Ya-an
Spr6-3	地方品种 Local	宜宾 Yibin
Spr3-7	地方品种 Local	雅安 Ya-an
Spr4-10	地方品种 Local	雅安 Ya-an
Spr7-9	天府花生三号 Tian fu No. 3 peanut	南充 Nanchong
Spr3-2	天府花生三号 Tian fu No. 3 peanut	雅安 Ya-an
Spr4-2	地方品种 Local	雅安 Ya-an
Spr7-10	天府花生三号 Tian fu No. 3 peanut	南充 Nanchong
Spr3-1	天府花生三号 Tian fu No. 3 peanut	雅安 Ya-an
Spr3-4	天府花生三号 Tian fu No. 3 peanut	雅安 Ya-an
Spr4-6	地方品种 Local	雅安 Ya-an
Spr4-1	地方品种 Local	雅安 Ya-an
Spr3-6	天府花生三号 Tian fu No. 3 peanut	雅安 Ya-an
Spr3-3	天府花生三号 Tian fu No. 3 peanut	雅安 Ya-an
Spr3-5	天府花生三号 Tian fu No. 3 peanut	雅安 Ya-an

1.4　试剂

培养菌体和筛选所使用的抗生素分别为四环素、壮观霉素、新霉素和氨苄青霉素,各自浓度见表 3。

表 3　抗生素

Table 3　Antibiotics

抗生素 Antibiotics	贮存浓度 Saving up concentration /(mg/mL)	溶剂 Solvent	使用浓度 Using concentration /(μg/mL)
四环素（Tc）	10	无水乙醇	20
壮观霉素（Spe）	50	无菌水	50
新霉素（Neo）	10	无菌水	10
氨苄青霉素（Ap）	50	无菌水	50

2　方法

2.1　水培试验[15]

水培器采用 500mL 的细颈瓶，瓶高 19.5cm，瓶口直径 4cm。将配制好的水培液注入清洗后的瓶内，瓶口覆盖一层牛皮纸，在瓶口正中央开一小孔（直径 1cm），外罩一层塑料薄膜，灭菌备用。花生经水泡后，再人工筛选粒大、饱满的种子用 0.2% 的升汞水灭菌 5～10min，以无菌水冲洗 7 或 8 次，用灭菌的大镊子将种子放在灭过菌的锯末屑中，胚根朝下，放在 25～30℃ 条件下，催芽 3～4d，待主根长到 4～5cm 长，须根还未出现的时候播种，播种时除去花生种皮。取斜面菌种试管一支，加入无菌水 3～4mL，刮洗菌苔，制成菌悬液（菌液浓度保持在 2.2×10^{10} cfu/mL 左右），将根蘸上菌悬液，插入水培器小孔内，每瓶一株，每一处理重复 5 次。培养期及时补充营养液，光照室（控温 22～24℃，光照强度 2700～3000lx，日照时间 10～12h）培养 40d 左右收获。

2.2　盆栽试验

用能装土 5kg 的盆钵每盆装土 3kg 左右，根瘤菌吸附剂的制备同大田试验，种子经表面灭菌后，进行拌种、播种，每盆 3～5 粒种子，每一处理重复 5 次。待种子成苗后，拔去生长不良的幼苗，每盆只留一株健壮植株[16]。

2.3　田间小区试验

在种植花生前，先将制备好的根瘤菌吸附剂均匀装袋（每一个处理一袋），高温灭菌 90min，并与活化好的根瘤菌菌液按每一处理分别拌和。播种时，将选好的花生种子放入到菌剂中进行裹种，窝播，每窝两粒。试验小区面积 0.4 亩，共 23 个处理，每处理重复 3 次，每一次播种花生 29 窝。生长期的管理，按当地习惯进行，出苗期要及时补缺，在植株盛花期时收获。

2.4　*LuxAB* 基因标记

含发光酶基因的质粒 pHN102 的供体大肠杆菌和含辅助质粒 pRK2073 的协助大肠

杆菌与慢生型花生根瘤菌的接合按三亲本杂交方法进行。将慢生型花生根瘤菌 Spr7-1 接种在含有 Neo（10μg/mL）抗生素的 5mL TY 培养液中，于 28℃振荡培养 72h，带重组质粒 pHN102 的大肠杆菌接种于 5mL 加相应浓度的抗生素 Ap（50μg/mL）的 LB 培养液中，带质粒 pRK2073 的大肠杆菌接种于 5mL 加相应浓度抗生素 Spe（50μg/mL）的 LB 培养液中，37℃振荡培养过夜。将上述供体菌、受体菌及辅助菌株以 2∶1∶1 的比例混合，用无菌注射器将混合菌液过滤到微孔滤膜上，滤膜置 TY 平板上，于 28℃培养 24～48h，用无菌水将滤膜片上的菌苔洗下，制成菌悬液，作 10 倍系列稀释，涂布于加相应浓度抗生素 Tc（20μg/mL）的 SM 选择平板和不加抗生素的 SM 计数平板上，置 28℃培养至长出菌落，记录菌落数，并由此计算出转移频率。

2.5　标记菌株发光活性的检测

采用修改的 Eckhardt[17]方法进行质粒检测，其具体操作按文献[5]进行。*LuxAB* 基因发光活性的检测采用平皿点种法进行，将已纯化的标记菌株，均匀点种在 YMA 培养基平板上，28℃培养至长出菌落后，在培养皿盖上加入 5～10μL 0.1％的葵醛，在暗室中观察菌落是否发光，并用 X 光片记录。

2.6　基因标记对出发菌株的影响及其遗传稳定性检测

在相同的培养条件下，测定标记菌株和出发菌株各自的生长曲线以及在不同的营养条件下的生存竞争能力，以此来推断标记菌株的性状相对于出发菌株是否有明显的改变。在无菌盆栽条件下，将出发菌株、标记菌株分别回接植株，在光照室培养，于盛花期收获，对根瘤数、根瘤重和植株干重等数据进行统计分析。

标记基因的遗传稳定性检测在两种条件下进行。一种是在 YMA 培养基上连续转接 5 次，最后挑取 100 个单菌落，分别点种在加抗生素和不加抗生素的 YMA 培养基上，于 28℃培养至长出菌落，检查菌落的发光，计数并计算出外源质粒的丢失百分率。另一种是在共生条件下，即将标记菌株制成菌悬液，接种于花生水培液中，并以出发菌株和不接种作对照，光照培养 40d 后收获。将收获的根瘤在培养皿中用 0.1％的葵醛 5～10μL 检查，在暗室中观察发光，并用 X 光片记录，由此计算发光根瘤占所有根瘤的百分比[18]。

2.7　标记菌株与土著根瘤菌的竞争结瘤试验

用无菌水浸提土壤（水土比为 9∶1），将浸提液（每 1mL 含菌 1.47×10³ 个）接入种有花生幼苗的细口瓶中，同时将带有 *LuxAB* 基因标记的根瘤菌用无菌水制成菌悬液（每 1mL 含菌 1.28×10⁸ 个）按 1∶1，把菌悬液注入接有土壤浸提液的瓶中，以不接种为对照，在盛花期时收获花生植株，检查花生根系上发光根瘤和不发光根瘤的比例。

3　结果与分析

3.1　供试菌株的有效性

接种 22 株慢生型花生根瘤菌的花生植株，其侵染结瘤的情况列于表 4。

表 4　供试菌株与花生资阳三号共生固氮效应（水培试验）

Table 4　Symbiotic effectiveness of bacterial strains used on Zi-yang No. 3 peanut（solution pot）

菌株代号 Strain code	株高 Plant height /cm	总瘤数 Total nodules /(个/plant)	鲜瘤重 Fresh nodule weight /(g/plant)	植株干重 Plant dry weight /(g/plant)	单株全氮 Plant total N content /(mg/plant)	现瘤时间 Nodulation time/d
CK	16.5	0		0.61	20.11	
Spr2-8	22.0	84.3	0.09	1.14	29.87	15.7
Spr2-9	19.8	44.5	0.18	1.10	29.25	12.6
Spr3-1	22.3	85.0	0.15	1.24	23.50	14.0
Spr3-2	19.3	53.3	0.11	1.14	23.93	14.6
Spr3-3	22.3	57.3	0.12	1.10	23.05	13.8
Spr3-4	19.0	45.8	0.08	0.94	20.60	15.6
Spr3-5	19.8	46.0	0.13	1.32	30.00	16.2
Spr3-6	19.5	61.3	0.08	1.07	23.40	14.3
Spr3-7	21.8	144.3	0.23	1.45	28.75	14.0
Spr4-1	20.3	56.5	0.11	1.28	34.15	17.4
Spr4-2	20.0	46.0	0.08	0.99	23.60	17.6
Spr4-4	18.5	45.0	0.06	1.07	27.61	15.4
Spr4-5	19.5	35.0	0.19	1.13	29.50	13.1
Spr4-6	21.0	30.8	0.07	1.14	30.29	16.8
Spr4-10	20.3	48.3	0.08	1.25	31.75	17.2
Spr6-3	20.8	44.3	0.06	0.79	17.55	16.6
Spr7-1	20.8	44.0	0.20	1.32	33.00	13.3
Spr7-5	21.0	21.0	0.06	1.12	26.44	18.6
Spr7-7	16.8	29.8	0.07	0.97	25.57	16.3
Spr7-8	20.0	17.3	0.04	0.97	25.09	16.8
Spr7-9	18.5	14.3	0.04	0.74	17.03	15.4
Spr7-10	20.5	44.5	0.30	1.19	31.50	15.8

表 4 是 5 次重复的平均数

Numerical values given in Table 4 were the mean of five replicates

　　从水培结果来看，22 株菌的侵染能力不一致，现将总瘤数、鲜瘤重、全氮含量几个参考因素做直观柱状图分析，结果见图 1。

　　从图 1 可以看出，Spr3-7 总瘤数显著地高，其次是 Spr2-8、Spr3-1、Spr7-1、Spr7-10；从鲜瘤重和全氮量看则以 Spr2-9、Spr3-1、Spr3-7、Spr3-3、Spr4-5、Spr7-1、Spr7-10 等几株菌为高；依据直观图中的结果，再结合植株长势可以初步筛选出侵染结瘤、固氮能力较强的 Spr2-9、Spr3-1、Spr3-7、Spr4-1、Spr4-5、Spr4-10、Spr7-1、Spr7-10 等菌株，作为盆栽和大田试验之用。盆栽试验和大田试验的结果见表 5 和表 6。

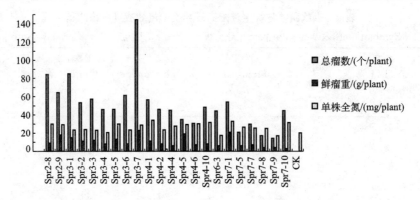

图 1　总瘤数、鲜瘤重、全氮含量比较

Fig. 1　Comparison of nodule number, fresh nodule weight and amount of N fixed

表 5　菌株与花生资阳三号共生效应（盆栽试验）

Table 5　Symbiotic effectiveness of bacterial strains used on Zi-yang No. 3 peanut（soil pot）

菌株代号 Strain code	株高 Plant height /cm	分枝数 divarication /(个/plant)	花生鲜重 Peanut fresh weight/g	花生干重 Peanut dry weight/g	植株鲜重 Plant fresh weight/g	植株干重 Plant dry weight/g
CK	24.8	5.4	18.3	8.5	40.9	16.13
Spr2-9	25.4	6.0	25.8	12.4	47.2	16.00
Spr3-1	24.0	5.4	18.4	8.6	43.0	16.50
Spr3-7	25.2	5.0	19.1	10.9	33.6	11.38
Spr4-1	26.6	5.8	17.9	7.7	48.6	16.88
Spr4-5	26.8	6.6	21.2	11.5	39.9	14.88
Spr4-10	29.2	6.4	26.4	12.7	51.7	19.13
Spr7-1	27.2	5.6	24.8	11.3	58.2	16.38
Spr7-10	26.9	5.0	29.3	13.1	66.7	23.63

表 5 是 5 次重复的平均数

Numerical values given in Table 5 were the mean of five replicates

表 6　田间小区试验结果

Table 6　The results of field experiments

菌株代号 Strain code	花生鲜重 Peanut fresh weight /g	化生干重 Peanut dry weight /g	植株鲜重 Plant fresh weight /g	植株干重 Plant dry weight /g
CK	5.9	2.90	11.7	2.82
Spr2-9	8.1	4.78	14.8	4.60
Spr3-1	4.6	2.52	9.9	3.04
Spr3-7	4.7	2.02	11.6	3.72
Spr4-1	4.5	1.99	10.6	2.27
Spr4-5	8.0	4.32	13.4	3.53
Spr4-10	6.4	2.97	13.7	4.53
Spr7-1	7.7	3.88	15.9	4.17
Spr7-10	6.8	3.70	13.9	3.87

表 6 是三次重复的平均数

Numerical values given in Table 6 were the mean of there replicates

对表 5 和表 6 中的主要数据用 McTaTc 软件进行统计分析，根据分析的结果，与对照相比，表现均在显著以上的菌株，仅有 Spr2-9、Spr3-7、Spr4-5 和 Spr7-1 四株。分析结果见表 7。

表 7　数据分析

Table 7　Data analysis

菌株代号 Strain code	单株全氮 Plant total N content /(mg/plant)	植株干重 Plant dry weight/g	瘤鲜重 Nodules fresh weight/g	花生干重 Dry yield /(kg/pot)
Spr2-9	29.25*	4.60*	0.18*	2.39
Spr3-1	23.50	3.04	0.15	1.26
Spr3-5	30.00*	2.27	0.13	1.00
Spr3-7	28.75*	3.72	0.23*	1.01
Spr4-5	29.50*	3.93*	0.19*	2.16**
Spr4-10	31.75*	4.53*	0.08	1.49
Spr7-1	33.00*	4.17*	0.20*	1.94*
Spr7-10	31.50*	3.87*	0.30*	1.87*
CK	20.25	2.82		1.47
F	2.3152	2.4604	2.2510	2.2963

表 7 所列数年据均为三次重复的平均值。＊在 $F=0.10$ 水平时与对照差异显著；＊＊在 $F=0.10$ 水平时与对照差异极显著

Numerical values given in Table 7 were the mean of there replicates. ＊$F=0.10$ indicated there were significant difference between marker strains and origins strains；＊＊$F=0.10$ indicated there were extremely significant difference between marker strains and origins strains

综上所述，Spr2-9、Spr3-7、Spr7-1 及 Spr4-5 四株慢生型花生根瘤菌，不仅在水培试验中现瘤早、结瘤多，而且全氮含量高，在大田试验中花生产量都较对照和其他菌株高，再参照盆栽试验结果，最后得出它们是有效性高的四株菌株。

3.2　抗药性

将筛选出来的四株菌和所用质粒进行抗药性测定，测定结果反映了菌株和质粒对抗生素敏感性的差异（表 8）。

表 8　供试菌株和质粒的抗药性

Table 8　Antibiotic resistance of strains and plasmid

菌株及质粒 Strains and plasmids tested	抗生素种类及浓度/(μg/L) Antibiotic type and concentration/(μg/L)							
	Tc (10)	Tc (20)	Tc (30)	Tc (40)	Ap (50)	Spe (50)	Neo (5)	Neo (10)
Spr2-9	+	+	+	+	+	+	+	+
Spr3-7	+	+	+	−	+	+	+	+
Spr4-5	+	+	+	−	+	+	+	+
Spr7-1	+	+	−	−	+	+	+	+
PTR102	+	+	+	+	+	−	−	−
PRK2073	−	−	−	−	−	+	−	−

＋：有抗药性；－：无抗药性

＋：resistant；－：not resistant

3.3 *LuxAB* 标记基因的导入与表达

携带 *LuxAB* 发光酶基因的质粒 pHN102，在辅助质粒 pRK2073 的协助下，通过三亲本杂交进行接合转移。以上这些质粒的宿主均是营养缺陷型大肠杆菌。利用加入抗生素 Tc 的根瘤菌合成培养基 SM，即可将杂交混合体中供体菌、受体菌（非标记菌）和辅助菌菌株淘汰掉，再加抗生素筛选不难得到转移接合子。统计选择平板上的转移接合子和计数平板上的菌落数，便可计算出转移频率。结果见表 9。

表 9 *LuxAB* 基因在慢生型花生根瘤菌的转移

Table 9　Transfer of *LuxAB* gene to *Bradyrhizobium* sp. （*Arachis*）

菌株代号 Strain code	选择培养基 （抗生素浓度） Selective medium （Antibiotic concentration）/ （μg/L）	计数培养基 Count medium	发光菌落数 Luminous colonies	菌落总数 Total colonies /(cfu/mL)	转移频率 Transfer frequency
Spr7-1-1	SM+Tc （20）	CM	2	1.57×10^{7}	1.27×10^{-7}
Spr7-1-2	SM+Tc （20）	CM	1	1.74×10^{7}	5.70×10^{-7}
Spr7-1-3	SM+Tc （20）	CM	3	5.7×10^{6}	5.26×10^{-7}
Spr7-1-4	SM+Tc （20）	CM	2	1.12×10^{7}	1.79×10^{-7}
Spr7-1-5	SM+Tc （20）	CM	1	2.3×10^{6}	4.35×10^{-7}

由表 9 可见，慢生型花生根瘤菌通过三亲本杂交进行质粒转移的频率很低，其范围为 $1.27\times10^{-7}\sim5.7\times10^{-7}$。

转移接合子经纯化后，在 TY 液体培养基中培养至对数生长期，离心收集菌体，进行质粒抽提和凝胶电泳。从凝胶电泳的结果来看，转移接合子与出发菌株相比，明显多了一条带，表明外源质粒已成功地导入慢生型花生根瘤菌中，见图 2。

图 2　转移接合子的质粒带谱

1、2. 转移接合子；3、4. 出发菌株

Fig. 2　Plasmid patterns of transformants

1, 2. Transformants；3，4. Parent strain

纯化后的转移接合子在适合于慢生型花生根瘤菌的培养基上能很好地生长，用癸醛检测发光活性，全部菌落均能发光，表明发光酶基因已在根瘤菌中表达，见图 3。

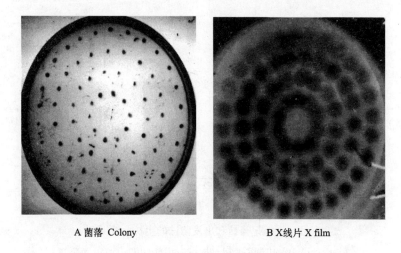

A 菌落 Colony　　　　　　　　　　B X线片 X film

图 3　转移接合子的发光活性检测

Fig. 3　Luminescence detection of transformants

3.4　标记基因对出发菌株的影响与遗传稳定性检测

　　将标记菌株 Cspr7-1 与出发菌株 Spr7-1 以 1∶1 的比例混合，于 28℃和 4℃下用无菌水保存，每隔 7d 取一次样，稀释涂平板，培养至菌落出现，然后根据菌数随时间的改变作图，结果见图 4。由图 4 可见，在 28℃条件下总菌数和发光菌数都有所增加，而在 4℃条件下总菌数和发光菌数都呈下降趋势，但无论是总菌数的增加或减少，发光菌落数总是随着总菌数的变化而变化，并保持一定比例关系，说明标记根瘤菌与原出发菌株在生存竞争方面差异不大，即标记基因的导入对出发菌株在不同温度条件下的生存竞争能力没有明显的影响。

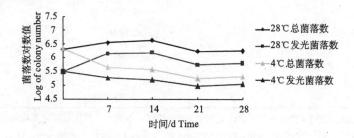

图 4　标记菌株与出发菌株间的生存竞争曲线图

Fig. 4　Survival and competitive curve of labelled strain and parent strain

　　我们选择 YMA 液体培养基进行试验，以时间为横坐标，以活菌数的对数为纵坐标，做出标记菌株和出发菌株的生长曲线，结果见图 5。

　　由图 5 可见，标记菌株和出发菌株的生长曲线变化趋势一致，在相同的培养条件下，达到菌体量最高峰值均处在接种后 96h 左右。

　　标记菌株与出发菌株的共生效应的比较研究结果见表 10，通过对根瘤总数、根瘤

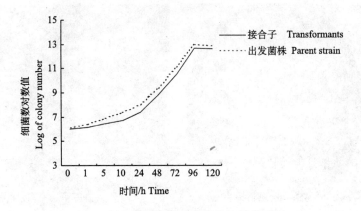

图 5　标记菌株和出发菌株的生长曲线图

Fig. 5　Growth curve of labelled strain and parent strain

重和地上部分干重等数据的统计分析，证明用发光酶基因标记慢生型花生根瘤菌，不影响菌株的共生固氮能力。

表 10　标记菌株与出发菌株的差异性比较

Table 10　Differential comparison of marked strain and parent strain

菌株代号 Strain code	根瘤数 Nodule number /plant	鲜瘤重 Fresh nodule weight/g	植株干重 Dry plant weight/g
Cspr7-1-1	23. 4[a]	0. 073[a]	1. 274[a]
Cspr7-1-2	21. 2[a]	0. 075[a]	1. 331[a]
Cspr7-1-3	25. 5[a]	0. 086[a]	1. 376[a]
Cspr7-1-4	24. 0[a]	0. 077[a]	1. 172[a]
Cspr7-1-5	23. 9[a]	0. 090[a]	1. 267[a]
Spr7-1	23. 7[a]	0. 081[a]	1. 403[a]
CK			0. 917[b]
F 值	2. 045	1. 391	0. 192

表 10 数据均为三次重复的平均数，a 表示菌株之间的差异性很小，b 表示对照株与标记菌株间差异显著

Numerical values given in Table10 were the mean of there replicates. a indicated there were no difference . b indicated there were significant difference between marker strains and origins strains

　　将标记菌株在 YMA 固体培养基上连续转接 5 次后，挑取 100 个单菌落点种在加抗生素 Tc 和没加抗生素 Tc 的 YMA 培养基上，待菌落出现后，进行发光检测，5 次重复，结果见表 11。

　　从表 11 的结果来看，*LuxAB* 基因经传 100 多代后在非抗性平板上，其质粒未见丢失，即使在抗性平板上也只是个别菌落不发光，说明转移质粒丢失的百分率低，遗传性很稳定。

表11　*LuxAB* 基因丢失百分率测定

Table 11　Fault percent of *LuxAB* gene

处理 Treatments	抗性平板菌落数 Colonies on resistance plating	YMA平板菌落数 Colonies on YMA plating	标记基因丢失百分率 Fault rate of marker gene/%
Cspr7-1-1	100	100	0
Cspr7-1-2	95	100	5
Cspr7-1-3	100	100	0
Cspr7-1-4	100	100	0
Cspr7-1-5	98	100	2

　　将标记菌株回接花生"资阳三号"，在水培条件下培养至根瘤出现，采集花生植株根系上的根瘤，经表面灭菌后，用解剖刀切开根瘤，倒扣于培养皿底部，观察发光活性，以X线片曝光记录根瘤的发光活性。图6示任选一株花生根系上的15个根瘤依次切成两半后，放入培养皿，在暗室内曝光记录的结果。

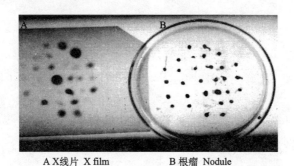

A X线片 X film　　　　　　B 根瘤 Nodule

图6　标记菌株在共生条件下所结根瘤的发光性检测

Fig. 6　Luminescence detection of nodules inoculated with tagged strain under symbiotic conditions

　　由图6可见，检测到的具有发光活性的根瘤占95％以上，只有极少数的根瘤不具发光性，表明标记基因在共生条件下是稳定的。

3.5　标记菌株与土著根瘤菌的竞争结瘤能力

　　在水培条件下标记根瘤菌与土著根瘤菌在花生根系上的占瘤率的测定结果见表12。

　　由表12可见，Spr7-1在花生根系上的占瘤率比土著根瘤菌的竞争能力强，平均达到61.3％。通过对根系所结根瘤的直接发光检测，可以直观地了解到接种根瘤菌在花生植株根系上与土著根瘤菌的竞争结瘤情况，并能追踪标记根瘤菌在土壤中的分布。本研究发现接种菌在植物根系不同部位的占瘤率不同，与前人的研究成果相符。接种根瘤菌在主根上的侵染力较侧根高出22.3％～39.6％，与土著根瘤菌在土壤中的均匀分布有关。

表 12　标记根瘤菌与土著根瘤菌在花生上的占瘤率

Table 12　Nodule occupancy between labeled strains and indigenous bradyrhizobia on peanut plants

处理 Treatment	总瘤数 Total nodule number	主瘤数 Nodule number on main roots /(个/plant)		侧瘤数 Nodule number on side roots /(个/plant)		发光根瘤 占瘤率 Occupancy of luminescent nodules/%
		发光根瘤数 Luminescent nodules	发光根瘤占瘤数 Occupancy of luminescent nodules/%	发光根瘤数 Luminescent nodules	发光根瘤占瘤率 Occupancy of luminescent nodules/%	
Cspr7-1-1	11.7	5.8	49.6	1.3	11.1	60.7
Cspr7-1-2	15.1	6.3	41.7	2.9	19.2	60.9
Cspr7-1-3	14.2	6.0	42.3	3.4	23.9	66.2
Cspr7-1-4	14.8	6.1	41.2	2.4	16.2	57.4
Cspr7-1-5	16.7	6.9	41.3	3.3	19.8	61.1

表 12 所列数据均为三次重复的平均数

Numerical values given in Table 12 were the mean of there replicates

4　讨论

关于 *LuxAB* 基因的发光原理，细菌发光系统的研究资料大多来自对发光杆菌属和弧菌属的研究[19~21]。早在 1983 年 Engebrecht 等就鉴定出对发光起决定作用的酶及其功能。细菌的生物发光是在细胞内，由发光酶催化的生化反应，在氧的参与下，将还原型的黄素单核苷酸（FMNH₂）和长链脂肪醛（RCHO）氧化，并释放出光子：

$$FMNH_2 + RCHO + O_2 \xrightarrow{\text{发光酶}} FMN + RCOOH + H_2O + 光$$

对于大多数微生物来说它缺乏编码发光酶和脂肪酸还原酶的基因，但其细胞内含有 FMNH₂，所以要使一个不发光的细菌如根瘤菌发光，需要同时导入发光酶基因和脂肪酸还原酶基因。但实际操作中，脂肪酸还原酶基因也无需导入，而采用外加底物的方法来检测标记菌的发光活性。因此，使不发光细菌产生发光功能只需导入包含 *LuxA* 和 *LuxB* 的一小段基因即可，它们分别编码发光酶和 FMNH₂，在本试验中，外加还原型的物质是癸醛。

有关 *LuxAB* 基因在微生物生态研究中的有效性，莫才清等[14]利用 *LuxAB* 基因对快生型大豆根瘤菌 HN01 在根系上的占瘤情况进行了检测，证明了应用 *LuxAB* 基因标记法研究快生型大豆根瘤菌与土著根瘤菌间的竞争结瘤是可行的；柏建玲等[12]利用 *LuxAB* 基因研究了棉花根圈中的绿针假单胞菌 PL9L 在根圈中的定殖动态和分布规律；王平等[10]采用 *LuxAB* 基因标记检测技术研究了荧光假单胞菌 X16L2D 在小麦根圈的定殖动态，结果表明：发光酶基因作为标记基因，用于田间条件下对引入菌株进行跟踪和选择性回收明显优于抗性基因；本试验结果也表明：应用 *LuxAB* 基因标记技术，通过对标记菌株在根系上不同部位发光根瘤占瘤率的测定，能十分简便地测定慢生型根瘤菌在土壤根际中与土著根瘤菌的竞争结瘤能力。

在试验中，通过根瘤菌中基因标记菌的发光特性，我们测得 Spr7-1 在花生根系上的占瘤率平均达到 61.3%，比土著根瘤菌的竞争能力强；通过对根系上的根瘤直接发光检测，可以直观地了解到接种根瘤菌在花生植株根系上与土著根瘤菌的竞争结瘤情况，从而进行实时监测土壤中根瘤菌的分布；通过对根系上不同部位根瘤的发光，发现接种菌在植物根系不同部位其侵染结瘤能力是不一样的，这与前人的研究成果一致[2]。接种根瘤菌在主根上的侵染力远较侧根上的强，平均高出 22.3%～39.6%，这说明接种根瘤菌在土壤中与土著根瘤菌的竞争效果主要表现在主根上的竞争。

　　关于标记基因在受体菌中的遗传稳定性以及对出发菌株的影响。使用发光酶基因标记法首先要将发光酶基因转入目标菌株中去，那么外源基因在受体菌中是否表达，是否会对出发菌株产生影响，这是试验的关键。所以本试验把这一点作为一个重点因素来考虑。进行基因标记，一种常用的方法是利用转座子将标记基因插在根瘤菌的染色体上，或插在质粒上，这种方法常会因为基因插入的位点不同而影响根瘤菌的生长，甚至导致结瘤能力下降。另一种常用的方法是质粒的接合转移，将一个已构建好的带有标记基因的小质粒，通过菌体的相互接触而将其全部转入受体菌，这种方法相对转座来说，不但操作简单，而且对出发菌株的影响较小，同时研究还表明：携带 *LuxAB* 基因标记质粒的细菌细胞，其发光强度一般都比那些标记于染色体上的细菌细胞发光强度高。本试验使用的方法是质粒接合转移，通过三亲本杂交，将携带 *LuxAB* 基因的质粒 PTR102 转入受体菌 Spr7-1 中，标记菌株经纯化和标记基因发光检测，结果表明标记基因在受体菌中得到了表达。随机挑取 5 个接合子在 YMA 固体培养基上连续转接 5 次后检测，发现标记基因遗传很稳定。通过测定标记菌株与出发菌株相互间的竞争以及生长曲线，我们发现，其变化趋势都是一致的，并始终保持一定关系，这说明标记基因的导入未影响出发菌株的生长。在水培条件下，通过对结瘤数、鲜瘤重、地上部分干重等数据进行统计分析，结果表明：标记菌株与出发菌株间差异不显著，标记菌株 5 个菌落间差异性也不显著。

　　另外本实验结果也表明：*LuxAB* 基因标记系统虽然操作简单，性能稳定，许多发光菌落在暗室内通过肉眼就足以观察到，但对单个的发光细菌却难以检测到，菌落小时，发光强度也较弱。所以，应考虑辅以其他的手段，用 CCD 照相机（charge-coupled device enhanced camera）、发光光度计等先进仪器，来提高 *LuxAB* 基因标记系统的灵敏度。有人应用 CCD 照相机检测平板上的发光菌落，发现可以检测到菌落发育早期阶段细胞数量少得肉眼看不见的发光菌落[2,22]。Flemming 等[23] 所做试验证明，使用发光光度计和 CCD 照相机两种方法测量生物发光，其灵敏度至少比肉眼高几个数量级。

　　关于转移接合子的筛选，本试验基因标记是通过三亲本杂交的方式进行，这一过程涉及到两种大肠杆菌和一种根瘤菌相互接触，最后要在混合菌中将转移接合子筛选出来。筛选接合子使用加抗生素的复合培养基，复合培养基能抑制大肠杆菌生长，但根瘤菌能生长。抗生素 Tc 能抑制根瘤菌生长，但携带 *LuxAB* 质粒对这种抗生素又能产生抗性。这种结果便是在复合培养基上生长的是带有 *LuxAB* 基因的根瘤菌，即转移接合子。试验中测得慢生型花生根瘤菌对大多数抗生素都具有抗性，抗生素浓度相对快生型根瘤菌来说，普遍偏高，这与徐玲玫等[24] 的研究结果相同。除菌株 Spr7-1 对 Tc 敏感外（小于 20μg/mL），其他菌株对 Tc 的抗性均大于 30μg/mL，尤其是当 Tc 浓度达到

40μg/mL 时，菌株 Spr2-9、Spr4-5 都还能生长得很好。因而在筛选中，四环素浓度的使用是一个极难把握的因素，浓度高了，得不到转移接合子，浓度低了，则受体菌和接合子都能生长，达不到筛选的目的。通过试验证明，四环素对根瘤菌标记最适浓度小于 20μg/mL，基因接合转移较易成功。

由于根瘤菌与豆科植物之间的竞争结瘤过程是一个极其复杂的过程，需要从多个因素中去考虑[5]。本试验应用 LuxAB 基因研究慢生型花生根瘤菌在土壤根际中的竞争结瘤也只是一个可行性研究，有关 LuxAB 基因在慢生型根瘤菌生态中的应用还有待于实验的进一步探讨；本条件下初选出有效性和竞争结瘤能力都较高的四株菌 Spr2-9、Spr3-7、Spr4-5 和 Spr7-1，是否可用来作人工接种，还有待于进一步的田间应用试验来证实。

5 结论

采用发光酶基因标记法研究慢生型花生根瘤菌的竞争结瘤能力时，首先要将发光酶基因导入受体菌并正确表达，同时应比较研究标记基因导入对出发菌株的影响和遗传稳定性。本研究结果表明，无论是在自生条件下，还是在共生条件下，标记基因在 Spr7-1 中均能稳定遗传，而且对出发菌株的影响也很小。LuxAB 基因标记技术操作简便、快速，通过对植物所结根瘤发光测定，便可清楚地观察到接种菌在植物根系上的结瘤情况，从而确定其与土著根瘤菌竞争结瘤能力的大小，因此，该技术适用于根瘤菌的基因标记，以研究其在植物根系上的存活、迁移及结瘤等生态学问题。

此外，在本研究还发现，LuxAB 基因标记系统虽然操作简单，性能稳定可靠，许多发光菌落在暗室内通过肉眼就可以观察到，但对单个的发光细菌却难以检测，在菌落小时，发光强度也较弱，应考虑辅以其他的手段，如借助 CCD 照相机（charge coupled device enhanced camera）和流速发光仪等，来提高 LuxAB 基因标记系统的灵敏度。

根瘤菌与豆科植物之间的竞争结瘤过程是一个复杂的过程，需要从多个因素及其相互作用去研究。由于时间所限，本研究仅在水培条件下，做了标记菌株与土著菌株之间的竞争结瘤能力试验，其结论还有待于大田试验的进一步证实。

参 考 文 献

[1] Glenn A R, Tiwari R P. *Rhizobium* genes essential for acid tolerance Biological Nitrogen Fixation for the 21st Century. Dordrecht: K Luwer Academic Publishers, 1998, 491~492

[2] Shaw J J, Dane F, Geiger D, *et al*. Use of bioluminescence for detection of genetically engineered microorganisms released into the environment. Appl Environ Microbiol, 1992, 58 (1): 267~273

[3] Kloepper J W, Beauchamp C J. A review of issues related to measuring colonization of plant roots by bacteria. Can J Microbiol, 1992, 38: 1219~1232

[4] Cook N, Silcock D J, Waterhouse R N, *et al*. Construction and detection of bioluminescent strains of *Bacillus Subtilis*. J Appl Bacterial, 1999, 75: 350~359

[5] 葛诚，樊蕙，徐玲玫. 快生型大豆根瘤菌结瘤竞争研究及其在田间自然分布调查. 大豆科学，1986，4: 327~332

[6] 李琼芳，张小平，李登煜. 四川花生根瘤菌的遗传多样性. 西南农业学报，1999，32: 32~38

[7] 张小平，陈强，李登煜. 用 AFLP 技术研究花生根瘤菌的遗传多样性. 微生物学报，1999，39 (6): 483~488

[8] 张小平，李登煜，Nickciselle. 慢生花生根瘤菌的遗传多样性研究. 应用环境生物学报，1998，4 (1): 70~73

[9] Zhang Xiaoping, Harper R, Karsisto M, *et al*. Assessment of the competitiveness of fast-growing rhizobia infecting *Acacia Senegal* using melanin production and antibiotic resistance as identification marker. World Journal of Microbiology and Biotechnology, 1992, 8: 199~205

[10] 王平, 胡正嘉, 李阜棣. 发光酶基因标记的荧光假单胞菌 X16L2 在小麦根圈的定殖动态. 微生物学报, 2000, 40 (2): 151~154

[11] Masson L, Comeau Y, Brousseau R, *et al*. Construction and application of chromosomally integrated Lac-Lux gene markers to monitor the fate of α 2, 4-dichlorophenoxyactic acid-detracting bacterium in contaminated soils. Mictob Releases, 1993, 1 (4): 209~216

[12] 柏建玲, 王平, 胡正嘉等. 利用发光酶基因标记技术跟踪棉花根圈中的绿针单胞菌 PL9L. 微生物学报, 1999, (39): 43~48

[13] Bloemberg G V, Otoole G A, Lugtenberg B J J, *et al*. Green fluorescent protein as a marker for *Pseudomonas* spp. Appl Enviro Microbiol, 1997, 63: 4543~4551

[14] 莫才清, 覃雅丽, 周俊初. 应用发光酶基因对快生型大豆根瘤菌 HN01 结瘤作用进行检测. 微生物学报, 1998, 38 (3): 213~218

[15] 周平贞, 邓金兰, 张学江等. 豆科植物结瘤试验-水培法介绍. 中国油料作物学报, 1979, 2: 62~64

[16] 黄怀琼. 根瘤菌菌剂接种天府花生的试验研究. 土壤肥料, 1986, 4: 46~48

[17] Glenn A R, Drlworth M J. The life of root nodule bacteria in the acidic underground. FEMS Microbiology Letters, 1994, 123: 1~9

[18] 马立新, 史巧娟, 周俊初. 以绿色荧光蛋白基因为报告基因的广宿主启动子探针载体的构建和应用. 微生物学报, 1999, 5: 408~415

[19] Gage D J, Bobo T, Long S R. Use of green fluorescent protein to visulize the early events of symbiosis between *Rhizobium meliloti* and *almlfa* (Medicago sative). J Bacteriol, 1996, 178: 7159~7166

[20] Judd A, Schneider M, Sadowsky J, *et al*. Use of repetitive sequences and the polymorase chain reaction technique to classify genetically related *Bradyrhizobium japonicum* serocluster 123 strains. Appl and Envinn Micro, 1993, 59: 1702~1708

[21] Pillai S D, Pepper I L. Transposon Tn5 as an identifiable marker in Rhizobia. Microbial Ecology, 1991, 21: 21~23

[22] Dane F, Dane M H. Growth of bioluminescent *Xanthomonas campestris* pv. *vesicatoria* in tomato cultivars. Hortscience, 1999, 29 (a): 1037~1038

[23] Flemming C A, Lee H, Trevors J T. Bioluminescent most-probable-number method to enumerate *lux*-marked *Dseccdomonas aeruginosa* UG2Lr in soil. Appl Environ Microbiol, 1994, 60 (9): 3458~3461

[24] 徐玲玫, 樊蕙, 葛诚等. 超慢生型大豆根瘤菌的生理生化和共生特性的研究. 微生物学报, 1990, 30 (3): 193~200

用 *gusA* 和 *celB* 基因标记技术检测花生根瘤菌的竞争性

王可美[1]，张小平[2]，陈强[2]，李登煜[2]，于景丽[3]，Lindström Kristina[4]

(1. 威海职业学院，威海 264200；2. 四川农业大学资源与环境学院，雅安　625014；
3. 内蒙古大学生命科学学院生态与环境科学系，呼和浩特　010021；
4. 芬兰赫尔辛基大学应用化学与微生物学系，赫尔辛基　00014)

摘　要：本试验采用大肠杆菌和根瘤菌接合的方法，将 *gusA* 和 *celB* 两种标记基因分别导入了三株慢生型花生根瘤菌 Spr3-5、Spr3-7 和 Spr4-5 中，检测结果表明，*gusA* 和 *celB* 基因在三株慢生型花生根瘤菌 Spr3-5、Spr3-7 和 Spr4-5 中可以有效表达。结果显示，标记菌株形成的根瘤（蓝瘤）的占瘤率与 50% 相比差异不显著，说明标记菌的竞争结瘤能力与出发菌株相比没有发生显著改变。为了研究标记菌株与出发菌株的固氮有效性，测定了标记菌株与出发菌株各自共生植株的干重、全氮和叶绿素含量，结果表明，标记菌株与出发菌株的这三项指标之间没有显著差异，从不同角度说明标记后的三株慢生型花生根瘤菌和出发菌株相比，其固氮有效性并未发生显著改变，而且它们之间的相关系数分别为 0.864 ($P<0.01$)、0.809 ($P<0.01$)、0.854 ($P<0.01$)，说明用这三个指标来指示慢生型花生根瘤菌的固氮有效性是可靠的。竞争结瘤试验表明三个菌株与土著菌相比有更高的竞争结瘤能力，其固氮有效性也较高。利用 *gusA* 和 *celB* 基因研究根瘤菌的竞争结瘤能力是简单可行的方法，可以较为直观地对标记菌形成的根瘤进行检测。当然，从检测所需费用来看，*celB* 基因标记法成本更低一些。

关键词：*gusA* 基因，*celB* 基因，标记基因，慢生型花生根瘤菌，竞争性

The competitiveness of peanut bradyrhizobial strains by using *gusA* and *cel B* genes

Abstract：The *gusA* and *celB* genes were introduced by conjugation into three peanut bradyrhizobial strains Spr3-5，Spr3-7 and Spr4-5，respectively. Testing for *gusA* and *celB* activity showed the *gusA* and *celB* genes in Spr3-5，Spr3-7 and Spr4-5 could express. Using any maker gene system for ecological studies, the effect on recipient strains must be evaluated. The generation time of marked and parental strains demonstrated there was no significant difference between them，which indicated their growth rate was the same. In N-free solution pot experiment，the nodulating competitive ability of the parental and marked strains and their nitrogen fixing efficiency were tested. Co inoculating parental and marked strains at a 1 ∶ 1 ratio their competitive ability was tested. The results showed the proportion of blue nodules didn't differ significantly from 50%. It indicated the competitiveness of marked strains was not changed significantly compared with the parent strains. To study nitrogen fixing efficiency of marked and parental strains，the symbiotic shoot dry weight，total nitrogen and contents of chlorophyll of marked and parental strains were tested，and the result showed there was no significant difference between them，which indicated the nitrogen fixing efficiency of marked strains didn't differ from parental strains markedly in different ways. The correlation coefficients among shoot dry weight，total nitrogen and contents of chlorophyll were 0. 864 （$P < 0.01$），0. 809 （$P < 0.01$） and 0. 854 （$P < 0.01$），respectively，which indicated they were reliable indexes reflecting nitrogen fixing efficiency of *Bradyrhizobium* sp. （*Arachis*）. The results of soil pot experiment showed that three peanut bradyrhizobial strains Spr3-5，Spr3-7 and Spr4-5 had higher nitrogen fixing efficiency and stronger competitive ability than indigenous bradyrhizobia. Besides，it indicated that use of *gusA* or *celB* genes in competition studies of rhizobia is simple，reliable and the nodules occupied by *gusA*-marked strains or those occupied by *celB*-marked strains could be observed infinitely. However，the cost of *gusA* marker was higher than that of *celB* marker.

Key words：*gusA* gene，*celB* gene，Marker gene，*Bradyrhizobium* sp. （*Arachis*），Competitiveness

　　豆科植物人工接种根瘤菌是一项重要的农业增产措施[1]，特别是在环境保护日益受到人们重视的今天，施用微生物肥料，缓解施用化肥造成的环境污染就愈加显得更有意义[2]。用科学的方法从土壤或植株中分离出固氮能力高的优良菌株，经人工培养制成粉剂或液体细菌肥料接种花生植株，能够提供花生需要的大部分氮素，花生生长发育所需氮素的 60%～65% 由根瘤菌提供[3,4]。但是接种菌株的竞争能力是决定接种成功的主要因素，因此应当筛选优良的菌株以便在与土著菌的竞争中有较高的占瘤率[5]。

1　根瘤菌标记技术

　　在研究接种菌株的竞争结瘤方面，人们已用过许多的方法。像 Josey 等[6] 和 Broughton 等[7] 使用的内源抗生素标记法；Bushby 和 Turco 等使用的诱导抗生素标记法[8,9]；Schmidt 等使用的荧光抗体标记法[10]；Dudman 使用的免疫扩散法[11]，Berger 等使用的 ELISA 法[12]；张小平等[13] 使用的黑色素检测法；Broughton 等[7] 和 Pepper 等[14] 及 Shishido 和 Pepper[15] 使用的质粒框架分析法。近来，又有几种核酸检测方法被应用到根瘤菌的生态研究中来，它们主要是通过杂交或扩增后对特殊系列进行检测，像 Frederickson[16] 和 Springer[17] 通过杂交及 Steffan 和 Atlas[18] 通过扩增对特殊序列进行的检测。另外，Harrison 等[19] 和 Richardson 等[20] 使用随机引物及 de Bruijin[21] 和 Judd 等[22] 使用指定引物进行的扩增法都被证明在根瘤菌的生态研究中是有用的。

以上的技术和方法，尽管在研究工作中得到应用，但在实际操作中仍然存在着如下不足之处：①需要从土壤中回收所接种的根瘤菌并获得纯的单菌落；②工作量大，强度高，不利于采集大量数据进行统计分析；③花费高，这对于应用 DNA 核酸特征尤为如此；④检测时专业技术要求高，对于农业生产技术人员无法进行数据采集[23]。

随着分子生物学的发展，许多标记基因资源得到了开发和应用（表 1），人们开始利用向根瘤菌中引入外源标记基因的技术。利用引入的外源基因所编码的酶能作用于多种底物并能产生颜色反应或发光现象，我们可以用肉眼或简单的仪器直接进行观察和分析根瘤菌的结瘤状况。

表 1　根瘤菌生态研究中包含 *gusA* 或 *celB* 标记基因的微转座子

Table 1　Mini-transposons for studies on rhizobial ecology containing *gusA* or *celB* as maker gene

名称 Name	标记基因簇 Marked gene	启动子类型 Promoter type	用途 Uses
mTn5SS *gusA*10	Ptac　gusA　ter　lacI^q	可抑制	土壤或根际根瘤菌检测占瘤率研究
mTn5SS *gusA*11	Ptac　gusA　ter	构成	土壤或根际根瘤菌检测
mTn5SS *gusA*20	PapH　gusA　ter	构成	土壤或根际根瘤菌检测
mTn5SS *gusA*30 mTn5SS *gusA*31	PnifH　gusA　ter	共生	占瘤率研究
mTn5SS *gusA*40 promoter	No　gusA　ter	无启动子	选择只响应环境信号的 GUS 活性菌株
mTn5SS*celB*10	Ptac　celB　ter　lacI^q	可抑制	土壤或根际根瘤菌检测占瘤率研究
mTn5SS*celB*11	Ptac　celB　ter	构成	土壤或根际根瘤菌检测
mTn5SS*celB*31	PnifH　celB　ter	共生	占瘤率研究

目前常用的标记基因有：

（1）β-半乳糖苷酶基因（*lacZ*）：大肠杆菌乳糖操纵子上的 *lacZ* 基因可编码 β-半乳糖苷酶，在许多生态学研究中，都把它作为一种标记基因。Krishnan 和 Pueppke[24] 利用 *lacZ* 基因对大豆根瘤菌的竞争结瘤进行了研究；Katupitiya 等[25] 研究了固氮螺菌在小麦根系的定殖动态。但它只在和具有乳糖表现型的细菌一起利用时才表现出活性[26~28]。然而许多微生物都具有较高的 β-半乳糖苷酶基因编码水平,同时植物体中背景酶活的存在也限制了它在植物与微生物相互影响的研究中,作为标记基因的使用。

(2)碱性磷酸酶基因(*phoA*)。*phoA* 基因编码的碱性磷酸酶可作用于各种含磷酸基团的底物,而产生颜色反应或荧光产物,Reuber 等[29]利用其作为报道基因对根瘤菌进行了研究。但由于各种生物体内均含有碱性磷酸酶背景活性,因而影响了碱性磷酸酶在根瘤菌生态学研究中的应用。

(3)邻苯二酚 2,3-双加氧酶基因(*xylE*)。*xylE* 基因编码的邻苯二酚 2,3-双加氧酶能将无色的儿茶酚转化成亮黄色的 2-羟黏糠半醛,但由于其产物的可溶性,会附着于其他根系及瘤子上,而影响了统计结果的准确性[30]。

(4)发光酶基因(*luxAB/luc*)。由海洋弧菌和萤火虫中分离的发光酶基因可编码发光酶并能分别作用于长链脂肪醛和萤火虫素。由于萤火虫素价格昂贵而限制了其应用。含有海洋弧菌发光酶全套基因的标记细菌能自行发光,但底物的体内合成需耗费标记细菌大量能量,这对标记菌,特别是根瘤菌会造成额外负担而不利于竞争结瘤。但其底物较为便宜,因而应用得较为广泛。Cebolla 等[31,32]和 O'Kane 等[33]利用发光酶基因对根瘤菌的竞争结瘤和根系定殖情况进行了研究。

(5)*gusA* 基因编码 β-葡萄糖苷酶,由于在植物中没有背景活性,同时容易进行组织化学分析和定量分析,因此在植物分子生物学中被广泛用作报道基因。现在它已成为微生物生态学研究中的一种常用标记基因之一,特别在细菌与植物相互影响的生态学研究中广泛使用。如作为一种标记研究土壤中假单胞菌的数量变化[34],研究植物共生菌在根系上的定殖情况[35~37]和研究根际微生物的竞争情况[38~41]。

β-葡萄糖苷酶是一种水解酶,它可以分解以半缩醛连接到 D-葡萄糖苷酸上的糖苷元族,被分解底物的种类较多,像 X-glcA、Magenta-glcA、Salmon-glcA(Red-gluc)、Indoxyl-glcA,可以进行各种分析[42]。

gusA 基因来自于大肠杆菌。土壤中存在的别的细菌具有 *gusA* 活性,与呈现 LAC(β-葡萄糖苷酶)活性的细菌大约有同样的数量,*gusA* 活性在一些肠道细菌中也有发现[43]。然而 *gusA* 在一些具有重要农学意义的细菌,像根瘤菌、慢生根瘤菌、假单胞菌、农杆菌和链霉菌中,并没有被发现。这些细菌及与它们生活在一起的植物缺失 *gusA* 活性使其在植物与微生物相互作用的研究中成为一种极为有效的报道基因。

我们可以通过组织化学染色的方法对标记菌进行空间定位。第一个被广泛应用的底物是 5-溴-4-氯-3-吲哚-β-D-葡萄糖酸(X-glcA),此底物被分解后产生二聚体,形成蓝色沉淀。这样,*gusA* 标记菌就可以在平板上以蓝色菌落被检测到,而共生在植物根系上或根系组织内的标记菌可以以蓝色区域被观测到。

目前利用的 *gusA* 载体要么在革兰氏阴性细菌的质粒上[37,44],要么在其转座子上[40,41,45]。转座子对生态学研究是很有利的,因为它们能够在染色体上形成稳定的插入,而质粒则可能丢失。已有一系列的包含 *gusA* 的转座子可以在各种启动子的作用下表达,尤其是对生态研究而言[41]。这些转座子是建立在由 de Lorenzo 等[46]和 Herrero 等[47]发展的微转座子的基础上。这些转座子被构建是为了防止编码转座酶的 *tnpA* 基因的死亡,它是控制转座子转座次数的一段长 19bp 的序列,目的基因 *gusA* 插入在转座子的两末端之间。这样，伴随着转座，微转座子在受体基因组上形成了稳定的插入。目前，gusA 转座子都是来自于微转座子 Tn5 Sm/Sp，这又赋予了 gusA 对四环素和链霉素的抗性。这些转座子和前体如表 1 所示。通过从前体质粒到各种微转座子的 Not I 位点插入 Not I 片段，编码膦丝菌素、水银、砷、四环素、氯霉素和卡那霉素抗性的微转座子能够稳定的构建。

从表 1 中可以看出，gusA 转座子有着各种不同的用途，目前最常见的在微生物生态学中的应用是研究根际微生物的竞争结瘤。以前在研究接种的根瘤菌和慢生根瘤菌的竞争结瘤情况时，所有的菌株鉴定方法都要求对单个瘤子进行实验室分析（像抗生素标记和免疫法 ELISA 等），gusA 分析改变了这一点，它使得判断一条根系上所有瘤子的占据情况成为可能，这大大提高了瘤子占据情况统计的准确性[48]。

任何利用转基因方法进行的微生物生态学研究都存在一个重要的问题，就是引入基因对受体的生态学影响。gusA 转座子本身的存在并不影响它所转入的根瘤菌株的生态行为[49]。然而，gusA 转座子转入受体基因组后引起的转座诱变，会使得 20% 或更多的 gusA 标记个体在竞争力方面受到影响。因此，gusA 标记个体必须预先进行观察以确定它们在生态行为及生理生化等方面并没有发生明显的变化。

（6）celB 标记基因系统是以一种受热后仍具有酶活的 β-半乳糖苷酶为基础，用它可在热反应后检测具有此编码酶的标记菌株。celB 基因来自于超嗜热古生菌 Pyrococcus furiosus，一种能够在 85℃ 以上生长的微生物[50]。celB 基因编码的酶是一种 β-葡萄糖苷酶，它也具有 β-半乳糖苷酶活性，是迄今所知道的酶中热稳定性最高的之一，它在 100℃ 条件下放置 85h 后，仍具有一半的酶活[51]。

β-半乳糖苷酶分解 β-半乳吡喃糖苷，用组织化学和产色素的试剂可检测酶活性。一种被广泛使用的检测标记微生物空间位置的组织化学复合物是 5-溴-4-氯-3-吲哚-β-D-吡喃糖苷，即 X-gal。它在与 β-半乳糖苷酶反应后形成靛蓝色沉淀物。将根系浸于磷酸缓冲液于 70℃ 使内源 lacZ 酶失活后，随后加入 X-gal 放置于 37℃，在根系表面或根瘤的内部可以看到 celB 标记菌株形成的蓝点或蓝色区域，可检测到 celB 标记菌株的占瘤率情况。酶活可通过使用邻硝基苯酚-β-D-半乳糖苷（ONPG），用分光光度计法测定邻硝基酚（pNP）的量来确定[52]。

celB 基因构建体对革兰氏阴性细菌来说与 gusA 标记基因是一样的。目前使用的构建体是保持在转座子上，因此能够容易和稳定插入标记基因的染色体组上。包含 celB 基因的各种转座子像 gusA 构建体一样，可以通过使用不同的启动子来启动，就像它们最初被设计用在细菌接合中。它们都是以以前形成的微转座子 Tn5 Sm/Sp 为基础[53]。celB 基因通过不同的表达系统插入到微转座子上，并被保持在一个具有一段狭窄复制区的自杀性质粒上，因此可以在一株特殊的大肠杆菌中复制但不能在根瘤菌中复制。携带标记的质粒可以通过细菌的接合从大肠杆菌转移到受体菌，在受体菌中质粒不能被保持，但微转座子可以通过转座作用随机地定位到寄主染色体组上。对大多数生态实验而言，将外源基因插入到染色体组上这是比较方便的，而且外源基因可以稳定的保持而不会过度表达。

最初，celB 标记基因系统是被用来与 gusA 标记基因一起检测两个以上的菌株在植物上或植物组织内的定殖情况，*celB* 标记和 *gusA* 标记使用不同的组织化学试剂产生不同的颜色反应，但染色程序相同使得它们可以用来进行两种标记的同步检测。但是由于 *cel B* 标记反应的底物比 *gusA* 标记的底物便宜，所以 *celB* 标记被应用的更多。

综上所述，*gusA* 和 *celB* 标记基因由于检测方法的简单快速，目前已成为微生物生态学研究中被广泛应用的两种标记基因。

用 *gusA* 和 *celB* 标记基因研究根瘤菌的竞争结瘤虽然已有许多报道[38,39,49,61~63]，但用于研究慢生型花生根瘤菌的竞争性国内外尚未见报道。本试验研究了 *gusA* 和 *celB* 标记基因用于检测慢生型花生根瘤菌竞争性的可行性，以期将 *gusA* 和 *celB* 标记基因用于慢生型花生根瘤菌竞争性的检测，为慢生型花生根瘤菌竞争性的检测提供简单快速的方法。

2　材料与方法

2.1　材料

2.1.1　标记供试菌株

供体菌株：*E. coli* HAMBI2179（芬兰赫尔辛基大学提供）；

受体菌株：*Bradyrhizobium* sp.（*Arachis*）Spr3-5，Spr3-7，Spr4-5（四川农业大学微生物系提供）。

2.1.2　水培试验材料

供试菌株：A3-5，A3-7，A4-5，B3-5，B3-7，B4-5，Spr3-5，Spr3-7，Spr4-5
　　　　　　（A 代表 *gusA* 标记，B 代表 *celB* 标记，Spr 代表出发菌株，以下同）；

花生品种：天府 9 号（由南充农科所提供）；

水培器：500mL 细颈玻璃瓶。

2.1.3　盆栽试验材料

供试土壤：紫色土，取自乐山市九峰镇；

供试盆钵：19.5cm×30cm 塑料盆；

供试菌株和花生品种：同水培试验。

2.1.4　*gusA* 占瘤率检测试剂

1000mL X-glcA 染色缓冲液配方：

500mL 100mmol/L 磷酸钠缓冲液（pH7.0）；2mL 0.5mol/L EDTA；10mL 10% Sarkosyl（*m/V*）；10mL 10% Triton X-100；10mL 100mg X-glcA；2%（*V/V*）叠氮化钠（注：此试剂可不用）。

2.1.5　*celB* 占瘤率检测试剂

1000mL 染色缓冲液配方：50mL 1mol/L 磷酸钠缓冲液（pH7.0）；2mL 0.5mol/L EDTA；10mL 10% Sarkosyl（*m/V*）；10mL 10% Triton X-100；5mL 10% SDS；50mg/mL X-gal（储存浓度）。

2.1.6　培养基

1）固体培养基为 YMA，液体培养基为 TY，选择性培养基为 1mL YMA 加链霉素（SM）250μg。

2）水培液

硫酸钙 0.46g，硫酸镁 0.06g，柠檬酸铁 0.075g，磷酸氢二钾 0.136g，氯化钾 0.075g，硝酸钙 0.03g，dH₂O 至 1000mL。

3）根瘤菌吸附剂（4.5kg）

泥炭 4500g，碳酸钙 45g，过磷酸钙 9g，蔗糖 15g，0.5％钼酸 9mL，0.5％硼酸 9mL，水 655mL。

2.2　方法

2.2.1　菌株的标记步骤[42]

以菌株 Spr3-5 为例，简要介绍 gusA 基因的标记过程，见图 1。

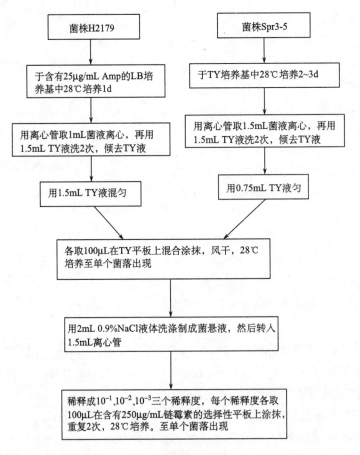

图 1　基因标记过程

Fig. 1　The procedure of gene marked

celB 基因标记过程中与 gusA 基因的标记过程相同，只是在检测时是将菌落涂在硝酸纤维膜上，按 A. Sessitsch、Kate 等[55]介绍的方法进行检测，若菌落产生蓝色，则表明标记成功。

2.2.2　标记菌株与出发菌株的代时测定

将标记菌株与出发菌株分别接种到等量的 YMB 液体培养基中，28℃摇床上培养，然后分别在 0h、1h、5h、10h、24h、48h、72h、96h、120h 对标记菌株与出发菌株取样进行平板计数，设 3 个重复，然后计算出代时。

2.2.3　水培试验方法[54]

（1）选种：选取粒大、饱满、均匀的种子后，用 0.2% 的升汞灭菌 5～10min，再用无菌水冲洗 7 或 8 次。

（2）催芽：用灭菌的大镊子将种子胚根朝下放置在灭过菌的锯末屑中，覆盖纱布并压上玻璃板保水，在 25℃下催芽 3～4d，待主根长到 4～5cm 时但须根尚未出现时即可播种，播种时应去除种皮。

（3）配制水培液：按水培液配方配制水培液，装瓶后用湿热法高压灭菌。

（4）接种：向长势良好的菌苔加入 3～4mL 的无菌水，刮洗菌苔制成菌悬液，稀释至出发菌株与标记菌株达到同样的浓度，各取 1mL 加入水培液中。

（5）播种：将根蘸上菌悬液插入水培器小孔内，每瓶一株，设 4 个重复，放置于室外光照良好，且一致的地方培养。培养期间注意及时补充营养液，40d 收获。测定各项指标，其中标记菌根瘤占瘤率检测见 2.2.5。

2.2.4　盆栽试验内容与方法

（1）菌肥的制作：称量过 80 目筛的泥炭 4500g 加 45g 碳酸钙与 9g 过磷酸钙的混合物拌匀，再加 9mL 0.5% 钼酸、9mL 0.5% 硼酸和含有 15g 蔗糖的水溶液 655mL 拌匀，均匀分装成 6 袋，120～125℃灭菌 2h，然后取出冷却至室温，每 500g 泥炭接种 60mL 菌液，拌匀，然后置于阴凉干燥处备用。每个菌株制备一袋菌肥，共制备 6 袋菌肥（含菌量为 2.5～3.5 亿个/g）。

（2）土壤风干后，每盆装风干土 5kg，盆底放一层小石块，盆内插一根塑料管以备加水。加水至盆中土壤湿润后播种，试验设对照、接种两个处理，每个处理 6 个重复，每盆施过磷酸钙 5g，菌肥 5g，每盆播种 3 颗，然后覆好薄膜。

（3）出苗后每盆定苗两株。盛花期收获，测定各项指标。

2.2.5　gusA 和 celB 占瘤率检测方法[42,55]

2.2.5.1　gusA 占瘤率检测方法

（1）冲洗花生根系，除掉上面的杂质。

（2）把根系浸泡于 X-glcA 缓冲溶液中，真空处理 15min。

（3）37℃过夜，倒掉旧的缓冲液，加新的缓冲液，再放置于 37℃条件下直至能充分观察到所有瘤的颜色。

（4）统计蓝色、白色瘤数，并计算占瘤率。

2.2.5.2 *celB* 占瘤率检测方法

(1) 用蒸馏水冲掉根系上的沙子和土壤。

(2) 放置在缓冲液中，然后在 70℃条件下处理 1h。

(3) 冷却到室温后加 200μg/mL X-gal。

(4) 真空处理 10～15min，以促进试剂渗透到根瘤中。

(5) 37℃条件下放置直至能充分观察到所有瘤的颜色。

(6) 统计白色、蓝色瘤数，并计算占瘤率。

2.2.6 植物样品分析方法

(1) 叶绿素总含量的测定：用打孔器在叶片上随机打孔取样，称完鲜重后立即转入装有 95%乙醇与 80%丙酮等体积混合液的 10mL 刻度试管中，置于 37℃条件下避光处浸提，浸提至叶片完全失绿后用分光光度计在 652nm 测定 OD 值，然后计算出叶绿素总含量[56]。

(2) 植株干重的测定：将收获后的新鲜植株在靠近茎基部处剪去根系，先在 85℃条件下烘 10min，再在 65℃条件下烘干至恒重。

(3) 植株全氮的测定：用 H_2SO_4-H_2O_2 消煮，奈氏比色法测定[57]。

3 结果与分析

3.1 标记基因活性检测

随机挑取 5 个 *gusA* 基因标记过的菌落，接种在含有 X-glcA 底物的平板上；28℃培养 5d，将 *celB* 基因标记过的菌株随机挑取 5 个菌落，接种在硝酸纤维膜上，然后用蒸馏水将膜润湿，经 70℃下处理 1h 后在反应液中润湿，再在 37℃下放置 2～3h。结果发现所挑选的菌落全部变蓝，说明标记基因可以有效表达。

3.2 标记菌株与出发菌株代时分析

由表 2 可以看出 3 个菌株 Spr3-5、Spr3-7 和 Spr4-5 的代时与用 *gusA* 基因和 *celB* 基因标记后相比，其代时差异不显著，说明其生长速率没有发生显著变化。

表 2 标记菌株与出发菌株代时比较

Table 2 Comparing the generation time of the marked strains with the parental strains

菌株 Strains	代时 Generation time/(t/h)	菌株 Strains	代时 Generation time/(t/h)	菌株 Strains	代时 Generation time/(t/h)
Spr3-5	5.38	Spr3-7	5.46	Spr4-5	4.29
A3-5	5.31[ns]	A3-7	5.57[ns]	A4-5	4.35[ns]
B3-5	5.44[ns]	B3-7	5.51[ns]	B4-5	4.18[ns]

注："ns"表示与出发菌株相比差异不显著；下同

Note："ns" indicating that the difference is not significant between marked and parental strains. The same below

3.3 水培试验结果分析

3.3.1 标记菌株与出发菌株竞争结瘤能力分析

由表 3、表 4、表 5、表 6 可以看出，标记菌的占瘤率全部为 40%～60%，接近于 50%，标记菌的占瘤率与 50% 差异不显著，由此可以得出结论，Spr3-5、Spr3-7 和 Spr4-5 与其 *gusA* 和 *celB* 基因标记菌相比，其竞争结瘤能力并没有发生显著变化，说明标记基因对菌株的竞争结瘤能力没有影响。

表 3   菌株 Spr3-5 与其标记菌竞争结瘤能力比较

Table 3   Comparing the nodulation competitive ability of Spr3-5 with its marked strains

菌株 Strains	瘤重 Nodule weight /g	蓝瘤数 No. of blue nodule	白瘤数 No. of white nodule	总瘤数 No. of total nodule	占瘤率 Nodule percentage /%	95%置信区间 95% confidence interval		与50%差异 With 50% difference
						下限 Lower limit	上限 Upper limit	
A3-5-1	0.49	85	92	177	47.9	−0.068	0.026	ns
A3-5-2	0.42	73	85	158	46.4	−0.083	0.011	ns
A3-5-3	0.44	88	78	166	53.2	−0.044	0.108	ns
A3-5-4	0.53	89	103	192	46.4	−0.077	0.005	ns
A3-5-5	0.42	96	84	180	53.1	−0.044	0.086	ns
B3-5-1	0.47	91	78	169	53.9	−0.008	0.086	ns
B3-5-2	0.5	114	94	208	54.8	−0.017	0.113	ns
B3-5-3	0.55	92	112	204	45.3	−0.112	0.018	ns
B3-5-4	0.51	95	86	181	52.4	−0.043	0.087	ns
B3-5-5	0.43	98	79	177	55.4	−0.006	0.099	ns
Spr3-5	0.46			176				

菌株代号中的第三个数字为菌落代号，"ns" 表示差异不显著，以下同

The third number of strain code is colony code. "ns" indicating that the difference is not significant. The same below

表 4　菌株 Spr3-7 与其标记菌竞争结瘤能力比较

Table 4　Comparing the nodulation competitive ability of Spr3-7 with its marked strains

菌株 Strains	瘤重 Nodule weight /g	蓝瘤数 No. of blue nodule	白瘤数 No. of white nodule	总瘤数 No. of total nodule	占瘤率 Nodule percentage /%	95%置信区间 95% confidence interval		与50%差异 With 50% difference
						下限 Lower limit	上限 Upper limit	
A3-7-1	0.69	115	93	208	55.3	−0.012	0.118	ns
A3-7-2	0.61	110	91	202	54.9	−0.016	0.114	ns
A3-7-3	0.67	96	100	196	48.9	−0.058	0.036	ns
A3-7-4	0.62	108	95	203	53.0	−0.025	0.080	ns
A3-7-5	0.72	107	112	219	49.0	−0.057	0.037	ns
B3-7-1	0.66	101	127	228	44.5	−0.120	0.100	ns
B3-7-2	0.73	118	103	221	53.2	−0.026	0.090	ns
B3-7-3	0.58	94	87	181	52.1	−0.043	0.080	ns
B3-7-4	0.64	107	123	230	46.5	−0.010	0.030	ns
B3-7-5	0.66	92	112	204	45.1	−0.114	0.015	ns
Spr 3-7	0.65			193				

表 5　菌株 Spr4-5 与其标记菌竞争结瘤能力比较

Table 5　Comparing the nodulation competitive ability of Spr4-5 with its marked strains

菌株 Strains	瘤重 Nodule weight /g	蓝瘤数 No. of blue nodule	白瘤数 No. of white nodule	总瘤数 No. of total nodule	占瘤率 Nodule percentage /%	95%置信区间 95% confidence interval		与50%差异 With 50% difference
						下限 Lower limit	上限 Upper limit	
A4-5-1	0.54	102	85	187	54.8	−0.017	0.113	ns
A4-5-2	0.52	79	86	165	47.7	−0.088	0.042	ns
A4-5-3	0.58	96	113	209	45.9	−0.078	0.046	ns
A4-5-4	0.55	88	106	194	45.2	−0.113	0.017	ns
A4-5-5	0.61	92	81	173	53.2	−0.015	0.079	ns
B4-5-1	0.63	103	111	214	48.4	−0.063	0.031	ns
B4-5-2	0.49	87	74	161	53.9	−0.008	0.086	ns
B4-5-3	0.55	96	99	195	49.1	−0.347	0.179	ns
B4-5-4	0.53	88	95	183	48.0	−0.058	0.179	ns
B4-5-5	0.51	91	77	168	54.4	−0.021	0.109	ns
Spr4-5	0.52			171				

表 6　标记菌平均占瘤率

Table 6　The means of the percentage nodule occupancy of the marked strains

菌株 Strains	瘤重 Nodule weight/g	蓝瘤数 No. of blue nodule	白瘤数 No. of white nodule	总瘤数 No. of total nodule	占瘤率 Nodule percentage/%
A3-5	0.46	86.2	88.4	174.6	49.4
B3-5	0.49	98.0	89.8	187.8	52.2
A3-7	0.66	107.2	98.4	205.6	52.1
B3-7	0.65	102.4	110.4	212.8	48.1
A4-5	0.56	91.4	94.2	185.6	49.2
B4-5	0.54	93.0	91.2	185.2	50.2

3.3.2　标记菌株与出发菌株固氮有效性分析

表 7、表 8、表 9 和表 10 数据表明，标记菌株 A3-5、B3-5、A3-7、B3-7、A4-5、B4-5 各自共生植株的干重、全氮、叶绿素含量与各自出发菌株共生植株的干重、全氮、叶绿素含量差异不显著，与对照（CK）的差异达极显著水平。由此说明标记菌的固氮有效性与出发菌株 Spr3-5、Spr3-7 和 Spr4-5 相比，都没有发生显著的变化，即标记基因对菌株的固氮有效性并没有影响。

表 7　Spr3-5 与其标记菌固氮有效性比较

Table 7　Comparing the nitrogen fixing efficiency of Spr3-5 with its marked strains

菌株 Strains	植株干重 Plant dry weight /g	标准差 Std	植株全氮 Total nitrogen /(mg/g)	标准差 Std	叶绿素含量 Content of chlorophyll /(mg/g)	标准差 Std
A3-5-1	1.63A	0.16	26.53A	2.08	1.62A	0.16
A3-5-2	1.79A	0.12	28.57A	1.91	1.64A	0.15
A3-5-3	1.74A	0.12	29.06A	1.53	1.66A	0.14
A3-5-4	1.83A	0.11	31.75A	1.44	1.75A	0.06
A3-5-5	1.68A	0.09	27.48A	1.87	1.62A	0.11
B3-5-1	1.82A	0.14	31.30A	1.26	1.72A	0.10
B3-5-2	1.84A	0.11	31.10A	1.61	1.70A	0.05
B3-5-3	1.65A	0.14	27.18A	1.35	1.63A	0.14
B3-5-4	1.79A	0.16	29.51A	2.11	1.68A	0.12
B3-5-5	1.63A	0.15	26.69A	1.72	1.61A	0.05
Spr3-5	1.68A	0.15	28.79A	2.23	1.65A	0.13
CK	1.38B	0.14	15.58B	1.95	1.28B	0.11

大写字母表示在 0.01 水平上差异显著，有一个字母相同即表示相互间差异不显著。以下同

The capital letters indicating that the difference is significant at 0.01 level and the same letter showing there is no significant difference. The same below

表8　Spr3-7 与其标记菌固氮有效性比较

Table 8　Comparing the nitrogen fixing efficiency of Spr3-7 with its marked strains

菌株 Strains	植株干重 Plant dry weight /g	标准差 Std	植株全氮 Total nitrogen /(mg/g)	标准差 Std	叶绿素含量 Content of chlorophyll /(mg/g)	标准差 Std
A3-7-1	1.85A	0.12	33.55A	1.15	1.74A	0.09
A3-7-2	1.81A	0.08	31.14A	1.89	1.72A	0.14
A3-7-3	1.75A	0.06	32.23A	1.46	1.63A	0.10
A3-7-4	1.83A	0.12	30.29A	2.21	1.66A	0.08
A3-7-5	1.88A	0.13	34.17A	1.95	1.79A	0.09
B3-7-1	1.68A	0.08	30.33A	2.01	1.64A	0.06
B3-7-2	1.82A	0.10	31.46A	1.19	1.81A	0.13
B3-7-3	1.78A	0.12	32.57A	1.58	1.83A	0.12
B3-7-4	1.64A	0.16	29.46A	1.83	1.67A	0.15
B3-7-5	1.77A	0.05	30.63A	2.13	1.68A	0.12
Spr 3-7	1.71A	0.05	31.28A	1.43	1.73A	0.15
CK	1.38B	0.14	15.85B	1.95	1.28B	0.11

表9　Spr4-5 与其标记菌固氮有效性比较

Table 9　Comparing the nitrogen fixing efficiency of Spr4-5 with its marked strains

菌株 Strains	植株干重 Plant dry weight /g	标准差 Std	植株全氮 Total nitrogen /(mg/g)	标准差 Std	叶绿素含量 Content of chlorophyll /(mg/g)	标准差 Std
A4-5-1	1.94A	0.08	33.81A	1.60	1.91A	0.10
A4-5-2	1.86A	0.07	33.46A	1.34	1.78A	0.16
A4-5-3	1.91A	0.16	31.30A	2.31	1.85A	0.11
A4-5-4	1.83A	0.11	30.72A	1.18	1.82A	0.10
A4-5-5	1.88A	0.13	32.10A	1.72	1.84A	0.11
B4-5-1	1.65A	0.13	29.70A	1.57	1.70A	0.08
B4-5-2	1.71A	0.14	30.85A	2.19	1.74A	0.17
B4-5-3	1.72A	0.15	30.12A	1.65	1.85A	0.16
B4-5-4	1.84A	0.16	32.84A	1.45	1.87A	0.16
B4-5-5	1.89A	0.13	33.58A	1.86	1.92A	0.08
Spr 4-5	1.75A	0.15	32.16A	1.92	1.86A	0.15
CK	1.38B	0.14	15.58B	1.95	1.28B	0.11

表 10　标记菌固氮有效性

Table 10　The nitrogen fixing efficiency of marked strains

菌株 Strains	植株干重 Plant dry weight /g	标准差 Std	植株全氮 Total nitrogen /(mg/g)	标准差 Std	叶绿素含量 Content of chlorophyll /(mg/g)	标准差 Std
A3-5	1.73	0.12	28.68	1.77	1.66	0.12
B3-5	1.75	0.14	29.16	1.61	1.67	0.09
A3-7	1.82	0.10	32.28	1.73	1.71	0.10
B3-7	1.74	0.10	30.89	1.75	1.73	0.12
A4-5	1.88	0.11	32.28	1.63	1.84	0.12
B4-5	1.76	0.14	31.42	1.74	1.82	0.13

　　根瘤菌的共生固氮作用既可以用植株干重、全氮[58]来表示，也可以用叶绿素含量来表示[59,60]，而且三者之间有很大的相关性[59]，本次试验结果植株干重与全氮、叶绿素含量的相关性系数分别为 0.864（$P<0.01$）、0.809（$P<0.01$）、0.854（$P<0.01$），说明用植株干重、全氮和叶绿素含量来指示慢生型花生根瘤菌的有效性是可靠的（表11）。3 个指标的测定结果一致，从不同的角度说明引入的 *gusA* 和 *celB* 标记基因对标记菌株的固氮有效性确实没有影响。

表 11　植株干重、全氮、叶绿素含量的相关性

Table 11　The correlation coefficients between shoot dry weight, total nitrogen and content of chlorophyll

	植株干重 Plant dry weight	植株全氮 Total nitrogen	叶绿素含量 Content of chlorophyll
植株干重 Plant dry weight	1		
植株全氮 Total nitrogen	86.4**	1	
叶绿素含量 Content of chlorophyll	80.9**	85.8**	1

＊＊表示在 0.01 水平上显著，以下同

＊＊indicating that difference is significant at 0.01 level. The same below

3.4　盆栽试验结果分析

　　从表 12 可以看出，接种对瘤数和瘤重的影响较大，与对照相比差异极显著，另外，从标记菌的占瘤率来看，均在 50% 以上，说明与土著菌相比，本试验所用的 3 个菌株有更高的竞争结瘤能力。

表 12　标记菌占瘤率分析

Table 12　The percentage nodule occupancy of marked strains in soil pot experiment

菌株 Strains	瘤重 Nodule weight /g	蓝瘤数 No. of blue nodule	白瘤数 No. of white nodule	总瘤数 No. of total nodule	占瘤率 Nodule percentage/%
A3-5	1.47 **	104	83	187 **	55.6
A3-7	1.51 **	106	94	200 **	53
A4-5	1.21 **	116	70	186 **	62.4
B3-5	1.51 **	192	91	283 **	67.8
B3-7	1.42 **	144	91	235 **	61.3
B4-5	1.37 **	115	77	192 **	59.9
CK	0.69			108	

由表 13 可以看出，接种对花生植株的干重、全氮、叶绿素含量影响较大，与对照相比，达到了显著或极显著水平，说明本试验所用的 3 个菌株其固氮有效性较高。

表 13　接种对花生生长的影响

Table 13　The effect of inoculation on the growth of *Arachis*

菌株 Strains	植株干重 Shoot dry weight /g	与对照差异 With CK difference	植株全氮 Total nitrogen /%	与对照差异 With CK difference	叶绿素含量 Content of chlorophyll /(mg/kg)	与对照差异 With CK difference
A3-5	5.73	*	2.79	**	2.88	**
A3-7	5.49	*	2.68	**	2.80	**
A4-5	5.88	**	2.93	**	3.26	**
B3-5	5.63	*	2.48	**	2.86	**
B3-7	5.56	*	2.77	**	2.89	**
B4-5	5.52	*	2.64	**	2.92	**
CK	4.36		2.02		2.25	

* 表示在 0.05 水平上差异显著，** 表示在 0.01 水平上差异显著

* indicating that difference is significant at 0.05 level，** indicating that difference is significant at 0.01 level

4　讨论

对豆科植物施加根瘤菌剂是一项重要的增产措施，而接种剂中根瘤菌与土著菌的竞争结瘤能力是衡量接种效果的一个重要方面。根瘤菌的标记技术发展到今天，人们已开始借助于分子生物学技术，向根瘤菌中引入外源标记基因，利用导入根瘤菌的特殊标记基因能够作用于多种底物并能产生颜色反应或发光现象，比较直观地来跟踪所要研究的根瘤菌，已经成为广泛应用的根瘤菌标记技术。*gusA* 基因和 *celB* 基因正是由于以上特点，目前已经成为重要的根瘤菌标记基因。

本试验采用两种标记基因分别标记了 3 个菌株，即 Spr3-5、Spr3-7 和 Spr4-5。通过检测表明，标记基因成功地导入根瘤菌，可以进行有效的表达。

任何利用转基因技术来研究微生物生态的方法都必须考虑到引入的基因对受体的影响[42,49]。本试验对两种基因标记后的菌株和出发菌株进行了代时测定，结果表明，标记菌株和出发菌株代时差别很小，说明导入标记基因后对菌株的生长速率并没有发生影响。这与 Angela Sessitsch 等[63] 对用 gusA 基因标记的 Rhizobium tropici 菌株 CIAT899 代时测定结果相类似。

将标记菌株与出发菌株等量接种到宿主植物上，然后比较其各自占瘤率的大小，是衡量标记菌株竞争结瘤能力是否发生变化的一个重要指标[55]。本试验通过将标记菌株与出发菌株等量接种到宿主植物上，然后统计标记菌的占瘤率，结果显示，标记菌的占瘤率全部在 40%～60%，接近于 50%。统计分析表明，标记菌的占瘤率与 50% 相比差异不显著，因此可以认为标记菌株的竞争结瘤能力与出发菌株相比并没有发生变化[39]。

测定标记菌株和出发菌株相比其固氮有效性是否发生变化，是衡量标记基因对标记菌株生态行为是否有影响的又一个重要方面。本试验通过对标记菌株和出发菌株共生植株的干重、全氮和叶绿素含量的测定。结果表明，gusA 基因和 celB 基因标记的 3 个菌株其共生植株的干重、全氮和叶绿素含量与出发菌株相比并没有显著差异，由此说明标记菌株与出发菌株相比，其固氮有效性并没有发生显著变化。

此外，本试验还对植株干重与全氮、叶绿素含量的相关性进行了分析，结果表明，植株干重与全氮、叶绿素含量三者之间的相关性较大，其相关性系数分别为 0.864（$P<0.01$），0.809（$P<0.01$），0.854（$P<0.01$），说明用植株干重、全氮和叶绿素含量来指示慢生型花生根瘤菌的有效性是可靠的，这与陈雯莉等[59] 的试验结果一致。3 个指标的测定结果一致，从不同的角度说明引入的 gusA 和 celB 标记基因对标记菌株的固氮有效性确实没有影响。

由此我们可以得出结论，导入的 gusA 和 celB 标记基因对 3 株慢生型花生根瘤菌菌株的生长速率、竞争结瘤能力和固氮有效性并没有显著影响，我们可以利用 gusA 和 celB 基因标记的三株慢生型花生根瘤菌来进行竞争结瘤的研究。

本试验还研究了 gusA 和 celB 基因标记菌株与土著菌的竞争结瘤情况，结果显示，利用 gusA 和 celB 标记基因研究标记菌株与土著菌的竞争结瘤能力是简单可行的方法，两种基因编码的酶与各自的底物反应后，标记菌株形成的蓝点或蓝色区域能够较好的反映标记菌的占瘤情况。当然，利用 gusA 基因标记法成本较高，因为与 gusA 基因编码酶反应的底物则比较昂贵，如果从经济的角度出发，celB 基因标记法可能更为实用些。

从花生植株盛花期的测定结果来看，标记菌的占瘤率都在 50% 以上，说明本试验的所用的 3 株慢生型花生根瘤菌菌株与土著菌相比，竞争结瘤能力更强一些。接种处理与对照相比，其瘤数与瘤重差异都达到了极显著水平。

同时，接种对其植株的干重、全氮、叶绿素含量均有不同程度的影响，其中对全氮、叶绿素含量的影响较大，达到了极显著水平，植株干重与对照相比处理也达到了显著或极显著水平，说明本试验所用的 3 个菌株其固氮有效性较高。

5　结论

本试验利用 *gusA* 基因和 *celB* 基因成功的标记了 3 株慢生型花生根瘤菌，并研究了标记菌株与土著菌的竞争结瘤情况。现将本次试验主要结果总结如下：

（1）利用大肠杆菌和根瘤菌的接合，成功地将 *gusA* 和 *celB* 基因分别导入 3 株慢生型花生根瘤菌 Spr3-5、Spr3-7 和 Spr4-5 中，且 *gusA* 和 *celB* 基因可以有效表达。

（2）利用 *gusA* 和 *celB* 基因成功标记的 3 个慢生型花生根瘤菌，与出发菌株相比，其代时、竞争结瘤能力和固氮有效性没有发生显著改变。

（3）通过标记菌株与土著菌的竞争结瘤试验，结果显示，本试验所采用的 3 个菌株与土著菌相比有更高的竞争结瘤能力。同时证明利用 *gusA* 和 *celB* 标记基因研究根瘤菌的竞争结瘤能力是简单可行的方法，可以较为直观的对标记菌形成的根瘤进行检测。

（4）对花生接种根瘤菌的效果表明，接种对花生植株的干重、全氮、叶绿素含量均有显著或极显著的影响，说明本试验所用的 3 株慢生型花生根瘤菌不仅竞争结瘤能力强，而且其固氮有效性也较高。

参 考 文 献

[1] Streit W, Botero L, Werner D, *et al*. Competition for nodule occupancy on phaseolus vulgaris by *Rhizobium etli* and *Rhizobium tropici* strains can be efficiently monitored in an ultisol during the early stages of growth using a constitutive gus gene fusion. Soil Biol Biochem, 1995, 27 (8)：1075~1081

[2] 沈萍. 微生物学. 北京：高等教育出版社. 2000. 444~445

[3] 陈友权. 花生实用增产技术. 北京：北京农业大学出版社. 1993. 1~6

[4] Kulkarni J H. Biofertilizer：Potentialities and Problems. *In*：Som S P, *et al*. Calcutta, India Naya Prakash. 1988. 51~56

[5] Sessitsch A, Hardarson G, Willem M, *et al*. Use of maker genes in competition studies of *rhizobium*. Plant and Soil, 1998, 204：35~45

[6] Josey D R, Beynon J L, Johnston A W B, *et al*. Strain identification in *Rhizobium* using intrinsic antibiotic resistance. J Appl Bacteriol, 1979, 46：343~350

[7] Broughton W J, Heycke N, Priefer U, *et al*. Ecological genetics of *rhizobium meliloti*：diversity and competitive dominance. FEMS Microbiol, 1987, 40：245~249

[8] Bushby H V A. Quantitative estimation of Rhizobia in non-sterile soil antibiotics and fungicides. Soil Biol Biochem, 1981, 13：237~239

[9] Turco R F, Moorman T B, Bezdicek D F. Effectiveness and competitiveness of spontaneous antibiotic resistance marked strains of *Rhizobium leguminosarum* and *Rhizobium japonicum*. Soil Biol Biochem, 1986, 18：259~262

[10] Schmidt E L, Bakole R O, Bohlool B B. Fluorescent antibody approach to the study of rhizobia in soil. J Bacteriol, 1968, 95：1987~1992

[11] Dudman W F. Antigenic anaysis of *Rhizobium japonicum* by immunodiffusion. Appl Microbio, 1971, 21：973~985

[12] Berger J A, May S N, Berger L R, *et al*. Colorimetric enzyme linked immunosorbent assay for the identification of strains of *rhizobium* in culture and in the nodules of lentils. Appl Environ Microbiol, 1979, 37：642~646

[13] Zhang X P. Assessment of the competitiveness of fast-growing rhizobia infecting Acacia senegal using antibiotic resistance and melanin production as identification markers. World J Microbiol Biotechnol, 1992, 28：199~205

[14] Pepper I L, Josephson K I, Nautiyal C S, *et al*. Strain identification of highly competitive bean rhizobia isolated from root nodules : use of fluorescent antibodies, plasmid profiles and gene probes. Soil Biol Biochem, 1989, 21: 749~753

[15] Shishido M, Pepper I L. Identification of dominant indigenous *Rhizobium meliloti* by plasmid profiles and intrinsic antibiotic resistance. Soil Biol Biochem, 1990, 22: 11~16

[16] Frederickon J K, Bezdicck D F, Brockman F E, *et al*. Enumeration of Tn5 mutant bacteria in soil by using a most-probable number DNA-hybridization procedure and antibiotic resistance. Appl Environ Microbiol, 1998, 54: 446~453

[17] Springer N, Ludwig W, Hardarson G A. 23S rRNA targeted specific hybridization probe for *bradyrhizobium japonicum*. System Appl Environ Microbiol, 1993, 16: 468~470

[18] Steffan R J, Atlas R M. Polymerase chain reaction: application in environmental microbiology. Ann Rev Microbiol, 1991, 45: 137~161

[19] Harrison S P, Mvtton I R, Skot I, *et al*. Characterisation of Rhizobia isolates by ampli-fication of DNA ploymorphisms using random primers. Can J Microbiol, 1992 , 38: 1009~1015

[20] Richardson A E, Viccars E A, Watson J M, *et al*. Differentiation of *Rhizobium* strains using the ploymerase chain reaction with random and directed primers. Soil Biol Biochem, 1995, 27: 515~524

[21] de Brujin F. Use of repetitive (repetitive extragenic palindromic and enterobacteriol repetitive intergenic consensus) sequences and the ploymerase chain reaction to fingerprint the genomes of *Rhizobium meliloti* isolates and other soil bacteria. Appl Environ Microbiol, 1992, 58: 2180~2187

[22] Judd A K, Schneider M, Sadowsky M J, *et al*. Use of repetitive sequences the ploymerase chain reaction technique to classify genetically related *Bradyrhizobium japonicum* scrocluster 123 strains. Appl Environ Microbiol, 1993, 59: 1702~1708

[23] 莫才清, 周俊初, 李卓棣. 根瘤菌标记技术及其发展. 生物技术通报, 1996, 4: 4~6

[24] Krishnan H B, Pueppke S G. A *nolC-lacZ* gene fusion in *Rhizobium fredii* facilitates direct assessment of competition for nodulation of soybean. Can J Microbiol, 1992 , 38: 515~519

[25] Katupitiya S, New P B, Elmerich C, *et al*. Improved N_2-fixation in 2, 4-D-treated wheat roots associated with Azospirillum lipoferum: studies of colonization using reporter gene. Soil Biol Biochem, 1995, 27: 447~452

[26] Hartel P G, Fuhrmann J J, Johnson Jr W F, *et al*. Survival of a *lacZ* -containing *Pseudomonas putida* strain under stressful abiotic soil conditions. Soil Sci Soc Am J, 1994 , 58: 770~776

[27] Hattemer-Frey H A, Brandt E J, Travis C C. Small-scale field test of the genetically engineered *lacZY* marker. Reg Toxicol Pharmacol, 1990, 11: 253~261

[28] Voorhorst W G B, Eggen R I L, Luesink E J, *et al*. Characterization of the *celB* gene coding for beta-glucosidase from the hyperthermophylic archaean Pvrococcus furiosus and its expression and site-directed mutation in *Escherichia coli*. J Bacteriol, 1995, 177: 7105~7111

[29] Reuber T I, Long S I, Walker G C. Regulation of *Rhizobium meliloti* exo genes in free-living cells and in planta examined using Tn*phoA* fusions. J Bacteriol, 1991, 173: 426~434

[30] Winstanley C, Morgan J A W, Pickup R W, *et al*. Use of a *xylE* maker gene to monitor survival of recombinant Pseudomonas populations in lake water by culture on nonselective media. Appl Environ Microbiol, 1991, 57: 1905~1913

[31] Cebolla A, Ruiz-Berraquero F, Palomares A J. Expression and quantification of firely luciferase under control of *Rhizobium meliloti* symbiotic promoters. J Biolumin and Chemilumin, 1991, 6: 177~184

[32] Cebolla A, Ruiz-Berraquero F, Palomares A J. Stable tagging of *Rhizobium meliloti* with the firely luciferase gene for environmental monitoring. Appl Environ Microbiol, 1993, 54: 1812~1817

[33] O'Kane D J, Lingle W I, Wampler J E, *et al*. Visualization of biolumi- nescence as a maker of gene expression in *rhizobium*-infected soybean root nodules. Plant Mol Biol, 1988, 10: 387~399

[34] Wilson K J, Sessitsch A, Akkermans A D L. Molecular markers as tools to study the ecology of microorganisms. *In*: Ritz K, Dighion J, Giiler K E. Beyond the biomass: compositional and functional analysis of soil microbial communities, Wiley, Chichester. 1994. 149~156

[35] Christiansen-Weniger C, Vanderleyden J. Ammonium-excreting *Azospirillum* sp. become intracellularly established in maize (*Zea mays*) para-nodules. Biol Fertil Soils, 1994, 17: 1~8

[36] Hurek T, Reinhold-Hurek B, van Montagu M, *et al*. Root colonization and systemic spreading of, *Azoarcus* sp. strain BH72 in grasses. J Bacteriol , 1994, 176: 1913~1923

[37] Vande Brock A, Michiels J, Van Gool A, *et al*. Spatial-temporal colonization patterns of *Azospirillum brasilense* on the wheat root surface and expression of the bacterial *nif*H gene during association. Mol Plant-Microbe Interact, 1993, 6: 592~600

[38] Streit W, Kosch K, Werner D. Nodulation competitiveness of *Rhizobium leguminosarum* bv. *phaseoli* and *Rhizobium tropici* strains measured by glucuronidase (GUS) gene fusions. Biol Fertil Soils, 1992, 14: 140~144

[39] Streit W, Botero L, Werner D, *et al*. Competition for nodule occupancy on *Phaseolus vulgaris* by *Rhizobium etli* and *Rhizobium tropici* can be efficiently monitored in an ultisol during the early stages of growth using a constitutive GUS gene fusion. Soil Biol Biochem, 1995, 27: 1075~1082

[40] Wilson K J, Giller K E, Jefferson R A. β-glucuronidase (GUS) operon fusions as a tool for studying plant-microbe interactions. *In*: Hennecke H, Verma D P S. Advances in molecular genetics of plant microbe interactions. Kluwer, Dordrecht Boston London. 1991. 226~229

[41] Wilson K J, Sessitsch A, Corbo J, *et al*. β-glucuronidase (GUS) transposons for ecological and genetic studies of rhizobia and other Gram-negative bacteria. Microbiology, 1995, 141: 1691~1705

[42] Kate J W. GUS as a maker to track microbes. Molecular Microbial Ecology Manual, 1996, 5: 1~25

[43] Wilson K J, Hughes S G, Jefferson R A. The *Escherichia coli gus* operon, induction and expression of the gus operon in *E. coli* and the occurrence and use of GUS in other bacteria. *In*: Gallagher S. GUS protocols, using the GUS gene as a reporter of gene expression. Academic, San Diego, CA. 1992. 7~23

[44] Van den Eede G, Deblaere R, Goetals K, *et al*. Broad host range and promoter selection vectors for bacteria that interact with plants. Mol Plant-Microbe Interact, 1992, 5: 228~234

[45] Sharma S B, Signer E R. Temporal and spatial regulation of the symbiotic genes of *Rhizobium meliloti* in planta revealed by transposon Tn5-*gusA*. Genes Dev, 1990, 4: 344~356

[46] De Lorenzo V, Herrero M, Jakubzik U, *et al*. Mini-Tn5 transposon derivatives for insertion mutagenesis, promoter probing, and chromosomal insertion of cloned DNA in gram-negative Eubactcria. J Bacteriol, 1990, 172: 6568~6572

[47] Drahos D J, Hemming B C, McPherson S. Tracking recombinant organisms in the environment: β-galactosidase as a selectable, non-antibiotic marker for fluorescent pseudomonas. Bio Technol, 1986, 4: 439~443

[48] De Boer M H, Djordjevic M A. The inhibition of infection thread development in the cultivar-specific interaction of *Rhizobium* and subterranean clover is not caused by a hypersensitive response. Protoplasma, 1995, 185: 58~71

[49] Sessitsch A, Jjemba P K, Hardarson G, *et al*. Measurement of the competetiveness index of *Rhizobium tropici* strain CIAT899 derivatives marked with the *gusA* gene. Soil Biol Biochem, 1997, 29 (7): 1099~1110

[50] Kengen S W M, Luesink E J, Stares A J M, *et al*. Purilication and characterization of an extremely thermostable β-glucosidase from the hyperthermophilic archaeon *Pyrococcus furiosus*. Eur J Biochem, 1993, 213: 305~312

[51] Sessitsch A, Wilson K J, Akkermans A D L, *et al*. Simultaneous detection of different *Rhizobium* strains marked with either the *Escherichia coli gusA* or the *Pyrococcus furiosus celB* gene. Appl Environ Microbiol, 1996, 62: 4191~4194

[52] De Lorenzo V，Herrero M，Jakubzik U，*et al*. Mini-Tn5 transposon derivatives for insertion mutagenesis, promotor probing，and chromosomal insertion of cloned DNA in gram-negative Eubacteria. J Bacteriol，1990，172：6568～6572

[53] Herrero M，de Lorenzo V，Timmis K T. Transposon vectors containing non-antibiotic resistance selection markers for cloning and stable chromosome insertion of foreign genes in gram-negative bacteria. J Bacteriol，1990，172：6557～6567

[54] 周平贞，邓金兰，张学江等. 豆科植物结瘤试验—水培法介绍. 中国油料，1979，2：60～62

[55] Sessitsch A，Kate J，Wilson K J，*et al*. The *celB* maker gene. Molecular Microbial Ecology Manual，1998，12：1～15

[56] 张志良. 植物生理学实验指导. 北京：高等教育出版社. 1991

[57] 鲍士旦. 土壤农化分析（第三版）. 北京：中国农业出版社. 2000

[58] 斯普朗特 J I. 固氮生物生物学. 刘永定译. 北京：农业出版社. 1985

[59] 陈雯莉，李阜棣，周俊初. 用叶绿素评价快生型大豆根瘤菌的共生有效性. 华中农业大学学报，1996，15：46～50

[60] Mirza N A，Bohlool B B，Somasergaran P. Non-destructive chlorophyll assay for screening of strains of *Bradyrhizobium japonicum*. Soil Biol Biochem，1990，22（2）：203～207

[61] 孟颂东，张泽钟. 应用 GUS 基因研究弗氏中华根瘤菌的结瘤及效果. 应用生态学，1997，8（6）：595～598

[62] 莫才清，李阜棣. 应用 *luxAB* 基因和 *gusA* 基因标记大豆根瘤菌的效果. 大豆科学，1998，17（1）：19～22

[63] Sessitsch A，Wilson K J，Akkermans A D L，*et al*. Simultaneous detection of different *rhizobium* strains marked with either the *Escherichia coli gusA* gene or the *Pyrococcus furiosus celB* gene. Appl Environ Microbiol，1996，62（11）：4191～4194

基因标记法研究紫色土上施铁钼肥对花生根瘤菌
有效性及竞争性的影响

于景丽[1]，张小平[2]，李登煜[2]，陈强[2]

(1. 内蒙古大学生命科学学院生态与环境科学系，呼和浩特　010021)
(2. 四川农业大学资源与环境学院微生物系，雅安　625014)

摘　要：以缺铁的石灰性紫色土和缺钼的酸性紫色土为供试土壤进行盆栽实验，选用三株慢生型花生根瘤菌 Spr3-5、Spr3-7、Spr4-5 及 gusA 和 celB 标记的菌株 gusA3-5、gusA3-7、gusA4-5、celB3-5、celB3-7、celB4-5 接种天府 9 号花生。通过标记根瘤菌形成的根瘤能与检测试剂产生颜色反应的特征，检测施铁、钼肥及施不同浓度的铁、钼肥对花生根瘤菌有效性和竞争性的影响。结果发现：缺铁的石灰性紫色土上单施铁肥、单接种根瘤菌、接种根瘤菌配施铁肥均能促进花生与根瘤菌的共生固氮效应和竞争结瘤能力，但接种根瘤菌配施铁肥的效果最好，单接种根瘤菌的效果次之，单施铁肥的效果差。喷施 0.2% 硫酸亚铁溶液的效果比 0.3% 的好。缺钼的酸性紫色土上单施钼肥、单接种根瘤菌、接种根瘤菌配合施钼肥均能促进花生与根瘤菌的共生固氮效应和竞争结瘤能力，但接种根瘤菌配合施钼肥的效果最好，单接种根瘤菌的效果次之，单施钼肥的效果差。单施钼肥时，0.4% 的钼酸铵拌种效果好，接种根瘤菌时，0.2% 的效果好。植株全氮含量和叶绿素含量都是指示共生固氮效应的重要指标，与花生产量间存在极显著的相关性，石灰性紫色土中相关系数分别为 0.763 和 0.795，酸性紫色土中相关系数分别为 0.776 和 0.809。gusA 和 celB 标记对花生根瘤菌有效性、竞争性和花生产量的影响很小，且 gusA 和 celB 两种标记方法检测的结果基本一致，两种标记根瘤菌的平均占瘤率分别为 79.64%、75.62%、74.41%。这说明 gusA 和 celB 两种标记方法均能成功检测接种根瘤菌的竞争性。石灰性紫色土和酸性紫色土中供试菌株 Spr4-5 的有效性和竞争性最强，Spr3-7 次之，Spr3-5 最差。接种 Spr4-5 配合施用 0.2% 的铁或钼肥时，花生产量最高。

关键词：缺铁，缺钼，花生根瘤菌，基因标记，有效性，竞争性

Effects of Fe and Mo fertilization in purple soil on effectiveness and competitiveness of *Bradyrhizobium*-peanut by gene marker technique

Abstract: In this research, calcareous purple soils deficient in Fe and acid purple soil deficient in Mo were used for pot experiment. Three strains of *Bradyrhizobium* Spr3-7, Spr4-5, Spr3-5 and *gusA*- and *celB*-labeled strains *gusA*3-7, *gusA*4-5, *gusA*3-5, *celB*3-7, *celB*4-5, *celB*3-5 were selected to inoculate TianFu 9 peanut. Root nodule formed by gene marker strains would have color reaction with the test reagent. This characteristic can be used to detect effect of Fe and Mo fertilization and their application rate on effectiveness and competitiveness of the peanut-*Bradyrhizobium* symbiosis. Results showed that in calcareous purple soil deficient in available Fe, spraying of $FeSO_4 \cdot 7H_2O$ solution, inoculation of *Bradyrhizobium* or combination of the two could all promote symbiotic nitrogen-fixtion and competitive ability of peanut-*Bradyrhizobium* by inoculation, but the effect was the best with the combination, followed by inoculation and then Fe application. The effect of spraying 0.2% $FeSO_4 \cdot 7H_2O$ solution was much better than that of spraying 0.3% $FeSO_4 \cdot 7H_2O$ solution. In acid purple soil Mo deficit, single application of Mo, single inoculation of *Bradyrhizobium* or combination of the two all could promote symbiotic nitrogen-fixation and competitive ability of peanut-*Bradyrhizobium* in nodulation, among which the effect of combination was the best, followed by inoculation and single Mo application. The effect of application of 0.4% $(NH_4)_6Mo_7O_{24}$ solution was more pronounced than that of 0.2% $(NH_4)_6Mo_7O_{24}$ solution when applied alone, whereas the effect of the former was less pronounced than that of the latter when combined with inoculation. Plant total nitrogen content and total chlorophyll content, which are both important index of symbiotic nitrogen-fixation, showed extremely significant correlations with peanut yields, with correlation coefficient being 0.763 and 0.795 in calcareous purple soil, 0.776 and 0.809 in acid purple soil, respectively. By contrast with inoculating unmarked strains, inoculation of *gusA* and *celB* labeled strains had hardly any effect on effectiveness and competitiveness of peanut-*Bradyrhizobium* symbiosis and peanut yields, while the nodulation rate of the test with either *gusA* or *celB* labeled strains were almost the same. The nodulation rate of the three labeled *Bradyrhizobium* strains, Spr3-7, Spr4-5 and Spr3-5 was averaged to be 79.46%, 75.62% and 74.41%, respectively. It showed that both *gusA* and *celB* gene marker techniques could successfully detect the competitiveness of *Bradyrhizobium* symbiosis by inoculation, alone. In terms of effectiveness and competitiveness, strain Spr4-5 took the lead and was followed by Spr3-7 and Spr3-5 in the end, whether in the calcareous purple soil deficient in Fe or in the acid purple soil deficient in Mo. The peanut yield was the highest when combining strain Spr4-5 by inoculation with spraying of 0.2% $FeSO_4 \cdot 7H_2O$ solution or application of 0.2% $(NH_4)_6Mo_7O_{24}$ solution.

Key words: Deficiency in Fe, Deficiency in Mo, *Bradyrhizobium*, Gene marker technique, Effectiveness, Competitiveness

　　根瘤菌与豆科植物共生固氮体系在农业生产上有重要的作用。据报道，全球每年由豆科根瘤菌固定的氮素为 8×10^{10} kg，约占全球生物固氮总量的 65%[1]。以提高农业生产效果的根瘤菌接种剂曾在农业生产中发挥了重要的作用[2]。随着分子生物学技术的发展和对遗传学认识的深入，一些通过群体遗传学研究手段筛选或经过改造，目的在于选育能提高农业生产效果的高效根瘤菌剂应用于农业生产实践中。然而影响和决定根瘤菌共生固氮效率的因素来自土壤生态环境、宿主植物和根瘤菌 3 个方面。因此，施用根瘤菌接种剂必须兼顾土壤有机质、氮素、微量元素含量、pH 等理化因子对其固氮效率的影响。铁和钼是豆科植物固氮功能的主要因子[3~6]。这是因为铁蛋白、钼铁蛋白是豆科植物根瘤固氮酶系统的活性中心，主要参与和影响硝酸还原过程和固氮作用[7]。石灰性紫色土和酸性紫色土是四川境内典型的紫色土类型，耕地面积合计 261.31 万 hm^2，占紫色土耕地总面积的 61%[8]。花生作为四川主要的油料作物之一，在石灰性紫色土和酸性紫色土上均有广泛的分布。石灰性土因 pH 高、有机质含量低，有效铁被积聚的碳酸盐、磷酸盐固定而不能被花生还原和吸收。南方酸性土壤黏粒氧化物对钼产生化学性很强的专性吸附作用，降低了土壤钼的可给性。石灰性紫色土有效铁缺乏和酸性紫色土有效钼缺乏会影响豆科植物和根瘤菌的共生固氮作用，最终成为花生高产的主要限制因子。

　　如何纠正土壤缺铁、钼对豆科植物和根瘤菌造成的伤害？传统的根瘤菌接种剂以及铁、钼肥的施用缺少必要的检测技术。外源分子标记技术是继内源分子标记日益发展起来的一种新型检测技术，其原理是向所要研究的根瘤菌导入易于识别的标记基因，根据基因所编码的酶能与底物产生颜色反应的特性[9]，借助肉眼或简便的仪器对所要研究的根瘤菌进行识别和鉴定。常见的外源标记基因很多，如 *lacZ*、*phoA*、*xylE*、*luxAB*、*gusA*、*celB* 等。但最适合于研究根瘤菌竞争结瘤的标记基因主要有 *gusA* 和 *celB* 两种[9~15]。*celB* 基因在根瘤菌的生态研究中很早就与 *gusA* 基因一起进行同步检测[13,14]，但未见 *celB* 基因单独用于根瘤菌生态研究的报道。本研究分别应用 *celB* 和 *gusA* 基因标记技术探索石灰性和酸性紫色土花生接种根瘤菌及施铁钼肥对共生固氮作用的影响，改善以往施用菌肥及微肥的盲目性，充分利用根瘤菌资源，发挥高效根瘤菌剂在农业生产实践中的重要作用。最终为石灰性紫色土和酸性紫色土上花生高产优质提供理论依据和技术参考。

1　材料与方法

1.1　供试菌株

三株慢生型花生根瘤菌 Spr3-5、Spr3-7、Spr4-5 由四川农业大学微生物实验室提供；*gusA* 和 *celB* 标记菌株是由三株慢生型花生根瘤菌 Spr3-5、Spr3-7、Spr4-5 与含有 *gusA* 和 *celB* 标记基因的大肠杆菌 *E. coli* HMBI2179 通过混合培养和选择性培养分离获得的。具体操作过程如图 1 所示。

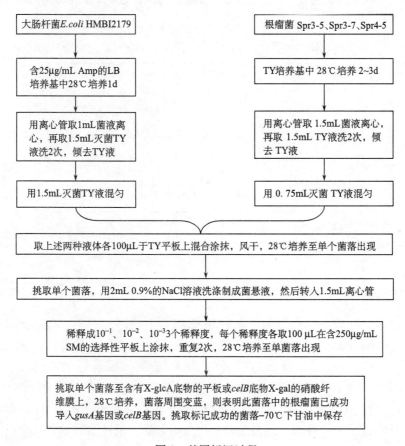

图 1　基因标记过程

Fig. 1　The procedure of gene marked

1.2　根瘤菌培养基及吸附剂

固体培养基为 YMA，液体培养基为 TY，选择性培养基为 1mL YMA 加链霉素（SM）250μg，根瘤菌吸附剂。配方见文献［16］。

1.3　供试土壤的基本性状

石灰性紫色土取自四川省乐山市凌云乡，酸性紫色土取自乐山市九峰镇，两种土壤前作均为蔬菜。土壤有机质采用重铬酸钾外加热法，土壤全氮、磷、钾分别用 $CuSO_4$-K_2SO_4-Se 半微量凯氏定氮法、NaOH 熔融-钼锑抗比色法、NaOH 熔融-火焰光度计法，土壤速效氮、磷、钾分别采用碱解扩散法、0.5mol/L 碳酸氢钠浸提-钼锑抗比色法、1mol/L NH_4OAc 浸提-火焰光度计法，土壤 pH 用水浸法，土壤有效铁用 DTPA 混合液浸提-原子吸收光谱法测定，土壤有效钼用硫氰化钾比色法测定，结果见表1。

表 1　土壤的基本理化性质

Table 1　Basic physical and chemical properties of soil

土壤类型 Soil type	pH	有机质 OM /(g/kg)	全量养分 Total nutrient /(g/kg)			速效养分 Available nutrient /(mg/kg)			有效钼 Available Mo /(mg/kg)	有效铁 Available Fe /(mg/kg)
			N	P	K	N	P	K		
石灰性紫色土 Calcareous purple soil	8.05	17.46	1.59	0.81	10.33	99.9	9.4	145.6	/	4.65
酸性紫色土 Acid purple soil	4.39	10.69	0.85	0.69	7.54	58.79	5.1	56.5	0.09	/

表中数据为 3 次重复的平均数值

Numerical values given in Table 1 were the mean of three replicates

1.4　盆栽试验

实验设 6 个处理，6 次重复。9 种根瘤菌接种剂为：Spr3-5、Spr3-7、Spr4-5、gusA3-5、gusA3-7、gusA4-5、celB3-5、celB3-7、celB4-5。采用 30cm×19.5cm 塑料盆钵，每钵装土 5kg。每钵加过磷酸钙 5g 作基肥，泥炭菌剂 5g（含菌量＞2×10^8 cfu/g）作种肥。将表面消毒的花生种子浸泡后胚根朝下播种，每盆播 3 粒，立即盖土，覆薄膜。待出全苗后定苗 2 株。硫酸亚铁溶液采用苗期喷施法（间隔 1 周，共 2 次），钼酸铵溶液采用拌种法。分盛花期和收获期取样。具体试验设计，见表2。

表 2　盆栽试验设计

Table 2　Design of pot experiment

处理 Treatment	石灰性紫色土 Calcareous purple soil	酸性紫色土 Acid purple soil
1	CK：不接种根瘤菌，不施铁肥	CK：不接种根瘤菌，不施钼肥
2	单接种根瘤菌	单接种根瘤菌
3	接种根瘤菌配施 0.2%的硫酸亚铁溶液	接种根瘤菌配施 0.2%的钼酸铵溶液
4	接种根瘤菌配施 0.3%的硫酸亚铁溶液	接种根瘤菌配施 0.4%的钼酸铵溶液
5	单施 0.2%的硫酸亚铁溶液	单施 0.2%的钼酸铵溶液
6	单施 0.3%的硫酸亚铁溶液	单施 0.4%的钼酸铵溶液

1.5　供试花生及其分析测试

天府 9 号花生，购自四川省南充市农业科学研究所。盛花期取样测定植株干重、全氮含量、叶绿素含量，鲜瘤重、总瘤数、蓝瘤数；收获期测定花生产量。

1.5.1　植株干重

先 85℃杀酶 10min，再 65℃烘干至恒重，称干重。

1.5.2　植株全氮含量

奈氏比色法[17]测定植株全氮含量。

1.5.3　叶绿素含量

取 0.23g 新鲜小块叶片，放入装有 95％乙醇与 80％丙酮等体积混合液的刻度磨口试管中，加塞后立即放到 37℃恒温培养箱中避光保存，待叶片完全变白后即可用 7230 型分光光度计在 652nm 的波长处测定 OD 值，计算出叶绿素总含量[18]。

1.5.4　接种 gusA 和 celB 标记菌株的占瘤率检测

（1）gusA 和 celB 标记菌株的占瘤率检测试剂分别为 X-glcA 和 X-gal 染色缓冲液。

（2）gusA 和 celB 标记菌株的占瘤率检测：首先用自来水冲洗花生根系以除去表面的杂质，再用蒸馏水洗 2 或 3 次。gusA 检测是将根系直接浸泡于含有 X-glcA 的磷酸盐缓冲溶液中；而 celB 检测是将根系浸泡于不含有底物的磷酸盐缓冲溶液中，经 70℃杀酶 1h，冷却至室温后再加入含 X-gal 的缓冲液（200μg/mL）。真空抽气 10～15min；经 37℃避光保存至蓝色瘤子出现后，即可进行蓝、白色瘤子的计数，并计算占瘤率。

1.6　数据处理

数据分析主要采用 SPSS 软件进行统计分析。

2　结果与分析

2.1　石灰性紫色土上施铁肥与接种根瘤菌对花生根瘤菌有效性、竞争性及花生产量的影响

2.1.1　石灰性紫色土上施铁肥与接种根瘤菌对花生根瘤菌有效性的影响

从表 3 可以看出，单施铁肥或单接种根瘤菌能促进花生与根瘤菌的共生固氮效应，且单接种根瘤菌比单施用铁肥的效果好，单接种根瘤菌时的植株干重、全氮含量、叶绿素含量都能与 CK 间达到差异极显著水平。单施铁肥时，不同浓度的铁肥对植株干重的影响差异甚微，但喷施 0.2％的铁肥时，其全氮含量、叶绿素含量均与 CK 间达到差异极显著水平。

表 3　花生施铁肥或接种根瘤菌对花生根瘤菌有效性的影响

Table 3　Effect of application of Fe fertilizer or inoculation on effectiveness of peanut *Rhizobium*

处理 Treatment	植株干重 Dry plant weight /(g/plant)	植株全氮含量 Plant total nitrogen content /(g/kg)	叶绿素含量 Plant total chlorophyll content /(mg/kg)
CK	3. 47	0. 149	1. 642
Fe0. 2	4. 44	0. 177**	2. 072**
Fe0. 3	4. 48	0. 164*	1. 804**
Spr3-5	5. 21**	0. 182**	1. 890**
Spr3-7	5. 52**	0. 194**	2. 075**
Spr4-5	4. 78**	0. 216**	2. 259**

表中数据均为 6 次重复的平均数；＊表示在 0. 05 水平上差异显著；＊＊表示在 0. 01 水平上差异极显著；Fe0. 2，Fe0. 3 分别代表 0. 2%、0. 3%的硫酸亚铁溶液

Numerical values given in table were means of six replicates；＊ LSD at 0. 05 level；＊＊ LSD at 0. 01 level Fe0. 2 and Fe0. 3 stands for 0. 2% and 0. 3% solution of $FeSO_4 \cdot 7H_2O$，respectively

　　从表 4 可以看出，在接种根瘤菌的情况下，施铁肥能促进根瘤菌与花生的共生固氮效应，增加植株干重，提高植株全氮含量和叶绿素含量。从铁肥的浓度看，0. 2%的铁肥和 0. 3%的铁肥均有促进作用，但 0. 2%的效果更好，这说明铁肥浓度偏高会抑制根瘤菌的有效性。接种根瘤菌 Spr4-5 时，花生植株的各项指标在施铁肥 0. 2%时与不施铁肥和施铁肥 0. 3%间存在显著或极显著差异。

表 4　不同浓度的铁肥对接种根瘤菌有效性的影响

Table 4　Effect of different concentration of Fe fertilizer on effectiveness of *Bradyrhizobium* inoculation

处理 Treatment	植株干重 Dry plant weight /(g/plant)	植株全氮含量 Plant total nitrogen content /(g/kg)	叶绿素含量 Plant total chlorophyll content /(g/kg)
Spr3-5	5. 21bA	0. 182cB	1. 890cC
Spr3-5＋Fe0. 2	6. 13aA	0. 226aA	3. 250aA
Spr3-5＋Fe0. 3	5. 46abA	0. 194bB	2. 341bB
Spr3-7	5. 52bA	0. 194cB	2. 075bB
Spr3-7＋Fe0. 2	6. 46aA	0. 235aA	2. 444aA
Spr3-7＋Fe0. 3	5. 58bA	0. 207bB	2. 113bB
Spr4-5	5. 25bB	0. 216cC	2. 259cC
Spr4-5＋Fe0. 2	7. 42aA	0. 261aA	3. 362aA
Spr4-5＋Fe0. 3	5. 29bB	0. 245bB	2. 427bB

方差分析（Duncan 检验）为同一菌株在不同铁浓度下的比较；不同小写字母表示在 0. 05 水平上差异显著；不同大写字母表示在 0. 01 水平上差异极显著

Analysis of variance used the same *Bradyrhizobium* strain in different concentrations for comparison. Means followed by different low-case letters stands for LSD at 0. 05 level（$P = 0. 05$）and by different upper-case letters for LSD at 0. 01 level，as is determined with Duncan's multiple-range test

　　结合表3和表4可以看出，接种根瘤菌配合施用铁肥的效果最好，单接种根瘤菌的效果次之，单施铁的效果差。可见，石灰性紫色土中土著根瘤菌在缺铁的条件下缺乏或者活性低；单接种根瘤菌的效果比单施铁肥的效果好，说明接种根瘤菌在石灰性紫色土中有很强的适应性和有效性，能适应缺铁的条件；施铁肥也能促进土著菌与花生的共生固氮效应，说明土著菌在铁营养改善的条件下其固氮活性增强了，但单施铁肥的效果不如单接种根瘤菌的效果好，说明石灰性紫色土中土著根瘤菌缺乏或铁肥浓度没能达到最佳浓度。因此，铁肥的最佳浓度有可能在0～0.2％的区间内。菌株之间的有效性存在差异，总体上 Spr4-5 的最强，Spr3-7 次之，Spr3-5 最差。

2.1.2　石灰性紫色土上施铁肥与接种根瘤菌对花生-根瘤菌竞争性的影响

　　从表5可以看出，接种不同的根瘤菌均能促进花生与根瘤菌的竞争性，花生的鲜瘤重、总瘤数与CK相比均有不同程度的增加，且除接种 Spr4-5 时的总瘤数与CK间差异不显著外，其余处理的各个指标均与CK间存在显著或极显著差异。这说明接种根瘤菌能适应缺铁条件，有很强的竞争能力。石灰性紫色土上用 gusA 和 celB 两种基因标记方法检测接种根瘤菌形成的蓝瘤数，结果表明两种方法测定的结果间无显著差异，这说明用 gusA 和 celB 两种基因标记方法研究根瘤菌的竞争性有一致性。菌株 Spr4-5 的竞争性最强，Spr3-7 次之，Spr3-5 最差。在接种根瘤菌的情况下，施铁肥能促进花生与根瘤菌的竞争结瘤能力，增加鲜瘤重、总瘤数和蓝瘤数。从铁肥的浓度看，0.2％的铁肥和0.3％的铁肥均有促进作用，但0.2％的效果比0.3％的好，接种根瘤菌 Spr4-5 时，花生植株的各个指标在施铁肥0.2％时与不施铁肥和施铁肥0.3％间存在显著或极显著差异，这说明铁肥浓度偏高同样会抑制根瘤菌的竞争性。因此接种根瘤菌配合适宜浓度的铁肥更能促进接种根瘤菌的竞争结瘤能力，铁肥的最佳浓度仍可能在0～0.2％的区间内。

表5　接种不同根瘤菌和配施不同浓度的铁肥对花生根瘤菌竞争性的影响

Table 5　Effect of combination of inoculation of different *Bradyrhizobium* with

Fe fertilization different in concentration on competitiveness of peanut *Rhizobium*

处理 Treatment	鲜瘤重 Fresh nodule weight /(g/plant)	总瘤数 Total nodules /(个/plant)	蓝瘤数 Blue nodules /(个/plant)	蓝瘤占瘤率 Ratio of blue nodules occupancy/%
CK	0.7	100	/	0
*gus*A3-5	1.76 ** aA	234 ** bB	148 ** bB	63.25 **
*gus*A3-5＋Fe0.2	2.26 ** aA	412 ** aA	305 ** aA	74.03 **
*gus*A3-5＋Fe0.3	2.15 ** aA	287 ** bAB	205 ** bB	71.43 **
*cel*B3-5	1.72 ** aA	247 ** bB	161 ** bB	65.18 **
*cel*B3-5＋Fe0.2	2.24 ** aA	422 ** aA	315 ** aA	74.64 **
*cel*B3-5＋Fe0.3	2.13 ** aA	284 ** bAB	203 ** bB	71.48 **
*gus*A3-7	2.06 ** aA	233 ** aA	161 ** bA	69.10 **
*gus*A3-7＋Fe0.2	2.53 ** aA	323 ** aA	245 ** aA	75.85 **
*gus*A3-7＋Fe0.3	2.40 ** aA	240 ** aA	174 ** bA	72.50 **

处理 Treatment	鲜瘤重 Fresh nodule weight /(g/plant)	总瘤数 Total nodules /(个/plant)	蓝瘤数 Blue nodules /(个/plant)	蓝瘤占瘤率 Ratio of blue nodules occupancy/%
celB3-7	1.97** aA	246** aA	169** bA	68.70**
celB3-7+Fe0.2	2.51** aA	332** aA	251** aA	75.60**
celB3-7+Fe0.3	2.42** aA	251** aA	182** bA	72.51**
gusA4-5	2.13** bB	165 bB	117** bB	70.91**
gusA4-5+Fe0.2	3.28** aA	297** aA	236** aA	79.46**
gusA4-5+Fe0.3	2.51** bAB	220* bB	162** bB	73.64**
celB4-5	2.15** bB	174 bB	124** bB	71.26**
celB4-5+Fe0.2	3.31** aA	324** aA	258** aA	79.63**
celB4-5+Fe0.3	2.83** aAB	207* bB	153** bB	73.91**

方差分析为接种根瘤菌及施铁肥与对照间的比较；＊表示在 0.05 水平上差异显著；＊＊表示在 0.01 水平上差异显著。方差分析（Duncan 检验）为同一菌株在不同铁浓度下的比较；不同小写字母表示在 0.05 水平上差异显著；不同大写字母表示在 0.01 水平上差异极显著

Analysis of variance was based on comparison of combination of inoculation of *Bradyrhizobium* and application of Fe fertilizer with CK；＊ LSD at 0.05 level；＊＊ LSD at 0.01 level. Analysis of variance used the same *Bradyrhizobium* strain in different concentrations for comparison. Means followed by different low-case letters stands for LSD at 0.05 level（*P*=0.05）and by different upper-case letters for LSD at 0.01 level，as is determined with Duncan's multiple-range test

2.1.3　石灰性紫色土上花生施铁肥与接种根瘤菌对花生产量的影响

从表 6 中可看出，单施铁肥、单接种根瘤菌、接种根瘤菌配合施用铁肥的情况下，花生产量与 CK 相比均有不同程度的提高，且与 CK 间达到差异显著或极显著水平，但花生接种根瘤菌配施铁肥时增产效果最好，单接种根瘤菌的效果次之，单施铁肥的效果差；无论铁肥与根瘤菌配施还是单施，总以 0.2% 的铁肥效果好。在施用相同浓度的铁肥时，菌株 Spr4-5 的增产效果最好，Spr3-7 次之，Spr3-5 差。以上结果表明，在缺铁的石灰性紫色土上接种高效根瘤菌配合施用适宜浓度的铁肥是农业上一项可以应用并推广的增产措施。

表 6　不同处理对花生产量的影响

Table 6　Effect of different treatment on yield of peanut

处理 Treatment	花生产量 Peanut yield/(g/plant)	增加百分数 Increment in percentage/%	标准差 Standard deviation
CK	3.25	0.00	0.31
Fe0.2	6.12**	88.31	0.21
Fe0.3	5.27	62.15	0.49
Spr3-5	7.59** cC	133.54	0.46
Spr3-5+Fe0.2	9.65** aA	196.92	0.25

处理 Treatment	花生产量 Peanut yield/(g/plant)	增加百分数 Increment in percentage/%	标准差 Standard deviation
Spr3-5＋Fe0.3	8.19** bB	152.00	0.38
Spr3-7	7.71** bB	137.23	0.55
Spr3-7＋Fe0.2	9.89** aA	204.31	0.41
Spr3-7＋Fe0.3	8.37** bB	157.54	0.36
Spr4-5	7.91** cC	143.38	0.29
Spr4-5＋Fe0.2	10.25** aA	215.38	0.35
Spr4-5＋Fe0.3	8.64** bB	165.85	0.58

表注同表 5 注释

The note was the same as the note in table 5

　　从表 7 可知,花生产量与植株干重、全氮含量、叶绿素含量、瘤重、总瘤数等指标间存在极显著的相关性,说明上述指标均是反映共生固氮作用的主要指标。与叶绿素含量的相关性最强,说明花生在缺铁失绿的情况下,叶绿素含量是反映花生产量的重要指标,这与前人的研究结果一致[19]。

表 7　花生产量与植株全氮含量等指标间的相关性分析

Table 7　Analysis of correlations between peanut yield and plant total nitrogen content, etc.

	植株干重 Plant dry weight	全氮含量 Plant total N content	叶绿素含量 Plant total chlorophyll content	总瘤数 Total nodules	鲜瘤重 Fresh nodule weight
花生产量 Peanut yield	0.553*	0.763**	0.795**	0.551**	0.580**

* 表示在 0.05 水平上呈显著正相关；** 表示在 0.01 水平上呈极显著正相关

* LSD at 0.05 level；** LSD at 0.01 level

2.2　酸性紫色土上施钼肥与接种根瘤菌对花生根瘤菌有效性、竞争性及花生产量的影响

2.2.1　酸性紫色土上施钼肥与接种根瘤菌对花生根瘤菌有效性的影响

　　从表 8 可以看出,单施钼肥或单接种根瘤菌能促进花生与根瘤菌的共生固氮效应,且单接种根瘤菌比单施钼肥的效果好,说明在缺钼酸性紫色土中土著根瘤菌缺乏或者活性低。单施钼肥时,0.4%钼酸铵溶液的拌种效果比 0.2%的好,说明缺钼酸性紫色土在钼营养改善后土著根瘤菌的活性随着钼肥浓度的升高而提高。因此,单施钼肥时,钼酸铵溶液的最佳拌种浓度可能在≥0.4%的某个区间内。

表 8　花生施钼肥或接种根瘤菌对花生根瘤菌有效性的影响

Table 8　Effect of application of Mo fertilizer or inoculation of *Bradyrhizobium*

on effectiveness of peanut *Rhizobium*

处理 Treatment	植株干重 Dry plant weight /(g/plant)	植株全氮含量 Plant total nitrogen content /(g/kg)	叶绿素含量 Plant total chlorophyll content /(mg/kg)
CK	4.56	0.202	2.251
Mo0.2	4.95	0.272**	2.880**
Mo0.4	5.26	0.279**	3.203**
Spr3-5	5.31*	0.280**	3.261**
Spr3-7	5.39*	0.287**	3.299**
Spr4-5	5.63**	0.291**	3.290**

Mo0.2、Mo0.4 分别代表 0.2%、0.4%的钼酸铵溶液

Mo0.2 and Mo0.4 stands for 0.2% and 0.4% solution of NH_4MoO_3, respectively

　　从表 9 可以看出，在接种根瘤菌的情况下，施钼肥能促进根瘤菌与花生的共生固氮效应，增加植株干重、提高植株全氮及叶绿素含量，且 0.2%钼酸铵溶液的拌种效果比 0.4%的好，说明钼铁蛋白作为豆科植物根瘤固氮酶系统的活性中心，钼肥浓度偏高会影响硝酸还原过程和固氮作用、抑制花生根瘤菌的有效性。

表 9　不同浓度的钼肥对接种根瘤菌有效性的影响

Table 9　Effect of different concentration of Mo fertilizer on effectiveness

of *Bradyrhizobium* inoculation

处理 Treatment	植株干重 Dry plant weight /(g/plant)	植株全氮含量 Plant total nitrogen content /(g/kg)	叶绿素含量 Plant total chlorophyll content /(g/kg)
Spr3-5	5.35 bA	0.281 bB	3.261 cC
Spr3-5+Mo0.2	5.79 aA	0.297 aA	3.412aA
Spr3-5+Mo0.4	5.51 bA	0.293 abAB	3.384 bB
Spr3-7	5.43 bA	0.287 bC	3.292 cC
Spr3-7+Mo0.2	5.95 aA	0.308 aA	3.421 aA
Spr3-7+Mo0.4	5.69 abA	0.296 cB	3.350 bB
Spr4-5	5.62 bA	0.291 bB	3.309 bB
Spr4-5+Mo0.2	6.08 aA	0.310 aA	3.472 aA
Spr4-5+Mo0.4	5.99 aA	0.309 aA	3.463 aA

表注同表 4

The note was the same as the note in table 4

　　结合表 8 和表 9 可以看出，接种根瘤菌配合施用钼肥的效果最好，单接种根瘤菌的效果次之，单施钼肥的效果差。可见酸性紫色土中土著根瘤菌在缺钼的条件下缺乏或者活性低；单接种根瘤菌的效果比单施钼肥的效果好，说明接种根瘤菌在酸性紫色土中有很强的适应性和有效性，能适应缺钼的条件；施钼肥也能促进土著菌与花生的共生固氮效应，说明土著菌在钼营养改善的条件下其固氮活性增强了，但单施钼肥的效果不如单

接种根瘤菌的效果好，说明酸性紫色土中土著根瘤菌缺乏或钼肥浓度没能达到最佳浓度。因此，接种根瘤菌配施钼肥的最佳浓度有可能在 $0\sim0.2\%$ 的区间内，而单施钼肥时钼肥的最佳浓度可能在 $\geqslant0.4\%$ 的某个区间内。菌株之间的有效性存在差异，总体上 Spr4-5 的最强，Spr3-7 次之，Spr3-5 最差。

2.2.2　酸性紫色土上施钼肥与接种根瘤菌对花生-根瘤菌竞争性的影响

从表 10 可以看出，单施钼肥、单接种根瘤菌、接种根瘤菌配合施钼肥均能促进花生与根瘤菌的竞争性，花生的鲜瘤重、总瘤数与 CK 相比均有不同程度的增加，且接种根瘤菌配合施用钼肥的效果最好，单接种根瘤菌的效果次之，单施钼肥的效果差。单施钼肥时，0.4% 钼酸铵溶液的拌种效果比 0.2% 的好。单接种根瘤菌、接种根瘤菌配合施钼肥与 CK 间存在极显著差异。这说明接种根瘤菌能适应缺钼条件，有很强的竞争结瘤能力。菌株 Spr4-5 的竞争性最强，Spr3-7 次之，Spr3-5 最差。在接种根瘤菌的情况下，施钼肥能促进花生与根瘤菌的竞争结瘤能力，增加鲜瘤重、总瘤数和蓝瘤数。0.2% 的效果仍比 0.4% 的好，说明钼肥浓度偏高同样会抑制花生根瘤菌的竞争性。因此接种根瘤菌配合适宜浓度的钼肥更能促进接种根瘤菌的竞争结瘤能力。

表 10　不同处理对花生根瘤菌竞争性的影响

Table 10　Effects of different treatments on competitiveness of peanut-*Rhizobium*

处理 Treatment	鲜瘤重 Fresh nodule weight /(g/plant)	总瘤数 Total nodules /(个/plant)	蓝瘤数 Blue nodules /(个/plant)	蓝瘤占瘤率 Ratio of blue nodules occupancy/%
CK	0.69	108	—	—
Mo0.2	0.85	118	—	—
Mo0.4	0.89	126	—	—
*cel*B3-5	1.26** aA	168** bB	96 bB	57.1
*cel*B3-5＋Mo0.2	1.42** aA	235** aA	144 aA	61.3
*cel*B3-5＋Mo0.4	1.33** aA	166** bB	91 bB	54.8
*cel*B3-7	1.37** aA	172** bB	103 bB	59.9
*cel*B3-7＋Mo0.2	1.51** aA	283** aA	192 aA	67.8
*cel*B3-7＋Mo0.4	1.46** aA	163** bB	107 bB	65.6
*cel*B4-5	1.39** aA	192** bB	115 bB	59.9
*cel*B4-5＋Mo0.2	1.61** aA	298** aA	207 aA	69.5
*cel*B4-5＋Mo0.4	1.53** aA	231** bAB	157 abA	68.0
*gus*A3-5	1.47** aA	187** aA	104 aA	55.6
*gus*A3-5＋Mo0.2	1.56** aA	185** aA	104 aA	56.2
*gus*A3-5＋Mo0.4	1.42** aA	171** aA	102 aA	59.6
*gus*A3-7	1.51** aA	200** bA	106 aA	53.1
*gus*A3-7＋Mo0.2	1.43** aA	188** aA	123 aA	65.1
*gus*A3-7＋Mo0.4	1.30** aA	189** aA	115 aA	60.8
*gus*A4-5	1.21** aA	186** aA	116 aA	62.3
*gus*A4-5＋Mo0.2	1.10** aA	172** aA	115 aA	66.9
*gus*A4-5＋Mo0.4	1.63** bA	199** aA	143 bA	71.9

表注同表 5 注释

The note was the same as the note in table 5

结合表 5 和表 10 可以看出，无论在石灰性紫色土上还是在酸性紫色上用 *gusA* 和 *celB* 两种标记方法检测接种根瘤菌的竞争性，其检测结果基本一致。接种根瘤菌配合施铁肥的条件下 Spr 4-5、Spr 3-7、Spr 3-5 用 *gusA* 标记的占瘤率分别为 79.46%、75.85%、74.03%，用 *celB* 标记的占瘤率分别为 79.63%、75.60%、74.64%，*gusA* 和 *celB* 标记的平均占瘤率分别为 79.64%、75.62%、74.41%，这说明用 *celB* 和 *gusA* 两种基因标记方法研究根瘤菌的竞争性有一致性。

2.2.3　酸性紫色土上施钼肥与接种根瘤菌对花生产量的影响

从表 11 可看出，单施钼肥、单接种根瘤菌、接种根瘤菌配合施钼肥时的花生产量比 CK 均有不同程度的提高，且与 CK 间达到差异显著或极显著水平，但接种根瘤菌配合施钼肥时增产的效果最好，单接种根瘤菌的效果次之，单施钼肥的效果差。不同菌株在施用相同浓度的钼肥时增产效果存在差异，总体上 Spr4-5 的最强，Spr3-7 次之，Spr3-5 最差。从接种根瘤菌配施钼肥的浓度来看，0.2% 的钼酸铵拌种效果比 0.4% 的好，接种不同根瘤菌配施不同浓度的钼肥时，接种 Spr4-5 配合施 0.2% 的钼肥增产效果最佳。单施钼肥时，0.4% 钼酸铵溶液的拌种效果比 0.2% 的稍好，说明缺钼酸性紫色土在钼营养改善后土著根瘤菌的活性提高，共生固氮能力增强从而使得产量略有提高。

表 11　不同处理对花生产量的影响

Table 11　Effect of different treatment on yield of peanut

处理 Treatment	花生产量 Peanut yield/(g/plant)	增加百分数 Increment in percentage/%	标准差 Standard deviation
CK	8.55	0.00	0.28
Mo0.2	9.68*	13.2	0.21
Mo0.4	9.73*	13.8	0.32
Spr3-5	10.11* bA	18.2	0.35
Spr3-5+Mo0.2	10.93** aA	27.8	0.37
Spr3-5+Mo0.4	10.51* abA	22.9	0.30
Spr3-7	10.89** bB	27.4	0.29
Spr3-7+Mo0.2	11.94** aA	39.6	0.40
Spr3-7+Mo0.4	11.56** aA	35.2	0.45
Spr4-5	11.04** bB	29.1	0.38
Spr4-5+Mo0.2	12.19** aA	42.6	0.51
Spr4-5+Mo0.4	11.99** aA	40.2	0.47

表注同表 6 注释

The note was the same as the note in table 6

从表 12 可知，花生产量与植株干重、全氮含量、叶绿素含量，总瘤数、鲜瘤重等指标间存在极显著的相关性，说明上述指标均是反映共生固氮作用的主要指标，这与上述石灰性紫色土中的研究结果一致[20]。

表 12 花生产量与植株全氮含量等指标间的相关性分析

Table 12 Analysis of correlations between peanut yield and plant total nitrogen content

	植株干重 Plant dry weight	全氮含量 Plant total N content	叶绿素含量 Plant total chlorophyll content	总瘤数 Total nodules	鲜瘤重 Fresh nodule weight
花生产量 Peanut yield	0.575 **	0.776 **	0.809 **	0.561 **	0.578 **

表注同表 7 注释

The note was the same as the note in table 7

2.3 gusA 和 celB 标记基因对花生根瘤菌有效性、竞争性及花生产量的影响

2.3.1 gusA 和 celB 标记基因对花生-根瘤菌有效性的影响

从表 13、表 14 和表 15 可以看出，无论是石灰性紫色土还是酸性紫色土，接种任何一株菌，不论施用铁、钼肥与否，与相应的未标记菌株相比，gusA 和 celB 基因标记对花生的植株干重、全氮含量、叶绿素含量影响不大。同一处理中，接种标记与不标记菌株间的植株干重、全氮含量、叶绿素含量不具有统计学上显著性差异。这说明 gusA 和 celB 基因标记对花生根瘤菌的有效性影响小，间接说明传统的指示共生固氮有效性的三大指标仍可有效指示标记根瘤菌的共生固氮有效性。

表 13 gusA 和 celB 标记基因对植株干重的影响[1]

Table 13 Effect of gusA and celB maker genes on dry plant weight

土壤类型 Soil type	处理 Treatment	植株干重 Dry plant weight/(g/plant)			标准差 Standard deviation
		不标记 Unmarked	gusA 标记 gusA-marked	celB 标记 celB-marked	
石灰性紫色土 Calcareous purple soil	S[2] 3-5	5.21	5.12	5.33	0.29
	S3-7	5.25	5.21	5.29	0.21
	S4-5	5.52	5.45	5.59	0.33
	S3-5＋Fe0.2	6.13	6.16	6.16	0.31
	S3-7＋Fe0.2	7.42	7.44	7.32	0.25
	S4-5＋Fe0.2	6.46	6.35	6.41	0.30
	S3-5＋Fe0.3	5.46	5.51	5.41	0.40
	S3-7＋Fe0.3	5.58	5.50	5.62	0.36
	S4-5＋Fe0.3	5.29	5.21	5.35	0.35
酸性紫色土 Acid purple soil	S3-5	5.35	5.29	5.40	0.35
	S3-7	5.43	5.36	5.48	0.23

土壤类型 Soil type	处理 Treatment	植株干重 Dry plant weight/(g/plant)			标准差 Standard deviation
		不标记 Unmarked	*gusA* 标记 *gusA*-marked	*celB* 标记 *celB*-marked	
	S4-5	5.62	5.55	5.71	0.32
	S3-5+Mo0.2	5.79	5.71	5.74	0.21
酸性紫色土 Acid purple soil	S3-7+Mo0.2	5.95	5.91	6.03	0.31
	S4-5+Mo0.2	6.08	6.12	6.02	0.33
	S3-5+Mo0.4	5.51	5.52	5.58	0.22
	S3-7+Mo0.4	5.69	5.61	5.75	0.41
	S4-5+Mo0.4	5.99	5.91	6.12	0.33

1) 方差分析为同一处理中标记菌株与不标记菌株之间的比较；＊表示在 0.05 水平上差异显著；＊＊表示在 0.01 水平上差异显著。2) S 代表菌株；以下表注同表 13

1) Analysis of variance was based on comparison of the same treatment between unmarked and gene marked；＊ LSD at 0.05 level；＊＊ LSD at 0.01 level，2) S stands for strain；The following notes were the same as the table 13

表 14　*gusA* 和 *celB* 标记基因对植株全氮含量的影响

Table 14　Effect of *gusA* and *celB* maker genes on plant total nitrogen content

土壤类型 Soil type	处理 Treatment	植株全氮含量 Plant total nitrogen content/ (g/kg)			标准差 Standard deviation
		不标记 Unmarked	*gusA* 标记 *gusA*-marked	*celB* 标记 *celB*-marked	
	S3-5	0.182	0.188	0.174	0.23
	S3-7	0.194	0.189	0.191	0.21
	S4-5	0.216	0.211	0.222	0.32
石灰性紫色土	S3-5+Fe0.2	0.226	0.221	0.219	0.32
Calcareous purple soil	S3-7+Fe0.2	0.235	0.230	0.234	0.21
	S4-5+Fe0.2	0.261	0.269	0.266	0.33
	S3-5+Fe0.3	0.194	0.191	0.197	0.30
	S3-7+Fe0.3	0.207	0.202	0.208	0.35
	S4-5+Fe0.3	0.245	0.240	0.244	0.37
	S3-5	0.281	0.277	0.286	0.34
	S3-7	0.287	0.281	0.292	0.20
	S4-5	0.291	0.299	0.296	0.23
酸性紫色土	S3-5+Mo0.2	0.297	0.291	0.295	0.34
Acid purple soil	S3-7+Mo0.2	0.308	0.301	0.304	0.25
	S4-5+Mo0.2	0.310	0.311	0.316	0.27
	S3-5+Mo0.4	0.293	0.298	0.297	0.41
	S3-7+Mo0.4	0.296	0.290	0.298	0.32
	S4-5+Mo0.4	0.309	0.303	0.304	0.34

表 15　*gusA* 和 *celB* 标记基因对植株叶绿素含量的影响

Table 15　Effect of *gusA* and *celB* maker genes on plant total chlorophyll content

土壤类型 Soil type	处理 Treatment	叶绿素含量 Plant total chlorophyll content/(g/kg)			标准差 Standard deviation
		不标记 Unmarked	*gusA* 标记 *gusA*-marked	*celB* 标记 *celB*-marked	
石灰性紫色土 Calcareous purple soil	S3-5	1.890	1.895	1.884	0.26
	S3-7	2.075	2.071	2.063	0.21
	S4-5	2.259	2.246	2.251	0.33
	S3-5＋Fe0.2	3.250	3.255	3.242	0.31
	S3-7＋Fe0.2	2.444	2.401	2.425	0.23
	S4-5＋Fe0.2	3.362	3.306	3.358	0.35
	S3-5＋Fe0.3	2.341	2.334	2.339	0.37
	S3-7＋Fe0.3	2.113	2.123	2.119	0.22
	S4-5＋Fe0.3	2.427	2.431	2.422	0.34
酸性紫色土 Acid purple soil	S3-5	3.261	3.253	3.259	0.31
	S3-7	3.292	3.299	3.282	0.35
	S4-5	3.309	3.315	3.305	0.28
	S3-5＋Mo0.2	3.412	3.424	3.421	0.24
	S3-7＋Mo0.2	3.421	3.426	3.431	0.51
	S4-5＋Mo0.2	3.472	3.468	3.473	0.37
	S3-5＋Mo0.4	3.384	3.381	3.378	0.45
	S3-7＋Mo0.4	3.350	3.346	3.353	0.32
	S4-5＋Mo0.4	3.463	3.452	3.468	0.22

2.3.2　*gusA* 和 *celB* 标记基因对花生根瘤菌竞争性的影响

从表 16 和表 17 可以看出，无论是石灰性紫色土还是酸性紫色土，接种任何一株菌，不论施用铁、钼肥与否，与相应的未标记菌株相比，*gusA* 和 *celB* 基因标记对花生与根瘤菌形成的共生体-根瘤的总数及其鲜瘤重影响不大。大多数处理中，接种标记与不标记根瘤菌间的总瘤数、鲜瘤重不具有统计学上显著性差异，说明 *gusA* 和 *celB* 基因标记对花生根瘤菌的竞争性影响小。极个别处理中接种标记与不标记根瘤菌间的总瘤数存在显著性差异，可能与部分根瘤幼小不易辨别有关，当然根瘤计数本身是一项非常费时费力的工作，不同操作人员甚至同一操作人员疲劳程度的差异都会带来影响。因此总瘤数在花生根瘤菌的竞争性研究中只是一个比较粗略的指标。相比之下，鲜瘤重能较为准确地反映人为接种的花生根瘤菌的竞争性。这在表 7 和表 12 中花生产量与总瘤数及鲜瘤重的相关性分析中也有所反映。有关接种根瘤菌与土著菌的竞争结瘤能力，我们已经在上述石灰性紫色土和酸性紫色土中施铁和钼肥与接种根瘤菌对花生根瘤菌竞争性的影响研究中详细分析过，这里不再赘述。具体参见表 5 和表 10 中的结果与分析。

表 16　*gusA* 和 *celB* 标记基因对总瘤数的影响

Table 16　Effect of *gusA* and *celB* maker genes on total nodules

土壤类型 Soil type	处理 Treatment	总瘤数 Total nodules/(个/plant)			标准差 Standard deviation
		不标记 Unmarked	*gusA* 标记 *gusA*-marked	*celB* 标记 *celB*-marked	
石灰性紫色土 Calcareous purple soil	S3-5	255	198*	247	0.28
	S3-7	254	233	196*	0.30
	S4-5	180	165	174	0.35
	S3-5＋Fe0.2	310	352	492*	0.44
	S3-7＋Fe0.2	360	297	332	0.38
	S4-5＋Fe0.2	318	323	324	0.35
	S3-5＋Fe0.3	291	287	284	0.21
	S3-7＋Fe0.3	246	240	251	0.22
	S4-5＋Fe0.3	218	159*	207	0.38
酸性紫色土 Acid purple soil	S3-5	201	187	168	0.32
	S3-7	189	200	172	0.25
	S4-5	213	156*	292*	0.22
	S3-5＋Mo0.2	196	185	235	0.24
	S3-7＋Mo0.2	197	188	283	0.21
	S4-5＋Mo0.2	186	172	298	0.37
	S3-5＋Mo0.4	191	171	166	0.28
	S3-7＋Mo0.4	230	289	263	0.32
	S4-5＋Mo0.4	198	199	281*	0.45

表 17　*gusA* 和 *celB* 标记基因对鲜瘤重的影响

Table 17　Effect of *gusA* and *celB* maker genes on fresh nodule weight

土壤类型 Soil type	处理 Treatment	鲜瘤重 Fresh nodule weight/(g/plant)			标准差 Standard deviation
		不标记 Unmarked	*gusA* 标记 *gusA*-marked	*celB* 标记 *celB*-marked	
石灰性紫色土 Calcareous purple soil	S3-5	1.78	1.66*	1.72	0.27
	S3-7	2.11	2.06	1.97	0.31
	S4-5	2.18	2.13	2.15	0.36
	S3-5＋Fe0.2	2.16	2.26	2.34	0.39
	S3-7＋Fe0.2	2.55	2.50	2.51	0.48
	S4-5＋Fe0.2	3.68	3.28	3.31	0.39
	S3-5＋Fe0.3	2.35	2.15	2.13	0.45
	S3-7＋Fe0.3	2.36	2.81*	2.42	0.36
	S4-5＋Fe0.3	2.56	2.40	2.83	0.42

土壤类型 Soil type	处理 Treatment	鲜瘤重 Fresh nodule weight/(g/plant)			标准差 Standard deviation
		不标记 Unmarked	gusA 标记 gusA-marked	celB 标记 celB-marked	
酸性紫色土 Acid purple soil	S3-5	1.21	1.47	1.26	0.36
	S3-7	1.44	1.51	1.37	0.42
	S4-5	1.36	1.21	1.49	0.29
	S3-5+Mo0.2	1.40	1.56	1.42	0.33
	S3-7+Mo0.2	1.45	1.43	1.51	0.25
	S4-5+Mo0.2	1.69	1.10	1.61	0.42
	S3-5+Mo0.4	1.38	1.42	1.33	0.28
	S3-7+Mo0.4	1.56	1.30	1.46	0.42
	S4-5+Mo0.4	1.42	1.63	1.70	0.39

2.3.3 gusA 和 celB 标记基因对花生产量的影响

从表 18 可以看出，无论是石灰性紫色土还是酸性紫色土，接种任何一株菌，不论施用铁、钼肥与否，与相应的未标记菌株相比，gusA 和 celB 基因标记对花生的产量影响不大。任何一个处理中，标记与不标记间的花生产量不具有统计学上显著性差异，说明 gusA 和 celB 基因标记对花生产量影响小。

表18　gusA 和 celB 标记基因对花生产量的影响

Table 18　Effect of gusA and celB maker genes on yield of peanut

土壤类型 Soil type	处理 Treatment	花生产量 Peanut yield/ (g/plant)			标准差 Standard deviation
		不标记 Unmarked	gusA 标记 gusA-marked	celB 标记 celB-marked	
石灰性紫色土 Calcareous purple soil	S3-5	7.59	7.62	7.53	0.21
	S3-7	7.71	7.69	7.61	0.25
	S4-5	7.91	8.02	8.10	0.32
	S3-5+Fe0.2	9.65	9.71	9.89	0.34
	S3-7+Fe0.2	9.89	9.92	9.97	0.28
	S4-5+Fe0.2	10.25	10.18	10.08	0.31
	S3-5+Fe0.3	8.19	8.22	8.19	0.50
	S3-7+Fe0.3	8.37	8.41	8.45	0.32
	S4-5+Fe0.3	8.64	8.72	8.67	0.31
酸性紫色土 Acid purple soil	S3-5	10.11	10.09	10.16	0.32
	S3-7	10.89	10.93	10.95	0.25
	S4-5	11.04	11.11	10.94	0.22

土壤类型 Soil type	处理 Treatment	花生产量 Peanut yield/（g/plant）			标准差 Standard deviation
		不标记 Unmarked	*gusA* 标记 *gusA*-marked	*celB* 标记 *celB*-marked	
酸性紫色土 Acid purple soil	S3-5＋Mo0.2	10.93	10.91	10.92	0.24
	S3-7＋Mo0.2	11.94	11.94	11.94	0.21
	S4-5＋Mo0.2	12.19	12.03	12.16	0.37
	S3-5＋Mo0.4	10.51	10.45	10.59	0.42
	S3-7＋Mo0.4	11.56	11.49	11.52	0.42
	S4-5＋Mo0.4	11.99	11.86	11.75	0.35

　　结合表 13～表 18 中 *gusA* 和 *celB* 基因对植株干重、全氮含量、叶绿素含量，总瘤数、鲜瘤重及花生产量的影响，同时结合石灰性紫色土中表 7 和酸性紫色土中表 12 花生产量与植株干重、全氮含量、叶绿素含量、总瘤数、鲜瘤重等指标间相关性分析结果。可以推断接种 *gusA* 和 *celB* 基因标记根瘤菌时，花生产量与植株干重、全氮含量、叶绿素含量、总瘤数、鲜瘤重等指标间仍存在极显著的相关性，即 *gusA* 和 *celB* 基因标记对花生产量与植株干重等指标间的相关性影响小，说明上述指标可作为反映标记根瘤菌共生固氮作用的主要指标。

3　讨论

　　研究发现，固氮酶由铁蛋白（Fe 蛋白）和钼铁蛋白（MoFe 蛋白）组成，且两个蛋白质组合在一起时才有固氮功能[19]。由于铁和钼主要参与和影响氮素转化的硝酸还原过程和固氮作用[7]，因此土壤有效铁、钼的缺乏直接关系到根瘤菌的结瘤和共生固氮效率。

3.1　施铁钼肥及接种根瘤菌对花生根瘤菌有效性和竞争性的影响

　　研究表明，缺铁土壤上施铁肥或接种高效根瘤菌剂均能促进根瘤菌的侵染和结瘤，提高花生植株氮素的净固定氮量及植株干重[16]。花生苗期喷铁能促进植株光合作用，增加叶绿素含量，促进根系生长，为根瘤菌感染和结瘤提供良好的条件[21]。本研究发现，花生苗期喷施 0.2％的硫酸亚铁可极大改善花生的铁营养，提高花生根瘤菌的有效性和竞争性，其叶绿素含量、全氮含量、植株干重以及鲜瘤重、总瘤数和蓝瘤数显著增加，均与对照间达到差异极显著水平[20]。在接种根瘤菌的情况下，喷施 0.2％的硫酸亚铁的效果好于 0.3％的[20]，说明微量元素过量施用会对固氮酶的活性中心产生抑制作用，影响固氮功能。

　　研究证明，钼肥拌种对作物的增产效果显著，花生拌种的增产效果尤为明显[22~24]。曹景勤研究施钼对接种根瘤菌剂共生固氮效应和竞争结瘤能力的影响时，发现接种根瘤菌剂配合钼肥拌种的效果最好，只接种根瘤菌剂的效果次之，只施钼肥的效果差[25]。

本研究发现，接种根瘤菌配合 0.2% 的钼酸铵拌种能提高花生根瘤菌的有效性和竞争性[26]，这和曹景勤的研究结果一致。接种根瘤菌剂时，0.2% 钼酸铵拌种的效果好于 0.4%，可能是因为钼肥的施用浓度过大抑制了花生与接种根瘤菌的共生固氮作用[23]，这和缺铁石灰性紫色土上铁肥施用过量产生的抑制作用有相似性。因为铁蛋白和钼铁蛋白中任何一个蛋白质受到影响都会直接影响固氮酶的活性，进而影响共生固氮作用。

3.2　*gusA* 和 *celB* 基因标记法检测施铁钼肥及接种根瘤菌对花生根瘤菌竞争性的影响

20 世纪 80 年代至今，国内外关于分子标记技术用于研究缺铁石灰性紫色土上施铁肥和缺钼酸性土壤上施钼肥对花生根瘤菌竞争性的报道很少。众所周知，豆科植物接种根瘤菌剂是农业上一项重要的增产措施，但根瘤菌接种剂施入土壤后受多种因素，往往达不到预期结果。借助根瘤菌标记技术检测根瘤菌与土著菌的竞争结瘤能力，是衡量接种效果的一个重要方面。根瘤菌的标记技术发展到今天，已经逐步从内源分子标记转向外源分子标记，并逐步走向成熟。本研究发现，缺铁石灰性紫色土上喷施 0.2% 和 0.3% 的硫酸亚铁溶液或缺钼酸性紫色土上用 0.2% 和 0.4% 的钼酸铵拌种均能促进根瘤菌的竞争结瘤能力，缺铁的石灰性紫色土上单施铁肥、单接种根瘤菌、接种根瘤菌配施铁肥均能促进花生与根瘤菌的竞争结瘤能力[21]，但接种根瘤菌配施铁肥的效果最好，单接种根瘤菌的效果次之，单施铁肥的效果差。喷施 0.2% 硫酸亚铁溶液的效果比 0.3% 的好。缺钼的酸性紫色土上接种根瘤菌配施钼肥更能促进根瘤菌的竞争结瘤，单接种根瘤菌的效果次之，单施钼肥的效果差[26]。

本研究还发现，无论是石灰性紫色土还是酸性紫色土，接种任何一株不标记或标记菌对植株干重、全氮含量、叶绿素含量、总瘤数、鲜瘤重及花生产量的影响不大，即 *gusA* 和 *celB* 基因标记对花生根瘤菌的有效性、竞争性和花生产量的影响小。传统的指示共生固氮有效性的植株干重、全氮含量、叶绿素含量以及指示竞争性的总瘤数、鲜瘤重等指标仍可作为反映标记根瘤菌共生固氮作用的主要指标，这些指标都和花生产量间仍存在极显著的相关性。同时，*gusA* 和 *celB* 基因标记技术研究根瘤菌的竞争性有一致性，间接说明 *gusA* 和 *celB* 两种标记方法单独检测接种根瘤菌的竞争性是可行的。这和以往 *gusA* 和 *celB* 基因标记技术同步检测接种根瘤菌的竞争性研究不同[13,14]。

4　结论

缺铁石灰性紫色土上花生接种根瘤菌配施铁肥的增产效果最好，单接种根瘤菌的效果较好，单施铁肥的效果较差；无论铁肥与根瘤菌配施还是单施，总以 0.2% 的铁肥效果好。缺钼的酸性紫色土上花生接种根瘤菌配施钼肥的效果最好，单接种根瘤菌的次之，单施钼肥的效果差。不接种时 0.4% 的钼肥比 0.2% 的效果好，而接种时 0.2% 的钼肥则比 0.4% 的好。因此，缺铁的石灰性紫色土上花生接种高效根瘤菌配合施用适宜浓度的铁肥以及缺钼的酸性紫色土上花生接种高效根瘤菌配合施用适宜浓度的钼肥都是农业上一项可以应用并推广的增产措施。

gusA 和 *celB* 基因标记对花生根瘤菌的有效性、竞争性和花生产量的影响小。

gusA和celB 基因标记法可成功检测缺铁石灰性紫色土及缺钼酸性紫色土上花生接种不同根瘤菌及施相应铁肥和钼肥的效果，gusA 和 celB 两种标记方法检测的结果基本一致。供试菌株中 Spr4-5 的有效性和竞争性最强，Spr3-7 次之，Spr3-5 最差。指示有效性及竞争性的指标都与花生产量间存在极显著的相关性。接种 Spr4-5 配合施用 0.2% 的铁或钼肥时，花生产量最高。

参 考 文 献

[1] FAO. Technical handbook on symbiotic nitrogen fixation Legume *Rhizobium*. Food and Agriculture Organization of the United Nations, Rome, 1983

[2] Elkan G H. Biological nitrogen fixation. *In*: Lederberg J. Encyclopedia of microbiology. San Diego: Academic Press. 1992. 285~296

[3] Hartzook A. The problem of iron deficiency in peanuts on basic and calcareous soils in Israel. Journal of Plant Nutr, 1982, (5): 923~926

[4] Hemantaranjan A. Iron fertilization in relation to nodulation and nitrogen fixation in French bean (*Phaseolus vulgaris* L.). J Plant Nutr, 1998, 11 (6~11): 829~842

[5] O'Hara G W, Dilworth M J, Boonkerd N, *et al*. Iron-deficiency specifically limits nodule development in peanut inoculated with *Bradyrhizobium* sp. New Phytol, 1998, 108: 51~57

[6] Terry R Z. Interactions of iron nutrition and symbiotic nitrogen fixation in peanuts. J Plant Nutr, 1998, 11: 811~820

[7] 万美亮，吴生桂. 钼酸铵拌种对花生早期生理和固氮能力的影响. 中国油料作物学报，1993，(2): 60~62

[8] 刘世全，张明. 区域土壤地理. 成都：四川大学出版社. 1996

[9] Sessitsch A, Hardarson G, de Vos W M, *et al*. Use of maker genes in competition studies of *Rhizobium*. Plant and Soil, 1998, 204: 35~45

[10] Streit W, Kosch K, Werner D. Nodulation competitiveness of *Rhizobium leguminosarum* bv *phaseoli* and *Rhizobium* tropici strains measured by glucuronidase (GUS) gene fusions. Biol Mortil Soils, 1992, 14: 140~144

[11] Wilson K J, Sessitsch A, Akkerman A D L. Molecular markers as tools to study the ecology of microorganisms. *In*: Ritz K, Dighion J, Giiler K E. Beyond the biomass: compositional and functional analysis of soil microbial communities. Chichester, UK: John Wiley. 1994. 149~156

[12] Streit W, Botero L, Werner D, *et al*. Competition for nodule occupancy on *Phaseolus vulgaris* by *Rhizobium etli* and *Rhizobium tropici* can be efficiently monitored in an ultisol during the early stages of growth using a constitutive GUS gene fusion. Soil Biol Biochem, 1995, 27: 1075~1082

[13] Sessitsch A, Wilson K J, Akkerman A D L, *et al*. The *celB* marker gene. Molecular Microbial Ecology Manual, 1998, (12): 1~15

[14] Wilson K J, Sessitch A, Corbo J, *et al*. β-glucuronidase (GUS) transposons for ecological and genetic studies of rhizobia and other Gram-negative bacteria. Microbiology, 1995, 141: 1691~1705

[15] De Boer M H, Djordjevic M A. The inhibition of in Moction thread development in the cultivar-specific interaction of *Rhizobium* and subterranean clover is not caused by a hypersensitive response. Protoplasma, 1995, 185: 58~71

[16] 李江凌，黄怀琼. 石灰性紫色土上铁对花生-根瘤菌共生固氮的影响. 四川农业大学学报，1997，15 (3): 323~328

[17] 中国科学院南京土壤研究所. 土壤理化分析. 上海：上海科学技术出版社. 1986

[18] 张志良. 植物生理学实验指导. 北京：高等教育出版社. 1991

[19] 赵志强. 花生钼营养研究综述. 花生科技，1997，(3): 23~26

[20] 于景丽，张小平，李登煜等．石灰性紫色土施铁肥与接种根瘤菌对花生-根瘤菌共生固氮作用的影响．土壤学报，2005，42（2）：295～300

[21] 吕世华，刘本洪，胡思农．不同耕作方式下石灰性紫色土锰、铁素形态的研究．土壤通报，1995，26（2）：70～72

[22] 左东峰．盐渍化土壤花生钼铁稀土配合施用增产效应的研究．中国油料作物学报，1991，(1)：55～57

[23] 吴仁顿，刘洪庄．钼肥对花生的效果及施用技术研究．花生科技，1986，(3)：21～22

[24] 贺观钦．花生的微量元素营养．花生科技，1986，(2)：46～48

[25] 曹景勤．丘陵红壤花生接种根瘤菌和配施钼肥的效果研究．土壤通报，1992，(3)：141

[26] 于景丽，张小平，李登煜等．celB 基因标记法研究酸性土花生接种及施钼效果．植物营养与肥料学，2006，12（2）：250～253

快生型花生根瘤菌株与土著根瘤菌的竞争结瘤能力

胡振宇[1]，黄怀琼[2]，刘世全[2]

（1. 四川省林业科学研究院，成都　610081；
2. 四川农业大学资源环境学院，雅安　625014）

摘　要：本文探讨了快生型花生根瘤菌株与土著性根瘤菌的竞争结瘤能力。结果表明：供试灰棕紫泥土中的土著性花生根瘤数量为 10^4 cfu/g 干土，并与土壤有机质、含氮量呈极显著相关；而与土壤 pH、花生种植年限没有显著相关性；土著性根瘤菌的侵染结瘤能力强，但固氮效率低；接种菌株的占瘤率随土著菌数的减少而增加；而与土著菌的竞争力差异在于菌株本身的优良特性。快生型 85-7 菌株占瘤率，固氮酶活性均高，花生荚果增重达显著、极显著水平，竞争力最强，其次是 NC92 菌株和 85-19 菌株；快、慢生型混合菌株的结瘤固氮效果较单接菌株低。快生型花生根瘤菌株的竞争结瘤性能与花生品种的亲合性有关；不同花生品种根系中的氨基酸含量不同，对菌株占瘤率有影响；应用间接荧光抗体（iEA）测数方法，能够较好的区分自然土壤中根瘤菌的数量变化。

关键词：快生型花生根瘤菌株，土著根瘤菌，竞争结瘤，共生固氮

The competitiveness and nodulation ability between fast-growing and indigenous peanut rhizobial strains

Abstract：The ability of competitive nodulation between fast-growing and indigenous peanut rhizobia strains was investigated. The results indicated that the number of indigenous peanut rhizobia population was 10^4 cfu/g in purplish soil tested. Strong positive correlation was existed among the number of indigenous rhizobia population，contend of organic matter and total N. No significant correlation among the number of indigenous rhizobia population，pH and the years of peanut planted. Indigenous strains were more infective，the efficiency of nitrogen-fixation was usually low. Nodule occupancy of the inoculants was decreased with the increase of the number of indigenous rhizobia strains in the soil，and competitiveness between the inoculants and indigenous strains was depended on the characteristics of the inoculants. Nodule occupancy，nitrogenase activity and the yields increased by inoculation of the fast-growing rhizobial strain 85-7 which was more effective than those of NC92 and 85-19 strains. Mixed inoculation of fast-and slow-growing strains formed less nodules and fixed less nitrogen than that of single strains. The competition of fast-growing strains was depended upon the affinity of peanut varieties. The nodule occupancy was related to the contents of amino acids in the roots of peanut varieties. The technique of indirect fluorescent antibody may be useful in enumeration of rhizobia in soil.

Key words：Fast-growing peanut rhizobial strain，Indigenous rhizobia，Competitive nodulation，Symbiotic N_2-fixation

豆科作物接种根瘤菌是因为在缺乏相应根瘤菌的土壤中，建立了一个有效的豆科-根瘤菌共生固氮体系，或在含有土著根瘤菌的土壤中接种高效根瘤菌株取代土壤中的无效根瘤菌群，从而提高豆科作物产量[1]，然而有时并非如此。种植豆科作物的老区土壤中接种根瘤菌的报道，有增产、平产或减产，其结果很不一致。多年来的研究成果表明，老区土壤接种效果是一个复杂的问题，它受许多生态学和遗传学因子的制约[2]。其中，土壤中的根瘤菌种群数量及其共生特性，这两个因素对菌株的竞争及菌剂能否在作物上形成根瘤有较大的影响，接种菌株的结瘤率都因有土著菌的竞争而下降[3]。

1941 年 Nicol 和 Thornton 发现根瘤菌竞争结瘤的现象，并引出竞争优势种的概念[4]。之后，人们观察到菌株之间的竞争性，是存在于土壤中一个很普遍的现象，随着免疫学、遗传标记、最大或然数（MPN）、酶标（ELISA），以及抗药性标记等方法的相继应用，对竞争结瘤的问题进行了深入的研究。但在 20 世纪 80 年代前，国内外一致认为大豆和花生根瘤菌都是慢生型菌株[5]，研究工作主要偏重于慢生型大豆、花生根瘤菌与豆科植物品种、菌株之间、土著性菌株之间的关系。

自 Keyser 等[6]发表从中国土壤和根瘤中分离到快生型大豆根瘤菌以来，国内外学者进行了系统的研究。在快生型大豆根瘤菌分类、生理和生物化学、共生、生态、遗传以及根瘤菌的生产应用等方面都取得了较快的进展。而快生型花生根瘤菌株的研究，尚无系统报道[5]。

四川是中国花生主产省之一。在种植花生的老区，土壤中含有大量的土著根瘤菌，国外把土著菌数不低于 10^3 cfu/g 干土作为评估接种菌剂效果好坏的一个数量指标，目前，关于我省紫色土上花生种植老区的土著根瘤菌数量分布特点，尚无报道。一般认为：菌剂的应用效果是新区接种有效，老区接种无效。1983～1986 年黄怀琼教授等在四川涪陵等地接种试验研究中，表明老区接种有效，且高肥力土壤上接种菌剂的增产效果仍显著。本文针对这些问题拟对四川花生产区不同土壤肥力水平，不同种植年限紫色土上土著根瘤菌的数量分布、共生固氮特性；快生型花生根瘤菌株与花生品种的共生效应及与土著菌竞争结瘤的关系；接种根瘤剂与土壤肥力的变化等方面进行探讨，从而对根瘤菌剂的开发应用提供科学依据。

1　材料与方法

1.1　供试材料

1.1.1　土壤

供试土壤为侏罗系沙溪庙组紫色砂、泥岩发育的灰棕紫泥土，采自资阳县丰裕镇，根据其种植花生年限和肥力水平分为三组 6 种，土壤有关性质见表 1。

表 1　供试土壤的基本性质

Table 1　The basic properties of the soil tested

花生种植年限 Years of peanut planted	肥力 Fertility	土壤代号 Soil code	pH (1 : 2.5)	有机质 OM /%	全量养分 Total nutrient/%			速效养分 Available nutrient/ (μg/kg)		
					N	P	K	N	P	K
种过一年	较高	1-1	6.98	0.80	0.064	0.053	4.68	30	4.8	89
	低	1-2	6.88	0.62	0.063	0.061	4.82	28	7.7	99
种过 20 年以上	较高	2-1	6.98	0.95	0.085	0.073	4.81	58	15.3	106
	低	2-2	7.04	0.75	0.066	0.063	4.35	36	6.8	66
未种过 (0 年)	较高	3-1	6.72	1.18	0.087	0.067	4.30	48	7.6	123
	低	3-2	7.01	0.67	0.062	0.054	3.88	40	8.6	106

1.1.2　花生品种

金堂深窝子：外贸出口花生，由外贸基地资阳县农业局提供。

806-45：四川南充地区农科所选育，由资中县农业局提供。

1.1.3　花生根瘤菌株

85-7 菌株，85-19 菌株：快生型花生根瘤菌（fast-growing rhizobia）；

NC92 菌株：慢生型花生根瘤菌（slow-growing rhizobia），由中国农业科学院油料植物研究所引进、提供。

1.2　试验方法

1.2.1　盆栽试验

盆栽试验土壤：选用种植一年花生的两种灰棕紫泥土（1-1、1-2），试验设计 6 个处理，7 次重复。6 个处理分别为：①CK；②85-7 菌剂；③NC92 菌剂；④85-7：NC92 菌剂；⑤85-19 菌剂；⑥85-19：NC92 菌剂。

每盆（φ15cm×17cm）装风干土 2.5kg，种子拌泥炭菌剂 1.0g /粒种子，1.70×10^8 cfu/g 干菌剂以上，按尿素 2kg/667m^2，磷酸二氢钾 5kg/667m^2 施肥。

播种及生育期：1990 年 4 月 5 日播种，7 月 7 日盛花期，8 月 27 日成熟期，9 月 1 日收获，生育期共 149d。

1.2.2　水培试验方法

花生在自然光照下培养，光照强度为：10 098lx。

1.2.3　砂培试验方法[2]

用洗尽、晒干的石英砂 600g，装入玻璃罐头瓶灭菌：121℃，2h。加 220mL 的灭菌无氮营养液，每瓶接种一颗无菌已萌芽的花生种子，在自然光照强度为 10 098lx 下，培养 50d 后收获，检测其根瘤数量、瘤重、地上部干重、固氮酶活性等，每个处理随机取 21 个根瘤测定接种菌占瘤率。

1.3　分析方法

1.3.1　稀释平板法[7]

甘油酵母汁琼脂培养基（YGA）+0.2%孟加拉红染料，用于土著根瘤菌的分离和计数。

1.3.2　间接荧光抗体法

选用 1.0kg 左右健康白兔，免疫方案采用 Schmidt[8]。自制兔血清为第一抗体，第二抗体即羊抗兔免疫球蛋白荧光抗体（卫生部成都生物制品研究所提供），工作稀释度 1：4，伊文思蓝染色后于荧光显微镜（日本产 Olympus BH-2）下观察。

1) 根瘤菌中根瘤菌血清型的检测

每个处理随机取 21 个烘干的根瘤，每个根瘤加两滴 0.85%无菌生理盐水，放冰箱过夜让根瘤吸水，用无菌牙签压碎根瘤，并用压碎液涂片。涂片干燥固定后，用荧光抗体涂满涂片样品，置湿盆中室温下染色 30min，用 pH7.2、0.01mol/L PBS 滴洗样品玻片后，将其放入该 PBS 缸内浸泡 10min，取出样品玻片，将玻片通过蒸馏水一次，晒干，再用 0.01%的伊文思蓝溶液染色 2min，后用蒸馏水滴洗 3 次，晾干、封片、镜检。镜检时即可看到荧光闪亮的根瘤菌体，否则整个显微镜视野呈红棕色，即负反应。

2) 菌株 85-7、菌株 85-19、菌株 NC92 之间血清学交叉反应的鉴定[2]

将 3 个供试菌株的纯培养体分别涂在不同的载玻片上，干燥固定后，分别用三菌株为抗原制得的荧光抗体进行交叉染色。

荧光显微镜镜检结果表明：

85-7 菌株、85-19 菌株与 NC92 菌株不发生血清学反应。

85-7 菌株与 85-19 菌株有部分血清学交叉。

3) 土壤中根瘤菌数量的测定[1]

取 10g 含菌土样和 30 个玻璃珠，加入 250mL 的三角瓶中，向三角瓶加入 95mL 浸提液 [1%明胶与 0.1mol/L $(NH_4)_2HPO_4$ 按 1：9 混合]，加 5 滴 Tween 80，摇床振荡 15min，加 10mL 5%偏磷酸钠，充分混匀后，静置 1h 吸 1mL 上清液过滤，滤膜孔径 0.45μm，先用碳素墨水将滤膜处理成黑色。过滤完毕取下滤膜放于载玻片上，用 0.01%的伊文思蓝液染色滤膜，置 55℃烘箱 1h 烘干后，又用过滤的荧光抗体（FA）染色滤膜，30min 后将滤膜放回过滤架上，用大约 100mL 过滤的生理盐水通过滤膜以达到洗掉未结合的剩余 FA 的目的。过滤完毕，滤膜放回载玻片上封片，用荧光显微镜检计数，每个滤膜计数 20 个视野。按如下公式计算测数结果：

$$N_o/g = \frac{N_f \cdot A \cdot D}{a \cdot v}$$

式中，N_o/g 为细胞数/g 土；N_f 为平均每视野的菌数；A 为滤膜的过滤面积；D 为稀释倍数；a 为荧光显微镜下每个视野所能观察到的过滤面积；v 为过滤时浸提液消耗的体积。

　　4）土著菌的血清学反应[2]

　　用盆栽土壤对照根瘤，与接种菌株的抗体进行血清学反应，镜检结果表明：试验菌株与该盆栽土著性花生根瘤菌株没有血清学反应。

1.3.3　土壤和植株分析

　　土壤 pH，有机质，全 N、P、K，速效 N、P、K，植株 N、P、K 的分析测定按文献［5］进行。

　　根系碳水化合物总量测定按文献[9，10]进行，根系氨基酸总量测定按文献［10］进行。

　　根瘤固氮酶活性测定按文献[3]进行，乙炔还原法，G102 型气相色谱仪，由四川省雅安地区药品检验所测定，乙烯定量按峰高比法计算，以 $\mu mol\ C_2H_4/g$ 瘤时表示。

2　结果与讨论

2.1　灰棕紫泥土中土著性根瘤菌的存活量

2.1.1　土著性根瘤菌数量的测定

　　从田间取回土样后，用稀释平板法测定了 6 个土样的土著根瘤菌数，从表 2 得知：在灰棕紫泥土上土著根瘤菌数为 10^4 cfu/g 干土，高肥力较低肥力土壤的土著根瘤菌数多，花生种植年限对土著根瘤菌数量并没有显著的影响。

表 2　土壤中土著根瘤菌数量

Table 2　The number of indigenous rhizobia in the soil

土壤代号 Soil code	肥力水平 Fertility level	花生种植年限 The years of peanut planted/年	土著根瘤菌数 Indigenous rhizobia numbers /(cfu/g dry soil)
1-1	较高	1	7.34×10^4
1-2	低	1	4.78×10^4
2-1	较高	20	8.24×10^4
2-2	低	20	4.59×10^4
3-1	较高	0	8.90×10^4
3-2	低	0	5.79×10^4

2.1.2 土著根瘤菌数与土壤因素的相关分析

根据土壤的基本情况（表2）的分析资料（表1）对土著菌数做多元回归分析：

设土著根瘤菌数 Y（cfu/g 干土）；X_1：土壤 pH；X_2：土壤有机质（%）；X_3：土壤全氮量（%）；X_4：有效氮（mg/kg）；X_5 花生种植年限（年）。

偏相关系数见表3。

表3　回归方程中偏相关系数的统计分析

Table 3　Statistical analysis of coefficient of partial correlation in the regression equation

	Y	X_1	X_2	X_3	X_4	X_5
Y	1					
X_1	$-.5199^{ns}$	1				
X_2	$.8810^{**}$	$-.6516^{*}$	1			
X_3	$.8283^{**}$	$-.5951^{*}$	$.9083^{**}$	1		
X_4	$.6894^{**}$	$-.1761^{ns}$	$.6936^{**}$	$.9111^{**}$	1	
X_5	$-.0956^{ns}$	$.5016^{ns}$	$.0638^{ns}$	$.2355^{ns}$	$.4435^{ns}$	1

$*$：$r_{0.05}=0.532$　　$r_{0.01}=0.661$

Y：土著根瘤菌数；X_1：土壤 pH；X_2：土壤有机质；X_3：土壤全氮量；X_4：有效氮；X_5：花生种植年限

Y：The number of indigenous rhizobia；X_1：Soil pH；X_2：Soil organic matter；X_3：Soil total nitrogen；X_4：Available nitrogen；X_5：Years of peanut planted

通过对回归方程中偏相关系数的显著性检验，Y（土著菌数）与 X_2（土壤有机质）、X_3（土壤全氮）、X_4（有效氮）呈极显著正相关，而与土壤 pH 和采样时，花生种植年限没有显著的相关性。

Weaver 等[11]也报道了类似的结果，表明土著性根瘤菌在自然环境中具有较强的适应性，即使在没有豆科植物寄主生长时，也能在土壤中生存。土著根瘤菌的繁殖与土壤肥力密切相关。

2.1.3 花生根瘤菌株在根际和土壤中的消失

在盆栽试验中，用稀释平板测定了休闲地（CK_0），盆栽对照（CK）土壤中花生根瘤菌总数。用 iFA 法测定了接种菌株在土壤中菌数的变化，从图1和表4（甲、乙）中可看出在整个试验期中，休闲地土著根瘤菌数量变化较小；休闲地与盆栽对照（CK）的土著菌数量变化相比，花生根部有明显的根际效应，使盆栽对照土壤土著菌数大大超过休闲小区根瘤菌数。在收获期，残存在土壤中的接种菌株数量在 10^6 cfu/g 干土左右，85-7 菌株数量比 85-19、NC92 菌株高，说明 85-7 菌株适应性强。

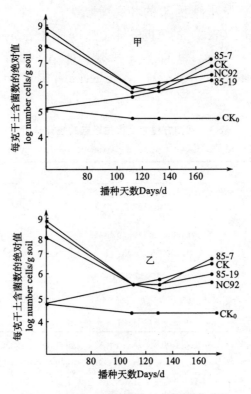

图1　土壤中土著菌数和接种菌数的变化

Fig. 1　The variation of the number of indigenous rhizobia and inoculation strains

表4　土壤中土著菌数和接种菌数的变化

Table 4　The variation of the number of indigenous rhizobia and inoculation strains

处理 Treatment	供试土壤 Soils	"金堂深窝子"花生各生育期的菌数 Colony number of JinTang ShenWozi peanut of different stage/(cfu/g DW)			
		播种期（10d） Seeding date	初花期（92d） The first-boom stage	盛花期（115d） Florescence stage	收获期（153d） Harvest time
CK₀（休闲）	1-1	7.34×10^4	3.02×10^4	2.78×10^4	2.06×10^4
	1-2	4.78×10^4	1.61×10^4	1.99×10^4	1.56×10^4
CK	1-1	7.34×10^4	2.34×10^5	3.45×10^5	4.24×10^6
	1-2	4.78×10^4	2.25×10^5	4.31×10^5	3.41×10^6
85-7	1-1	1.74×10^8	2.76×10^5	4.56×10^5	5.60×10^6
	1-2	1.74×10^8	2.42×10^5	3.27×10^5	5.22×10^6
NC92	1-1	5.01×10^8	2.93×10^5	5.42×10^5	2.32×10^6
	1-2	5.01×10^8	2.04×10^5	2.13×10^5	2.64×10^6
85-19	1-1	4.17×10^8	4.01×10^5	3.90×10^5	1.05×10^6
	1-2	4.17×10^8	3.30×10^5	2.86×10^5	4.01×10^6

　　土著根瘤菌属化能异养细菌，在土壤中营腐生生活，依赖分解土壤中有机物质来摄取能量和营养。在有机质含量高的土壤中，微生物数量也较多，但生长缓慢，数量不发生显著的波动。除非在有明显刺激根瘤菌生长繁殖作用的豆科根际[12]，"根际效应"是研究土著性菌株在田间条件下，根瘤菌竞争结瘤的一个重要因素[3,12]，在根际即使抗性微生物区系的存在也不影响菌株间的竞争模式。

　　从图 1（甲、乙）中得到验证，采用了 iFA 方法测定根际特定菌株 85-7、85-19、NC92 在土壤中的数量变化。结果表明：花生根际对根瘤菌的生长有刺激作用，但没有明显观察到根际对根瘤菌有"选择性的刺激作用"[1,12]。

2.2　快生型花生根瘤菌株及土著性根瘤菌的共生固氮效应

　　在两种肥力水平土壤上，分别对盆栽花生荚果产量进行统计分析，见表 5。

表 5　快生型花生根瘤菌株接种花生的增产效果（土培法）

Table 5　The yield-increasing effect about peanut was inoculated by
fast-growing peanut rhizobia strains（soil culture）

产量 Yield	土样 1-1 Soil sample 1-1						土样 1-2 Soil sample 1-2					
	CK	85-7	85-19	NC92	85-7：NC92[1]	85-19：NC92[1]	CK	85-7	85-19	NC92	85-7：NC92[1]	85-19：NC92[1]
平均产量	5.13	6.49	5.46	5.76	4.06	5.22	4.64	6.21	4.48	5.86	4.74	4.22
与对照增产	—	1.36	0.33	0.63	−1.07	0.09	—	1.57	−0.16	1.22	0.10	−0.42
比对照增产	—	26.5	6.4	2.3	−20.8	1.8	—	33.8	−3.4	26.3	2.1	−9.0
差异显著性		＊＊	ns	ns				＊	ns	＊		
		LSD 0.05＝0.68					LSD0.05＝1.14					
		LSD 0.01＝0.98					LSD 0.01＝1.64					

1）85-7：NC92，85-19：NC92 未进行统计分析

1）were not treated with statistical analysis

　　土培试验表明：不同菌株对花生荚果有明显的增产作用。高肥力 1-1 土壤，接菌处理的每盆荚果干重较对照提高 6.4%～26.5%。85-7 菌株增产达极显著水平，NC92 菌株、85-19 菌株的增产效果未达到显著水平。低肥力 1-2 土壤，接菌处理的每盆荚果干重较对照提高 26.3%～33.8%。85-7 菌株、NC92 菌株增产达显著水平，85-19 菌株效果差。

　　高肥力土壤对照比低肥力土壤（1-2）对照的花生荚果干重高。

　　在两种土壤上，增产幅度较大的是 85-7、NC92 菌株。可见，采用优良根瘤菌接种是提高花生产量，减少氮肥用量的一项经济有效的增产措施。

　　将 85-7、85-19、NC92 3 个菌株制成两种混合菌剂：85-7＋NC92、85-19＋NC92 进行试验。85-7＋NC92、85-19＋NC92 菌株的盆栽花生荚果种在两种土壤上均比单接菌株低，与盆栽对照土壤花生荚果重相近或减产。减产幅度 85-7＋NC92 菌剂大。

　　接种了优良菌株的花生植株叶色嫩绿，健壮，花期早，开花多，果针数多，花生结实率高。在花生荚果发育过程中有充足的营养供应，使后期饱果（双果、单果）数多，秕果数少，粒粒饱满，而提高了花生荚果产量。

2.2.1　接种菌株与土著菌的侵染结瘤比较

　　从表 6 可看出：盆栽对照，花生盛花期和成熟期的单株结瘤总数、瘤重，肥力较高的（1-1）土较低肥力的（1-2）土高。

　　花生盛花期和成熟期，在高、低肥力两种土壤中，85-7 菌株都增加了单株结瘤总数、瘤重，可见 85-7 菌株侵染力强。说明从盛花期到成熟期，根瘤菌还在根系继续结瘤，土著菌主要靠后期侧根侵染来增加根瘤的数量。85-7 菌株还在主根上侵染结瘤，增加单株结瘤总数、瘤重，有效地固氮，满足了花生植株后期对氮素的需求。

　　应用间接荧光抗体技术检测根瘤的血清型，计算接种菌的占瘤率（接种菌株的根瘤数占观察根瘤总数百分数）。从图 2 可看出，从盛花期至成熟期，在两种土壤上，占瘤率都有一定程度的提高。85-7 菌株的占瘤率在两种土壤中都高，反映出 85-7 菌株的结交竞争能力较 NC92 和 85-19 菌株强。从生育期来看，低肥力（1-2）土壤接种菌的占瘤率均比高肥力（1-1）土壤高；尤其 85-7 菌株的占瘤率超过 50%，说明低肥力土壤接种菌株侵染率高。

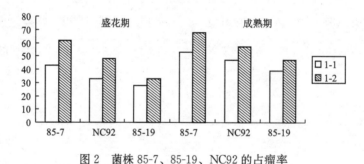

图 2　菌株 85-7、85-19、NC92 的占瘤率

Fig. 2　The nodule occupancy of 85-7，85-19 and NC92 strains

　　可见，在两种土壤上，菌株的结瘤竞争能力的差异，反映了菌株本身的优良特性。

　　在接种菌与土著根瘤菌的竞争结瘤中，往往是土著菌占优势。不少学者的研究证明，田间土著根瘤菌中虽然不乏优良菌株，但在许多情况下，却是由固氮能力较低的菌株占据根瘤位置[13]。其竞争结瘤优势可能与它所处的良好土壤条件或有利的生态分布有关。由于土著根瘤菌长期生活地土壤中，加上农业耕作措施造成的移动和土著菌自身的运动，会使土著根瘤菌均匀分布在土壤的各个微域之中。而接种菌虽然在接种时与土壤进行了充分拌和，但仍不可能达到土著根瘤菌那样的均匀分布程度，当豆科植物根系向土壤深处发展时，所到之处都可遇到土著菌而被感染结瘤。接种菌随着接入土壤时间的延长，在花生根际土壤中适应、繁殖，其分布就越均匀，也就可能越有利于接种菌的竞争结瘤。因而，同一接种处理接种菌在成熟期的占瘤率比花期的高。在含土著菌数多的土壤中，接种菌在花生根系上的占瘤率相对下降，根瘤固定的氮量比例亦日益缩小。

2.2.2 接种菌株的竞争结瘤对根瘤菌固氮酶活性的影响

花生盛花期和成熟期根瘤的固氮酶活性见表 6、表 7 和图 3。

表 6　在灰棕紫泥土上接种菌株的盛花期侵染结瘤

Table 6　The infection and nodulation of inoculating strains in purplish soil at the blooming stage

土壤代号 Soil code	处理 Treatment	瘤数 Nodule number/(个/plant)		瘤重 Nodule weight /(g/plant)	固氮酶活性 Nitrogenase activity /[μmol C$_2$H$_4$ /(g·h)]	占瘤率 The nodule occupancy/%
		主瘤 Main nodules	总瘤 Total nodules			
1-1	CK	42.5	201.0	0.70	1.710	0
	85-7	36.0	204.0	0.69	4.198	42.8
	NC92	33.5	181.0	0.68	3.781	33.3
	85-19	28.0	112.5	0.45	4.578	28.6
1-2	CK	23.5	146.0	0.60	0.894	0
	85-7	30.0	157.0	0.90	6.492	61.9
	NC92	20.0	139.5	0.85	2.866	47.6
	85-19	30.0	140.5	0.70	2.676	33.3

表 7　在灰棕紫泥土上接种菌株的成熟期侵染结瘤

Table 7　The infection and nodulation of inoculating strains in purplish soil at the maturing stage

土壤代号 Soil code	处理 Treatment	瘤数 Nodule number/(个/plant)		瘤重 Nodule weight /(g/plant)	固氮酶活性 Nitrogenase activity /[μmol C$_2$H$_4$ /(g·h)]	占瘤率 The nodule occupancy/%
		主瘤 Main nodules	总瘤 Total nodules			
1-1	CK	43.0	313.9	0.81	1.543	0
	85-7	55.2	295.8	0.89	2.873	52.4
	NC92	40.9	179.3	0.65	3.904	47.6
	85-19	23.6	73.6	0.44	1.090	38.1
1-2	CK	27.1	104.3	0.19	0.821	0
	85-7	51.6	170.8	0.40	0.803	66.7
	NC92	39.5	157.7	0.48	1.680	57.1
	85-19	34.1	113.9	0.33	0.295	47.6

土著根瘤菌的固氮酶活性低，高、低肥力酶活性相近，且固氮酶活性在两个生育期都基本接近。盛花期根瘤的固氮酶活性达高峰，接种菌株提高了花生根瘤的固氮酶活性，85-7 菌株的固氮活性高于 85-19 和 NC92 菌株。成熟期时，低肥力的 1-2 土壤上接种菌株的固氮酶活衰减很快，85-7、85-19 菌株酶活性显著降低。NC92 菌株在两个时期酶活降低幅度小。

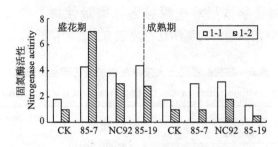

图 3　不同生育期，根瘤菌株的固氮酶活性

Fig. 3　The nitrogenase activity of rhizobia strains in different growing stage

固氮酶活性是花生固氮系统中的关键性酶。花生根瘤数量和重量与固氮酶活性呈正相关，说明瘤多瘤重能增加酶活性。在土壤中，接种高效菌株，增加了花生植株瘤数、瘤重。在盛花期又有大量的晚期瘤形成，所以固氮酶活性达到最高峰。成熟期时，由于根瘤逐渐衰老，固氮能力也随之下降。而花生根瘤固氮酶活性与其籽粒蛋白质含量呈显著正相关，盛花期正值花生荚果膨大时期，因此有利于荚果的膨大和花生籽粒蛋白质含量的增加。

2.2.3　接种菌株的竞争结瘤对植株干物重和植株营养成分的影响

接菌提高结瘤能力和固氮活性的效果直接影响着植株的上部干物质和氮量的积累（表 8）。

表 8　花生植株干重、植株全 N、P、K 含量（土培）

Table 8　The dry weight and total N、P、K content of peanut plant（soil pot experiment）

土壤代号 Soil code	处理 Treatment	盛花期 Blooming stage				成熟期 Maturing stage		
		植株干重 Dry weight /(g/plant)	N /%	P /%	K /%	N /%	P /%	K /%
1-1	CK	7.06	2.055	0.15	1.05	1.740	0.10	0.50
	85-7	7.83	2.360	0.20	1.06	1.823	0.11	0.89
	NC92	7.76	1.895	0.17	1.20	1.818	0.11	0.89
	85-19	4.75	2.423	0.20	1.30	1.771	0.11	0.98
1-2	CK	5.64	2.312	0.18	1.16	1.780	0.10	0.86
	85-7	7.81	2.662	0.24	1.09	1.857	0.11	0.99
	NC92	8.75	2.732	0.23	1.20	1.822	0.10	0.95
	85-19	6.94	2.456	0.21	1.30	1.866	0.11	1.28

在花生盛花期和成熟期，两种土壤上接种 85-7、NC92 菌株植株的干物重、植株全氮、全钾、全磷量增加，85-19 菌株的植株干物重较差。从盆栽试验对照处理来看，肥力较高的土壤植株干物重较低肥力土壤高。

2.3 花生品种对花生根瘤菌株竞争结瘤性能的影响

2.3.1 花生品种对花生根瘤菌侵染结瘤能力的影响

87-7、85-19 两个快生型菌株分别接种高、低肥力两种土壤上的两个花生品种，并以慢生型菌株 NC92 为对照，进行的试验结果见表 9。从表 9 可知，快生型 85-7、85-19 菌株接种的两个花生品种的植株干物重，含氮量高于不接种对照；单接菌株的瘤重，固氮酶活性明显高于土著菌株；土著菌结瘤数多，但固氮酶活性弱，固氮力低，无效根瘤多。而两个花生品种的侵染结瘤能力表现在高浓度（10^3 cfu/mL）结瘤数大于低浓度（10^2 cfu/mL）结瘤数，且"金堂深窝子"比"806-45"花生品种具有较好的共生效应。混合菌株 85-7＋NC92 处理根瘤重，固氮酶活性和固氮力较单接菌株低。说明了快生型花生根瘤菌与天府花生品种都能进行有效共生，在生产上为人工接种花生根瘤菌剂，获取快生型花生根瘤菌株与花生品种的最佳联合效应。

混合菌剂的 87-7、85-19、NC92 菌株是高效优良菌株，分别培养后混合在吸附剂中制成的多菌系菌剂，谋求各菌株在接种的植株上能发挥优点，提高接菌效果。Holland 指出：混合菌剂中各个菌株的菌数比例与结瘤率不一致，菌系间的竞争性将严重地影响各菌系在根际的发育和入侵[14]。即使同一根瘤菌种，来源不同相互之间抑制结瘤[13]，这样就影响了菌株的侵染结瘤，减弱了高效菌株固氮能力的发挥，从而不能满足花生生育期中对氮素营养的需求，使花生生产量受到影响。

在土著性根瘤菌对花生植株侵染试验中，土液稀释度低，结瘤数多；稀释度高，结瘤数少，没有遇到"跳跃"现象，即稀释度低-负（花生植株不结瘤），稀释度高-正（结瘤），表明土壤中存在着不利于结瘤的条件或受到藻类、腐生真菌的干扰[3]。说明了灰棕紫泥土中不存在影响根瘤菌结瘤的障碍因素。根瘤的位置，常常是由固氮能力较低的土著菌所占据[13]。

2.3.2 花生品种与菌株竞争结瘤关系

根瘤菌的竞争结瘤除受环境条件的影响外，与寄主植物也有密切的关系，为进一步说明寄主植物的不同品种对根瘤菌株的选择作用，用砂培试验观察了"金堂深窝子"、"806-45"两个花生品种对接种菌株与土著性根瘤菌株竞争结瘤的影响，测得各菌株的占瘤率（表10），从表 10 可看出：各菌株在低肥力土壤上的占瘤率高于高肥力土壤；菌株在两个花生品种上的占瘤率，85-7 最高，其次 NC92 菌株，85-19 菌株较前两者差。菌株与"金堂深窝子"花生品种表现出较好的亲合性。

表 9　快生型菌株与花生品种的共生效应(砂培法)

Table 9　The symbiosis affection between fast-growing strain and peanut variety(sand pot)

处理 Treatment		"金堂探子"					"806-45"				
		单株干重 Dry weight per plant /g	总瘤数 Total nodule /(个/plant)	瘤重 Nodule weight /(g/plant)	植株全氮 Plant total N /%	固氮酶活性 Nitrogenase activity /[μmol C_2H_4/(g·h)]	单株干重 Dry weight per plant /g	总瘤数 Total nodule /(个/plant)	瘤重 Nodule weight /(g/plant)	植株全氮 Plant total N /%	固氮酶活性 Nitrogenase activity /[μmol C_2H_4/(g·h)]
CK		1.66	0	0	1.298	0	1.53	0	0	1.528	0
85-7		1.87	85.4	0.46	3.027	4.501	1.72	79.8	0.54	2.710	3.682
NC92		2.03	84.4	0.53	3.007	2.451	1.81	110.6	0.54	2.633	2.226
85-19		1.73	34.6	0.29	1.892	1.376	1.65	27.0	0.34	1.860	2.130
85-7+NC92		1.73	101.6	0.34	2.716	2.462	1.65	63.2	0.53	2.581	0.420
85-19+NC92		1.80	34.6	0.29	1.892	2.463	1.68	73.2	0.49	2.337	2.578
1-1*	10-1	1.04	28.7	0.11	2.592	0.691	1.02	7.3	0.05	2.088	0.360
	10-2	1.02	21.7	0.11	2.127	0.596	0.97	4.7	0.05	2.029	0.110
1-2*	10-1	0.71	5.7	0.03	2.433	0.237	0.77	5.3	0.05	2.077	0.894
	10-2	0.70	6.5	0.03	2.288	0.395	0.63	5.0	0.03	1.708	0.336
	CK	1.63	45.6	0.35	1.863	0.822	1.67	18.8	0.18	1.640	0.674
1-1	85-7	1.72	70.6	0.42	2.199	3.037	1.54	29.7	0.28	2.226	1.535
	NC92	1.83	110.2	0.53	2.941	1.687	1.59	56.6	0.38	2.343	1.390
	85-19	1.78	44.0	0.26	1.716	0.295	1.51	19.2	0.18	1.157	0.127
	CK	1.60	56.4	0.32	1.932	0.817	1.58	33.8	0.39	1.799	0.615
1-2	85-7	1.86	70.0	0.44	2.758	3.397	1.62	51.8	0.38	2.420	2.161
	NC92	2.01	95.6	0.50	2.991	1.624	1.68	53.4	0.44	2.516	1.815
	85-19	1.73	47.0	0.26	1.969	0.639	1.65	42.0	0.43	1.859	0.455

* 1-1 为底肥力土壤,1-2 为高肥力土壤

* 1-1 is low fertility soil,1-2 is high fertility soil

表 10 85-7、85-19、NC92 菌株占瘤率（砂培法）

Table 10 The nodule occupancy of 85-7、85-19、NC92 (sand pot)

处理	"金堂深窝子"		"806-45"	
Treatment	1-1 /%	1-2 /%	1-1 /%	1-2 /%
85-7	66.7	81.0	57.1	61.9
85-19	33.3	47.6	28.6	38.1
NC92	61.9	71.4	30.1	52.1

以上结果说明，快生型、慢生型花生根瘤菌株对不同花生品种选择共生，寄主花生品种特性起着主导作用，即快生型菌株的竞争结瘤性能与花生品种的亲合性有关。

根瘤菌的竞争结瘤发生在整个根瘤形成过程中的多阶段，反映了寄主植物和根瘤菌之间相互识别、各自选择共生伙伴的过程[2]。特定的寄主品种和菌株具有最大的亲合性，表现出共生关系的特异性，选择作用受共生双方的基因所决定[15]。

2.3.3 花生根系碳水化合物，氨基酸含量与根瘤菌株的侵染结瘤

花生根系碳水化合物，氨基酸含量与根瘤菌株的侵染结瘤情况见表 11。

表 11 花生根系碳水化合物、氨基酸含量与菌株的侵染结瘤（砂培法）

Table 11 The content of carbohydrate and amino acids of peanut root system and the infection and nodulation of strains (sand pot)

处理	"金堂深窝子"				"806-45"			
	1-1		1-2		1-1		1-2	
Treatment	碳水化合物 Total C /%	氨基酸 Amino acid/%	碳水化合物 Total C /%	氨基酸 Amino acid/%	碳水化合物 Total C /%	氨基酸 Amino acid/%	碳水化合物 Total C /%	氨基酸 Amino acid/%
CK	32.05	0.011	30.04	0.015	32.22	0.016	32.38	0.019
85-7	35.03	0.011	32.70	0.013	32.53	0.018	33.05	0.019
NC92	32.72	0.150	33.22	0.016	33.12	0.017	29.64	0.020
85-19	29.61	0.014	29.72	0.017	32.57	0.016	33.96	0.020

从表 11 可看出，两个花生品种根系碳水化合物总量差异不明显，而氨基酸总量有差别；花生品种"806-45"上各处理根系氨基酸总量明显高于相应处理的"金堂深窝子"；根系氨基酸总量的多少与接种菌株侵染结瘤能力基本一致。在同一花生品种上，菌株占瘤率高的植株根部，其根系氨基酸含量低。

豆科植物的根系分泌物中有较多的含氮物质。在开花期以前，分泌物中主要为天门冬氨酸和谷氨酸，其次为色氨酸和 β-丙氨酸，而在开花期，色氨酸却成为含氮分泌物的主要部分，对根瘤菌的诱惑能力与菌株品系有关。根系分泌物以满足根瘤菌的碳水化合物、氨基酸需要，其数量受到刺激而增多，相应诱导根系分泌更多的物质，使能与花生植株形成有效共生体系的根瘤菌较之土著菌系有更强的结瘤竞争力。

2.4　根瘤菌株的竞争结瘤与土壤肥力变化

在较高肥力（1-1）、低肥力（1-2）土壤上接种花生根瘤菌剂，收获盆栽花生后，各处理土壤养分测定结果（表 12）可知，接种根瘤菌剂提高了土壤肥力。土壤有机质增加 0.01%～0.09%，全氮增加 0.001%～0.007%，有效氮提高 3～12μg/kg，有效 P 提高 0.9～8μg/kg，有效 K 提高 3～17μg/kg。接种菌株由于在花生生育期间结瘤固氮能力的差异，影响了植株的生长代谢和培肥土壤的贡献大小。在较高肥力（1-1）土壤中，85-7 菌株比 CK 有机质含量提高 0.02%，全氮提高 0.006%，有效氮增加 3μg/kg，有效 K 增加 3μg/kg。低肥力（1-2）土壤中，85-7 菌株较对照有机质增加 0.09%，全氮增加 0.007%，有效氮增加 4μg/kg，有效钾增加 17μg/kg。

表 12　供试土壤理化性质产后分析结果

Table 12　The result of physical-chemical property of the tested soil after harvest

土壤代号 Soil code	处理 Treatment	pH (1∶2.5)	有机质 OM/%	全量养分 Total nutrient/%			速效养分 Available nutrient/（μg/kg）		
				N	P	K	N	P	K
1-1	CK₀	6.98	0.80	0.064	0.053	4.68	30	4.8	89
	CK	6.87	0.80	0.062	0.054	3.91	29	4.8	93
	85-7	6.74	0.82	0.068	0.055	3.52	32	4.8	96
	NC92	7.34	0.81	0.064	0.052	3.42	36	5.7	96
	85-19	6.76	0.81	0.067	0.065	3.89	41	8.6	110
1-2	CK₀	6.88	0.62	0.063	0.061	4.82	28	7.7	99
	CK	7.04	0.59	0.062	0.037	4.00	19	5.7	113
	85-7	6.72	0.68	0.069	0.056	3.68	23	4.8	130
	NC92	6.96	0.65	0.064	0.050	3.32	31	4.8	117
	85-19	7.04	0.61	0.063	0.060	3.69	23	7.7	123

可以看出，在低肥力土壤上接种 85-7 菌株提高土壤肥力较高肥力土壤明显。

说明施用高效根瘤菌剂，提高了土壤中的氮素水平，增加了土壤中有机质含量，改善了土壤的理化性状，培肥了土壤。

3　结论

（1）四川灰棕紫泥土上的土著根瘤菌数量是 10^4 cfu/g 干土；土著菌数与该土壤的有机质、含氮量呈极显著相关；而与土壤 pH、花生种植年限无显著相关性。接种菌株的占瘤率随土著菌数的减少而增加；土著性根瘤菌的侵染结瘤能力表现在高浓度（10^3 cfu/mL）大于低浓度（10^2 cfu/mL）；其结瘤能力强，固氮效率低。

（2）接种的花生根瘤菌株与土著性根瘤菌的竞争能力是不同的。接种菌株与土著菌竞争能力的差异，在于菌株本身的优良特性。其中 85-7 菌株占瘤率高，固氮酶活性高，提高了单株瘤数、瘤重、植物干重和含氮量,花生荚果增重达显著、极显著水平,竞争力最强;其次是 NC92 菌株、85-19 菌株。菌株混合接种效果比单接菌低,快、慢生型菌株之间是否有相互抑制结瘤,还需验证。

(3) 快生型花生根瘤菌的竞争结瘤与花生品种的亲合性有关,不同花生品种的根系中氨基酸含量不同,对菌株的占瘤率有影响;85-7 菌株与花生品种的适应性强,表现出较好的共生固氮效果。

(4) 应用间接荧光抗体(iEA)测数方法,能够较方便地测定自然土壤中特定根瘤菌的数量变化,达到区分接种菌株与土著菌株的目的。

参 考 文 献

[1] 王福生,李卓棣,陈华癸. 土壤中大豆根瘤菌之间竞争结瘤的研究——Ⅲ. 接种菌量对大豆生长的影响. 土壤学报,1989,26 (4):388~391

[2] 王福生,李卓棣. 两株大豆根瘤菌在结瘤过程中的相互影响. 微生物学报,1988,28 (4):350~354

[3] 伯杰森 F J. 生物固氮研究法. 陈冠群译. 北京:科学出版社. 1987

[4] Nicol H,Thornton H G. Proceeding of the royal society of land series. Biological Science,1941,130:32~59

[5] 黄怀琼,何福仁,陈智红. 快生型花生根瘤菌株 85-7、85-19 的生物学特性的研究. 四川农业大学学报,1990,8 (3):188~193

[6] Keyser H H,Bohlool B B,Hu T S,et al. Fast-growing rhizobia isolated from root nodules of soybean. Science,1982,215 (4540):1631~1632

[7] 中国科学院南京土壤所微生物室. 土壤微生物研究法. 北京:科学出版社. 1985

[8] Schmidt E L,Bankole R O,Bohlool B B. Fluorescent-antibody approach to study of rhizobia in soil. J Bacterial,1968,95:1987~1992

[9] 中国土壤学会农化专业委员会. 土壤农业化学常规分析分析方法. 北京:科学出版社. 1983

[10] 上海植物生理学会. 植物生理学实验手册. 上海:上海科学技术出版社. 1985

[11] Weaver R W,Frederick L R,Dumenil L C. Effect of cropping and soil properties on numbers of *Rhizobium japonicum* in Iowa soils. Soil Sci,1972,114:137~141

[12] Moawad H,Ellis W R,Schmidt E L. Rhizosphere response as a factor in competition among three serogroups of indigenous *Rhizobium japonicum* for nodulation of field-grown soybeans. Appl Environm Microbiol,1984,47,607~612

[13] 葛诚. 根瘤菌结瘤基因及结瘤竞争研究的新进展. 微生物学通报,1987,14 (2):77~80

[14] Holland A A. Competition between soil-and seed-borne *Rhizobium trifolii* in nodulation of introduced *Trifoliim subtervaneum*. Plant and Soil,1970,32:293~302

[15] Kvien C S,Ham G E,Lambert J W. Recovery of introduced *Rhizobium japonicum* strains by soybean genotypes. Agron J,1981,73:900~905

花生根瘤菌共生固氮体系的研究进展

辜运富，张小平

（四川农业大学资源环境学院微生物系，雅安　625014）

摘　要：花生（*Arachis hypogaea* L.）是一种在全世界广泛分布的重要经济农作物，生长发育所需最适氮素的 60%～65% 由根瘤菌固氮提供。花生根瘤菌的相互识别是形成共生固氮体系的前提，这个过程受到很多物理化学因素的影响。本文综述了花生根瘤的形成过程，根瘤菌结瘤基因以及类黄酮、胞外多糖、凝集素、钙调蛋白和 pH 条件对花生根瘤菌共生固氮体系的影响。

关键词：花生，根瘤菌，共生固氮，结瘤基因，结瘤因子

Advances in symbiotic nitrogen-fixation of peanut-rhizobia

Abstract：Peanut (*Arachis hypogaea* L.) is an agriculturally valuable plant which is widely distributed in the world. About 60%～65% the fittest nitrogen for the Peanut growth is provided by symbiotic nitrogen-fixation. The interaction of peanut-rhizobia is the precondition for the formation of the symbiosis. This process is influenced by several physical-chemical factors. The formation of peanut nodule, nod genes, flavonoids, exopolysaccharides, lectins, calmodulin and the effect of pH on peanut-rhizobia symbiotic nitrogen-fixation were summarized in this article.

Key words：Peanut, Rhizobia, Symbiotic nitrogen-fixation, Nod gene, Nod factors

花生（*Arachis hypogaea* L.）是我国重要的经济作物和油料作物，全国种植面积约 300 万 hm^2，居世界第二位；总产 630 万 t，排世界第一位；外贸出口也居世界首位[1]。氮素不仅是构成蛋白质、核酸生命大分子的基本元素，也是农业生产首要肥料。氮素固定是维持生产力的一个十分重要的生态反应，生物固氮在这方面起着重要的作用。据研究，全球范围内每年输入陆地生态系统的总氮量约在 2 亿 t 左右，其中 2/3 来自生物固氮[2]。进一步扩大利用和提高生物固氮的效率是解决农业生产中氮肥供应的理想和有效途径之一。

共生固氮作为豆科植物最重要的生命现象之一，在生物固氮中占有十分重要的地位，它固定的氮量约占生物总固氮量的 4/5，相当于当今全世界合成氨生产量的 3 倍[3]。花生是一种重要的共生固氮作物，目前关于它与根瘤菌在共生初期的识别过程所知甚少。花生根瘤菌的侵染机制具有自己的独特性，了解花生与花生根瘤菌的识别机制对于进一步认识和利用花生根瘤菌具有重要意义。

1 花生与根瘤菌相互作用形成根瘤

花生与根瘤菌的共生具有特异性。根瘤的形成一般分为 3 个步骤：①根瘤识别、附着、侵入。花生根际（root rhizosphere）能分泌参与根瘤菌识别作用的花生凝集素（PNA）及调节结瘤基因（nod）、寄主特异性基因（host-specificity of nodulation, hsn）的特异化合物如类黄酮等，侵染的最初反应之后，根毛卷曲，根瘤菌进入根毛，并形成侵染线。②原始根瘤的形成。根瘤菌与根毛相互作用形成侵染中心，进而发育为根瘤。形态上变成粗杆状或球状，甚至为"T"形、"Y"形——这种变大的形态称为类菌体[4]。③类菌体形成固氮能力，根瘤形态建成。上述特征对快生根瘤菌表现特别突出[5]。

从形态学上看，不同植物的根瘤，其来源、结构、形态都有差异。根瘤由快生根瘤菌形成，并在根中保留根的分生组织的，为非限定型（indeterminative）；不保留根的分生组织由皮层组织产生的是限定型的（determinative）。花生根瘤属后者，由慢生根瘤菌形成。

一个典型的豆科植物根瘤大致发育过程是：根瘤菌与植物根系接触；根毛发生变形；根系的皮层细胞分裂，形成根瘤原基；细菌通过新形成的特殊构造——侵入线进入植物细胞，来自植物的管状物将细菌送至根瘤原基的各个细胞内；细菌开始分化成类菌体；根瘤原基最终发育为成熟的根瘤，并开始固氮。但是，由于花生没有永久性根毛，根毛不是最初的侵染区，侵染是从根毛基部细胞间裂隙中进入根部，即发生在侧根的根轴区域，也无侵染线出现[6]。

2 花生根瘤菌的结瘤基因

根瘤的形成离不开结瘤基因的作用。结瘤基因的主要功能是在共生关系早期过程控制信号分子的形成与交换。其主要过程包括植物根系分泌的类黄酮化合物作用于根瘤菌的 NodD 蛋白，活化的 NodD 蛋白再激活其他 nod 基因表达并合成根瘤菌的应答信号结瘤因子，由根瘤菌分泌到环境中的结瘤因子有效刺激宿主植物，使根毛变形卷曲，根瘤菌再从该部位侵入并形成侵入线最终导致根瘤形成。该过程也称之为植物与根瘤菌的分子对话。结瘤基因从功能上又可分为调节基因和结构基因，调节基因对植物信号分子产生应答后激活其他结瘤基因转录，例如，nodD 结构基因可分成共同结瘤基因和宿主专一性基因，共同结瘤基因是指 nodABCIJ 等基因，它们存在于所有根瘤菌中。一种根瘤菌的 nodABC 基因突变可用另一种根瘤菌的同源基因互补。若将其导入没有质粒的农杆菌中，也可以使农杆菌有结瘤能力。宿主专一性基因，控制根瘤菌的宿主范围，如 S. meliloti 的 nodH、nodL 或 nod EF 等，目前已克隆的结瘤基因约有 50 个（nod、nol、noe 等）[7,8]。

　　根瘤菌中结瘤基因非常丰富，但具体到特定种类所含结瘤基因差异很远，如 NolXWBTUV 为 *R. fredii* 和 *R*. sp. N GR234 所特有[9]。有关结瘤基因的综述很多，下面仅就其主要结瘤基因的组成形式做一归纳（表1）。

表 1　根瘤菌结瘤基因的组成

Table 1　Composition of the nod gene in Rhizobia

种类和菌株 Species and strains	结瘤基因组成 composition of nod genes	
紫云英根瘤菌 HAMBI 1174	*R.* HAMBI 1174	D2···D1ABCIJ···
豌豆根瘤菌蚕豆生物变种 248/RL1JI	*R. l.* bv. *Viciae* 248/RL1JI	···EF ···DABCIJ
豌豆根瘤菌菜豆生物变种 8002	*R. l.* bv. *Phaseoli* 8002	···A···BCIF···D···
豌豆根瘤菌三叶草生物变种 ANU843	*R. l.* bv. *trifolii* ANU843	···EF ···DABCIJ
菜豆根瘤菌 CE-3	*R. etli* CE-3	···D3. D2 ···BC ···D1 ···
热带根瘤菌 BCIAT 899	*R. tropici* BCIAT 899	···D2，D3，D4，D5 ···D1ABCSU ···E···
快生根瘤菌 N33	*R*. sp. N33	···A? ···BCIJ ···
快生根瘤菌 TAL1145	*R*. sp. TAL1145	···DABCIJ···
苜蓿中华根瘤菌 Rm1021	*S. meliloti* Rm1021	···D1ABCIJ ···EF. D3 ···D2
费氏中华根瘤菌 USDA257	*S. fredii* USDA257	···D2 ···ABC ···D1 ···SU···
慢生型根瘤菌 NGR234	*S*. sp. NGR234	···SU ···ABCIJ ···Z. D1 ···D2
慢生型根瘤菌 BR816	*S*. sp. BR816	···D2. D3. D4 ···D1EABC
百脉根中生根瘤菌 NZP2213	*M. loti* NZP2213	···ACIJD1B ···D2 ···D3···
华癸中生根瘤菌 7653R	*M. huakuii* 7653R	ICBD ···AFE ···
慢生大豆根瘤菌 USDA110	*B. japonicum* USDA110	D2，D1，YABCSUIJ
埃氏慢生根瘤菌	*B. elkanii*	D2 ···D1，KABC
慢生根瘤菌 ANU289	*B*. sp. ANU289	···DKABC ···
茎瘤固氮根瘤菌 ORS571	*A. caulinodans* ORS571	···DABCSUIJ ···

2.1　类黄酮物质与花生结瘤基因间的相互作用

　　花生与根瘤菌间的相互识别，相互作用是受结瘤因子所控制的。在根瘤形成过程中，共生伙伴之间首先进行信号物质交换。植物分泌类黄酮（flavonoids）到根际，类黄酮与 NodD 蛋白结合，进而在转录水平调节其他结瘤基因（*nod*）的表达。Tania 研究发现在花生根系的分泌物中可以分离 3 种类黄酮物质，其中 5,7,45-三羟（基）异黄酮（genistein）和 7,4′-二羟基异黄酮（daidzein）在数量上占有绝对优势[10]。5,7-二羟黄酮（chrysin），芹黄素（apigenin），5,7,45-三羟（基）异黄酮，7,4′-二羟基异黄酮（daidzein），4,5,7-三羟黄烷酮（naringenin），毛地黄黄酮（luteolin）等类黄酮物质都能诱发花生根瘤菌结瘤基因 *nodC* 启动子的运行。但是，关于这些类黄酮物质为什么能诱发 *nodC* 启动子的机制至今仍然还不清楚。Turian 等[11]认为可能与 *Bradyrhizobi*-

um 和 $Rhizobium$ 根瘤菌的竞争结瘤能力有关。Gillette 和 Elkin 报道，5,7,45-三羟（基）异黄酮和 7,4′-二羟基异黄酮能够诱导 $Bradyrhizobium$（$Arachis$）sp. NC92 中 $nodA-nodZ$ 融合基因的表达，同时，二者也能够诱发 $B. japonicum$ 根瘤菌中转录催化剂 NodD1 的启动。在大豆的根系分泌物中，只有 4 种类黄酮物质可以检测到，其中以 7,4′-二羟基异黄酮为主，其量高于其他三者总量之和。$A. caulinodans$ 侵染田菁根部形成根瘤的机制与花生根瘤菌的侵染结瘤很相似。都是根瘤菌先进入寄主植物细胞的胞间空隙，然后顺着侵染线到达根瘤的原基处，进而开始根瘤的形成过程。而该过程是由 4,5,7-三羟黄烷酮诱导结瘤基因的表达而开始的[12]。

$nodD$ 基因广泛存在于根瘤菌中，它的表达产物能够识别外界很少量的类黄酮物质进而激活根瘤菌中其他 nod 基因的表达。不同根瘤菌中 $nodD$ 基因调控表达产生的蛋白质组成各异，Györgypal 等认为这与它们的寄主植物有关系[13]。$B. japaonicum$、$Rhizobium$ sp. NGR234、$S. meliloti$ 和 $R. tropici$ 等根瘤菌可以产生 2～5 个的 $nodD$ 基因拷贝子。

在 Turian 的研究中，所有的分离菌株在受到 5,7,45-三羟（基）异黄酮的诱导后，都能产生 Nod 因子。对这些 Nod 因子进行薄纸纸层析发现，它们都具有相同的层析图谱，显示控制这些分子物质合成的结瘤基因在结构上也极为相似。

花生根瘤菌菌株 NDEHE 能产生大量的结瘤因子——脂酰基甲壳寡糖（LCO）。对 NDEHE 的 LCO 的结构进行分析发现，这些 LCO 主要包括一个几丁质五聚体结构，与大豆根瘤菌（$Bradyrhizobium$）的结瘤因子在某些结构上相似。但是 NDEHE 菌株不能使大豆结瘤，分析原因可能是由于花生根瘤菌与大豆根瘤菌在结瘤因子结构上的相似之处还不足以激活大豆的共生结瘤特性。Stokkermans 等研究发现大豆结瘤因子上的取代基团——岩藻糖或甲基岩藻糖对大豆根瘤原基的诱导产生没有影响，从而再次证实了上面的推论[14]。另外，在大豆根瘤菌的结瘤因子中没有的肉豆蔻酸和乙酰甲基岩藻糖，却是花生根瘤菌菌株 NDEHE 的结瘤因子中的主要结构，Yang 等曾报道肉豆蔻酸等结瘤因子的取代基团仅存在于根瘤菌 $R. galegae$ 产生的结瘤因子中，显示花生根瘤菌结瘤因子具有自身的种属特异性[15]。

通过结构进行分析发现，菌株 NDEHE 合成的结瘤因子与菌株 $Rhizobium$ sp. NGR234 的结瘤因子在某些取代基团上具有相似之处，如二者在分裂末端具有乙酰甲基岩藻糖或甲基岩藻糖等取代基团，而在非分裂末端都具有棕榈油酸、异油酸和软脂酸等基团，以及乙酰甲基和氨基甲酰取代基团。但是，这些结瘤因子在结构上也有一定的差异。例如，菌株 NGR234 产生的硫酸化 LCO 具有广泛的寄主侵染性，能使苜蓿结瘤，而在 NDEHE 产生的却不能导致花生侵染结瘤。虽然结瘤基因具有寄主专一性，但是结瘤基因 $nodABC$ 却具有寄主普遍性[16]。乙酰基团 $C_{18:2}$ 是在菌株 NGR234 的结瘤因子中发现的另一个独特亚基结构。上述结瘤因子在结构的特异性，与根瘤菌结瘤基因上的独特性具有对应关系。另外，尽管 NDEHE 与 NGR234 的结瘤因子在结构上具有一定的相似性，但是二者的寄主植物却有所不同，后者并不能使花生有效结瘤。菌株 $Rhizobium\ etli$ 和 $Mesorhizobium\ loti$ 能产生结构相似的结瘤因子，但侵染的寄主植物不尽相同，前者侵染 $Phaseolus$ 植物，而 $Mesorhizobium\ loti$ 侵染 $Lotus$ 植物。尽管

Phaseolus 的植物能够被 *Rhizobium etli* 及其他广寄主范围的根瘤菌侵染结瘤，但是它们的 Nod 结瘤因子在亚基组成上具有较大的差异。大量研究证实，上述结瘤因子中的小亚基结构能导致根瘤菌寄主植物的明显不同，而其他 LCO 结构上的修饰变化却对植物与根瘤菌间的共生固氮体系影响非常微弱[17]。而关于结瘤因子在结构上的变化是否能够直接导致寄主植物的广泛性还需要进一步研究。

2.2　胞外多糖在根瘤菌侵入寄主植物过程中的作用

根瘤菌能够以不同的方式进入寄主植物的根系，从而导致根皮层细胞的分裂，进而引起根瘤原基的形成。这种共生结构的形成依赖于两种分子物质（即寄主植物产生类黄酮和根瘤菌产生的结瘤因子）的相互识别及相互作用。根瘤菌细胞表面的碳水化合物，如细菌脂多糖、荚膜多糖、胞外多糖和环状葡聚糖等在共生体系的形成过程也具有重要的作用，且以活性游离的形式存在于各种根瘤菌中。

根瘤菌细胞表面的胞外多糖（EPS）等碳水化合物在非定型根瘤的形成过程起着不可或缺的作用。关于根瘤类型和 EPS 之间的关系长期受到研究人员的重视，其一是因为 EPS 决定了为什么同一株根瘤菌既能进入非限定型根瘤也能进入限定型根瘤。Diebold 等研究发现，EPS 缺乏的 *R. leguminosarum* 突变菌株能够影响三叶草和花生的结瘤过程，却不影响大豆的结瘤。关于限定型根瘤与非限定型根瘤对 EPS 的选择性机制至今尚不清楚[18]。Stancey 等曾经对此做过假设，Leign 等也对这个现象进行解释，他们认为不同根瘤类型对 EPS 的选择正好反映了 EPS 对于侵染线在细胞中延伸过程中的重要影响[19,20]。因为在非限定型根瘤中，根瘤菌是顺着侵染线的延伸而得以在细胞中扩散，在非限定型根瘤中，根瘤菌是依靠寄主细胞自身的分裂而不断扩展。对此解释，也有人提出异议，Cermola[21] 认为对于 *Phaseolus vulgaris* 植物而言，无论是在它的限定型根瘤还是在非限定型根瘤中，根瘤菌在植物根系中都是从细胞侵染到细胞（cell to cell）。EPS 在共生体系起到的另一个重要作用是避免植物在根瘤菌侵染过程中出现的非特异性自我保护以增加根瘤菌的侵染成功率。

根瘤的遗传特性决定了根瘤菌的侵染方式以及根瘤的表型。尽管热带植物根瘤中的根瘤菌是以混合方式（侵染线和胞间侵入）侵染植物的根系，但是在花生以及笔花豆等豆科植物根毛的侵染及根瘤的形成过程中却尚未发现此种类型，而是依靠中层皮层细胞的分裂而在细胞间扩散。揭示在研究 EPS 在植物与根瘤菌的相互识别过程中所起功能方面，花生是一种非常有用的模式生物。

为了更好地认识 EPS 在花生与根瘤菌相互识别过程中的作用，Carolina 等对一株土著花生根瘤菌进行改良，获得了一株 EPS 损伤型突变子（NET-M1024），进一步研究发现 EPS 损伤后的产物定量和定性的检测[22]。当 NET-M1024 在基础或富集培养基上培养时，EPS 的量会减少，且突变株中的 EPS D-半乳糖含量也低于野生型菌株。培养基中碳源不同时，突变株和野生型菌株中 EPS 的产量会有所变化，相比以果糖和甘露醇作为碳源，当以葡萄糖作为碳源时野生型和突变型花生根瘤菌的 EPS 合成量均减少。对苜蓿根瘤菌的研究为上面的现象做出了较好的解释，EPS 产量上的减少可以归结为葡萄糖 6-磷酸（EPS 产生的先兆）合成量的降低。由于葡萄糖在细胞内的运输方式是近似的主动运输过程，在根瘤菌细胞外，葡萄糖转化成葡萄糖酸或酮戊二酸单酰胺，而在根瘤菌细胞内转化成 6-磷酸葡萄糖，而果糖在运输过程中不需要转化，可以直接进入细胞内部并产生 6-磷酸葡萄糖，从而减少了碳素的损失，进而可以更多合成 EPS 物质。

以甘露醇为主要碳源，培养花生根瘤菌共生固氮体系，对其产生的 EPS 进行气、液色谱分析发现这些 EPS 物质由 D-葡萄糖、D-半乳糖和 D-阿拉伯糖构成，以 D-阿拉伯糖为主。在 Janecka 的研究中，根瘤菌 Sinorhizobium 产生的 EPS 中也具有 D-阿拉伯糖基团[23]。

YEM 培养基是培养根瘤菌的专用培养基，但是当 NET-M1024 培养在 YEM 培养基上时，其分泌的 EPS 会减少 27%左右，显示 NET-M1024 在共生结瘤特性上不同的表型特点。用 NET-M1024 去侵染花生，相对于野生型菌株而言，侵染率出现了下降，植株的干重和含氮量也有所降低。虽然突变株与野生型菌株在共生固氮效率上有差异，但是二者在自身的活性上却无差异。

对根瘤菌突变株 NET30-M1024 在花生根系细胞中的侵染结果进行电镜观察，发现 EPS 损伤的花生根瘤菌的侵染率相当低。证明 EPS 在花生根瘤菌成功侵染花生根系的过程中起着重要的作用。侵染情况见图 1。

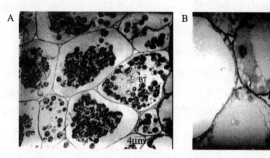

图 1　根瘤菌菌株 NET30-WT 与 NET30-M1024 侵染花生根系的电镜扫描图

A. NET30-WT；B. NET30-M1024。BT：类菌体；V 气泡；IC：胞间空隙

Fig. 1　Transmission electron micrograph *Arachis hypogaea* L. nodules induced by NET30-WT and NET30-M1024

A. NET30-WT；B. NET30-M1024. Bacteroids（BT）；Vacuoles（V）；Intercellular space（IC）

由 EPS 损伤而引起的结瘤过程的缺损会随着植物与根瘤菌共生体系的不同而发生变化。对于苜蓿根瘤菌而言，EPS 发生损坏的突变株会导致苜蓿根瘤在后期结瘤过程中出现系列形态上的变化。这些形态上的变化部分是由 EPS 的损坏而直接导致；而另一些变化则可能是来源于苜蓿根瘤在早期形成过程中的变化，这些变化包括根毛弯曲的延迟；侵染线不能穿透根瘤；侵染线的退化；根瘤外形多样但缺乏分生组织。对于花生根瘤菌而言，结果恰好相反。用 *R. leguminosarum* 的 EPS 突变株侵染花生后观察不到根瘤的形成。利用 NGR234 的 EPS 突变株侵染合欢后，合欢根瘤中不能形成无区别的愈伤组织。

Kosch 等对根瘤菌 *B. japonicum* ΔP22 与大豆类植物（*G. soja* PI468397）间相互关

系的研究是研究 EPS 突变菌株与具有限定型根瘤的 inf⁻ 型植物之间关系的第一个例子[24]。开启了研究根瘤菌表面多糖在植物与根瘤菌共生体系中所起作用的大门。后人在这方面开展了大量的工作，为证实 EPS 影响花生与根瘤菌间的相互识别过程，并进而影响限定型根瘤的形成提供有利的证据。虽然 EPS 在花生根瘤菌的侵染过程中起着重要的作用，但是关于 EPS 到底是怎样降低根瘤菌对花生根系细胞的侵染率尚需进一步研究证明。

2.3　花生根系凝集素与根瘤菌脂多糖

　　根瘤菌与豆科植物根细胞间特异性识别被认为是因为豆科植物根系表面分泌的凝集素能够与根瘤菌表面的碳水化合物受体相互识别并结合。在花生中共发现了 3 种植物凝集素，包括 PRA Ⅱ、SL Ⅰ 和 SL Ⅱ，其中只有 PRA Ⅱ 位于根系表面，它的产量在根瘤菌侵染到花生根系期间到达最大值。PRA Ⅱ 能够聚集根瘤菌菌体，其活性受 IGR92 脂多糖的抑制。凝集素 PRA Ⅱ 与根瘤菌表面碳水化合物的特异性结合能够开启根瘤菌侵染豆科植物的先决条件。研究表明，不同花生根瘤菌间 PRA Ⅱ 与脂多糖间的相互识别需要不同的糖类[25]。

　　对从花生根瘤菌中分离到的 LPS（LGR92）进行研究发现，凝集素与 LPS 间的相互识别具有种属特异性，这种识别作用对 *Bradyrhizobuim* 侵染到花生根系上具有调节作用。为了验证凝集素与 LPS 之间的相互识别具有种属特异性，Vani Jayaraman 等对分离于花生、大豆、豌豆的凝集素以及 ConA 和 PRA Ⅱ 进行了 Western 印迹分析，结果 5 种凝集素中，只有 ConA 和 PRA Ⅱ 能够与菌株 NC92 的 LPS 进行结合[25]。在花生种子发现凝集素（PNA）不存在于花生的根系中，并且不能与 LPS 结合。上述研究结果证明凝集素与 *Bradyrhizobuim* 间的相互识别具有种的特异性以及组织特异性。也证实了与植物根系凝集素结合的寡聚糖是位于根瘤菌细胞壁表面的脂多糖。

2.4　钙调蛋白在根瘤菌与花生根系相互识别过程中的作用

　　研究发现，黏附蛋白（rhicadhesin）在根瘤菌菌株（*Rhizobium leguminosarum* bv. *viciae*、*R. leguminosarum* bv. *trifolii*、*R. leguminosarum* bv. *phaseoli*、*Sinorhizobium meliloti* bv. *Rhizobium lupine*、*Phyllobacterium rubiacearum*、*Pyhllobacterium myrsinacearum* 和 *Bradyrhizobium japonicum* 等）黏附到豌豆根毛线的过程中起着重要的作用。对根瘤菌 *R. leguminosarum* 248 吸附到不同豆科植物（*Vicia sativa*、*Phaseolus vulgaris*、*Macroptilium* spp.、*Trifolium repens* 和 *Medicago* spp. 等）根系上的能力进行测定表明，根瘤菌吸附到豆科植物的根部是导致根毛弯曲的先决条件[26]，对于根瘤菌 *B. japonicum* 而言，只有当第一步的吸附成功后才能启动植物根系侵染线的发育，进而促进根瘤的形成。

　　黏附蛋白具有以下特征：①该蛋白质对热及蛋白酶等物理化学因子敏感；②该蛋白质只有在培养环境缺乏 Ca^{2+} 的情况才能产生；③等电点为 5.1，分子质量为 14 000Da；④对钙离子具有高度亲和性，钙离子并不是在黏附蛋白与植物细胞结合的过程中起作用，而是在植物凝集素锚定吸附到根瘤菌细胞表面起作用[27]。

　　但是关于黏附蛋白是如何诱导根瘤菌与花生根系之间相互识别的机制所知甚少。Marta 等对花生根瘤菌的黏附蛋白进行了研究，结果表明花生根瘤菌的黏附蛋白是一种水溶性的表面成分，将根瘤菌中的黏附蛋白经蛋白酶 K 处理后再去侵染花生，根瘤菌不能吸附到花生根系上。进一步分析发现，根瘤菌经过 EDTA 处理后能够与经植物凝集素处理过的花生根系结合，显示凝集素在低钙离子浓度下并不结合根瘤菌的细胞表面。从而清楚的说明 Ca^{2+} 对根瘤菌产生吸附作用是必不可少的元素。总之，根瘤菌 *Bradyrhizobium* 与花生间的相互识别受一种类似于黏附蛋白的植物凝集素调节，这种凝集素的活性依赖于 Ca^{2+}，能够与细胞表面接合位点接合，具有水溶性，大小约为 14kDa[28]。

2.5　pH 对根瘤菌与花生根系相互识别的影响

　　众所周知，土壤 pH 是影响花生根瘤菌共生固氮体系的一个重要限制因子。根瘤菌进入寄主植物根系主要有两种方式，一种方式是通过侵染线进入植物根部，另外一种方式如花生根瘤菌是通过胞间空隙进入根部细胞。不管是上面的哪种进入方式，土壤 pH 都对根瘤菌的活性产生重要的影响。关于 pH 对根瘤菌活性的影响，目前研究主要集中于研究那些以侵入线方式入侵植物根部的根瘤菌，而关于花生根瘤菌尚不多见。Jorge 等研究了低 pH 对根瘤菌的侵染率以及对 *nod* 结瘤基因影响，结果发现在 pH 为 7 时，所有的类黄酮物质都能诱导 *nodC* 基因的表达[29]。当把酸忍耐型菌株 NTI31 和 TAL1000 培养在 pH5.5 的环境中时，二者产生的强诱导物的数量都有所增加，菌株 NTI31 增加 2 个，TAL1000 增加 1 个。在低 pH 的胁迫下，酸敏感菌株 NTI30 *nodC* 基因的表达非常少。研究表明低 pH 会降低 *nod* 基因的表达[30]，但根瘤菌细胞膜对类黄酮的被动吸收会增加[31]，于是可以推测，酸性环境会增加类黄酮物质的毒性从而影响根瘤菌的代谢，最终将抑制根瘤菌结瘤基因的表达。虽然酸性环境会对根瘤菌的结瘤基因形成影响，但是却不会对寄主植物形成影响，显示在花生根瘤菌的共生固氮体系中，根瘤菌比花生对低 pH 环境更为敏感，推测原因可能有两种：①当只有花生在酸性环境中生长时，根瘤菌在它根系上的定殖位点并不发生改变。②花生的根系分泌物在低 pH 时不会影响根瘤菌结瘤基因的表达。

　　低 pH 对花生根瘤菌 *nod* 基因的表达具有抑制作用。为了深入了解低 pH 对花生根瘤菌共生固氮体系的作用，在上面工作的基础上，进一步研究了酸耐受型以及酸敏感型菌株的结瘤活性。

　　结果显示，对于酸敏感型根瘤菌菌株（快生型 NET30 和慢生型 SEMIA6144）而言，低 pH 会对花生根瘤菌共生固氮体系形成负面影响，表现在花生的结瘤率，结瘤数和根瘤的干重降低。尽管如此，只是在那些接种了菌株 NET30 的花生根瘤的固氮量才出现了降低。可知，对于花生根瘤菌共生体系而言，为了满足寄主植物对氮素的需求，只需要少量的根瘤数量，但是却需要这些根瘤具有高固氮活性。这种现象也可以被在低 pH 下，植物的氮含量与总瘤数之比增加来进行解释。

　　对于酸忍耐型菌株而言，在低 pH 条件下，除了该菌株只能在花生的主根上形成根瘤外，其他共生固氮特征并无什么变化。另外，在低 pH 下添加 Ca^{2+} 与在 pH7.0 时添

加 Ca^{2+} 相比，根瘤菌的共生固氮特性并不改变。根瘤菌在低 pH 时的结瘤能力与酸忍耐性成正比。例如，同苜蓿根瘤菌共生固氮体系，花生根瘤菌的在低 pH 时的非正常共生固氮特性可以通过添加 Ca^{2+} 而得以恢复。苜蓿根瘤菌只有在中性 pH 及添加 Ca^{2+} 的情况下才能吸附到苜蓿的根系细胞上，但对花生根瘤菌来说，当花生培养在弱酸性（pH5.5）的环境时，无论是酸敏感菌株还是酸忍耐菌株都可以吸附到花生根系上并结瘤。关于这种现象产生的原因还不是很清楚，分析可能是由于花生和苜蓿根瘤菌侵染结瘤的方式不一样[32]。

3　结语

综上所述，根瘤菌与花生之间相互识别从而侵染结瘤是一个复杂的生物学过程，受到诸多影响因素的影响，对这个生物学过程以及其影响因素进行研究，有助于人们认识根瘤菌-花生共生固氮体系的特点，为进一步开发利用这个共生固氮体系提供理论依据。

参 考 文 献

[1] 李俊. 中国花生根瘤菌的多样性和系统发育. 北京：中国农业大学，2002

[2] 曾定. 固氮微生物学. 厦门：厦门大学出版社. 1987

[3] 周湘泉，韩素芬. 豆科树种根瘤菌共生体系研究进展. 林业科学，1989，25（3）：243~251

[4] González J E, Marketon M M. Quorum sensing in nitrogen-fixing rhizobia. Microbial Mol Biol Rev, 2003, 67: 574~592

[5] Sen D, Weaver R W, Aryak K BAL. Structure and organization of effective peanut and cowpea root nodules induced by rhizobia strain 32H1. J Exp Bot, 1986, 37: 356~363

[6] Long S R. *Rhizobium-legume* nodulation: life together in the underground. Cell, 1989, 56: 203~214

[7] Honma M A, Ausubel F M. *Rhizobium meliloti* has three functional copies of the nod D symbiotic regulatory gene. Proc Narl Acad Sci USA, 1987, 84: 8558~8562

[8] Scott D B, Young C A, Collins-Emerson J M, *et al*. Novel and complex chromosomal arrangement of *Rhizobium loti* nodulation genes. MPMI, 1996, 96 (6): 187~197

[9] Van R P, Vanderleyden J. The Rhizobium-plant symbiosis. Microbiol Rev, 1995, 59: 124~142

[10] Taurian T, Morón B, Soria-Díaz M E. Signal molecules in the peanut-bradyrhizobia interaction. Arch Microbiol, 2008, 189 (4): 345~356

[11] Taurian T, Aguilar O M, Fabra A. Characterization of nodulating peanut *rhizobia* isolated from a native soil population in Córdoba, Argentina. Symbiosis, 2002, 33: 59~72

[12] D'Haeze W, Gao M, De Rycke R, *et al*. Roles for *Azorhizobial* Nod factors and surface polysaccharide in intercellular invasion and nodule penetration, respectively. Mol Plant Microbe Interact, 1998, 11: 999~1008

[13] Györgypal Z, Kiss G B, Kondorosi A. Transduction of plant signal molecules by the Rhizobium Nod D proteins. Bio Essay, 1991, 13: 575~581

[14] Stokkermans T, Ikeshita S, Cohm J, *et al*. Structural requirements of synthetic and natural product lipo-chitin oligosaccharides for induction of nodule primordial on *Glycine soja*. Plant Physiol, 1995, 108: 1587~1595

[15] Yang G P, Debellé F, Savagnac A, *et al*. Structure of *Mesorhizobium huakuii* and *Rhizobium galegae* Nod factors: a cluster of phylogenetically related legumes are nodulated by rhizobia producing Nod factors with α, β-unsaturated N-acyl substitutions. Mol Microbiol, 1999, 34: 227~237

[16] Schultze M, Kondorosi E, Ratet P, *et al*. Cell and molecular biology of *Rhizobium*-plant interactions. Int Rev Cytol, 1994, 156: 1~75

[17] Promé J C, Dénarié J, Truchet G. Acylated chitooligomers are molecular signals that mediate the symbiotic interactions between nitrogen-fixing bacteria and their host plants. Pure Appl Chem, 1998, 70: 55~60

[18] Diebold R, Noel K. *Rhizobium leguminosarum* exopolysaccharide mutants: biochemical and genetic analysis and symbiotic behaviour on three hosts. J Bacteria, 1989, 171: 4821~ 4830

[19] Stacey G, So J, Roth L, *et al*. A lipopolysaccharide mutant of *Bradyrhizobium japonicum* that uncouples plant from bacterial differentiation. Mol Plant Microbe Interact, 1991, 4: 332~340

[20] Leigh J, Coplin D. Exopolysaccharides in plant-bacteria interactions. Ann Re Microbiol, 1992, 46: 307~346

[21] Cermola M, Fedorova E, Tate'R, *et al*. Nodule invasion and symbiosome differentiation during *Rhizobium etli-Phaseolus vulgaris* symbiosis. Mol Plant Microbe Interact, 2000, 13: 733~741

[22] Carolina M, Jorge A, Stella C. Role of rhizobial exopolysaccharides in crack entry/intercellularinfection of peanut. Soil Bio Biochem, 2005, 37: 1436~1444

[23] Janecka J, Jenkis M, Brackett N, *et al*. Characterization of a *Sinorhizobium* isolate and its extracellular polymer implicated in pollutant transport in soil. Appl Enviro Microbiol, 2002, 68: 423~426

[24] Kosch K, Jacobi A, Parniske M. The impairment of the nodulation process induced by a *Bradyrhizobium japonicum* exopolysaccharide mutant is determined by the genotype of the host plant. Zeitschrift fuer Naturforschung, 1994, 49c: 727~736

[25] Jayaraman V, Das H R. Interaction of peanut root lectin (PRA II) with *rhizobial* lipopoly-saccharides. Biochimica Biophysica Acta, 1998, 1381: 7~11

[26] Smit G, Logman T, Boerrigter M, *et al*. Purification and partial characterization of *Rhizobium leguminosarum* biovar viciae Ca^{2+}-dependent adhesion, which mediates the first step in attachment of cells of the family Rhizobiaceae to plant root hair tips. J Bacteriol, 1989a, 171: 4054~4062

[27] Smit G, Tubbing D, Kijne J, *et al*. Role of Ca^{2+} in the activity of rhicadhesin from *Rhizobium leguminosarum biovar viciae* which mediates the first step attachment of *Rhizoviciae* cells to plant root hair tips. Arch Microbiol, 1991, 155: 278~283

[28] Marta D, Jorge A, Adriana F. A calcium-dependent bacterial surface protein is involved in the attachment of *rhizobia* to peanut roots. Can J Microbiol, 2003, 49: 399~406

[29] Jorge A, Stella C, Adriana F. Alterations in root colonization and *nodC* gene induction in the peanut-*rhizobia* interaction under acidic conditions. Plant Physiol Biochem, 2003, 41: 289~294

[30] Richardson A E, Djordjevic M A, Rolfe B G, *et al*. Expression of nodulation genes in *Rhizobium* and acid sensitivity of nodule formation. Aust J Plant Physiol, 1989, 16: 117~119

[31] Hubac C, Ferran J, Tremolières A, *et al*. Luteolin uptake by *Rhizobium meliloti*: evidence for several steps including an active extrusion process. Microbiol, 1994, 140: 2744~2769

[32] Jorge A, Tania T, Carolina M, *et al*. Peanut nodulation kinetics in response to low pH. Plant Physio Biochem, 2005, 43: 754~759

金沙江干热河谷区土著花生根瘤菌的耐旱性

黄明勇[1]，张小平[2]，李登煜[2]

(1. 天津市盐碱地生态绿化工程中心，天津 300457；
2. 四川农业大学资源与环境学院微生物系，雅安 625014)

摘 要：在模拟干旱条件下，对分离自金沙江干热河谷 45 株土著花生根瘤菌进行耐旱性鉴定，并从中筛选出 3 株耐旱力强的菌株 Spr25-2、Spr27-2、Spr29-5，对它们的侵染结瘤能力、共生有效性进行了分析。结果表明：①干热河谷区土著花生根瘤菌具有较强的耐旱能力，所有菌株在 0MPa、−0.2MPa、−0.4MPa、−0.5MPa 渗透势水平均生长良好；在 −0.6MPa、−0.7MPa、−0.8MPa 水平能增殖的菌株分别占供试菌株的 95.6%、64.4%、22.2%；菌株 Spr25-2、Spr29-5 在 −1.0MPa 水势下仍能生长。②在模拟干旱条件下，菌株的生长行为表现为三种模式：Spr29-5 等 10 个菌株在 −0.2MPa 时的生长好于在 0MPa；Spr27-1、Spr-6 存在一个中间致死渗透势，而且两个菌株的中间致死渗透势也不一样；Spr25-2 等 33 个菌株的生长状况随介质的渗透势下降而下降。③干热河谷区的土著花生根瘤菌群的耐旱能力差异显著，即使从同一土样内分离的菌株耐旱能力也不一致，表明耐旱能力的多样性。④筛选的耐旱力强的 3 个菌株在 −0.1MPa 渗透势下均能很好地结瘤，菌株 Spr27-2、Spr29-5 具有较好的共生效应，与对照相比能显著地提高植株干重。而在 −0.2MPa 渗透势下，3 个菌株均不结瘤。

关键词：花生根瘤菌，耐旱性，多样性，共生有效性

The drought tolerance of the indigenous peanut bradyrhizobia isolated from Jinshajiang dry-hot valley

Abstract：Forty five bradyrhizobial strains which were isolated from the root nodules of peanuts (*Arachis*) in the various regions of Jinshajiang river dry-hot valley, were screened for their drought tolerance under simulated drought stress conditions by adding polyethylene glycol 6 000 to the YEM broth modium at concentrations of 0, −0.2, −0.4, −0.5, −0.6, −0.7, −0.8, −1.0MPa. Strains were incubated for 5 days at 28℃ with vigorous shaking. The growth turbidity (optical density) was measured at 420nm. The three best drought tolerant strains Spr25-2, Spr27-2 and Spr29-5 were further tested for their symbiotic effectiveness under drought stress conditions in green-house experiment in order to select both drought tolerant and highly effective strains as inoculants for the arid regions. The results indicated that all strains tested grew fairly well at 0MPa, −0.4MPa and −0.5Mpa. 95.6%, 64.4% and 22.2% of the strains tested could grow at −0.6MPa, −0.7MPa, −0.8MPa, respectively. Strains Spr25-2 and Spr29-5 could even grow at −1.0MPa; There were much differences in the growth among all the strains tested under simulated drought stress conditions as measured by turbidity at 420nm. It showed those strains from the arid regions had a diverse nature in the aspect of drought tolerance. The three best drought tolerant strains Spr25-2, Spr27-2 and Spr29-5 were able to nodulate well at −0.1MPa. Strains Spr27-2 and Spr29-5 could significantly increase the plant dry weight in comparison with control. However, nodulation was not occurred at −0.2MPa conditions.

Key words: Peanut bradyrhizobia, Drought tolerance, Diversity, Symbiotic effectiveness

1 引言

氮不仅是大气中最丰富的元素，也是作物生长的重要元素之一，同时，氮素也被视为衡量土壤养分状况乃至土壤肥力的一个重要指标。然而，随着世界人口的增加，致使发展中国家为满足对粮食的要求而放弃传统的农业耕作，单纯增加复种指数，从而加重了土地的负担，以致造成耕地不可逆转的破坏，最终损害了农业生产系统。同时，在土壤系统中氮素通过植物收获，淋失，反硝化及氨挥发等过程而损失。据估计全球每年收获农产品约从土壤中带走 0.55×10^7 kg 氮素[1]，同时，大量的氮素化肥的施用，不仅增大了对农业的投入，而且还容易造成环境污染，这些都极大地制约着农业的持续发展。

生物固氮是自然界对人类的一种恩赐，在栽培地区，豆科植物与根瘤菌共生固氮是陆地生态系统氮素的重要来源，非栽培地区，野生豆科植物共生固氮成为输入土壤系统中氮素的主要来源之一，据资料显示，全球范围内每年输入陆地生态系统的总氮量在2亿吨左右，其中 2/3 来自生物固氮，而豆科植物共生固氮的氮量约占生物固氮总量的 40%[2]，由此可见，根瘤菌-豆科植物的共生固氮作用在土壤氮的持续供给中起着重要作用。

干旱区生态环境脆弱，土壤氮素含量低，有机质贫乏（表2），要全面提高干旱区土壤氮素水平，仅仅依靠人工施肥是不可能的，而生物固氮在干旱区土壤氮循环中为有效氮源供给"库"，它在改良该区土壤，维持土壤持久地力，保护生态环境等方面具有重要作用，正如 Wani 等[3]认为，在干旱、半干旱热带地区利用生物固氮是经济上诱人，生态上合理和降低外来投入的有效措施。因此，开发和利用这些特殊生态区域的共生固氮资源具有十分重要意义。

自 1888 年 Beijerinck 首次获得根瘤菌纯培养并确证其共生固氮作用的一百多年来，根瘤菌的研究一直是生物界的热门课题，而有关根瘤菌剂的制备和应用日益受到人们的重视，并取得了十分显著的实践效果。尽管如此，接种于土壤中的根瘤菌由于受各种生态学因素的影响，使其在土壤中的生长、存活以及与豆科植物结瘤、固氮受到限制。其中土壤水分亏缺是重要影响因素之一。

一般说来，微生物在土壤中活动的最佳水分为$-0.1MPa$（田间持水量），在土壤渍水而使土壤水势接近于零或土壤变干旱而水势负得更多的情况下，微生物活动就随之减弱[4]。当水势低于$-0.3MPa$时，土壤微生物的呼吸作用明显受到影响，低于$-1.5MPa$时其呼吸作用可以忽略[5]。在自然界中，根瘤菌不耐热和（或）干旱的土壤条件[6]，Senarate 给没有种植过豆科植物田块上的花生接种根瘤菌，发现土壤水分紧张时显著降低根瘤菌的活性[7]。Al-Kashidi 等[8]研究了不同的 *B. japonicum* 菌株在三种土壤中存活情况发现：干燥脱水显著降低根瘤菌数量。20 世纪 60 年代西澳地区接种的三叶草根瘤菌，第一年生长很好，第二年严重死亡，80％以上无瘤，Mashall[9]认为是由于该地区夏季长期干旱和土壤表面温度过高所致。崔明学等[10]在不同基模势下研究了 *R. fredii* 在土壤中存活情况，发现不同的根瘤菌对干旱的敏感性存在差异。Bushby 和 Marshall[11]观察发现快生型根瘤菌相对于慢生型根瘤菌对于干旱更敏感。Pena-Cariales[12]的研究表明：快生型和慢生型根瘤菌对干燥的敏感性没有明显不同。Smith[13]则指出在热带、亚热带地区，许多与耐干燥和盐胁迫的木本豆科植物结瘤的根瘤菌具有对热、盐、干燥的耐性。Mahler 等[14]在 Goldsbora 壤质砂土上研究水势对 10 个血清型菌株的影响时发现其中 3 个血清型在$-1.5MPa$时存活数量大大高于其他 7 个血清型菌株。

在干旱土壤中，根瘤菌的生长模式不一样。在土壤变干过程中，前期根瘤菌数量呈指数下降，后期下降速度非常缓慢，这种现象只与土壤失水快慢有关[12]，而在干湿交替的土壤环境中，根瘤菌数量将会进一步下降。此外，在土壤变干过程中，还存在一个对根瘤菌数量影响最大的中间致死相对湿度，这种中间相对湿度使细胞部分失水，从而对其功能酶造成损害[15,16]。Akkavan-kharazian 和 Compbell[17]研究发现只有耐旱的 *R. meliloti* 菌株才具有胺肽酶（anzyme aminopeptide），并指出其他酶与耐旱有关。Roberson Firestone[18]认为细胞胞外各糖成分和产量同样是决定细菌是否适应干燥条件的一个重要因素。目前，有关细菌对高渗透环境适应的生理反应及调控机制多以 *E. coli* 和 *S. typhimurium* 为材料进行研究[19]，而有关根瘤对高渗透环境的反应及适应机制多集中于由盐碱引起的胁迫环境中[13,20,21]，有关根瘤菌在干旱环境中适应机制的研究报道不多。

干旱不仅影响根瘤菌在土壤中生长和存活，而且对许多温带和热带豆科植物的结瘤和固氮过程也有不利影响[22]。一般认为土壤湿度达饱和持水量的 60％～80％时最有利于根瘤固氮，良好的土壤水分状况可延长根瘤的寿命和共生固氮时间[23]。干旱使根瘤固氮酶活性降低，复水后，虽能迅速回升，但不会恢复到原来水平，遭受严重干旱时，即使复水也不能恢复其固氮酶活性[24]，另外，长期干旱还会导致NH_4^+的积累，从而抑制固氮酶的生物合成，降低根瘤的固氮量[25]。此外，豆科植物根瘤的形成[26]，根瘤形态发生和超微结构的变化[27]，以及豆科植物的产量都明显受低土壤水势的影响[28]。另一方面，土壤水分对根瘤固氮的影响，也与宿主植物的一些生理过程有关。干旱胁迫环境，植株的生长发育、根系的生长、光合作用、呼吸作用、气体传导等方面均明显受影响，从而不利于根瘤的发育和固氮。然而在干旱情况下，有关耐旱的根瘤菌株与相应的寄主植物在结瘤固氮方面的特性怎样，目前还没见报道。

花生是重要的植物油和蛋白质来源，在我国国民经济和农业生产中的地位日益显著。目前，世界花生种植面积约为 $1.8 \times 10^7 hm^{2[29]}$，我国的种植面积常年稳定在 3000 万~4000 万亩[30]。由于花生生长所需氮素的 1/3~2/3 来源于共生固氮作用。因此，在花生种植区，尤其是新种植区，接种花生根瘤菌是增产的主要措施之一。我国的花生根瘤菌技术的研究及应用已有 40 多年历史，统计资料表明：1956~1986 年，全国累计接种花生根瘤菌剂 3425.2 万亩，进行过 1256 次田间试验，取得了良好的社会经济效益[31]。同时，我国科学工作者利用我国地域辽阔，豇豆族根瘤菌寄主植物资源丰富的特点，相继选育出 1046、007、009、97-1、01、85-7、H4 等优良的花生根瘤菌菌株[32]，并在生产上大面积应用。但接种于土壤中的根瘤菌菌株只有存活下来才能被利用，然而遗憾的是，许多有效菌株并不能在田间存活下来，尤其是在干旱等特殊土壤环境中，其利用往往受到限制。

干旱是我国重要的气象灾害，不仅发生范围广，而且出现频率高，不仅少雨的北方常发生，而且多雨的南方也时有发生[33]。在我国华南和西南地区干旱频率高达 50%~60% 以上，据 1950~1980 年统计资料表明，全国平均每年旱灾面积达 30 321 万亩，占全国各种气候灾害总面积的 59.3%，其中干旱严重的年份，受旱面积均在 5 亿亩以上，直接粮食损失 100 亿 kg 以上[34]。干旱也是我国花生生产上分布最广、危害最大的限制因素，长期以来，一直围绕着我国花生生产水平，常年造成减产占全国总产 20% 以上，年经济损失超过 50 亿元[35]，同时还使花生品质下降，固氮能力显著降低[36]，限制其培肥地力的作用。因此，要进一步发展花生生产就必须克服或减轻干旱危害。要解决这个问题，除采取配套的栽培措施，农业工程技术和进行花生耐旱育种外，还有必要研究和开发利用潜力大，成本低的耐旱生物资源。

土壤是自然界中最大的生物库和基因库。在环境胁迫条件下，土壤生物向适应环境方向进化，从而形成适应各种不良环境的特殊物种。在干旱严重的金沙江干热河谷区（表1），有较大面积花生分布，且种植历史长，品种多，种植土壤类型多样，土壤中存在大量的土著花生根瘤菌，这些菌株经与宿主、环境的长期选择，菌株个体间可能在结瘤固氮方面呈现差异和耐旱能力的多样性。因而，本试验的目的在于从干热河谷区鉴定出耐旱的花生根瘤菌株，揭示不同菌株之间耐旱能力的多样性，为丰富和替代现有生产上的菌株及试验中的出发菌株，包括遗传工程改良的出发菌株，提供遗传材料。同时选育出高效耐旱花生根瘤菌，用于花生的人工接种，为干旱区花生生产服务。

表 1　金沙江干热河谷气候特征表

Table 1　Climatic character of Jinshajiang river dry-hot valley

地点 Sites	总辐射量 Total radiation /(MJ/m²)	最冷月/最热月 Coldest month/ Warmest month /℃	年均温/ ≥10℃积温 Annual mean temperature /≥10℃ accumulated temperature	年降水量/旱季 降水量 Annual precipitation /Annual precipitation in dry season /mm	年蒸发量 Annual evaporative capacity /mm	年相对 湿度 Annual relative humidity /%	年干燥度/旱期 干燥度 （月，month） Annual dryness degree/Dryness degree in dry season
元谋	6300	14.9/27.1	22.0/7986	611.1/55.6	3911.2	53	3.70/7
华坪	6100	12.1/25.8	20.0/7108	1025.0/59.8	2921.1	63	1.67/7
攀枝花	6300	11.9/26.6	20.4/7500	760.0/47.1	2762.9	60	2.44/8
米易	5700	11.1/25.2	20.0/6648	1074.1/52.2	2378.5	65	1.33/7
西昌	5900	9.5/22.6	17.0/5330	1013.1/52.2	1945.0	61	1.39/7

2　材料与方法

2.1　供试土样

分离花生根瘤菌所用的土样分别采至攀枝花、元谋、华坪、米易、西昌等地有种植花生历史的土壤，其理化性质见表 2。

表 2　供试土样的理化性质

Table 2　The physical and chemical features of soil samples used

土样号 Sample code	有机质 Organic matter	pH	有效养分 Available nutrients/ (mg/kg)					全量养分 Total nutrients/%		
			N	P	K	Fe	Mo	N	P₂O₅	K₂O
1	0.68	6.7	61.03	痕迹	58.52	6.5	0.032	0.039	0.013	0.564
2	0.73	7.3	32.34	1.71	15.91	12.3	0.35	0.015	0.052	0.427
3	0.83	7.8	26.08	0.79	18.43	5.8	0.29	0.024	0.068	0.417
4	1.27	7.7	45.62	9.84	18.42	9.3	0.32	0.025	0.062	0.450
5	0.71	7.2	38.94	3.05	49.50	7.2	0.36	0.020	0.057	0.439
6	0.55	7.0	47.04	4.70	79.57	8.3	0.15	0.028	0.024	0.560
7	1.17	7.7	72.09	15.92	84.09	4.0	0.33	0.063	0.036	0.386
8	0.63	7.8	41.94	1.71	45.49	4.7	0.31	0.039	0.024	0.387
9	1.81	6.1	86.73	9.76	78.82	20.5	0.24	0.078	0.047	0.421
10	1.51	5.7	95.55	7.27	67.04	37.0	0.36	0.069	0.068	0.502
11	1.18	5.2	120.4	15.80	73.56	42.6	0.25	0.069	0.051	0.792
12	1.81	6.0	49.66	9.54	51.01	26.2	0.16	0.035	0.035	0.562
13	1.43	5.9	80.12	195.0	31.96	35.0	0.24	0.074	0.028	0.311
14	1.26	4.0	87.23	4.08	97.12	20.2	0.28	0.066	0.026	0.438

2.2 供试花生品种

分离供试菌株所用花生品种均来自于曾种植于相应土壤上的花生品种（表3）。

表3 供试土样和花生品种

Table 3 Soil samples and peanuts used

地点 Sites	土壤名称 Soil samples	花生品种 Peanut samples
攀枝花	红壤 羊毛沙土 粗骨土	天府、两米 两米、红花生 两米、三米
元谋	冲积土	黑叶果
华坪	黄壤	鹰钩鼻
米易	水稻土 冲积土 鸭屎泥	地方品种
西昌	冲积土 红壤	百天旱

2.3 供试菌株

从金沙江干热河谷区的攀枝花、西昌、元谋、华坪等地的花生产区分离的45株花生根瘤菌列于表4。在所有采样区均未进行过花生根瘤菌的人工接种。菌株经分离纯化后，用水培法进行了回接试验[37]（回接试验所用花生品种为花11）。

表4 供试菌珠

Table 4 Bacterial strains used

菌 株 Strains	寄主 Host	分离地 Isolation site	土 类 Soil type
Spr16-1	Tianfu	RH	赤红壤
Spr16-2	Tianfu	RH	赤红壤
Spr16-5	Tianfu	RH	赤红壤
Spr16-6	Tianfu	RH	赤红壤
Spr16-7	Tianfu	RH	赤红壤
Spr16-8	Tianfu	RH	赤红壤
Spr17-1	Red peanut	RZ	燥红土
Spr18-1	Liangmi	RZ	燥红土
Spr18-3	Liangmi	RZ	燥红土
Spr18-4	Liangmi	RZ	燥红土
Spr18-5	Liangmi	RZ	燥红土
Spr19-3	Sanmi	RZ	燥红土
Spr20-2	Sanmi	RY	赤红壤

菌　株 Strains	寄　主 Host	分离地 Isolation site	土　类 Soil type
Spr22-1	Heiyeguo	YM	燥红土
Spr22-2	Heiyeguo	YM	燥红土
Spr22-3	Heiyeguo	YM	燥红土
Spr22-4	Heiyeguo	YM	燥红土
Spr22-5	Heiyeguo	YM	燥红土
Spr22-6	Heiyeguo	YM	燥红土
Spr23-1	Heiyeguo	YM	燥红土
Spr23-2	Heiyeguo	YM	燥红土
Spr23-3	Heiyeguo	YM	燥红土
Spr23-4	Heiyeguo	YM	燥红土
Spr23-5	Heiyeguo	YM	燥红土
Spr23-6	Heiyeguo	YM	燥红土
Spr24-3	Local.	ML	赤红壤
Spr24-4	Local.	ML	赤红壤
Spr24-5	Local.	ML	赤红壤
Spr25-1	Local.	MC	新积土
Spr25-2	Local.	MC	新积土
Spr25-4	Local.	MC	新积土
Spr26-1	Local.	MC	水稻土
Spr26-2	Local.	MC	水稻土
Spr26-4	Local.	MC	水稻土
Spr26-5	Local.	MC	水稻土
Spr27-1	Yinggoubi	YH	黄壤
Spr27-2	Baitianzao	YH	黄壤
Spr27-3	Baitianzao	YH	黄壤
Spr28-1	Baitianzao	XX	新积土
Spr29-1	Baitianzao	XH	红壤
Spr29-2	Baitianzao	XH	红壤
Spr29-4	Baitianzao	XH	红壤
Spr29-5	Baitianzao	XH	红壤
Spr29-6	Baitianzao	XH	红壤
Spr29-7	Baitianzao	XH	红壤

RH：攀枝花仁和区；RZ：攀枝花仁和区中坝乡；RY：攀枝花仁和区鱼塘乡；YM：云南元谋；ML：米易县莲华乡；MC：米易县草场乡；YH：云南省华坪县；XX：西昌市西乡；XH：西昌市海南乡

RH means Panzhihua Renhequ；RZ means Panzhihua Renhequ Zhongba；RY means Panzhihua Renhequ Yutang；YM means Yunnan Yuanmou；ML means Miyi Lianhua；MC means Miyi Caochang；YH means Yunnan Huaping；XX means Xixiang city of Xichang；XH means Hainan city of Xichang

2.4 培养基

分离纯化和保存菌种的培养基为 YMA，测定耐旱性的培养基是 YM 培养液，pH 调至 7.0～7.2。YMA 培养基成分如下：甘油 5mL，甘露醇 5g，NaCl 0.1g，$MgSO_4 \cdot 7H_2O$ 0.28g，K_2HPO_4 0.5g，酵母粉 1.5g，琼脂 18g，加蒸馏水至 1000mL，1‰刚果红 4mL。

2.5 土样理化性质分析

分别测定采集土样的有机质、有效 N、P、K，全量 N、P、K，有效 Fe、Mo。测定方法见（表5）。

表5 土样测定方法

Table 5　The measurement methods of soil samples

测定项目 Items measured	测定方法 Methods used	测定项目 Items measured	测 定 方 法 Methods used
有机质	$K_2Cr_2O_7$ 法	速效钾	乙酸铵提取-火焰光度法
碱解氮	扩散吸收法	全钾	NaOH 碱熔火焰光度法
全氮	$K_2Cr_2O_7$-H_2SO_4消化扩散吸收法	有效铁	DTPA-原子吸收法
速效磷	$NaHCO_3$ 提取-钼锑抗比色法	有效钼	草酸-草酸铵提取-极谱法
全磷	NaOH 碱熔-钼锑抗比色法	pH	混合指示剂比色法

2.6 耐旱性鉴定

高效耐旱菌株筛使用红花生（本地品种）作为寄主植物，高效耐旱菌株筛选的供试菌株，从耐旱性鉴定结果中选出，并以 147-3 为参照菌株。

2.6.1 干旱水平设置

使用聚乙二醇 6000（polyethylene glycol 6000，PEG 6000）人工模拟干旱条件[38]，在 YMB 培养基中加入不同量的 PEG6000，使培养液的渗透势分别为 0MPa、−0.2MPa、−0.4MPa、−0.5MPa、−0.6MPa、−0.7MPa、−0.8Mpa、−1.0MPa 共8个 Ψ 水平，每水平设 3 次重复。各处理所需 PEG6000 量由二次回归方程 $Ps = −1.18 \times 10^{-2} C − 1.18 \times 10^4 C^2 + 2.67 \times 10^{-4} CT + 8.39 \times 10^{-7} C^2 T$ 确定。式中，C 为 PEG6000 的浓度（g/kg H_2O），T 为温度（℃）。在 28℃时，各处理对应的 PEG6000 量见表6。

表6 各渗透势水平 PEG6000 量表

Table 6　PEG6000 quantity of every osmotic potential level

Ps/MPa	0	−0.2	−0.4	−0.5	−0.6	−0.7	−0.8	−1.0
C/(g/kg H_2O)	0	124.38	183.81	208.27	230.13	250.24	268.97	303.21

2.6.2 供试菌株耐旱性测定

将供试菌株分别挑取 1 环接种于已灭菌的 YMB 培养液中（40mL/瓶），置于 28℃ 条件下振荡（160r/min）培养 5d（14h/d）后，用 1mL 无菌吸管吸取菌悬液 1mL 在无菌条件下接种于各处理中，每次吸取菌液时，将接种液振荡均匀。将接种的培养液振荡培养 7d 后，取出振荡均匀，对浊度大的菌悬液做适当稀释后，用 7230 型分光光度计和 1cm 比色杯在 420nm[39] 下比浊。测定其吸光值 OD_{420}，以 OD_{420} 的大小表示其在各干旱水平下的生长繁殖状况，在测定前用相应浓度 PEG 6000 的 YMB 营养液对仪器进行调零。

2.7 高效耐旱菌株的筛选

2.7.1 试验设计

实验共设培养液＋花生、培养液＋花生＋PEG 6000（−0.1MPa）、培养液＋花生＋PEG 6000（−0.2MPa）、培养液＋花生＋接种、培养液＋花生＋PEG 6000（−0.1MPa）＋接种、培养液＋花生＋PEG 6000（−0.2MPa）＋接种 6 个处理，每处理设 3 次重复，其中前 4 个处理作为对照实验。

2.7.2 测定项目

水培 35d 后收获植株，分别测定植株鲜重、干重、瘤数、株高、叶面积等项目。

2.8 统计分析

用完全随机试验设计方法设计耐旱试验，方差分析与多重比较使用 MSTAT-C 统计软件。

3 结果与分析

3.1 花生根瘤菌耐旱性的多样性分析

如以菌株在某渗透势下能否增殖为划分根瘤菌耐旱标准，对供试的 45 个花生根瘤菌进行耐旱能力相似性聚类分析，聚类结果表明供试菌株的耐旱能力可分为 5 类群（图 1）。

再对供试的 45 株慢生型花生根瘤菌菌株在各渗透势水平下测得的浊度的相对值（即各菌株在各水平下的 OD 值与相应 0 MPa 的 OD_{420} 值的比值）进行方差分析（表 7）。

以上的聚类和方差分析表明金沙江干热河谷区土著花生根瘤菌耐旱能力呈现多样性，来自同一土壤的土著花生根瘤菌之间的耐旱能力也呈多样性分布，这种多样性分布可能由于当地种植制度、土地利用状况、土壤类型等方面差异，加之土壤是一个不连续的高度异质体，这种高度异质环境使根瘤菌在土壤中所处的微环境存在差异，这些差异使土著花生根瘤菌向不同方向进化，从而表现出耐旱能力多样性特点；同时方差分析还显示干旱对土著花生根瘤菌生长存活的影响相当显著（$P<0.0001$）。

3.2 干旱条件下菌株生长模式分析

供试菌株在模拟干旱条件下的生长模式有较大差异，在该实验条件下，供试菌株主要表现为 3 种生长模式：

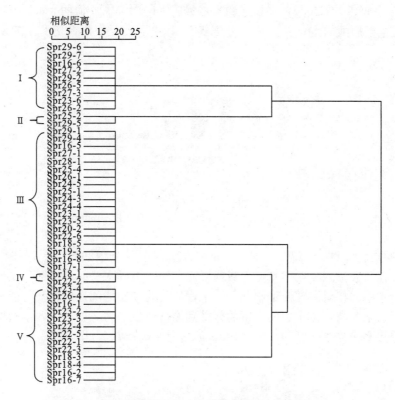

图 1 供试菌株耐旱能力聚类分析图（平均连锁法）

Fig. 1 Dendrogram showing the drought tolerance of the strains tested by average Linkage method

表 7 干旱模拟条件下菌株生长的方差分析

Table 7 Variance analysis of bradyrhizobia growth under simulated drought condition

误差来源 Source	自由度 Degrees of freedom	平方和 Sum of squares	均方 Mean square	F 值 F-value	显著性水平 Prob.
菌株（Strains）	44	1.910	0.043	57.6522	0.000
渗透势（Ψ）(Potential)	7	149.391	21.342	8346.6041	0.000
菌株（Strains）×渗透势（Ψ）(Potential)	308	5.209	0.017	22.4629	0.000
误差（Error）	720	0.542	0.001		

第一种模式 在-0.2MPa 的水势时，菌株 Spr16-5、Spr16-7、Spr17-1、Spr19-3、Spr22-1、Spr25-4、Spr26-4、Spr26-5、Spr29-5 的生长不但没有被抑制，其浊度值反而

略高于 CK（0 MPa）（图 2），然后又随着水势的下降而降低，说明−0.2MPa 渗透势刺激了这些花生根瘤菌的生长。这与杨苏声等[48]对快生大豆根瘤菌 RT19 的耐盐性研究的报道相似。

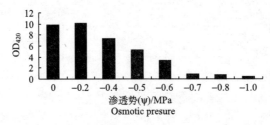

图 2　第一类生长模式（以 Spr29-5 为例）

Fig. 2　The first kind of growth model（such as Spr29-5）

第二种模式　菌株 Spr27-1、Spr29-6 一方面存在一个中间致死渗透势，即菌株在某渗透势时存活数量减少或增殖能力减弱，而在另一更低水势时存活数量又增高。此现象可能是由于中间相对湿度使细胞部分失水，从而对其功能酶造成损伤，而在更低水势情况下，存活率提高是由于酶的正常功能受到保护所致。另一方面，两个菌株各自的中间致死渗透势不一样，前者为−0.6MPa，后者是−0.7MPa（图 3）。

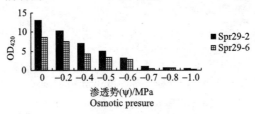

图 3　第二类生长模式

Fig. 3　The second kind of growth model

第三种模式　随着培养液渗透势的下降菌株的浊度值也随之下降（图 4）。这些菌株是 Spr16-1、Spr16-2、Spr16-6、Spr16-8、Spr18-1、Spr18-3、Spr18-4、Spr18-5、Spr20-2、Spr22-3、Spr22-4、Spr22-5、Spr22-6、Spr23-1、Spr23-2、Spr23-3、Spr23-4、Spr23-5、Spr23-6、Spr24-3、Spr24-4、Spr24-5、Spr25-1、Spr25-2、Spr26-1、Spr26-2、Spr27-2、Spr27-3、Spr28-1、Spr29-1、Spr29-2、Spr29-4、Spr29-7 共 33 个菌株，占供试菌株的 73.3%。

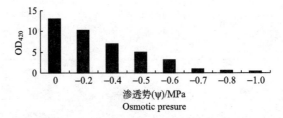

图 4　第三类生长模式（以 Spr29-2 为例）

Fig. 4　The third kind of growth model（such as Spr29-2）

由此可见，干热河谷区土著花生根瘤菌在干旱条件下的生长模式呈现多样性。

3.3 供试菌株耐旱鉴定结果分析

由表8可知，供试菌株在－0.2MPa、－0.4MPa渗透势下的生长状况尽管差异较大，但各菌株的生长浊度值与0MPa的OD值相比仍具有较高百分数。在－0.5～1.0MPa的各个水平上，各菌株生长浊度下降程度差异较大。对各水平下各菌株OD值相对数的平均数做多重比较，综合分析表明：Spr23-5、Spr23-6、Spr25-2、Spr27-2、Spr29-5在－0.8～－0.5MPa各渗透势下具有较高的平均数且与其他菌株相比达1%的显著水平，但Spr25-2在－0.8MPa时不但能增殖且具有相当高的OD值（OD1.167），菌株Spr27-2、Spr29-5在－1.0MPa水平仍能生长繁殖。由此可见，菌株Spr25-2、Spr27-2、Spr29-5的相对耐旱能力最强。

表8 供试菌株在模拟干旱条件下的浊度[420nm条件下的光密度值（OD值）]

Table 8 Growth turbidity of 45 rhizobial peanut strains in various PEG6000 concentrations as measured at 420nm after 7days growth

菌株 Strains	起始OD值 The starting OD	0 MPa OD *10	－0.2 MPa OD *10	－0.4 MPa OD *10	－0.5 MPa OD *10	－0.6 MPa OD *10	－0.7 MPa OD	－0.8 MPa OD	－1.0 MPa OD
Spr16-1	0.427	1.067	1.012	0.621	0.367	0.210	0.343	0.198	0.132
Spr16-2	0.484	1.209	1.095	0.651	0.389	0.266	0.300	0.230	0.115
Spr16-5	0.475	1.187	1.213	0.725	0.481	0.206	0.723	0.312	0.250
Spr16-6	0.611	1.529	1.423	0.910	0.465	0.427	0.929	0.654	0.243
Spr16-7	0.514	1.285	1.394	0.853	0.407	0.356	0.496	0.357	0.162
Spr16-8	0.562	1.406	1.202	0.617	0.353	0.233	0.581	0.379	0.245
Spr17-1	0.497	1.243	1.305	0.964	0.496	0.253	0.836	0.312	0.160
Spr18-1	0.405	1.013	0.931	0.301	0.822*	0.370*	0.348	0.233	0.169
Spr18-3	0.360	0.899	0.857	0.371	0.246	0.100	0.305	0.162	0.124
Spr18-4	0.635	1.588	1.516	0.899	0.483	0.115	0.420	0.390	0.338
Spr18-5	0.406	1.016	0.955	0.368	0.225	0.121	0.494	0.243	0.156
Spr19-3	0.464	0.160	1.459	0.841	0.355	0.354	0.506	0.349	0.230
Spr20-2	0.749	1.873	1.725	1.063	0.354	0.340	0.984	0.415	0.338
Spr22-1	0.530	1.326	1.548	0.915	0.307	0.155	0.499	0.366	0.288
Spr22-2	0.643	1.609	1.439	0.829	0.351	0.053	0.215	0.193	0.140
Spr22-3	0.684	1.710	1.391	0.951	0.427	0.227	0.473	0.368	0.338
Spr22-4	0.633	1.583	1.427	0.787	0.513	0.113	0.225	0.166	0.040
Spr22-5	0.608	1.771	1.416	0.915	0.371	1.099*	0.539	0.413	0.359
Spr22-6	0.481	1.201	1.050	0.770	0.489	0.678*	0.572	0.433	0.320
Spr23-1	0.489	1.223	1.163	0.844	0.506	0.213	0.667	0.460	0.447

菌株 Strains	0 MPa 起始 OD 值 The starting OD	−0.2 MPa OD * 10	−0.4 MPa OD * 10	−0.5 MPa OD * 10	−0.6 MPa OD * 10	−0.7 MPa OD	−0.8 MPa OD	−1.0 MPa OD
Spr23-2	0.492	1.481	1.392	0.797	0.871*	0.520*	0.464	0.369	0.321
Spr23-3	0.447	1.369	1.168	0.839	0.535	0.204	0.444	0.437	0.290
Spr23-4	0.444	1.361	1.179	0.727	0.394	0.144	0.404	0.362	0.262
Spr23-5	0.533	1.333	1.293	1.060	0.636	0.449	0.595	0.320	0.215
Spr23-6	0.513	1.281	0.974	0.773	0.588	0.375	1.239	0.977	0.249
Spr24-3	0.451	1.127	1.105	0.565	0.355	0.192	0.649	0.362	0.236
Spr24-4	0.467	1.167	1.106	0.561	0.406	0.287	0.706	0.465	0.305
Spr24-5	0.566	1.415	1.165	0.630	0.416	0.284	0.827	0.525	0.325
Spr25-1	0.281	0.702	0.600	0.417	0.257	0.529*	0.497	0.259	0.185
Spr25-2	0.598	1.495	1.187	0.883	0.665	0.548	1.517	1.167	0.646
Spr25-4	0.403	1.009	1.085	0.432	0.131	0.491*	0.435	0.321	0.238
Spr26-1	0.573	1.432	1.289	0.962	0.399	0.380	0.624	0.397	0.201
Spr26-2	0.301	0.752	0.712	0.438	0.238	0.174	0.651	0.314	0.176
Spr26-4	0.374	0.936	1.185	0.442	0.061	0.060	0.261	0.200	0.156
Spr26-5	0.392	0.979	1.079	0.537	0.258	0.231	0.616	0.453	0.301
Spr27-1	0.469	1.173	0.883	0.408	0.247	0.074	1.019	0.338	0.185
Spr27-2	0.522	1.305	1.033	0.760	0.581	0.371	1.369	1.142	0.283
Spr27-3	0.466	1.165	0.914	0.595	0.465	0.277	1.478	0.668	0.331
Spr28-1	0.506	1.264	0.998	0.513	0.261	0.201	0.652	0.473	0.309
Spr29-1	0.440	1.101	0.870	0.524	0.328	0.166	0.475	0.401	0.093
Spr29-2	0.518	1.296	1.017	0.702	0.497	0.313	0.995	0.575	0.391
Spr29-4	0.406	1.015	0.583	0.321	0.262	0.164	0.419	0.322	0.127
Spr29-5	0.392	0.979	1.013	0.729	0.522	0.336	0.937	0.801	0.414
Spr29-6	0.344	0.859	0.758	0.429	0.324	0.282	0.426	0.575	0.250
Spr29-7	0.281	0.703	0.600	0.389	0.250	0.147	0.697	0.351	0.139

* 表示未经稀释而直接测得的 OD 值

* Means optical density measured directly

3.4　耐旱菌株结瘤有效性分析

实验结果表明接种于红花生的 147-3、Spr25-2、Spr27-2、Spr29-5 菌株在未加 PEG6000 时均能侵染结瘤，与参照菌株 147-3 相比，Spr29-5 的单株结瘤数较低，而 Spr25-2、Spr27-2 侵染能力更强，其中以 Spr25-2 的侵染能力最强。在−0.1MPa 时，尽管植株生长特别是根系发育受到严重影响，全部菌株仍能形成根瘤，但 147-3、Spr25-2、Spr27-2 结瘤数下降最大，与各自的 CK 相比，其下降幅度为 40%～84.6%，而 Spr29-5 的瘤数变化不大。-0.2MPa 时供试菌株均不形成根瘤，由前面菌株耐旱能力分析可知，在此渗透势时，菌株仍有相当高水平，故不结瘤的主要原因是植株的生长（如光合作用、根系发育等）受到影响，从而阻碍了菌株的侵染过程。

3.5 共生有效性分析

供试 4 株慢生型花生根瘤菌（包括参比菌株 147-3）的温室结瘤试验结果表明：它们不仅能在 0MPa、-0.1MPa 水势下侵染红花生形成根瘤，而且除 Spr25-2 外，其余均能显著提高植株干重。在 0MPa 时，菌株 147-3、Spr27-2、Spr29-5 的共生体系与 CK 相比提高植株干重幅度为 7.9%～36.8%，并以 Spr27-2、Spr29-5 增加最高，分别达 21%、36.8%。同时，两个菌株供生体系的干重还高于参比菌株供生体系的干重，而 Spr25-2 虽能形成较多根瘤，但没有增加植株干重。在 -0.1MPa 渗透势的水培液中，接种 Spr27-2、Spr29-5 的植株干重不但高于 CK_1，而且高于参比菌株，甚至比 CK_0 植株干重高出 10.5%、28.9%，但低于 CK 处理中相应菌株的植株干重。表明其共生体系虽然受低水势的不良影响，但仍具有较高的固氮能力。Spr25-2 共生体系的干重反而低于 CK_1，一方面是因为该体系的根瘤为无效瘤，另一方面可能是由于培养液中产生的 H_2S 对植株造成伤害所致。-0.2MPa 的水势条件下，由于所有接种根瘤菌的植株没有根瘤形成，所以植株干重与 CK_2 一致。Wynne[40] 认为植株干重与植株全氮量、根瘤固氮酶活性呈正相关，因而可用植株干重来间接评估共生有效性。因此，本试验筛选的相对耐旱菌株 Spr27-2、Spr29-5 在 -0.1MPa 水势下不仅能结瘤，而且还具有较好的共生有效性。

4 结论与讨论

干旱和盐碱是土壤中根瘤菌常遇到的不利环境条件，据报道大部分在重要豆科作物上结瘤的根瘤菌，如大豆根瘤菌、豌豆根瘤菌和三叶草根瘤菌，对高渗透环境都敏感[41,42]，但 Jordam[43] 指出，只有苜蓿根瘤菌能在 2% NaCl 或 pH9.5 的培养基上生长，其余都不行。而关桂兰等[44] 对新疆干旱地区根瘤菌资源的调查研究发现该区根瘤菌的生长繁殖，以及对寄主植物侵染结瘤和固氮作用均有别于其他生态区，其明显特征是在高温、干旱、盐碱等不利条件下能生长和繁殖，并能侵染寄主植物，使其共生结瘤固氮，表现出对环境的良好适应性。在本试验中，分离自干热河谷区的土著花生根瘤菌 64.4% 均能在 -0.7MPa 或更低水势下生长繁殖，其中 Spr29-5 等 10 个菌株，在 -0.2MPa 的培养液中生长旺盛，比 0MPa 条件下生长更好，表明一定干旱对它们的生长具有刺激作用，这些菌株具有较强的抗旱性。

在培养基中，当细菌生长在高渗透条件下，它们相应地提高细胞内的 K^+ 和少数几种氨基酸等有机小分子物质去调节细胞内外的渗透压，达到平衡，同时又不干扰大分子物质的结构和功能[45]。在盐碱条件下，许多革兰氏阴性细菌经常在体内积累谷氨酸[46]，革兰氏阳性细菌则主要积累脯氨酸，而某些革兰氏阴性细菌也积累脯氨酸和 γ-

氨基丁酸[47]。对根瘤菌来说，也表现出相同渗透调节机制，在高盐条件下，能耐盐的快生型大豆根瘤菌，其细胞内的谷氨酸水平急剧增加[48]，在苜蓿根瘤菌 R. meliloti、R. sp. WR1001 和 R. sp. UMKL20 也有类似现象[49]。Bostford[50] 以 R. meliloti 102f34 为材料，证实除 NaCl 外，在由 KCl、蔗糖和聚乙二醇所引起的高渗透条件下，细胞内同样可以积累大量谷氨酸。同时，细胞内 K$^+$ 的含量与谷氨酸的含量同步增长，而且 K$^+$ 参与了有关根瘤菌固氮基因的调节[51]，谷氨酸在固氮方面也起着重要作用[52]。除积累谷氨酸和 K$^+$ 外，有的根瘤菌还积累其他有机小分子物质，如在 R. meliloti 中还积累一种新的二肽物质，N-乙酰葡萄糖氨基酸谷氨酸（N-acetylg lutaminyglutamine amide）并成为高胁迫细胞内一种主要的渗透调节物质[47]。此外据报道，甘氨酸甜菜碱也是肠道细菌[53]、苜蓿根瘤菌[54] 和慢生型大豆根瘤菌 PCR3407[55] 内的渗透保护剂，并能在高渗透压下促进肺炎克氏杆菌固氮酶的合成及活性的提高，对根瘤菌来说，它除起保护作用外，还能增强结瘤的苜蓿植株的共生固氮作用[56]。渗透胁迫还可使根瘤菌积累脯氨酸甜菜碱、海藻糖，也可促进高分子物质 β-1,2-葡聚糖的合成，以维持有机体外胞周质的膨压[57]。由此可见，根瘤菌对环境渗透胁迫的适应机制是细胞内积累一些小分子质量的有机化合物或无机离子以恢复细胞和环境之间适宜的渗透差异，但不同的菌株却又有不同的特点。另外，根瘤菌的耐高渗透胁迫能力与培养基的营养成分有密切关系。吴键等[58] 还报道了苜蓿根瘤菌受高盐浓度的抑制作用主要是由渗透压造成的。在金沙江干热河谷区，土壤有机质贫乏，质地差，而仍有大量土著花生根瘤菌存在。这些根瘤菌适应环境的机制怎样，尚有待研究。本实验仅仅提供研究花生根瘤菌的耐旱机制和遗传方面的材料。

土壤是自然界中最大的生物库和基因库。在环境胁迫条件下，土壤生物向适应环境方向进化，从而形成适应各种不良的环境的特殊物种。群体遗传研究表明：土壤中的根瘤菌极为丰富，且表现多样性[59,60]。共生体双方关系研究也指出：寄主植物与根瘤菌二者是共同进化的，野生种或原始种有可能比栽培种具有广泛的遗传基础[61]。在本试验中，干旱区土著花生根瘤菌在耐旱能力方面，对干旱的反应表现出多样性特点。来自同一土壤内的根瘤菌的耐旱性也呈多样性。其原因可能是：①不同土壤的种植制度差异，因为不管是宿主豆科、非宿主豆科或非豆科植物对根瘤菌有明显的根际效应。当植物种子开始吸水膨胀时即对根瘤菌产生有利影响，而当根瘤菌存留于无植株的土壤中，失去根际的保护作用，它将面临干旱、高温等因素的不良影响而难于存活[62]。干热河谷区各采样点由于各自所处条件不同，其利用状况也各不一样，在那些一年只种一季花生的土壤中存在的土著花生根瘤菌则可能具有耐旱的特性。②土壤是一个不连续的高度异质环境，加之根瘤菌在土壤中移动性小[63]，这种高度异质环境使根瘤菌在土壤中所处的微环境存在差异。③土壤质地也影响根瘤菌在土壤中的生长存活，其中砂质土壤和黏土对根瘤菌存活影响最大，同时土壤水分和质地可能存在交互作用，而土壤质地在采样区同一土地中是不一致的。这些因素使土著花生根瘤菌向不同方向进化，从而表现出耐旱能力多样性特点。

Wynne[29] 认为温室筛选的菌株能有效地初步预示该菌株在田间的行为。Fuhrmann等[15] 则进一步指出在实验条件下具有耐旱的菌株，当处于水分易变化的自然土壤中，其生存力和竞争性可能更强。然而在自然条件下，存在于土壤中的根瘤菌不仅受水分状况的影响，而且还受到来自生物因素，其他非生物因素，如土壤 pH、养分状况、温度、Mn、Al 毒害等各种因素的综合作用。本试验筛选出相对耐旱菌株 Spr25-2、Spr27-2、Spr29-5 的田间行为怎样，还需要做进一步的田间试验。另一方面，同一菌株在不同的寄主品种上的侵染结瘤能力，共生有效性存在差异，在有的品种上根本不能形成根瘤，有的虽形成根瘤，但固氮能力差，甚至不固氮。本试验中，Spr25-2 在 0MPa、－0.1MPa 时均能很好地侵染红花生（地方品种），但不能提高植株的干重，即固氮能力差甚至不固氮，因而，还需扩大结瘤试验中的花生品种，寻找出耐旱的优良共生体系，直接运用到农业生产中去，或将其通过基因重组方法，将耐旱基因转移到结瘤固氮能力强的花生根瘤菌中，以构建耐旱的高效的花生根瘤菌。

参 考 文 献

[1] 沈世华，荆玉祥. 中国生物固氮研究现状和展望. 科学通报，2003，48（6）：535～540

[2] 关桂兰. 新疆干旱地区固氮生物资源. 北京：科学出版社.1991

[3] Wani S P, Rupela O P, Lee K K. Transaction of 15th world congress of soil science. Acapulco Mexico, 1994, 4a：245～262

[4] 波尔 E A 等. 土壤微生物学与生物化学. 顾宗濂等译. 北京：科学出版社.1993

[5] Wilson J M, Griffin D M. Water potential and the respiration of microorganisms in the soil. Soil Biol Biolchem, 1975, 7：199～204

[6] Marshall K C. Survival of root-nodule bacteria in dry soils exposed to high temperatures. Aust J Agric Res, 1964, 15：273～281

[7] Senerate R, Zur B. Tropischen land-wirsschaft and vaterma. Medizm, 1984, 22（1）：63～68

[8] Al-Rashidi, Loynachan T E, Frederick L R, *et al*. Desiccation tolerance of four strains of *Rhizobium japonicum*. Soil Biol Biochem, 1982, 14：489～493

[9] Marshall K J, Roberts F J. Influence of fine particle materials on survival of *Rhizobium trifolii* in sandy soil. Nature, 1963, 198：410～411

[10] 崔明学. 基模势对 *LuxAB* 标记的快生型大豆根瘤菌在土壤中存活的影响. 应用生态学报, 1997, 8（5）：519～526

[11] Bushby H V A, Alexannder M. Water status of *rhizobia* in relation to their susceptibility to desiccation and to their protection by montmorillonite. J Gen Microbiol, 1977, 99：19～27

[12] Pena-Cabriales J J, Alexander M. Survival of *Rhizobium* in soils undergoing drying. Soil Sci Soc Am J, 1979, 43：962～966

[13] Smith L T, Smith G M, Marian R. Osmoregulation in *Rhizobium meliloti*：mechanism and control by other environmental signals. J Exper Zool, 1994, 268：162～165

[14] Mahler R L, Wollum A G. Influence of water potential on the survival of rhizobia in a Goldsbiro lamy sand. Soil Sci Soc Am J, 1980, 44：988～992

[15] Fuhramann J, Davey C B, Wollum A G. Desiccation tolerance of clover rhizobia in sterile soils. Soil Sci Soc Am J, 1986, 50：639～644

[16] Van Rensburg H J, Strijdom B W. Survival of fast-and siow-growing *Rhizobium* spp. under conditions of relatively mild desiccation. Soil Biol Biochem, 1980, 12：353～356

[17] Akhavan-Kharazian M, *et al*. First nati. conf. dryland farming ministry of jihand Sazandegi/Univ Mashhad, Agri Res Ctr, 1988, 5：29～31

[18] Roberson E B, Firestone M K. Relationship between desiccation and exopolysaccharide production in a soil *pseudomonas* sp. Appl Enviyon Microbiol, 1992, 58: 1284~1291

[19] Csonka L N. Physiological and Genetic Response of Bacteria to Osmotic Stress, Microbiological. Res Mar, 1989, 53: 121~147

[20] Smith L T, Allaith A A, Smith G M. Mechanism of osmotically regulated N-acetylglutaminylglutamine amide production in *Rhizobium meliloti*. Plant and Soil, 1994, 161: 103~106

[21] Zhang X P, Harper R, Karsisto M, *et al*. Diversity of *Rhizobium* bacteria isolated from the root nodules of leguminous trees. Inter J Syst Bacteriol, 1991, 41: 104~113

[22] Sprent J I. Water stress and nitrogen fixing root nodules. *In*: Kozloswki T T. Water deficits and plant growth. New York, Academic Press. 1976. 291~315

[23] Venkateswarlu B, Rao A V. Quantitative effects of field water deficits on N_2 (C_2H_2) fixation in selected legumes grown in the Indian desert. Biol Fertil Soils, 1987, 5 (1): 18~22

[24] Finn G A, Brun W A. Water stress effection CO_2 assimilation, photosynthate partitioning, stomatal resistance, and nodule activity in soybean. Crop Sci, 1980, 20: 431~434

[25] Caldwell B E. Soybeans: improvement, production and uses. Agron Mongr, 1973, 16: 373~382

[26] Venkateswarlu B, Maheswari M, Saharan N. Effects of water deficit on N_2 (C_2H_2) fixation in cowpea and groundnut. Plant Soil, 1989, 114: 69~74

[27] Sprent J I. Nitrogen fixation in physiology and biochemistry of drought resistance. *In*: Paleg L G, Aspinal D. Plants. Dordrecht. The Netherlands: Kluwer Academic Publishers. 1972. 131~143

[28] Lie T A. Environmental physiology of the legume Rhizobium symbiosis. *In*: Broughton W J. Nitrogen Fixation. Vol. 1: Ecology. Clarendon Press, Oxford. 1981. 104~134

[29] Wynne J C, *et al*. Proceedings of International Workshop on Groundnut. ICRISAT, 1980, 95~109

[30] 孙大容. 论花生的合理利用和前景. 中国油料, 1987, 1: 1~2

[31] 周平贞, 胡济生. 我国花生根瘤菌技术应用与研究. 土壤学报, 1990, 27 (4): 353~359

[32] 朱铭富. 花生根瘤菌优良菌株的筛选. 土壤, 1989, 21 (1): 15~18

[33] 刘汉中. 普通农业气象学. 北京: 北京农业大学出版社. 1990. 423~431

[34] 国家科学技术委员会. 气候——中国科学技术蓝皮书. 第5号. 北京: 科学技术文献出版社. 1990

[35] 黎裕. 作物抗旱鉴定方法与指标研究. 干旱地区研究, 1993, 11 (1): 91~99

[36] 姚君平. 干旱对花生早熟种籽仁发育及其品质影响研究初报. 中国油料, 1982, 3: 50~52

[37] 周平贞. 豆科植物结瘤试验——水培法. 中国油料, 1979, 2: 60~62

[38] Money N P. Osmotic pressure of aqueous polyethylene glycols. Plant Physiol, 1989, 91: 766~769

[39] Mohammad R M, Akhavan-Kharazian M, Campbell W F, *et al*. Identification of salt-and drought-tolerant *Rhizobium meliloti* L. strains. Plant and Soil, 1991, 134: 271~276

[40] Wynne J C, Elkan G H, Meisner C M, *et al*. Greenhouse evaluations of strains of *Rhizobium* for peanuts. Agron J, 1980, 72: 645~649

[41] Steinborn J, Roughley R J. Sodium Chloride as a cause of low numbers of *Rhizobium* in Legume inoculants. J Appl Bact, 1974, 37: 93~99

[42] Steinborn J, Roughley R J. Toxicity of sodium and chloride ions to *Rhizobium* spp. in broth and Peat culture. J Appl Bact, 1975, 39: 133~138

[43] Jordan D C. Family Ⅲ Rhizobiaceae. *In*: Krieg N R, Holt J G. Bergey's Manual of Syst. Bacteriology volume 1, Willianms and Wilkins, Baltimore, MD. USA. 1984. 234~244

[44] 关桂兰. 新疆干旱地区根瘤菌资源研究: Ⅱ. 根瘤菌抗逆性及生理生化反应特性. 微生物学报, 1992, 32 (5): 346~352

[45] Yancey P H, Clark M E, Hand S C, *et al*. Living with water stress: evolution of osmolyte systems. Science, 1982, 217 (4566): 1214~1222

[46] Measures J C. Role of amino acids in osmoregulation of non-halophilic bacteria. Nature, 1975, 257: 398~400

[47] Smith L T, Smith G M. An osmoregulation dipeptide in stressed *Rhizobium meliloti*. J Bacteriol, 1989, 171: 4714~4717

[48] 杨苏声, 李季伦. 快生型大豆根瘤菌的渗透调节. 微生物学报, 1993, 33 (2): 86~91

[49] Hua S S T, Tsai V Y, Lichens G M, *et al*. Accumulation of amino acids in *Rhizobium* sp. Strain WR1001 in response to sodium chloride salinity. Appl Environ Microbiol, 1982, 44: 135~140

[50] Bostford J L, Lewis T A. Osmoregulation in *Rhizobium meliloti*: production of glutamic acid in response to osmotic stress. Appl Environ Microbiol, 1990, 56 (2): 488~494

[51] Gober J W, Rashket E R. K^+ regulates bacteroid associated functions of *Bradyrhizobia* sp. 32H1. Proc Natl Acad Sci USA, 1987, 84: 4650~4654

[52] Kahn M J, Kraus J, Sommerville J E. A model of nutrient exchange in the *Rhizobium* legume symbiosis. *In*: Evans H, Bottomley P, Newton W E. Nitrogen fixation research programs. M J Nijhoff, New York. 1985. 193 ~199

[53] Perroud B, Le Rudulier D. Glycine betaine transport in *Escherichia coli* osmotic modulation. J Bacteriol, 1985, 161: 393~401

[54] Pocard J A, Bernal T, Smith L, *et al*. Characterization of these choline transport activities in *Rhizobium meliloti*: nodulation by choline and osmotic stress. J Bacteriol, 1989, 171: 531~537

[55] Elsheikh E A E, Wood M. Response of chickpea and Soybean rhizobia to salt: osmotic and specific ion effects of salts. Soil Biol Biochem, 1989, 21: 889~896

[56] Bouillard L, Rudulier D L. Nitrogen fixation under osmotic stress: enhancement of nitrogenase biosynthesis in *klebsiella pneumoniae* by glycine betaine. Physiol Veg, 1983, 21: 447~457

[57] Dylan T, Helinski D R, Ditta G S. Hypoosmotic adaptation in *Rhizobium meliloti* requires β-(1-2)-glucan. J Bacteriol, 1990, 172 (3): 1400~1408

[58] 吴健. 苜蓿根瘤菌的耐盐性研究. 微生物学报, 1993, 33 (4): 260~267

[59] Young J P W. *Rhizobium* population genetics: enzyme polymorphism in isolates from peas, clover, beans and lucerne grown at the same site. J Gen Microbiol, 1985, 131: 2399~2408

[60] Young J P W, Demtriou L, Apte P G. Rhizobium population genetics: enzyme polymorphism in *Rhizobium leguminosarum* from plants and soil in a pea crop. Appl Environ Microbiol, 1987, 53 (2): 397~402

[61] 张学江. 大豆-根瘤菌混交性与亲和性. 大豆科学, 1987, 6: 63~69

[62] 陈文新. 土壤中影响根瘤菌存活的因素. 土壤学进展, 1986, 5: 17~20

[63] 樊庆笙, 娄无忌. 根瘤菌的生态. 微生物学报, 1986, 6 (2): 48~52

一株高效花生根瘤菌的有效性及遗传特性

方扬[1]，张小平[1]，黄怀琼[1]，黄昌学[1]，彭贤超[1]，Lindström[2] Kristina

(1. 四川农业大学资源环境学院，雅安 625000；
2. 赫尔辛基大学应用化学与微生物学系，赫尔辛基 00014)

摘 要：从四川省重点推广的 3 个花生品种——天府 11 号、12 号、13 号分离出根瘤菌 50 株，通过水培实验从中筛选出广谱根瘤菌菌株 5 株，经过水培复筛，比较现瘤时间、结瘤总数、植株干重、净固氮量、叶绿素含量，其中 H22 在所有花生品种上的综合表现是最佳的。对 H22 进行田间实验，增产显著。通过 16S rDNA 序列分析，H22 与 *B. liaoningense* 遗传距离最近。

关键词：花生根瘤菌，有效性，16S rDNA 序列分析

The effectiveness and genetic characteristics of one high effective peanut bradyrhizobial strain

Abstract：Fifty bradyrhizobial strains were isolated from peanut cultivars of TianFu No. 11、TianFu No. 12、TianFu No. 13. Amony them five strains were more effective by preliminary test. Futher experiment by testing the nodulation time, nodule number, plant shoot dry weight, nitrogen fixed and chlorophyll content, showed that strain H22 was most effective. The strain H22 could significantly increase the yield in field experiment. From scquence analyze of 16S rDNA, H22 was closely related to *B. liaoningense*.

Key words：Peanut bradyrhizobia, Effectiveness, 16S rDNA sequence analyze

　　氮素是植物生长最重要的营养元素之一，土壤中氮素的来源主要包括施用化学氮肥和微生物的生物固氮作用，化肥对农作物有显著的增产效果，但它在为农业增产做出重大贡献的同时，也带来了严重的环境问题，由化学氮肥的高能耗和长期施用带来的经济和环境压力是全球关注的热点[1]。

　　土壤中的固氮微生物将大气中的 N_2 转化为 NH_4^+ 的过程是高效的和对环境友好的。据估计，全球每年生物固氮量达 1.75×10^8 t，为世界工业氮肥产量的 4.37 倍[2]。根瘤菌与豆科植物共生结瘤固氮是生物固氮中最高效的体系，可以提高土壤肥力和提供

高蛋白质营养[3]。根瘤菌与豆科植物的共生固氮作用是实现农业、环境和生态可持续利用与发展的重大研究课题。

天府系列花生，是由四川省南充市农科所选育并自 20 世纪 80 年代开始在四川省主要花生产区重点推广的花生品种。本研究通过对天府 11 号、12 号、13 号花生根瘤菌进行分离、筛选和大田实验，旨在成功筛选出一系列与天府系列花生配套的优良根瘤菌菌株，从而在农业生产上取得重要的经济价值。

本研究还从保守基因片段序列 16S rRNA 序列中，进一步确定优良菌株的系统发育地位。16S rRNA 序列变异速度异常缓慢，目前的根瘤菌系统发育关系主要是建立在 16S rRNA 的基因序列基础上。

1 材料和方法

1.1 材料

1.1.1 花生品种

分离与盆栽实验用天府 11 号、12 号、13 号花生，由绵阳市种子公司提供；岳易（乐山市花生主产区的主栽品种）作为对照，购于乐山市场；田间实验为天府 9 号，由绵阳市种子公司提供。

1.1.2 培养基、菌肥载体和吸附剂

见参考文献［4］。

1.1.3 盆栽对照菌株

花生根瘤菌基因工程菌株 HN_{14} 引自农业部华中农业大学农业微生物重点开放性实验室。

1.1.4 田间实验地点

乐山市中区水口镇周陆村 2 组，甲地块面积为 1.2 亩；乙地块面积为 0.9 亩。

1.1.5 土壤成分

该实验地为冲积土，具体理化指标见表 1。

表 1 供试土壤理化指标

Table 1 The physico-chemical index of tested soil

指标 Index	pH	水解氮 Water soluble nitrogen /(μg/kg)	有机质 Organic matter /%	P 含量 P content /(μg/kg)	K 含量 K content /(μg/kg)
数值 Value	6.92	38.66	5.02	6.67	83.94

1.2 研究方法

1.2.1 菌株分离

灭菌后用无菌玻棒压破根瘤，挑取根瘤悬液在 YMA 平板上划线分离；根瘤菌菌落

表面光滑、突起、有多糖产生，纯化后革兰氏染色镜检阴性、无芽孢、短杆状，YMA斜面接种保藏。操作参照 Yang 等[5]方法。

1.2.2　筛选优良广谱根瘤菌菌株

把从不同品种、不同生育期花生植株中分离出的根瘤菌在无菌高温瓶中进行水培回接试验。筛选出在所有品种上结瘤并对植株生长有一定促进作用的广谱根瘤菌菌株。

对初筛的广谱根瘤菌菌株用同样方法进行复筛，设 6 组重复。生长达 40d 时收获，并对结瘤时间、根瘤个数、瘤的分布、植株株高、鲜重、干重、全氮、叶绿素进行一系列的数据测定[6,7]，从中筛选出高效广谱的优良菌种。

1.2.3　菌剂制作

将优良菌种 H22 接种于 YMA 液体培养基，120r/min 的摇床上 28℃培养一周。按含水量 30％将菌剂与吸附剂拌匀，调节 pH 至 6.61。

1.2.4　拌菌与播种

每块实验地按土质相同均分为两份，先播对照。处理按每亩两种菌肥各 0.5kg/亩的量进行拌种。拌种前先将菌肥用米汤调成糊状，再与种子拌匀，待晾干后与对照相同方法播种相同面积。

1.2.5　田间管理

按照处理与对照相同的原则管理。

1.2.6　产量测定

花生收获后晒干测产，测产时每地块处理与对照分别抽取 3 个重复，每个重复为 $1m^2$，折算出亩产，用 DPS 软件进行分析。

1.2.7　16S rDNA 序列分析

总 DNA 的提取参照 Little[8]的方法。

以总 DNA 为模板，选用来源于大肠杆菌 16S rRNA 基因序列保守区域的两段引物 P1 和 P6 来扩增 16S rDNA。正向引物 P1：5′-CGA GAG TTT GAT CCT GGC TCA GAA CGA ACG CT-3′；反向引物 P6：5′-CGT ACG GCT ACC TTG TTA CGA CTT CAC CCC-3′。反应体系为 50μL，PCR 反应条件：92℃，3min；94℃，1min，58℃，1min，72℃，2min，30 个循环；72℃，8min。扩增产物在含 EB 的 0.8％浓度的琼脂糖凝胶板上水平电泳（80V，40min）后，为 1.5kb 片段长度，送上海英骏公司测序。

2　结果与分析

2.1　优良广谱根瘤菌菌株的筛选

对分离纯化出的 50 株根瘤菌分别进行水培试验后，根据结瘤情况和植株生长状况初筛出 5 株能在所有品种上结瘤并对植株生长有一定促进作用的广谱根瘤菌菌株 H1、H2、H22、S1、S2。对 5 株菌株进行复筛的结果见表 2。

表2　供试菌株与花生品种的共生固氮有效性

Table 2　The symbiotic effectiveness of the peanut cultivars and the bradyrhizobial strains tested

根瘤菌菌株 Strains	花生品种 Peanut cultivar	现瘤时间 Nodulation time /d	结瘤数 Nodule number /(个/plant)	主根瘤数 Main nodule number /(个/plant)	植株干重 Dry weight /(g/plant)	含氮量 Content N /(mg/plant)	净固氮量 Net nitrogen fixation /(mg/plant)	叶绿素含量 Chlorophyll content /(mg/g)
H1	TF11	21^b	4.25^a	2.00^a	1.35^{ab}	39.69^{ab}	7.74^{abc}	25.72^c
	TF12	22^b	2.33^a	0.33^a	1.23^{ab}	33.32^{ab}	1.43^{abc}	31.33^c
	TF13	18^b	2.50^a	0.50^a	1.25^{ab}	39.99^{ab}	6.21^{abc}	24.78^c
H2	TF11	23^b	3.25^a	2.25^a	1.15^a	39.95^{ab}	8.00^{abc}	20.47^{ab}
	TF12	23^b	2.67^a	0.67^a	1.20^a	38.14^{ab}	6.25^{abc}	23.22^{ab}
	TF13	21^b	1.50^a	0.50^a	1.18^a	39.35^{ab}	5.57^{abc}	20.83^{ab}
H22	TF11	15^a	35.33^b	9.80^b	1.25^b	38.69^{ab}	6.74^{bc}	23.45^{bc}
	TF12	16^a	45.67^b	20.00^b	1.60^b	39.82^{ab}	7.93^{bc}	25.70^{bc}
	TF13	15^a	48.00^b	20.67^b	1.45^b	46.31^{ab}	12.53^{bc}	22.03^{bc}
	YY	18^a	47.33^b	27.33^b	1.70^b	36.57^{ab}	—	23.92^{bc}
S1	TF11	15^a	40.67^b	0.67^a	1.18^{ab}	37.47^{ab}	5.52^{abc}	24.35^{bc}
	TF12	15^a	25.45^b	0^a	1.15^{ab}	33.58^{ab}	1.69^{abc}	24.37^{bc}
	TF13	17^a	39.33^b	2.00^a	1.40^{ab}	48.32^{ab}	14.54^{abc}	19.91^{bc}
S2	TF11	18^a	11.33^b	2.50^a	1.08^{ab}	34.23^{ab}	2.28^{ab}	19.27^{ab}
	TF12	15^a	56.67^b	5.00^a	1.30^{ab}	37.09^{ab}	5.20^{ab}	19.81^{ab}
	TF13	15^a	30.67^b	2.67^a	1.33^{ab}	38.69^{ab}	4.91^{ab}	20.76^{ab}
NH$_{14}$	TF11	16^a	34.50^b	2.50^a	1.33^{ab}	49.82^b	17.87^c	20.93^{bc}
	TF12	15^a	63.50^b	4.75^a	1.20^{ab}	36.11^b	4.22^c	28.68^{bc}
	TF13	17^a	41.75^b	5.25^a	1.38^{ab}	46.96^b	13.18^c	21.95^{bc}
CK	TF11	—	0^a	0^a	1.00^a	31.95^a	0^a	17.05^a
	TF12		0^a	0^a	0.98^a	31.89^a	0^a	16.25^a
	TF13		0^a	0^a	1.05^a	33.78^a	0^a	18.46^a
	YY	—	0^a	0^a	1.48^a	—	0^a	—

"TF11"、"TF12"、"TF13"、"YY"分别代表花生品种天府11号、12号、13号和岳易；"—"表明无或未测

"TF11"、"TF12"、"TF13"、"YY" represent peanut variety of Tianfu No. 11、No. 12、No. 13 and YueYi, respectively；"—" means not determined

　　通过上表及新复极查差法分析可反映出，不论从现瘤时间、结瘤总数，还是植株干重、净固氮量、叶绿素含量来看，H22在所有花生品种中的综合表现是最佳的。结瘤速度快，根瘤总数、主根瘤数多；与每个品种的空白对照相比，在植株干重、含氮量、叶绿素含量上都有较大的提高。说明H22所结根瘤中有效瘤的比重大。同时，H22在4个花生品种上的表现较为平均，都有显著的促进作用，只是在天府12号上更为突出，植株干重、净固氮量、叶绿素含量的增加量更大。由此充分表明H22是能在所有花生

品种上结瘤并对植株生长有显著促进作用的高效广谱根瘤菌菌株。

2.2　田间实验结果

从表 3 可以看到，施菌处理的产量比对照都有显著的提高，其中在基本产量低的地块效果更明显。

表 3　田间实验产量比较

Table 3　Yields comparison of field experiment

地块 Blocks	处理 Treatment		对照 Control		增产 Increase production	差异显著性 Significant difference
	平均产量 Average yield /(kg/m²)	亩产 Yield per mu /(kg/亩)	平均产量 Average yield /(kg/m²)	亩产 Yield per mu /(kg/亩)		
甲	0.350	232.34	0.330	220.11	5.56%	*
乙	0.335	222.34	0.315	209.00	6.38%	*

* 比对照增产显著

* means the yield increased significantly in comparison with control

2.3　16S rDNA 序列分析

测定了 16S rDNA 的部分序列，其 GenBank 序列登录号为 EU595026，利用 DNA-MAN 软件对 H22 和参比菌株的 16S rDNA 序列进行 Neighbor-Joining 分析，生成反映待测菌株与参比菌株系统发育关系的聚类图（图 1）。所有根瘤菌及其相关土壤根癌杆菌在系统发育中基本分成根瘤菌属、中华根瘤菌属、土壤杆菌属、中生根瘤菌属、固氮根瘤菌属和慢生根瘤菌属 6 个分支。其中 H22 与 *B. liaoningense* 遗传距离最近，同源性为 98.3%。

3　讨论

通过系列筛选，获得对花生生长具有显著促进作用的优良广谱慢生型根瘤菌 H22。H22 能在所有的花生品种上结瘤，且现瘤时间短，根瘤总数和主根瘤数多，植株干重、含氮量、叶绿素含量都远远高于各品种空白对照，充分证明其固氮有效性及对植株光合作用的促进。通过田间实验，验证了该菌株的对外界环境的稳定性，为进一步推广应用奠定了基础。

本课题分离出的广谱高效优良花生根瘤菌菌株 H22 在 YMA 培养基上的生长时间长达 7～10d，属于超慢生型根瘤菌，这是在过去花生根瘤菌的研究中没有发现过的。仅在 20 世纪 80 年代由中国农业科学院在大豆中发现超慢生型根瘤菌，除此之外没有其他关于豆科植物超慢生型根瘤菌的报道。

通过 16S rDNA 的部分序列比对，我们确定其属于慢生根瘤菌属。它与 *B. liaoningense* 的遗传距离最近，但其同源性仅为 98.3%，已超越了种的界限，所以还将进一步对其系统发育地位进行研究，不排除有新种出现的可能。

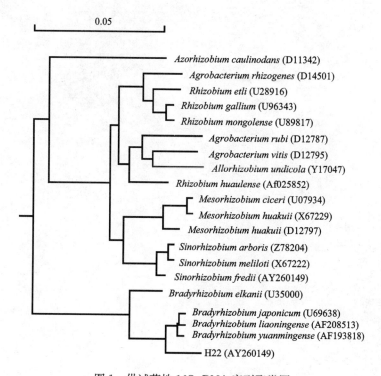

0.05

Azorhizobium caulinodans (D11342)
Agrobacterium rhizogenes (D14501)
Rhizobium etli (U28916)
Rhizobium gallium (U96343)
Rhizobium mongolense (U89817)
Agrobacterium rubi (D12787)
Agrobacterium vitis (D12795)
Allorhizobium undicola (Y17047)
Rhizobium huaulense (Af025852)
Mesorhizobium ciceri (U07934)
Mesorhizobium huakuii (X67229)
Mesorhizobium huakuii (D12797)
Sinorhizobium arboris (Z78204)
Sinorhizobium meliloti (X67222)
Sinorhizobium fredii (AY260149)
Bradyrhizobium elkanii (U35000)
Bradyrhizobium japonicum (U69638)
Bradyrhizobium liaoningense (AF208513)
Bradyrhizobium yuanmingense (AF193818)
H22 (AY260149)

图 1　供试菌株 16S rDNA 序列聚类图

括号内表示序列号，每个碱基替换的尺度为 0.05

Fig. 1　Dendrogram of tested strains by 16S rDNA sequences

Sequence accession numbers are

shown in parenthesis. The scale bar represents 0.05 substitutions per base position

参 考 文 献

[1] Zhang F, Smith D L. Inter-organismal signaling in suboptimum environments: the legume-rhizobia symbiosis. Adv Agron, 2002, 76: 125~157

[2] 林稚兰, 黄秀梨. 现代微生物学与实验技术. 北京: 科学出版社. 2000

[3] 陈文新. 豆科植物——根瘤菌固氮体系在西部大开发中的作用. 草地学报, 2004, 12 (1): 1~2

[4] 徐开未, 张小平, 陈学远等. 钼与花生根瘤菌的复配及在酸性紫色土上的接种效果. 植物营养与肥料学报, 2005, 11 (6): 816~821

[5] Yang J, Xie F, Zou J, et al. Polyphasic Characteristics of Bradyrhizobia isolated from Nodules of Peanut (Arachis hypogaea) in China. Soil Biol Biochem, 2005, 37: 141~153

[6] 张志良. 植物生理学试验指导. 北京: 高等教育出版社. 1991. 84~91

[7] 鲍士旦. 土壤农化分析 (第三版). 北京: 中国农业出版社. 2000

[8] Little M C. Process for purification of DNA on diatomaceous earth. United States Patent No. 5, Rad Aboratories Inc, Hercules, Calif. 1991